我愿化作一滴水，融入人类促进自然生态环境发展进步的历史长河中——

羽之韵

選書

大德曰生

余秋雨书

若有来生 我愿为鸟

IN ANOTHER LIFE
DREAMING TO BE A BIRD

滴水——著

人民东方出版传媒
東方出版社

目录

编者语

这是一本迟到的书，作者力求为读者奉献得尽善尽美，为此付出了15年的追求。

这是一本关于鸟的书，准确地说，应该是一本邀请人们了解野生鸟类的书。本书以科学性、故事性、普及性为目的，从生态、历史、哲学、美学、摄影等方面翔实记录了大自然中近300种鸟儿呼唤四季节奏的美妙瞬间，记载了鸟儿成长期间、伴侣之间、母子之间、家庭之间、群体之间的感人故事，生动形象地描写了鸟儿与自然、鸟儿与人类、自然与人类共生共存的动人画卷，抒发了对大自然的情怀、对生命伦理的思考、对环境保护的信念。

作者并没有单一地介绍鸟的种类、习性，而是通过对鸟类的熟知，用一种充满生趣的语言述说鸟类。此书的收获，在森林中，在大海边，在高山上，在原野里，绝非在书房中。作者所奉献给读者的，是一种严谨的心灵感悟，是一种亲身的观察和体验，是一种执着的情怀与探索，是用艰辛与心血创作的一部集野生鸟类纪实散文和生态摄影的诗篇。

本书还从告诫的角度，独立拍摄并描写了那些被残忍偷猎者伤害的鸟儿，那些挣扎的、奄奄一息的鸟儿。或许只有真正热爱自然的人，才会真正被失去所触动。在作者眼中，每声鸟啼都是一段欢歌，每座山林、每个湖泊、每条河流、每片湿地都栖息着我们所不知道的生灵。他唯一可做的，就是用自己的方式记录自然的美与丑，又带着几分凄凉，提醒人们那些逝去的美好。

一百多年以来，伴随着欧美国家工业革命所带来的生态环保思想的兴起与发展，一批批影响世界、广受赞誉的自然生态著作陆续面世。蕾切尔·卡逊的《寂静的春天》、亨利·戴维·梭罗的《瓦尔登湖》、约翰·奥杜邦的《美国鸟类》、奥尔多·利奥波德的《沙乡年鉴》、儒勒·米什莱的《鸟》、约翰·巴勒斯的《飞禽记》、爱德华·格雷的《鸟的天空》等，丰盈充实了人们的精神生活，受到广大读者的热烈欢迎。美国有一项读者调查，其中鸟类书籍的读者占被调查者的60%，喜欢鸟类书籍的读者占被调查者的40%。小小飞鸟给人们的生活带来了启示，也为这些国家经济社会的发展前瞻性地注入了清新的思想和不竭的动力。

有史以来，我国各民族就很关注野生鸟类与人们生活的联系。有关鸟类的记载与诗词歌赋不胜枚举。尤其是在《本草纲目》中收录了野生鸟类76种。遗憾的是，由于当时生产方式所限，大多数对鸟类的描述都局限在拟人、抒情和明喻、暗喻、借喻等方面，很少进入自然科学与人文科学的领域。

20世纪三四十年代以来，我国学者陆续翻译了部分海外有关野生鸟类的书籍。尤其是创作了许多著名的鸟类散文，如巴金的《鸟的天堂》、郑振铎的《燕子》、郭沫若的《杜鹃》、梁实秋的《鸟》、冯骥才的《珍珠鸟》等，这些虽然都是单篇散文，但至今仍令人爱不释手。

在那个没有相机和摄影机、没有双筒望远镜的年代，天空中的生灵对我们来说如此遥远。尽管描写野生鸟类的散文非常感人，但由于没有摄影图片，且当时的书籍中只有少量绘画图解，没有身临其境的广大读者还是难以体会到作者的亲身感受和其中生动的景致的。

纵观百余年来国内外此类图书，主要分为两类：一种是图鉴类，图片附带的文字很少并以专业图说为主；一种是文学类，基本没有或者少有插图。少有的是鸟类摄影者与文字作者合编的书，往往是文字作者看图说话，缺少拍摄艰辛之中的感悟和鸟类顽强生存的生命纪实。

本书作者用世界上既浪漫又艰苦的方式，跨越原野，用生命记录他喜爱的鸟。为了这些转瞬即逝的瞬间，他以非凡的意志，在历经12年实地艰辛拍摄、野外大量笔记的基础上，又用三年时间进行了再创作，而且图文的精美设计均出自作者之手。

这是一个对自然爱得深沉的人的故事。故事的背后不知包含了多少艰辛的努力和生命的感悟。他不知爬过多少座山岭险峻的奇峰，蹚过多少条险象环生的湍流，钻过多少次人迹罕至的野林，蹲守过多少片布满虫蛇的湖泊。在野外，他不知经历过多少次日晒风吹、多少次狂雷暴雨、多少次冰天雪地、多少次饥渴难熬、多少次精疲力竭……他不知穿坏了多少双登山鞋，不知磨破了多少件迷彩服，不知摔过多少个跟头，不知吃过多少片止痛药。其中，为了记录改变南迁习性、在北方越冬的赤麻鸭，他连续三年冬季，几乎每天天不亮就爬冰卧雪在湖边守候。

这是一部野生鸟类的生命史。鸟儿的春夏秋冬演绎着自然界弱小生命的神奇和坚忍。鸟类在四季生命中的迁徙、求偶、恩爱、筑巢、哺育、成长、抗敌、协作、御险、坚守等过程，无不折射着人类生活的影子和哲理，启发着人类的智慧。

作者崇尚大自然的风光，执着地坚守野外，从四季循环更替的过程中，展露其在艰难险境中内心的渴望、冲突、失望的心路历程。在追寻神秘生灵的过程中，本书又以许多现代诗歌给读者留下了想象的空间。

这是一部保护自然生态环境的书；

这是一部解读野生鸟类百科知识的书；

这是一部探讨生命伦理道德的书；

这是一部探索鸟类文学的书；

这是一部感悟人生励志的书；

这是一部发现鸟类生态美学的书。

飞翔的梦

〔前言〕

恒星从天外对我说——

页岩在远古对我说——

大海让浪花对我说——

原野托梦境对我说——

你的前世，是一只飞翔的生灵。

虽然我不知道在久远的什么时候，脉搏里有了翅膀的回声，

心底的声音却告诉我：在飞翔的生灵中，有我生命的基因，

在翱翔的物种里，有我血液的印迹。

当数十万只来自太平洋的鸻鹬轰然跃起，瞬间遮漫空际；
当上千只国家一级保护的白鹤悠闲嬉戏，忽而列序整齐；
当几百只世界濒危的东方白鹳凌空盘旋，俯首投归大地；
当千姿百态的鸟儿舒展轻盈绮丽的彩羽，尽情歌唱鸣啼……

啊！浩瀚宇宙孕育的精灵——
　　历尽沧桑却坚韧不屈。
你是亿万年生物进化的标记，
　　把寰宇中生灵的基因世代传递。
你用羽翼丈量着经纬的距离，
　　永不停息地播报四季的轮替。
你辛勤耕耘着太阳温暖的每一片土地，
　　延续着地球生命的无限奇迹。
你使人类的智慧插上腾飞的翅膀，
　　尽显对大自然的感恩与敬意。

你就是我——悠悠远古走来的兄弟，
你就是我——春花冬雪相依的知己。
　　把你的情感和灵动移译，
　　一直是我和镜头魂牵梦绕的对话。

在密林中、在高山上、在大海边、在芦荡里，
　　不论是虔敬的守候，还是偶然间相遇，
你的每一次出现，
　　都给我带来无限的惊喜。

你来了，

　　在那里！

你的歌喉，你的仙姿，

你的眼神，你的靓丽，

　　瞬间，夺走我全部思绪。

我的心在颤抖，我的心在感激，

我的心在呼唤，我的心在希冀！

快一点，留下你那千回百转的倩影，

近一些，融入你们壮丽逸趣的群体。

多少星辰，多少风雨，多少路途，多少险遇，

多少汗水，多少焦虑，多少饥馁，多少脾气……

这一刻，随着快门欢快地跳动，

所有的艰辛与疲惫，

转瞬不见踪迹。

是你的声音在风的怀里呢喃，

　　唤醒冰河慢慢睁开水灵灵的眼睛。

是你的翅膀带着泥土的清香，

　　轻柔挥去漫漫长夜的黑暗与寒气。

是你的歌声毫无修饰却娓娓动听，

　　自然调节着大地节奏的韵律。

是你的舞姿曼妙柔美又瑞彩蹁跹，

　　有意装点着连绵峰峦的秀丽。

你是翱翔的生灵，

　　让空旷的天空不再沉寂；

你是大地的娇宠，

　　让无垠的原野充满生机。

我看到，

强风中——逆势起飞的群雁几近悬停，

　　　　　灰褐色的身体搭配鹊色的纹理，

　　　　　叠加在远方低垂播洒甘霖的积雨云上；

霞光下——迅若流星的黄鹂忽隐忽现穿越幽谷，

　　　　　金黄色的艳羽披着春晖，

　　　　　把青翠绿野的群山点缀得分外旖旎；

碧水里——欢畅浮游的秋沙鸭伸展长颈埋首寻觅，

　　　　　橘红色的蹼趾扑击水面，

　　　　　有节奏地拨起晶莹细微的浪花和阵阵涟漪；

冰雪上——优雅弄姿的天鹅如仙女临凡，

　　　　　洁白的躯体引来雪花飞舞，

　　　　　在空蒙雾霭中诠释着天物合一的奥秘。

啊，感受你与大自然和谐的神韵，

　　　　一种从未体验过的超然和清逸。

　　　　我拥抱着虔诚的梦幻，

　　　　身心已融入你的飞羽。

　　　　那些散碎的迷失的灵魂，

　　　　重新又回到血液中凝聚。

你给我，

　　带来善美，带来坚毅；

　　带来憧憬，带来启迪。

我，愿这瞬间的定格，

　　印在天空，写进大地，

　　刻上峰巅，融入水里。

　　愿世间处处莺啼燕语，

　　愿人与鸟儿永远绵长相依。

你，飞起来了——

　　盘旋着冉冉升空，似乎又依依别离。

你，仿佛要多看一眼，

　　栖息的桑田苇泊，

　　对这里再一次记忆。

你，仿佛要再感恩一次，

　　玩耍的密柳长堤，

　　给这里再一次礼遇。

你与伙伴组成圆形缓缓攀升，

恰似高飞的祥云，空灵的旋律。

或许，

　　季风的温差已召唤你们跋涉迁徙。

你多想，有一片永恒的生命绿洲，

　　　　有一点延续的生命安逸，

　　有一支怡悦的生命乐曲，
　　有一条漫长的生命足迹。

你的剪影，点点远空，渐渐淡去。
　　我的魂魄，随着你飞向遥远的天际。
你那天真、渴望、洁净、忧伤的眼神，
　　单薄、柔弱、俊秀、娇小的躯体，
穿过镜头，
　　已把我们的心紧紧地捆绑在一起。
若有来生，
　　我愿有一双梦想的翅膀，
　　永远与你不弃不离。

也许，
　　你不知遥远有多远，
　　苍穹长路，有多少疾风险雨。
你只期望，
　　从无疆的世界，
　　再坚强地回到这片深情的土地——
　　梦中的家园，
　　思恋的蓝天碧水，
　　更加圣洁，更加美丽……

第一章

首春

大地梦晓

赤麻鸭

雾幻赤麻鸭

WUHUAN CHIMAYA

雪后的拂晓，酷寒的空气魔幻般地将刚冒出湖面的气体瞬间变成丝丝缕缕的白雾冉冉升腾，在淡泊宁静的湖面上聚合成漫漫的雾气，形成一幅连天连地的白茫茫的帏幔，遮着山，掩着湖，显得缥缈、神秘而绮丽，宛若时而清晰、时而模糊的梦境，把恬伏在湖中的赤麻鸭群弥漫得扑朔迷离。

万籁俱寂，静得似乎可以让人感觉到那虚幻缥缈的水雾交互升腾的细微音量。雪野上仿佛有一种思想在向远方幽幽地散去。水雾里的赤麻鸭们，格外喜欢晨雾迷蒙中的这般静谧。它们或许要躲避不速之客，或许懒得长途迁徙，或许附近热电厂排放的温水在冰封的湖面上融化出的大片水域，已经能够让它们在这里度过寒冷的冬季。

我还是第一次见到偌大的野鸭群在辽河流域越冬，神秘奥妙的新奇感和创作的欲望使我顾不得严寒。隆冬时节，我坚持在每天日出前步行到湖边观察野鸭活动的规律，寻觅日出前后侧逆光条件下的野鸭在缭绕冬雾中那些奇特的倩影，争取努力实现我心中一个祈盼的心愿。

寒冷的冬晨，雾霭蒙蒙。我只能在零下 30 摄氏度左右的气温中静静等候光与影的组合，时常有一种超越时空的孤寂。即便我头戴棉帽，身穿羽绒衣裤、外套、皮大衣，棉靴里放上热垫，也难抵在冰天雪地里静卧一两个小时的严寒，手和脚被冻得发麻，眉毛上挂满白霜，浑身冷得发抖。有一次，我只顾集中精力拍摄身披白雪的赤麻鸭，贴着冰冷相机的上嘴唇竟被粘下一小块薄皮，疼得钻心，当我从相机视窗反光中看到自己嘴唇上渗出的鲜血像是涂抹的口红，却又情不自禁地笑出声来。

赤麻鸭也许是在辽河流域越冬的野鸭群中数量最多的种群。它们橘红色的躯体与白雪和灰蓝色的湖水交相映衬，给北方多雪的冬季增添了绚丽的色彩，给人以舒心的美感和暖意。

冬至过后，寒风凛冽。赤麻鸭也在沈阳附近的浑河上集聚。它们选择在未冰封的河段停留，白天四处分散觅食，黑天归来集结憩息。气温仍在不断下降，这条宽阔河流上的赤麻鸭也越聚越多，数量最多时可达数万只。附近的百姓叫它们“红老鸹”，也许是它们的出现使人们联想到了在往年冬季里见到的大群乌鸦。只是赤麻鸭习惯栖息在河面或开阔的河滩，不像乌鸦那样栖息在树林的高枝和楼房的顶端。

赤麻鸭

赤麻鸭在冬季不单独活动，彼此相互依靠，集体意识极强。偶有一次，两只赤麻鸭不知为何突然发生了激烈打斗，它俩凶猛对抗，跳起的身体和扑打的翅膀搅得身边的白雪乱舞。它们互不相让，激起了周围雪地上憩息的几百只赤麻鸭陆续围拢并有节奏地高叫起来。

很快，参与鸣叫的赤麻鸭越来越多，声音也越叫越大。它们一改平时“嘎、嘎”随意杂乱式的鸣叫，竟集体发出了令人惊诧的“嘎嘎嘎！嘎嘎嘎！嘎嘎嘎！”节律统一的急促共鸣，似乎是在齐声高喊着“别打了！别打了！别打了！”就像列队的士兵喊出整齐的队列口号，在空旷寂静的雪野上突显威严和洪亮。它们连续的共鸣，竟感染了附近雪坑中隐藏的我也从心里伴随着它们鸣叫的节拍一起呼喊着“嘎嘎嘎！别打了！”被呐喊的伙伴们团团围在中间拼打的两只赤麻鸭，像是从大家齐声的震慑中认识到了错误，很快停止了打斗。

在白雪和坚冰环绕的碧水间，还栖身着绿头鸭、普通秋沙鸭和斑嘴鸭等鸭类，竟然有几只普通鸬鹚也在其中。这是周围的老旧厂矿区环境污染治理之前未曾听说过的。我从心里感激鸟儿们对这里冬日的依恋，因为只要有它们存在，就预示着盎然的春天并不遥远。

赤麻鸭

傍晚，夜幕徐徐降临，上弦月悬在半空。烟雾朦胧的远树、大雪笼盖的田野和影影绰绰的河面，让雾、雪、月盖上一层白纱，使河中的赤麻鸭别有一番清幽情致。

更深人静时，河岸上的景物与城市的轮廓被夜色遮蔽起来，大地沉睡。静谧的深夜，月亮半遮半掩地隐没在层云里，间或赤麻鸭群发出的低音传向岸边。夜是一种神秘的、圣洁的力量，净化着生活中多少无谓的喧嚣、呐喊、呻吟和叹息。此刻，时空仿佛都凝聚在赤麻鸭群的曼声细语之中。

赤麻鸭主要生活于欧洲东南部、非洲北部及亚洲中部，属于迁徙性鸟类。生活在我国的赤麻鸭多数繁殖于东北和西北地区，越冬于长江以南及东南亚地区。赤麻鸭因全身羽毛多为橘红色而得名，展开双翼时可见翅上洁白无瑕的覆羽与铜绿色翼镜呈明显的色彩对比，嘴和腿为黑色。它们在大群集结和飞翔时蔚为大观。

晴朗的早晨，初升的红日把浓雾映得金红，赤麻鸭群还沉浸在安闲自得之中。在红雾的掩映下，数万只赤麻鸭铺满宽阔的河面，偶有几只早起的赤麻鸭在雀跃晨舞，搅动着身边的浓雾似滚动的火团变幻升腾。

观鸟时间久了，渐渐发现，鸟儿和人类之间存在一种默契，只要你不对它构成妨碍，它便可对你视而不见。于是，你便有机会近距离地观察并欣赏它们，并透过它们来感知时间和空间，了解自然。

这种美妙的感觉，只有置身其中才能体会得到。相互尊重，也许就是大自然物种间和平共存的基本要素。你对鸟儿有一分尊重，它将回馈你十分的美丽。

朝霞是红的，浓雾是红的，河面也是红的。水天一色，扩展着河的广度与深度。忽然，赤麻鸭群中传来一阵清晰响亮的鸣叫，顷刻间，数万只赤麻鸭一齐喧嚣着在梦幻般的冬雾中飞起来了！

赤麻鸭群的鸣声响遏行云，无数橘红色的羽影连接着漫天红霞。朝阳下，世界一片金红！

赤麻鸭

绿头鸭

寒翼临风

HANYI LINFENG

立春后，北方的大地开始缓缓地褪去冰封的痕迹，南方的候鸟已经迫不及待地向自己在北方的繁殖地迁徙。五角湖作为候鸟们迁徙途中的驿站，尚未完全解冻，风尘仆仆的大群雁、鹅和野鸭就已经陆续抵达，给宁静的湖泊带来蓬勃而凌厉的生气。

这些带着满身疲惫的行者沿着湖中已开化的不规则的冰面边缘排成长长的一线憩息，恰如黄庭坚的联边诗句：“逍遥近道边，憩息慰惫懑。”在灰白色的湖面上形成一条蜿蜒千米的深褐色曲线。这条曲线自然形成了一个莫名的符号，为空中的后来者们提供了着陆的可靠标识。

空中不断有雁、鹅和鸭群飞来，湖面上时而又有小群雁、鹅和鸭群飞起，它们在艰难的旅程中与在这里坚守了整个冬天的野鸭群会合，很容易在附近的水域和稻田里寻找到理想的觅食场所。

留在北方越冬的野鸭，悲壮，而激越；旷达，而凝重。虽然在天寒地冻的日子里也许清苦了些，但它们过得一点儿也不寂寞，无论是北风呼啸，还是漫天飘雪，丝毫没有冰冻它们每天过日子的热情。因为一切辛劳与坚持，都是为了心中盼望的春天。

现在，它们已经迎来了大家庭的回归，激动的心情溢于言表，与如约而至的家庭成员重逢，有说不完的话语。它们彼此问候，谈笑风生，最美好的事情，就是春天和亲朋好友已在眼前了。

每当我看到鸟儿从湖面飞起，那一簇簇梦幻般的倩影翩翩翱翔，飞入蔚蓝的天空，此时的敬畏欣喜之感尤为强烈，这是一个羽翼之上的世界。我只想了解这种游动生活的意义，了解它们的生命如何与时间的流动融为一体，如何把握地面与天空之间，这里与赤道、与北极之间的空间距离以及它们踏上漫长之旅的生命渴望。

鸟类史诗般的迁徙是自然界中最为引人注目的生物学现象之一。以鸟的视野俯瞰地球，全球主要有八条候鸟迁徙路线，其中沿着中国东南部海岸连接东北方向的路线是全球最重要的候鸟迁徙路线之一。

每年春、秋季节，在北极边缘、俄罗斯、朝鲜半岛、中国东北和中国华北北部等地繁殖的候鸟，大部分都要经过中国东部沿海地区进行南北方向的规律性迁徙，这也是中国境内鸟类迁徙最长的路线。

春季，来自亚洲南部地区的北迁鸟类主要沿中国东南部海岸北上，途经华东等地抵达华北北部、东北三省或周边国家，部分到达北极边缘地区繁殖。

秋季，候鸟多从上述繁殖地出发经中国东部南下，飞至华东和中南地区或远赴东南亚及南太平洋岛国避寒。候鸟在迁徙的过程中，只有极

绿头鸭

少数大型鸟类在适合的气候条件下，能够不间断地飞行，从而完成整个迁徙过程，大多数鸟类会因体能和天气等因素，在沿途某些能够停歇的地方休息和补充能量。

因此，中国东部鸟类迁徙路线中的停歇地对于候鸟完成其迁徙全过程具有极为重要的意义。

候鸟迁徙是史诗般的投奔，是鸟类背井离乡，带着憧憬上路，为了生存和繁衍，选择新的栖息地，去探寻新的生活。在这一点上，迁徙的人类和迁徙的鸟类有着一样的基因，都只为一个目的：寻找一个更有利于持续成长和生存的环境。所以，人类与鸟类应该相亲相爱。

春季南来、秋季北往的鸟类迁徙是自然界气势宏大的连续剧。作为自然界生态系统的重要组成部分，鸟类也通过自身的活动对维系森林、草原、农田、湖泊、海洋等生态系统起着重要的平衡和稳定作用。

如果没有种类繁多、数量宏大的候鸟存在，森林和草原中害虫和老鼠的数量就会急剧增加，种子的传播也可能无法顺利进行，滩涂和湖沼中的一些藻类会生长过剩。这些不良后果都会影响自然生态环境的良性发展，甚至造成自然生态环境的恶化。

鸿雁

国内外科学研究证明，不同地区的自然生态环境看似独立，实则通过候鸟紧密联系着。有大量候鸟栖息的地区，生态环境才得以维持和健康发展。一个地区的自然环境被破坏导致候鸟减少，就会引起另一个遥远的地区生态系统发生明显变化。

比如，北方海岸滩涂的大量消失，会导致候鸟迁徙的数量明显减少，候鸟繁殖率下降，必将给南方的湿地生态系统带来严重的灾害。如果南方热带雨林遭到破坏，将导致在那里越冬的候鸟数量减少，就必然造成北方森林失去生态平衡，同时导致气候异常。

正是这种环环相扣的生物环境，才能实现自然生态系统的平衡。自然生态平衡是一个漫长适应与渐进的过程，是地球动植物亿万年不断演化积累并赖以生存的基础条件，一旦遭到严重破坏，将难以在短时期内得到恢复，也必将导致人类生存危机的显现。

我国是世界鸟类资源大国之一。据统计，我国现有鸟类 1300 多种，其中候鸟 500 多种；我国的鸟类多样性也极为丰富，包括相当一批特有的世上最为华美而珍稀的鸟类，比如中华秋沙鸭、黑脸琵鹭、黑琴鸡、雕鸮、白尾海雕、草原雕、白鹤、丹顶鹤、白头鹤、东方白鹳、黑鹳、

猎隼、游隼、鸳鸯、黑嘴鸥、大天鹅等。

鸟类分为湿地鸟类、林灌鸟类、山地鸟类、海洋鸟类、草地鸟类、高原鸟类等。几百年来，鸟类的分类学所依据的特征是以形态学为基础，以比较解剖学的研究为结论。随着生物科学和生物学技术的飞速发展，显微形态学、生理生态学、行为学、细胞遗传学和生物化学等领域的技术成果也应用于鸟类特征和亲缘关系、种系发生等方面的分析，正在不断深化对鸟类系统高级分类学的研究。

保护好鸟类资源对维护自然生态平衡、保护生物多样性具有十分重要的意义。当前中国已经把生物多样性保护上升为国家战略。国家所倡导的自然生态环境保护，其内涵是环境文化，是一种人类自我觉醒和共同自救的科学文化。生态平衡与和谐发展既是自然的最高价值所在，也是人类的最高价值所在。

生态环境问题的本质是伦理问题，需要知识和法律的规范，关系着人类现在和未来可承受的生存与发展。对鸟类资源的保护不仅仅是保护鸟类本身，也决定着人类自身环境文化的进步与否，甚至决定着整个地球环境的未来。

鹊鸭

幽静的平衡

YOUJING DE PINGHENG

清晨，风儿非常轻柔，湖面水平如镜，碧澄澄的水波光滑柔软得如同绿色的软缎。鹊鸭划过，裁出一道逶迤的浪波，盈盈地拖着。鹊鸭绵言细语地唱着，歌声中的每一个音符，都传递着自信与心悦。它们三五成群地翩然相聚，期待着暖阳的到来。

鹊鸭可谓足迹遍布北半球，是颇有阅历的鸟类，它们主要分布于北美洲、欧洲北部、亚洲中部。其中部分繁殖于中国东北和西北，越冬于中国南部及周边等广大地区，也有很少部分在东北鸭绿江流域至大连湾一带越冬。鹊鸭属于迁徙性鸟类，喜在靠近山林和有水生动植物的湖泊、河流、海岸和沼泽地带繁衍生活。

雄性鹊鸭体羽颜色主要由黑白两色构成，很像喜鹊，因而得名。雄、雌鹊鸭的区别主要在头部，雄性头部为黑色并闪现蓝绿色光泽，两颊近嘴基处各有一个明显的白色圆形斑点。雌性的头部为深褐色，喙前端有黄色，躯体羽毛多为灰褐色。雄、雌鹊鸭均长有金色的眼睛，黑灰色的喙，橘红色的双脚。它们静下来的时候，一副精致乖巧的模样。

看上去，鹊鸭总是那样举止嫣然，自信满满，好像从来没有烦恼和疲累的时候。

在湖中，鹊鸭时而一边相互追逐，一边舞动着翅膀把水花溅到同伴身上；时而从水面上跃起，在空中灵活而敏捷地翻转几圈后又落回水面；时而纷纷潜入水下，快速穿行一段距离后又蹿出水面。

鹊鸭每一次从水面浮出后，都先要左右转动着头，冷静地观察附近水面和岸上的情况，再聪明的人也无从知晓它的想法。鹊鸭接着又会迅速潜入水下，谁也无法估计它在水的深处，会像鱼儿一样游到什么地方，而它每次出水的方位却从无重复，让人难以捉摸。

鹊鸭时而飞停岸边的冰缘，成双成对或小群体集聚，那种相互的亲近感很令人羡慕。

鹊鸭休闲时喜在水面漂浮，随波逐流，尽享阳光的温煦。这时，一切思考都已停止，只有深深地沉醉在这和谐恬静的景色之中。

当有什么东西深深地打动内心的时候，一切都是美丽的。

每当　沾满苔香的羽毛飘向赤道的暖阳
每当　浸染极光的寒翼融入星河的苍茫
渴望的心中
没有遥远　没有艰辛
没有畏惧　没有彷徨
只有明天
却不舍　身后的一片荒凉

为了憧憬　追寻着季风四海闯荡
漂泊的心　不会忘却出生的故乡
无论在海角天涯
每年　都要回家
带来　一抹春光

白骨顶鸡

也许是这里幽静，也许是这里清澈，也许是这里食美，湖里的鸟儿可多着呢。白骨顶鸡年年在初春乍暖的时节陆续抵达尚阳湖，且数量年年增多，恐怕最主要的原因还是这里很少有人来侵扰。

白骨顶鸡在这里休息、觅食，短暂地补充体力，也可能要在这里等待同伴准备召开每年相逢的联欢会，或要举行集体婚礼，然后奔向各自的家园。面对清一色的庞大群体，湖水都快映成了黑色，其他的鸟类都躲得远远的，偶有凤头鸊鷉前来打探动静，也是一触即走。

白骨顶鸡在中国北部为夏候鸟，长江以南为冬候鸟。每年 3 月下旬开始迁来东北繁殖地，并于 10 月下旬迁离繁殖地。在非繁殖季节通常个体随意生活，繁殖季节为季节性配对或家庭栖息。白骨顶鸡在入冬后喜欢结群，尤其在迁徙季节常常是几十只甚至上百只聚在一起，但是几千只乃至上万只的结群就鲜为人知了。

也许是造物主的刻意安排，白骨顶鸡通体是黑色羽毛，白色的喙骨、红色的眼睛，外表的羽毛没有任何杂色的搭配，使它的大家族很容易聚在一起。

随着全球气候逐渐变暖，近些年来，北方的冬天少了许多我们年幼时常见的没膝深的大雪，冰封的河面也在初春时融化得越来越早。那些在严冬时节不知道躲藏到哪里去了的小鸊鷉和琵嘴鸭，好像早已知晓在群山积雪的环抱中哪里有先期开化的湖面，它们经常会打破常规成为提前远道回归的主人。

小鸊鷉看似娇小体弱，却机敏睿智。它习惯悄悄地在水面浮游，静静地在僻静处休息，从不张扬，也很少高飞，受到惊扰时，会跃上水面，扇动翅膀，像展示轻功般快速踏水奔跑，在身后留下一圈圈水波。必要时，它会遁入水下。小鸊鷉有一身的绝活，精通游泳和潜水，尤其擅长潜入水下表演花样游泳。它的体形近乎椭圆，整个感觉就像一个毛茸茸的葫芦，故又称它为“水葫芦”。

小鸊鷉身上的羽毛为褐色，腹部的羽毛为白色，全身绒羽，松软如丝，在山雪掩映的春水中更显逸趣。

先期返回的小鸊鷉似乎是清一色的雄鸟，它们要尽早返回领地守卫家园，同时填饱肚子和强健体能，装扮漂亮的繁殖羽，准备迎接求偶期的到来。

小鸊鷉

琵嘴鸭

雄琵嘴鸭似乎已经提前进入了发情期，多彩的羽色较之入冬前明显妍丽了许多。头至上颈的墨绿色显映出油亮的光泽，胸及背上的白色更加纯净，腹部和两胁的栗色已经发红，双脚的橙红色愈发鲜艳。它们开始十分注意梳理羽毛、精心打扮。

琵嘴鸭的生活范围很广，在中国主要在东北北部和新疆西部繁殖，越冬于长江以南地区。常成对或成 3—5 只的小群，在迁徙季节亦集成较大的群体。是一种适应能力较强、体力充沛的旅者。

琵嘴鸭善于在水中边游边觅食，还能在浅水处边走边通过特有的铲形嘴在松软的泥土中挖掘食物，又可以随时清洗身体上的泥土。它们不时静立，向远方瞭望。

或许要等些时日，雌琵嘴鸭才能到来。即便雌琵嘴鸭到来，它们朴素淡雅的羽色一年四季也几乎没有任何变化，其实它们也不需要改变。

雌琵嘴鸭从不刻意妆饰，因为选择配偶的主动权在它的心上，生活的苦与乐在它的喙上，养育后代的重任在它的肩上，朴素会给它带来更多真诚与善良，会让它在平静中感受到真正的甜，也会给它带来持久的生存能力，也许越朴素越能集中精力做好自己想做的事情。

每年，南来北往的候鸟沿着辽河飞迁的时候，会在辽河平原北部看到几个相连的亮晶晶的湖泊。从高空向大地望去，那几个相连的湖泊宛若几颗璀璨的钻石镶嵌在犹如项链般的辽河边上，熠熠生辉。那里就是水鸟翔集的莲花湖湿地。

莲花湖湿地是辽河、柴河与凡河交汇冲积堆积形成的洪泛平原低地。湿地70%的面积被水覆盖，有629公顷的中心保护区。莲花湖的水面至少有三种颜色。远处看是白色，近处看是蓝色或者绿色，而且随着天气的变化，更接近天然的颜色。湖的周边长满了荷花，芦荡幽深，岸上柳树成荫。

对于不在湖边居住的人来说，不会对莲花湖产生多大的兴趣。然而，对于回归的野鸭们来说，这里的多色湖水及近邻的湿地中，有着丰富的水生植物、软体动物、甲虫类和水生昆虫等小型无脊椎动物，且环境幽雅，确有着难抵的诱惑。

绿翅鸭是每年先期到来的候鸟之一。我常常花几个小时观看小群的绿翅鸭灵巧地在莲花湖的湖心游来游去的生活细节。绿翅鸭娇小而美丽，雄鸟头部的棕黄色被贯眼至颈侧的橄榄绿色分割，羽体多灰色，嘴为黑色，脚是粉红色；雌鸟羽体褐色斑驳，腹部色淡。

绿翅鸭喜小群活动，多在淡水湖泊和沼泽地间觅食，常与其他水禽混杂在一起。它性情机警，很少在一个地方长时间停留，它会突然间产生一个想法，从水面直冲而起，动作十分敏捷，疾速振翅而去。

绿翅鸭习惯远远地避开人类的侵扰，等到实在没办法的时候，才会盘旋高飞。绿翅鸭飞行时振翼的频率极快，两翼下可见鲜艳的蓝绿色翼镜。它们在湖的上方高高地飞翔，很快变成了空中的黑点儿。当它们在空中寻找到其他的湖泊和江河，便会飞落到不受人类骚扰的水面，在那里休息和度过娱乐的时光。

待到夜幕降临时分，绿翅鸭群又会飞回莲花湖，是什么原因不得而知，大概它们和我一样，也是莫名地爱着这片湖水吧。

绿翅鸭

绿水仙羽

LÜSHUI XIANYU

在我国长白山脉广袤森林的溪流间，生活着一种美丽而古老的鸟儿。这种鸟儿喜欢清澈透明、曲折回旋的溪水和幽静茂密的原始森林，它们在这里世代繁衍，却因数量极其稀少而行踪隐蔽，又因极其珍贵而闻名世界，它们就是中华秋沙鸭。

中华秋沙鸭是第三纪冰川期的孑遗物种，距今已生存了 1000 多万年，被称为鸟类中的活化石。它们也是我国特有的珍稀鸟类，目前全世界只有不足 3000 对，与大熊猫、华南虎、滇金丝猴等同为国宝。

雄、雌中华秋沙鸭均长有漂亮飘逸的特征性冠羽，细长而呈前弯钩的红色的喙，乳白并显橘黄色的胸，纯白色的下体，鲜红而具多种技能的双脚。雄、雌鸟儿的色彩互补又很和谐。雄性的头部、颈部和上体羽毛为黑褐色并映现绿色的金属光泽。雌性的头部和颈部羽毛为棕褐色，上体为素雅的灰色。尤其是它们身体的后部和两胁羽毛上都有明显的黑灰色鳞片状斑纹，这些斑纹细致奇妙、布局匀称，犹如巧夺天工精织细琢。真可谓大自然匠心独具的精美艺术品。

野鸭族群中的任何姿色，对于中华秋沙鸭来讲，或许都是一种陪衬。看上去，雄性中华秋沙鸭犹如西装革履、仪态翩翩的绅士；雌性中华秋沙鸭恰似着装休闲、清新雅致的少女。自然界里，许多种野鸭随着适应生存需求的不断进化，羽毛都生成不同程度的保护色。中华秋沙鸭却始终完美如初，在游禽世界里独树一帜，远远望去最易辨识。

中华秋沙鸭在山泉的滋润下总是那么洁净、艳美。它们几乎一整天都在溪流里游泳或潜水，休息时多停留在岸边或水面露出的石头上，警惕性很高，飞行时不远离溪流。它们对大森林情有独钟，常选择距离水域较近的活体阔叶树的树洞筑巢，树洞距离地面的高度通常超过十米。它们对生活环境要求极为苛刻，是自然环境的“指示物种”。

中华秋沙鸭是因为美丽而稀有，还是因为稀有而美丽尚待讨论。但至少在今天，中华秋沙鸭仍属于国家一级重点保护鸟类，全球性濒危物种。难道美丽就注定命运多舛吗?

人们可否知晓，从天空飞翔的鸟类中能找到近似陆地动物的色彩或图案，其中有些颜色和花纹对应得极其相像。它们是否在生物进化的过程中有着必然和内在的联系，尚不得而知。但是它们之间的色彩异同却能带给人们无限的遐想和情趣。

在中华秋沙鸭的旁亲中，还有普通秋沙鸭、红胸秋沙鸭、白秋沙鸭等。其中普通秋沙鸭和红胸秋沙鸭的形体及羽色与中华秋沙鸭的形体和羽色差别不大，主要差别是普通秋沙鸭头上没有中华秋沙鸭头上飘逸的特征性冠羽；红胸秋沙鸭顾名思义就是胸上的羽毛呈现淡红色。只有白秋沙鸭别具姿色。雄性白秋沙鸭的头颈呈白色，眼睛呈黑色，双眼周围形成黑斑，全身白加黑的羽色组合可谓大自然的妙笔神工。

雄性白秋沙鸭的面部形象会使人联想到何种陆地动物的面部形象呢？是不是与国宝大熊猫有异曲同工之妙？现在我国白秋沙鸭的数量已经很稀少了。人工繁殖极其困难，甚至比大熊猫还难。

白秋沙鸭美丽娇小，行为谨慎，危机感极强，尤其害怕人类。它们很少单独活动，经常与其他野鸭或雁群结伴出行。每当有危险在附近出现，它们都会鸣叫着从野鸭群或雁群中最先飞离。白秋沙鸭的起飞动作就像展示轻功一般，脚踏着水面凌波奔跑，快速扇动双翅产生上升浮力后腾空而起。雌性白秋沙鸭头顶栗色，上身呈黑褐色，下身呈白色。它们漂亮的羽色和矫捷的动作常常会给有幸发现它们的人们带来快乐。

白秋沙鸭为季节性候鸟。连续多年，白秋沙鸭在辽河流域都难觅踪迹。2006 年的惊蛰刚过，我在辽河的一条支流旁偶遇一小群白秋沙鸭，有十几只。它们远远地躲避着人类，飞行时聚在一起，降落后便藏进河面上的其他野鸭群中。

我远距离观察这群少见的白秋沙鸭的活动规律，终于发现它们飞来飞去之后，多次集中栖息于一个隐蔽的河流转弯处。我想，只有走近它们才能较清楚地观察到白秋沙鸭的生活细节。

由于前方有排灌渠阻隔，我只好沿着排灌渠行走，绕行了近千米，找到了一座小桥后才得以走过水渠。过渠后，眼前是大片冰雪初融的水稻田，没有道路，我只好踩着泥泞的田埂，深一脚浅一脚地向白秋沙鸭活动的方位吃力地走去。我沿着拐来拐去的田埂扭扭歪歪地走了半个多小时，才满身汗水地抵达了白秋沙鸭活动的河湾边。

白秋沙鸭早已飞离，我有时间仔细观察周围的地形。宽广的平原被河流切割开来，犹如大地被一双无形的巨手掰开了一条不规则的裂缝。这里的坡度几乎为零，河水自北向南的流径曲折蜿蜒，当地人称这种河流为“羊肠子河”。我站立的地方，河流出现了一个较大的转弯点。

河流转弯点南侧的河床由于多年被河水侵蚀，形成了峭立的土崖，高差有十多米，土崖下杂草丛生；北侧的河床由于河水在转弯处的回流形成了泥沙沉淀的河漫滩，呈现出美丽的扇贝形。

冷风在土崖下显然会减弱，让位给温煦的春光。虽然季节性冻土尚未完全解冻，但土崖遮挡下的河段上，河中心已经没有冰了，河两侧的冰还没有完全融化，但是饱含水分，颜色发黑，已经快化了。在这怡人的春日里，蛰伏的生命开始伸展。白秋沙鸭挑选在这里觅食、栖息，果真精明。

我估计白秋沙鸭还会回到这里。如果我站在河岸上面，不仅无法观察到土崖下的河面情况，还会对白秋沙鸭的回返带来干扰。于是，我跃下土崖，走进荒草丛中找了一处合适的位置，静静等候。

这个位置视野开阔，可以观察到左右两侧河面的情况。我抓紧时间在附近拔了几大捆荒草，迅速用荒草编结搭成一个简易的一米多见方的穴状“掩体”，然后藏身进去，再用拔来的剩余荒草将入口处遮掩上。

我跪在草穴中利用草秆的间隙对外瞭望，只将相机镜头探到“掩体”外面。我想，野鸭即便看到镜头，产生好奇，但镜头较小，它们也不会因此而惊离。

在耐心的长时间等待中，河面与土崖被夕阳染上了一层米黄色。河面如镜，倒映着土崖发白的峭壁、曲折幽暗的沟壑，就连土崖下的簇簇荒草都映在水面上清晰可辨。此景犹如一幅风光画，画面里河岸平直的水线将土崖与倒影分开，如果拍摄一张照片，很容易使人分不清哪儿是真境，哪儿是倒影。这时四周宁静，只听到荒草叶片在微风中窣窣的声音，久候未果的我不禁略有些焦急。

等待中，平静的河面上忽现细细涟漪，我立刻朝传来涟漪的方向望去，发现左侧的河湾处冒出几只绿头鸭慢悠悠地游了过来。

雄绿头鸭很美丽，它的头和上脖颈的绿色羽毛闪闪发光，脖颈下有一圈窄细的白色羽毛，特征明显，它的喙是黄色的，全身棕红色的羽毛中呈现漂亮的花纹。雌绿头鸭的羽毛以棕灰色为主，羽毛上也长有漂亮的花纹。它们左右摇摆着身躯，头不停地转动，眼睛向四处观望。它们又轮换着将上半身探到水面下寻找食物，尾巴朝天翘起，两只橘红色的脚掌在水面上快速划动，出水时，偶尔发出低音的鸣叫。

绿头鸭还不时把头颈钻到河边悬空的冰层下面急切地寻找可吃的东西，它们抬起头时，喙在不停地咀嚼着，有的喙上还沾着腐烂的草根，显然已有些饥不择食。

我想，白秋沙鸭一定会在不远的什么地方紧盯着这里的动静，或许在空中边飞翔边观察着这群绿头鸭的反应。看来，现在比的就是谁的耐心更持久了。

忽然，我身后的上空传来一阵带着风啸音的振翅声，似乎紧贴着我的“掩体”上面疾速向前方掠过。随着左侧不远处的河面上一阵跳跃的水花，只见三只雄性白秋沙鸭降落在刚刚游过来的绿头鸭群的旁边，距我仅有十余米，太近了！

三只白秋沙鸭落下后，并没有像绿头鸭们那样急于觅食，而是挺直脖颈，昂头观察。其中有一只白秋沙鸭侧目紧盯着我从草丛里探出的相机镜头，眼睛竟然一动不动，它好像在怀疑荒草中伸出的这个怪怪的黑色圆东西，也许在想着各种答案，同时也细心地观察着附近的景物，哪怕是细微的异动。

白秋沙鸭

我在荒草“掩体”中屏住呼吸，不敢发出任何响动，只能从相机的取景框中悄悄地观察。

我通过相机镜头看得真真切切，白秋沙鸭的羽毛太洁净了，几乎没有一丝杂质，黑白相间的羽色可谓天生丽质、姿色怡人。在河水的映衬下，它们俊美灵动，神态可掬，只是眼神中有些恍惚不定。

我知道自己身穿沙漠迷彩服，头戴迷彩帽，隐藏在荒草丛里不会产生色彩的反差，只要不动，一般不会引起白秋沙鸭的警觉。可我又担心没有抹迷彩油的脸在荒草空隙间露出马脚，让白秋沙鸭看出破绽。我只好把头躲在相机的后面，不敢探头向外观察，大气不敢出，也不能转动镜头、按动快门。

我与白秋沙鸭隔着荒草丛，近在咫尺地默默相持着。我并没有觉得自己是个入侵者，却感受到鸟儿给人的心中带来的平静。心静以后，我清晰地体验到了那些最原始的神秘感觉：空间的内涵和外延、天上洒落的光线、流星的时光、真实与表象，全都汇聚于当下。

过了好一会儿，三只白秋沙鸭才放下心来，开始慢慢地游动。

我还不能拍摄，因为这里太安静了，白秋沙鸭需要这样的安静。我们之间的距离又太近了，双方似乎都能听到对方匀速的呼吸声。如果这时传出相机快门的连续声响，恐怕会惊扰这些千辛万苦远道跋涉而来的尊贵客人。

我正在反复地琢磨中，头顶上空又传来一阵比刚才三只白秋沙鸭飞来时啸音更多的振翅声，只是声响的方向偏左了一些。随着传来的声音，我从草穴的缝隙间向外瞭望，惊喜地看到又有一小群白秋沙鸭集中地快速飞来，也陆续落在了左侧的河湾中。

刚落下的这群白秋沙鸭没有停顿，带着水花快速地游向先到的三只同伴身边，大家聚在了一起。

我仔细看，刚落下的这群白秋沙鸭中有三只雄性，六只雌性。它们可能是一个族群。显然先飞来的白秋沙鸭是这支队伍中勇敢的“尖兵”，“尖兵”三位一伍，又与人类组织类似行动的做法极其相近，可见白秋沙鸭的“足智多谋”。

微风轻拂，如镜的河面荡起轻轻的涟漪。白秋沙鸭们像回到自己的领地一样，泳姿逍遥。它们开始嬉水、拍翅，清洗身上的灰尘，缓解疲劳，而后纷纷钻入水下觅食。

它们的入水动作很有节奏感，姿势同一，且速度极快。入水前，白秋沙鸭首先昂头挺胸，突然跃起上半身，随即弯腰低头向水下猛扎，犹如一个前滚翻动作，迅速钻入水下，只见撅起的尾尖瞬间沉入身体下潜搅起的小旋涡中，一组连续动作在眨眼之间完成。这种敏捷的身手的确令人称奇。

这时候，风是静的，山是静的，树是静的，心也是静的。白云在倒影中，白冰在倒影中，白鸭也在倒影中。不要动，不能动，哪怕一丝意外响动，都会撕裂这幽清宁静的世界。

突然，水中的倒影碎了，白秋沙鸭慌了，惊叫了，逃离了。捕猎人来了。平衡被打破，无我与谁争。影碎鸭不见，又回世俗中。眼前的景致变了，我的心，也乱了。

望着眼前惊飞的白秋沙鸭，我理解着它们生活的艰辛与坚韧。虽然目前这个珍奇的种群数量极其稀少，但是它们仍然顽强地生存着，因为多彩的世界不能没有黑白。

白秋沙鸭

白鹤

BAI HE

春天已在云中微笑，新的希望和生命正悄无声息地孕育着。

在空气中所充盈的那一缕缕温润的气息中，淡雾清云之间，远飘鹤影，白羽点点，清极秀极，常常被视为可以为人们带来快乐和幸福的幸运之神。每一年，当我们能够听见白鹤的叫声、看见它们的身影时，就意味着一年之中最美好的季节来临了。

2009 年春暖的脚步姗姗来迟。3 月末的一个黎明，我再次来到离家百余公里远的湖泊等待白鹤。

那天早上风力很强，六七级的西南风在旷野中狂奔，刮得停在湖堤上的吉普车有些晃动。我吃力地推开车门，在扑面而来的大风中，手扶着汽车勉强站在湖堤上向四处瞭望——天空阴暗，水面迷茫。对于野外观察和拍摄来说，这不是一个好天气。可是我不愿离开每一次长途奔波后看到的鸟类栖息地。哪怕遇到不良天气，我都要坚持下去，等待天气

白鹤

转好的时候，哪怕等到天黑。根据几年来的观察记录和近期的气温回升，我推断白鹤应该如期而至了。

湖中不远处有一些豆雁和野鸭在间歇地鸣叫。我仔细地听着，听到了！漫天的风声里隐隐约约地传来了芦荡深处混杂在雁鸭群鸣声中的白鹤之唳，白鹤的叫声微弱，时断时续，仍能听出大概有一群白鹤在鸣叫。虽然空气中还有几分寒意，看来丝毫没有阻挡白鹤远行的脚步。

我看了一下手表，6点钟刚过，又望了一下天空，云层低沉。我估计，这种强风天气且能见度不良，白鹤应该不会马上向北迁徙。光线还较暗，也不利于拍摄，我便按捺住激动的心情回到车中等待。

在焦急地度过了两个多小时后，车外的风稍弱了一些。我再也等不及了，马上下车，穿上水裤，扛上摄影器材，走下大堤，蹚着湖水，沿着芦荡向白鹤鸣叫的湖心方向尽力地走去。

白鹤远远地露出了身影，虽然还看不清数量，但我已经有些迫不及待。湖水翻卷着浑浊的泥沙，遮蔽湖底，我小心翼翼地试探般向前迈着步子，脚踩在湖底的淤泥上陷得不深，我凭经验估计是湖底的冻土层还没有完全融化。我争取离白鹤更近一些，尽可能大胆地在水中向前伸出腿去，也不知道会不会踩空或陷入泥潭，越走湖水越深，愈加困难，我一直努力坚持走到浪涌击腰很难再向前时才停下脚步。

水面的浪涌一个接着一个，冲得我站立不稳。湖水紧紧裹住我的下半身，冷冰冰的。我的神经高度紧张，此时已与外界失去联系，稍有不慎后果不堪设想。如果发生意外，寻找我的人都不知道我消失在哪里。

白鹤群的鸣叫忽然变得高亢，声音从湖面上飘荡过来，仿佛在向我召唤。多少天来梦寐以求的白鹤近在眼前，不知怎的，我蓦然感到身上有一种刚毅、剽悍的力量深溢开来，使我紧张和恐惧的心情逐渐平静。

我开始不停地寻找站立点，脚还是不断地往淤泥下陷，看来停在这里也难以拍摄。我考虑另寻途径，转头看见右侧不远处有一片稍高的芦苇丛，估计那里地势较高，便吃力地走了过去。果然，那里的水深刚到我的大腿根，脚踩淤泥也下陷不多。我向前方望去，视野开阔，湖中远处的白鹤和周围的各种野鸭、大雁尽收眼底。

我已经走到湖中芦荡的边缘，距离岸边有 200 多米远了，如果在夏秋季节，湖水浸透湖底淤泥，我是不可能深入到湖中这样远的地方来的。我选择位置，支起三脚架，安上照相机并调校好数值，只期望能见度逐渐转好，白鹤群也许会向我站立的附近靠拢。

白鹤觅食需要活动，如果它们发现湖面上忽然多出了一个不明物体，尤其是人类，肯定会远离的。只有我在芦苇荡中隐蔽好并长时间处于安静状态，白鹤才有可能放心觅食，逐渐靠近这里。

我从望远镜中粗略地数了一下白鹤，天啊，足有千余只！白鹤属于世界极危物种、国家一级保护鸟类。据国内外资料记载，全世界现存的白鹤仅有 3000 余只。今天有这么多的白鹤聚在这里，实属罕见。但距离太远，天气阴暗，我只好耐下心来在芦荡的风浪里等待。

三个小时过去了，浓云慢慢淡去，天也明亮了许多。白鹤群却显得小了一些，它们似乎在向远方移动。这段时间里有小批雁、鸭飞来飞去，其中还有一小群白琵鹭落在我左前方上百米远的地方。这群白琵鹭有30余只，落下后便低头摆动着长喙在水中寻找食物，不一会儿，它们自动组成横排向我隐蔽的地方慢慢地靠近。

一个多小时后，小群白琵鹭距我几十米远。白琵鹭洁白俏丽，行走稳健，觅食间也时而争斗打闹，互相夺食，跳跃的动作引人入胜。我抓紧时间拍了一些白琵鹭觅食的照片，又企盼着白琵鹭能吸引来白鹤。

风逐渐小了下来，不屈不挠的太阳从云薄处打开缺口，喷射出几道宽窄不一、强弱不同的直射光芒，聚焦在湖中低头觅食的白鹤群中。有几只白鹤交替着接续长鸣，没有间断，似乎向伙伴们传递着值守的讯息。

忽然，白鹤群像是听到了什么召唤，同时仰头朝空中鸣叫起来，叫声洪亮、激情四溢。鸣叫间歇时，远空黯然缥缈地传来了相同的回声，真是神奇！难道天空是白鹤的回音壁吗?

不一会儿，高空中出现了一小团蠕动的灰点，慢慢地越来越清晰，原来有一大群白鹤由远而近地飞临到湖面的上空。空中的白鹤群一边盘旋向下观察，一边与地面白鹤群的叫声呼应，一边分批次地缓缓降低高度，一切都那样井然有序。白鹤降落时的姿态优美，从个体看似天女下凡，舒展飘逸；从群体看像朵朵白莲花从空中簇簇层层地飘落。

也许是湖中的白鹤群里缺少空位，有一群白鹤飞来降落在距我不远处的白琵鹭周围。有了前面同伴的驻足，接下来陆续降落到白琵鹭附近的白鹤数量逐渐多了起来，少说也有几百只，其中最近的白鹤距我仅有五六十米，让我看得心潮澎湃。

白鹤真的是善解人意，好像知道我不辞跋涉、冒着被淹死的危险来到湖泊中观赏它。所以，它们一批又一批地飞来，尽情地展示在我的面前，留下它们美好的瞬间。此刻，我还从心里由衷地感谢打前站的白琵鹭们。

我从镜头中看得真切。白鹤红色的面孔、金黄色的眼圈、洁白的羽毛、修长的身材、红色的长腿，成就了秀美、高贵、典雅的气质。白鹤站立水中，似少女亭亭玉立，体态俊秀，含蓄优雅；白鹤在湖中漫步，如白衣仙子超凡脱俗，婀娜多姿，风度翩翩；白鹤展翅飞翔，翅端黑羽如墨玉镶袖，飘逸洒脱，宛如洁白的莲花凌空绽放，又似片片祥云与蓝天做伴。

太美了！白鹤洁白高雅的超然风度，独有的安逸沉着之感，从它的一举一动中散发出来，它的尊容、风骨、举止令人赏心悦目。

古往今来，白鹤因一身自然天成的雅淡羽色、俊秀的形体，更因其文静、忠贞、长寿的特性，为历代文人所青睐、儒道名士所钟情，被赋予了形神俱美的文化内涵和多元审美的价值标准。“涧水浮花出，松云伴鹤飞。”（明·唐寅）道教视之为仙人骐骥、天国使者；儒士喻之为仁人君子，与松、竹、兰同格同品；隐逸之士则以之为超凡脱俗人格的代表；君王将其作为“方直之臣”的徽识；民众则寄托以吉祥、幸福、长寿之愿望。

经过千百年来的累积沉淀，白鹤的形象、品格、气质和美学寓意，已经浸透于历史、哲学、宗教、文学、艺术、体育以及日常民俗生活的诸多领域，对中华民族的民族心理和民族性格产生了很深的影响。现在，如此近距离地观赏这些从历史的长河中走来的神秘精灵，怎能不让我心生感动。

当我们读到好文章的时候，需要静下心来慢慢地品味、思考、享受；当我们走到野外观鸟的时候，也需要静下心来慢慢地感知、体会、积累。在观察野生鸟类的时候，我们有时候会忘掉自我——的确，这是一种独特的生命体验：压力在观察中释放，烦恼在观察中忘记，精神在观察中解脱——当我们远离喧嚣的城市走向大自然时，便是真正享受生命乐趣的开始。这种心境甚至会随着观察的深入而愈发升华，我们会焕发新的活力，摆脱不安、羞怯和困窘，净化自己的心灵。

不知什么时候，眼前白鹤群的附近又出现了一群小天鹅，有二十几只。它们摇摆着长颈，悠然得美轮美奂，可能是为了寻找安全依靠，刚从附近的苇荡中游过来聚群的。

忽有两只小天鹅面对面地挺胸昂头，抻长脖颈相互高声鸣叫起来，又先后伸展开宽大的翅膀反复拍水，激起片片水花，其中一只小天鹅收翅转身快速游走，另一只小天鹅拍打着双翅，鸣叫着紧追了上去。看来它俩若不是情敌，便是情侣。

这时已是下午 2 点多钟，我感觉饥肠辘辘，两腿麻木。我稍微活动一会儿双腿，心想要坚持下去等到傍晚，一是看看还能飞来多少只白鹤，二是如果傍晚光线理想，也可多拍摄些难逢的白鹤景致。

整个下午，白鹤一直在不知疲倦地交替鸣叫着，似乎群体越壮大它们越有激情，估计鸣叫的声音能够传出数公里远。空中不时还有小群白鹤鸣叫着飞来，每群几十只不等，好像在按计划统一往这片湖水集结。

白鹤

黄昏，风静了下来，夕阳由金黄逐渐变成绯红，透过薄薄的浮云散发着柔和、温馨的霞光，为恬静的白鹤染上了一抹淡淡的落日红，灰蒙蒙的远山与乳黄色的苇荡衬托着白鹤群的蔚为壮观。

许多饱餐后缓解疲惫的白鹤开始玩耍，它们逍遥漫步，挺胸昂首，回步转颈，或引颈高鸣，或展翅作舞。有的成双成对地跃起，似在落霞的伴奏下，跳着欢快的水上芭蕾。

突然，白鹤群好像听到了统一的号令，同时停止了觅食和消遣，齐刷刷地集体昂头挺直站立，像是等待接受检阅的士兵，排列整齐、悄无声息、梯次有序、阵容雄伟。这是真正的非凡气势，机不可失！

由于白鹤的数量太多，我只能采用接片的办法拍摄，边拍摄边统计，仅一组七片内就有 2000 余只，还不包括散落在四周的白鹤，真是难得的记录！也就是说，全世界三分之二以上的白鹤今天集体来到这里，多么珍贵的场面！看来，在野外，只要有足够的耐心，自然界就会为你呈现千变万化的奇妙景致。

这时，有一位老乡蹚着水从我身后走近。原来，刚才是因为他的走来，惊动了白鹤。他好奇地问我："看你在这里一动不动一整天了，干

白鹤

什么呢？”当他知道我在拍摄白鹤时，便主动热情地向我介绍起白鹤的自然习性，又告诉我附近还有白头鹤的讯息，还让我记下他的住址和电话号码。他姓鲍，让我叫他鲍老弟，也是一位爱护野生鸟类的热心人。晚上6点多，已经站得两腿几乎僵硬、筋疲力尽的我才在这位鲍老弟的帮助下走出了湖泊。

大堤上，我回头望去，暮霭沉沉的湖面上，白鹤一排排地伫立，仰天长鸣；数万只大雁分片集结，引吭高歌；成群的天鹅伸出长颈鸣叫着聚成一团；无数的野鸭散布在芦荡边尽情地欢唱。这里没有种类界限，没有恩仇迎拒，大家同是一个阳光煦育的兄弟姐妹。这时已分不清哪种鸟儿的声音，只有鸟儿群体的共鸣在天地间回响。

这时候虽看不清暮色中鸟儿们的面目，我的心却与鸟儿们紧紧相连。我想象着，当自己已经走得很远时，还一步三回，一步三回……我相信，即算我所有的记忆都消失了，脑海中一定还会回响着它们的声音，流动着它们的倩影。

我长长地舒了一口气，虽然一整天滴水未进，但愉悦的心情和对鸟儿的虔诚祝福仍伴随着鸟儿的大合唱飘向远方。

野鸭的境遇

YEYA DE JINGYU

蜿蜒千里的辽河在流经沈阳西部的平原时放慢了前行的脚步，汇集起数条涓涓溪流，生成了无数个大大小小的湖泊，湖泊周围芦荡繁茂，形成了分布宽广的辽河湿地。每年春季，大批的野鸭会陆续聚集在这里，开始它们新一年的生活。

北方的人们很少见到飞翔的形色各异的野鸭。因为迁徙的野鸭在当地停留的时间有限，又常常远离城镇，到人烟稀少、水草适宜的环境栖息。多年来，辽河湿地的大片水域虽然被附近的居民不断围垦造田或建成了养鱼池塘，湿地的面积逐渐萎缩，却依旧是野鸭们顽强生息的家园。每年，只要人们在辽河湿地见到漂亮的野鸭，都会异常欣喜。

大地复苏，冬日结冰的河面在春水涌动下较之封冻的湖泊早些时日开化。从南方早归的野鸭们便会纷纷寻找到已开化的河面僻静之处栖身。

由于这个时节适宜停留的水面有限，各类野鸭便会自动混合成大小不一的群体，相对集中地在一起觅食。它们即便在洗澡和睡觉时，也无须担心，因为如果危险来临，同伴会及时发出警报，互相提供安全保障。

逐水而栖的鸟类由于生存方式的不同，在长期的进化过程中逐渐形成了不同的生态类型，其中主要有游禽和涉禽两种类型。游禽，是一类适应在水中游弋、潜水生活的鸟类。包括鸭、雁、天鹅等常被人们称为水禽的鸟类，它们不仅能在各种类型的水面活动，有些还擅长在一定深度的水域潜水觅食。涉禽，是一类适应在浅水或岸边栖息生活的鸟类。包括鹤、鹭、鹳、鹬等种类，它们虽然在水边生活，但游泳能力一般，不会潜水。为了涉水捕食，涉禽的喙、颈、腿的长度通常进化得与其能够涉水觅食的深度相匹配。

辽河湿地在北方并不十分出名，但每年春天，大量的野鸭聚集在这个庇护所，使这片湿地呈现出一种健康而且生机无限的气氛。春天的任何一天，游客在这里都有可能看到数万只蓄势待发的野鸭。

先期来到北方湖泊栖息的野鸭似乎早已了解附近水稻田里融化的泥土中有软体生物和植物根茎是能够饱餐的美食，便一群一群地分批寻找大片的稻田觅食。它们之间没有种族之别，没有贵贱之分，不分羽色和性别，总是相伴往返。它们自由组团，彼此之间从不为争夺食物而打斗，却轮流瞭望值守，各得其所，其乐融融。

就觅食方式来看，野鸭一般可分为潜鸭和浮鸭两种。但从求偶配对、繁殖育雏、活动栖息等生活习性来看，两者大同小异。因此它们很容易聚集在一起。结伴而行的小团队中常常有凤头潜鸭、赤颈鸭、白眉鸭、针尾鸭和罗纹鸭等，只要细心观察就会发现，它们各有优长，并有不同的特色。

凤头潜鸭属需要潜水的鸭子，潜鸭类的身体较沉重，翅膀比较小，双脚通常长在身体的后下部位，接近尾巴，便于在水中灵活机动，上了岸则不免显得有些笨拙，站立时一定得挺胸抬头，身体尽量直立，否则就会前倾伏倒在地。别看它在岸上步履蹒跚，进到水中便灵活而优雅。潜鸭起飞时需要有一段助跑，才能够飞起来。

凤头潜鸭因雄鸟头顶生有黑色冠羽而得名，飘逸的冠羽使凤头潜鸭显得独具风骚。雄鸟有黑色的羽衣，腹部及体侧却为白色；雌鸟则为黑褐色的外观，两肋为褐色。雄、雌凤头潜鸭的双眼均为漂亮的金黄色，也是其鲜明的特征。

雄赤颈鸭的头部和颈部的大部分为棕红色，额至头顶为乳白色，上体为灰色，有暗褐色波状细纹；雌鸟的头部和后颈为棕褐色，上体为褐色。两者较容易区别。雄、雌赤颈鸭的喙均为铅灰色，腹部均为白色。

赤颈鸭的水性很好，善于潜水，飞行快而有力，鸣声响亮清脆。它们很少单独活动，这也与鸟类季节性集中迁徙有关。

白眉鸭在空中展翅高飞时常常会发出热情欢快的鸣叫。其雄鸟在求偶阶段因为兴奋可能还会发出与其他阶段不同的声音，但这种声音是特殊时期示爱的呼唤，不是它们一贯的叫声。

雄白眉鸭具有宽阔而醒目的白色眉纹，特征明显。其胸部、背部为棕色，腹部为白色，羽毛的线条和图案自然天成。雌白眉鸭全身以黄褐色调为主，胸、腹部至尾下均为白色，但有黑色的贯眼纹与白色的眉纹，生动秀美。它们从不潜水取食，喜欢在幽静的湖边觅食、玩耍。

针尾鸭与众不同的显著特点是雄鸟长着两枚细长的尾羽，又名尖尾鸭，很容易辨识。雄鸟头部深棕色，上体灰褐色，喉及胸部白色。雌鸟头部淡褐色，上体深褐色，下体皮黄且具黑点，尾形较尖。雄、雌针尾鸭的眼睛均为黑色，嘴及脚为灰色。

针尾鸭飞翔急速有力，游泳轻快敏捷，不善潜水，能在陆地上快速行走。雄、雌常常形影不离，性情怯懦而机敏，常于早晚在水边活动。

雄罗纹鸭有着秀美的羽色，头顶栗色，头侧绿色闪光的冠羽延垂至颈项，黑白相间的飞羽长而弯曲，喉及嘴基部白色，有一黑色细横斑位于颈基处，尾下两侧各有一块三角形乳黄色斑，尤其带有波状细纹的尾羽更显出它们的婀娜多姿。雌鸟的羽毛为暗褐杂深色，下体棕白色，嘴

赤麻鸭

白眉鸭

赤颈鸭

凤头潜鸭

及腿暗灰色，头及颈色浅，两肋略带扇贝形纹，尾上覆羽两侧具草黄色的线条。

罗纹鸭相当安静。繁殖季节雄鸟发出的求偶声都是低哨音接着颤音，雌鸟则以粗犷的声音作答。罗纹鸭为浮鸭的一种，数量较少，属于世界近危鸟类。它们飞行时灵活迅速，常伴有低音的叫声。迁徙时喜结大群，常与其他鸭类混合在一起。

野鸭们白天多在开阔的湖面、江河、沙洲或湖心岛上休息和游玩，为躲避人类的惊扰，清晨和黄昏时才飞到附近农田或游至浅水处觅食。这些野鸭多繁殖于中国东北的湖泊及湿地，冬季飞经中国大部分地区迁徙至华东与华南及周边地区，在香港、台湾地区也常有越冬鸟。在中国，野鸭一族被列入有益的或有重要经济、科学研究价值的鸟类。

野鸭们聚在一起的时候，特别喜欢鸣叫。“它的声线活力四射，节奏明快，变化多样，但是没有细腻的趣味，它没有高亢清澈的旋律，它的表演如同梭罗笔下的松鼠，永远表现出旁观者的视角。”（[美]约翰·巴勒斯）在众多游禽中，野鸭们行为谨慎、与世无争，它们的叫声虽然不似阳春白雪，却醇厚简洁，或许同类才能知晓这些声音中的奇妙语意。靠声音提供信息，能帮助它们互相定位，并集聚成群。附近的同伴常常会循声赶来，似乎这些叫声转达着族群活动的范围和安全的程度。

野鸭在静下来之后，也始终不停地向四处观望，眼睛里总是闪烁着机警的目光，流露出不安和疑惑的神色，头不停地来回转动，除了瞌睡几乎没有停止的时候。

野鸭的神经是很敏感的，有一种与生俱来的警觉天性，可能在它们的基因里早已生成了对人类和天敌的恐惧与防范；野鸭的内心是很豁达的，它们能原谅所有的争斗与伤害，寻找属于自己的静谧的空间；野鸭的意志是很坚强的，它们勇于面对风霜雨雪、艰难险阻、生死离别。

野鸭的要求并不高，只需要一处能够栖身的水域，顺利地生儿育女，过着安宁的生活。

每当看到艰辛而顽强的野鸭，我就会想起一个场景。那是1993年的初夏，我作为一名工作人员随中国友好代表团访问瑞典。当时瑞典的自然生态环境给我留下了深刻而美好的印象。

在斯德哥尔摩市区的一次乘车途中，我们乘坐的中巴车突然停在了大道中央。我非常诧异，前面没有红绿灯，又不在街区交叉口，道路笔直宽敞，没有车辆堵塞，为什么会意外停车？是我们乘坐的中巴车出现故障，还是有不礼貌的行为？

我当时心怀不悦，立即起身走到司机的身边，还没有等我问话，司机便微笑着用手指了指车前方的路面，我顺着他手指的方向向车窗外望去。哇！原来有一只野鸭子在横穿街道。

那只野鸭子如入无人之境，只管自己轻松自在地行走，根本没有把来往频繁的车辆放在眼里，它还不时在路面上停下来四处观望一会儿，满意了再继续向前行走，好像它才是这里最高贵的主人。司机没有鸣笛，后面尾随的车辆也没有鸣笛催促，对面开来的车辆也悄然地停了下来。看来这里的人们对此习以为常，行为也成为自觉。

我们看着野鸭子摇摆着笨拙的身躯，优哉游哉地穿过了街道，走进了路边的草地，草地上还有一只野鸭子带着一小群雏鸭在漫步、玩耍，它们可能是一个小家庭。

眼前的街道洁净，两旁绿草绒绒，行树成荫，街区的建筑古朴而雅致，天碧如洗，白云朵朵。仿佛周围的一切景观都成为野鸭子一家的陪衬，一切又是那样的和谐。此时此刻，我的心灵似乎受到了强烈的冲击，明显感觉到落差。一只野鸭子在这里都受到人们如此的礼遇和尊重，对自然生态的保护可谓以小见大，人与人之间的尊重就更在其中了。

那天晚上，我和瑞典的朋友们围绕着野生动物保护的话题进行了深入长谈。瑞典的朋友介绍说，瑞典有诸如《鸟类保护法》和《野生动植物保护法》等法律，对于人们该给动物一个什么样的正常生存环境作出了具体规定。比如，《动物福利法》充分地体现了“没有正当的理由，任何人不得引起动物疼痛、痛苦或者忧伤”的基本原则等。

这些相关法律强调，必须把人以外的动物列入道德关怀的范围之内，对于动物的生命，人们应该像对待在心智能力上居于同等层次的人的生命一样予以尊重。凡是人为给动物造成痛苦的行为都要追究其法律责任。这些相关法律在瑞典不仅家喻户晓，而且深得人们的支持和维护，并且还在不断地修改和完善。

不知不觉中，我们谈到了半夜，却意犹未尽，因为值得我学习的东西太多了。

针尾鸭

红头潜鸭

红头潜鸭的驿站

HONGTOUQIANYA DE YIZHAN

晨曦刚刚泛起，宿雾笼罩的湿地朦朦胧胧。幽蓝色的湖水没有一丝涟漪，在灰暗的原野中犹如一面发亮的“大镜子”倒映着深邃宏大的天穹。

大地梦幻般的景象出现在万物的梦幻时刻。这时的天空似落在了湖中，“镜面”上的云朵悄无声息地飘移着，又不断变幻着各种形态和浓淡的色泽。湖中的红头潜鸭仿佛游弋在空中享受着旖旎而神奇的云天。

“每一个清晨都是一份快乐的邀请”（[美]亨利·戴维·梭罗），多少次曙光熹微的时分，邻居们还沉浸在香甜的晨梦中，我就已经在郊外默默地守候红头潜鸭了。每次都是摸着黑前来，只是不舍错过每一个黎明。

我已连续几年于仲春时节的拂晓来到这片湿地记录红头潜鸭，并想尽力听到风里的讯息，不仅期盼风和日丽的清晨，还憧憬着整个大自然！红头潜鸭是大千世界馈赠这片梦幻般湿地的精灵，它们使这片湿地更加迷人而生动。

霞光初上，晨风开始摇动湖泊，湖水窘迫不安地颤动了，一排排细细的白浪轻轻地涌向岸边，犹如大自然在一页一页地翻阅着自己的日记。湖中夜宿的红头潜鸭们开始迫不及待地争相觅食。因为到了白天，外界的侵扰会使红头潜鸭们几乎一整天不得安宁。

这里还有一些吸引我的东西。春天的红头潜鸭多来自我国南端的越冬地，每年却能准确无误地找到北方这片面积不大的湿地。它们可能来自 3000 公里外的云南、贵州的河谷，或来自福建和广东的沿海，甚至来自台湾地区山林之中的小溪。它们也可能从欧亚大陆的西端启程，也可能从日本、韩国的南部飞来。虽然我们还没有跟踪它们的雷达信息，但是它们古老的迁徙路线的历史比它们飞行的国度还要悠久。

显然，这片湿地是红头潜鸭的祖先历尽千辛万苦寻觅和世代相传下来的，是它们年年迁徙必经的驿站，但现在这片湿地却因为人类的侵占而变得越来越小，可吃的食物也越来越少。如果这片湿地再缩小下去，红头潜鸭的生命之路将面临严重的危机。

许多鸟类以奇异的方式充分发挥着心智和体能，它们的生命却被人类的行为所限制。可是这些生命的意志，其传统的迁徙模式却一直提醒着人们，自然界中有一种更基本的秩序。

在原野上与这些鸟儿为伴，很容易产生一种超然的心境。我曾见过相似的一片湿地和难忘的红头潜鸭。那是二十多年前的一次艰苦的长途跋涉，当我们连续数日乘车 2000 余公里翻越了连绵的辽西山地和大兴安岭南部山区并穿越了颠簸难行的浑善达克沙地后，在接近中蒙边境的广袤荒原上，我们惊奇地看见了一小片湿地。那片湿地有足球场般大小，湿地中间有两片清澈的湖水。

连日的满目山崖和黄沙，早已让我们视觉疲劳、心绪烦闷，就连司机都主动减慢了车速说：“在这里休息一会儿吧。”

我们走下车，活动活动身体。我又傻呆呆地望着那片湿地和湖水，好像看到地平线上一双明亮的眼睛，默默地注视着无垠天空的云卷云舒和风吹草低见牛羊的辽阔高原，忽然有了一种“久旱逢甘霖”的感受。几天来沉默寡言的人们也开始高兴地有说有笑，一起朝着湿地走去。

不承想，大家的说笑声惊动了在湿地边缘地带栖息的生灵。忽然飞起一群水鸟，有四五十只，鸣叫着朝湖中心飞去。它们飞得不高，飞得也不急，几乎是贴着水面飞行，好像边飞边吟唱着故乡的歌谣，很快便散落在湖中央。

这群水鸟欢快地在湖中游荡，搅动湖水泛起阵阵微波。水鸟红色的头部在泛蓝色的湖水中显得尤为漂亮，啊！是红头潜鸭！

红头潜鸭是形神俱佳的鸟类。雄鸟栗红色的头部艳美而呈现魅力，与黑色的胸部对比鲜明又便于记忆，灰白色的上背和两翼呈现波浪状规则的细纹图案，尾端为黑色，嘴与脚均为灰色。雌鸟的头部是棕褐色，胸部及尾端为褐色，背、喙、脚的颜色同雄鸟相近。它们在野鸭群中属于中等身材、漂亮一族。

野生世界是一个乐趣与快慰、刺激与冒险并存的地方。在这样偏僻荒莽的不毛之地能看到红头潜鸭，大家简直不敢相信自己的眼睛，不约而同地兴奋叫喊起来，并纷纷以湿地和红头潜鸭为背景照相留念。红头潜鸭娇小的身影在照片的画面中可能微不足道，但此时此地此景却给大家的心中注入了甘甜的清泉。

我望着高原起伏的曲线中伸向地平线的道路和远方苍茫巍峨的大兴安岭，回想经过的浩瀚千里、人迹罕至的荒漠和群山以及漫长旅途中的疲惫不堪，惊叹弱小的红头潜鸭有如此难以想象的飞行能力与坚毅的生存意志，也感叹眼前这片湿地对于红头潜鸭生命的特殊意义。

“世界上只有能够自由自在地享受广阔的地平线的人才是幸福的。”（[美]亨利·戴维·梭罗）那么，生活在广阔的地平线上的红头潜鸭，则更加令人赞美和尊敬。

红头潜鸭依靠基因里对栖息地忠诚度的认知和遗传，一代又一代顽强地维系着我国北部地区沙荒贫瘠的土地尚存湿地间的生态系统，它们年年消耗掉大量的滋生藻类，清洁了水质，它们的排泄物又为水中生物提供了丰富的有机物质。

每年，红头潜鸭都不需约定准确飞越在我们看来毫无特征的广袤空间，用它们神秘而精湛的技艺，为荒蛮的大地带来灵动的生机，给人们寂寞的时空带来多彩的讯息。辛劳而美丽的红头潜鸭，北方湖泊的幸运之神！

世界著名生态文学家卡逊指出："我真诚地相信，对于孩子以及想要指导孩子的父母来说，'知道'不及'感受'一半重要。如果说事实是将来产生知识和智慧的种子，那么，情感和感官印象就是这种子发芽成长必需的沃土。"

卡逊还认为，自然界里充满了奇迹，许多奇迹并非发生在神秘莫测的地方，而是就在我们的身边。人们之所以不能发现自然的奇迹，除了人过于自大，把自然仅仅当作工具和对象化的自我等思想观念之外，还因为许多人的感官已经封尘、麻木，感觉能力已经退化。只有怀着强烈的好奇心和真诚的爱，忘我地甚至无目的地感受自然，不断开发人的感觉潜能，人们才能感悟到越来越多、越来越奇特的自然美。

转眼又到了新的一年的春天。当我们再次来到郊外那片熟悉的湿地的时候，非常遗憾地看到曾经水草肥美的湿地已经被人为施工填平改建，红头潜鸭也消失得无影无踪。我无奈地仰望天空，仿佛看见红头潜鸭像断了生命线的风筝在空中飘荡……

红头潜鸭

第二章

仲春

万鸟迁徙

与生俱来

YUSHENGJULAI

雪后的黎明，寒冷寂静。冰面上单腿站立的苍鹭蜷缩了一夜的躯体还懒得变换防风保暖的姿势。

前几日，它们千里迢迢地从南方刚回到北方的家园，不料一场春雪和降温又冰封了已经开化的大地，断绝了食物的来源，疲惫不堪的它们只有在寒冷和寂寞中顽强地等待，忍受着饥饿的煎熬，同时企盼不要受到任何外来侵袭以保存体力。

苍鹭

苍鹭的回归，是一次生命轮回的巡礼，是梦想的呼唤和兑现，更是生命本身发出的召唤。苍鹭自强不息的精神就在这里，冰雪即便看起来像是冬天的胜利，但是苍鹭炽热的血液在燃烧着它们战胜寒冷的冰雪。

现在，无论遇到什么困难，它们都不会折返走回头路，不是惧怕遥远和艰辛，而是它们深谙，太阳会照常升起，江河会如期化开，孩子会顺利出生，自然的规律亘古不会改变。

早春三月的北方，春寒料峭。人们仍穿着厚厚的保暖衣服，大地还是冬天的颜色。幸运的山里人会欣喜地发现苍鹭已经从南方飞回来了。

苍鹭是众多迁徙性候鸟种类之中最早回归的大中型鸟类，它们似乎对北方的早春情有独钟。“百鸟何缤翻，振翼群相追。”（东汉·王粲）苍鹭每年总是迫不及待地走在其他候鸟的前面，每批回归的苍鹭有数十只至上百只不等，随着它们的到来，其他的鹭鸟便会接踵而至。

辽宁山区优良的地理环境是夏候鸟的理想之所，这里有多处鹭鸟繁殖地。在山峦起伏的林间，还可以见到几种鹭鸟集中在一地筑巢，形成了高密度的繁殖群。

在鹭鸟栖息的地方，常常还能引来许多种类的林鸟。但要访到这些神奇的生灵，不是一件容易的事情，需要执着的辛劳和鸟儿的赏光。

从个人的角度来说，在远离城市的地方生活其实是一件幸事。那就意味着，你有太多的机会和时间与大自然中的鸟儿生活在一起。在郁郁葱葱的树林里，鸟儿呈现出自得其乐的神态。无论在静态中，还是在动态中，它们快乐而轻松，沉稳而知足，的确有着与我们在城里所见到的鸟儿完全不同的表情，这使人常常想到了远古时代。

这些大自然的爱子，冰河时期走来的精灵，它们带着祖先遗留下来的神秘印记，颇似历经沧桑的老者。它们眼神温柔，有点暗淡无光，似乎从幽深的远古凝望着人类——地球上这个最小儿子的演变和成长。

从第一眼看到鸟儿，你或许会产生联想，或许会自然地感悟，它们在这里是与生俱来、世代相传的，它们是这里的主人。

那些鸟儿，要么新奇、要么平淡、要么娇艳、要么素净。在水边、山边、路边、田边；在林子深处，在阳光枝头；在水草丰美处，在嵯峨的山峰上。你不好去问，它们为什么要生活在这样的地方，因为它们就是生活在这样的地方。

那些你根本弄不清楚名字的鸟儿，它们在溪边洗浴，在草地玩耍，在林间穿梭，在树梢长歌。它们欢蹦乱跳的身影伴随着枝叶将难得透过密林的阳光摇晃得斑驳，如同祖先刻在树上、绘在岩上永不破解的符号。在这里，能看到世间的久远。

这片绿林，一定是因为有了这样众多的鸟儿的气息，才如此生机勃勃，草长莺飞，恰如时间停在原地，也有空间想象的意义。

红嘴蓝鹊

HONGZUI LANQUE

红嘴蓝鹊

2010年初春的一个黎明，我在乘汽车前往辽宁西部的途中，汽车进入低山丘陵地带不久，车灯照到一个喜鹊般大小的长尾鸟儿从车的左前方飞过，落在右前方路边的树丛中，鸟儿降落的时候尾巴飘逸呈楔形。出于好奇，我请司机将汽车靠近路边树丛停下。

我打开车窗，车外光线灰白，我首先看到几米外干枝交错的树丛中鸟儿的红色喙，而后分辨出鸟儿的头黑而顶冠白，腹部为灰白色，有一条黑白相间的长尾。还没等我再仔细观看，鸟儿就飞走了。

鸟儿起飞时，身上的羽毛呈深蓝色，翅膀内侧是白色，尾羽外侧黑而端白。我想起来，在生物文献中见过有关这种鸟儿的记载，好像是红嘴蓝鹊。这种鸟儿主要分布在长江以南、喜马拉雅山脉至缅甸、印度及东南亚地区，近些年来在长江以北至辽宁西部地区偶尔出现过。如果是红嘴蓝鹊，这种珍奇的南方鸟儿今天又出现在辽宁西部干旱少雨的山区，有这么巧吗？我甚至怀疑自己的观察和记忆。

回到家里我又查看了资料，结论与我的记忆相吻合。红嘴蓝鹊也是我根据国内外文献拍摄辽宁地区野生鸟类仅剩下的几个未拍到的鸟种之一。我知道，能在野外见到红嘴蓝鹊实属难得。当时我也很欣慰，起码能从文字记录上佐证有关文献的科学性。

从那以后五年时间里，我再也没有见过红嘴蓝鹊，可心中却始终希望在辽宁能够再见到它。2015 年春天，影友传来了使人高兴的消息，在辽宁千山拍摄到了红嘴蓝鹊。我再次了解后立刻前往。

春雪装扮的千山景色俊美，巍然屹立的险峰尤显雄奇。山谷间融化的雪水潺潺细语，林海中飘落的积雪纷纷扬扬。上午 9 点多钟，六只红嘴蓝鹊先后出现在游人如织的山道边的树丛中，吸引了众多游人驻足观看。原来，连日的小雪覆盖了大地，饥饿的红嘴蓝鹊只好从群山中飞出来觅食，慷慨的游人热情好客，竟使红嘴蓝鹊每天按时下山索食，不愿远离。这给摄影爱好者提供了难得的拍摄良机，闻讯者接踵而至，不乏天南地北的影友。据景区工作人员讲，每年春季这里的候鸟都不少，只是从来没有见过红嘴蓝鹊。只要环境适宜，也许它们能年年来这里。

在游人们的等待中，红嘴蓝鹊分散开四处搜索着早春的山野和树林，不时又结成一队依次冲向未完全化开的溪流，飞进草丛或是灌木林里，飞上半山腰的幽谷，偶尔又有单只在空中玩耍。

红嘴蓝鹊是优雅的勇士。我从没见过几只红嘴蓝鹊在白雪覆盖的林间草地上彼此追逐嬉戏的美丽场景。它们在穿梭、跳跃、环绕着。在交替前进及围堵中，它们互相不靠近对方的身体，对彼此的关心既彬彬有礼又有节制。它们怀着对森林和草地既向往又淡定的态度，相互跟随着或是进入树林或是飞过山坡。随着翅膀轻微地张开，人们可以听到枯黄的树叶伴随着红嘴蓝鹊拍打翅膀发出的沙沙声。

红嘴蓝鹊是这样的快乐，它们飞啊！跳啊！叫啊！在空中相互追逐着，时而迅捷地俯冲下来从游人的头顶掠过，引起人们的惊呼和欢笑。它们多色的羽毛和飘逸的长尾在空中划出一道道靓丽的彩线，在白雪和黑松的映衬下装点着初春的景色。人们可以看到在温润的阳光下，红嘴蓝鹊落在挺拔的落叶松树冠上，以悠闲自在的天性仰望天空，用高亢的音调发出自信满满又响亮欢快的鸣叫。

红嘴蓝鹊即神话传说中的青鸟。传说有三只青鸟服侍在王母娘娘身边，在道教体系中，王母娘娘是昆仑神话中的主神，她是吉祥和长寿的化身，为护佑婚姻和生儿育女之事的女神首领。李商隐诗云：“蓬山此去无多路，青鸟殷勤为探看。”王母娘娘喜爱这三只青鸟，青鸟也成为王母娘娘传书的神鸟信使。红嘴蓝鹊世世代代带给人们美好的愿景。

在空气中仍携裹着阵阵寒意的春日，红嘴蓝鹊在静悄悄的森林里，抑或在寒冷潮湿的山坡上，以它们漂亮的羽色、矫捷的舞姿、动情的歌声，带给人们舒适的暖意、自然的和谐与温情。如此珍稀难觅的红嘴蓝鹊近在咫尺，真让人大饱眼福。我由衷地希望这里能成为它们的新家园。

红嘴蓝鹊

黑琴鸡

王者的较量

WANGZHE DEJIAOLIANG

林雪刚刚融化，黑琴鸡争夺领地的战斗就如期展开了。在普里什文的《大自然的日历》中，我记得曾见过它们的身影。经查，原来是这样写的：“春水在慢慢流淌，从小桥下挤过去，像黑琴鸡似的唱着。”

初春日出前，山林中的雄性黑琴鸡都会按时来到似乎早已约定好的林间旷地，它们要在这里大显身手，一决高下。无论体格强弱，生理本能驱使雄性集合，就连未成年的雄性黑琴鸡都会赶来，观摩比武场面，培养战斗精神。这是雄性黑琴鸡必然经历的生命阶段，也体现了成年雄性黑琴鸡必须具备的骁勇和体能。

嫣红的朝霞将云杉的剪影雕刻得挺拔坚韧，错落的白桦把幽深的山林装点得野味十足。十几只雄性黑琴鸡在方圆几百米的林间旷地上漫不经心地走着，一边“咯咯咯”地练习着求婚曲，一边捡拾着地上的草籽儿，好像没有进入临战状态。

其实不然，它们是在等待对手，早已做好了随时投入战斗的心理准备。它们清楚，这里没有永远不变的领主，也没有世袭的王者，即便是去年的擂主也要再决雌雄，一切要靠能力，优胜劣汰才是这里永远不变的自然法则。谁占领了这片富饶的山林，谁就有了求婚的先决条件和繁衍下一代的理想家园。尽管它们在近段时间里天天不厌其烦地在这个地方反复争斗，好像谁也没有服输，谁也没有称王，或者是循环赛没有进行完，真正的胜负还未见分晓。

一只体格健壮的雄性黑琴鸡抖动着浑身乌黑发亮的羽毛，羽毛上折射出蓝绿色的光泽，将红色的头冠衬托得分外鲜艳，翘起的尾巴像洁白羽毛编织的蒲扇，两条粗壮的、覆盖着长绒毛的腿有力地迈着步子。它边吃着地上的草籽儿，边打量着身旁走过的参赛者，并精神抖擞地向可能的对手发出挑战般的鸣叫，叫声似乎底气十足，还夹杂着急促的频率。有的雄性黑琴鸡见到它不予理睬，可能是已经较量过了；有的雄性黑琴鸡见到它则跳到灌木丛上，有意躲避。终于有一只体态相似的雄性黑琴鸡勇敢地走来向它昂首鸣叫，叫声激越洪亮，发出了挑战。

两只雄性黑琴鸡面对面地站立，呈现剑拔弩张的模样，互向对方发出连续亢奋的鸣叫以示宣战。它俩相距两米左右，目视对方，一齐俯身昂头，肩部放低，胸脯几乎贴到了地面，半张开的翅膀猛烈地抖动，尾巴向上垂直翘起呈扇状，露出一团白色的羽毛，两爪轮换着使劲挠地，身体前倾作出时刻准备进攻的姿势。

突然，犹如听到发令枪响，两只斗志昂扬的雄性黑琴鸡同时发力向对方猛烈冲去，瞬间扭打并翻滚在一起。这时已经分不清哪只是挑战者，哪只是应战者，只能胜者为王了。只见它俩互相用嘴使劲撕咬对方的羽毛，身体向对方猛烈撞击，两爪向对方拼命蹬踹，轮番跃起竭力压制对手，甚至双方撕咬着同时腾空而起，都想抢占上风。

两雄争斗，桀血满袖。搏击中，两只雄性黑琴鸡都使出了浑身解数，又不断变换着冲击的角度和攻击的部位，双方互有进退。打斗中，它们从草地上打斗到灌木丛下，又从灌木丛下打斗到雪洼里。双方反复搏击，不顾伤痛和流血，竭尽全力争胜。激战正酣之刻，它们不停地使劲扇动翅膀平衡着身体的重心，搅起的残雪和碎草在它们身边狂舞。

几回合后，双方抗衡进入相持阶段。两只雄性黑琴鸡主动分开稍作喘息，谁也不肯离去，四目对视，叫声峻急，只是相互间的距离稍微远了些，留出了缓冲的地方。刚过片刻，一只雄性黑琴鸡又不遗余力地率先冲了上去，两只雄性黑琴鸡再次高声鸣叫着激烈地滚打在一起。

当这里的雄性黑琴鸡龙争虎斗打擂台的时候，雌性黑琴鸡则避开远远地寻找食物去了。雌性黑琴鸡为了就要到来的繁殖期抓紧时间补充体力，同时等待着比武的获胜者，希望未来的孩子们能有一个体格健壮的父亲。

地平线上堆积的浓云传递着纬度南面的雷声
草原的风钻进树林被割碎后仅剩挣扎的嘶鸣
腐叶层下枯草孢子在春泥中初萌竞发的嫩芽
山岩间的积雪与阳光交融似结出剔透的水晶

虚实的世界狭路相逢取胜于与生俱来的气魄
朦胧的天地撕开面纱决斗里又露惨烈的血影
基因传递适者生存是大自然历久弥新的法则
谁不想主宰山林拥抱原野梦幻做盖雅的郎亲

黑琴鸡

云雀

阳光之歌

YANGGUANG ZHIGE

拂晓时分，云雀从草地上快速升空，飞向泛红的天际，它要迎接喷薄而出的朝阳，放飞希望的颂歌。

云雀选择了天空作为舞台，它时而盘旋，时而扶摇直上。天空越晴朗，它越喜欢。它会在空中悬停着歌唱，它会带着歌声展翅高飞。它希望用自己生命的音符，把快乐送给养育它的大地和天空。

风和日丽的日子里，云雀会飞得很高，甚至达到3000米以上，它的身影会带着歌声融入蓝天。莎士比亚有一句著名的赞美诗：“听呀，听——云雀在天堂的门口歌唱。”蓝天上，鸟儿的鸣唱只有与其在空中的快乐翱翔相伴随，才会更深刻地撼动听者的心灵。云雀歌声的独特韵味和真正的魅力就在于此。

云雀的歌声常常以永恒之乐为主题，进行着精彩高超的变奏。乐句由重复的音节组成，响亮、清透，富有震撼力。细细品味，云雀的唱腔丰富而多变，音色明亮而圆润，音调温婉而悠长，声线柔韧而不倦。它优美的歌声，表达出对生活的追寻，对未来的探求，如黎明般清新，如白云般飘逸，如童心般纯洁，充满乐观精神的想象力。

我喜爱云雀的歌声，而且被它的歌声深深感动，是因为云雀歌声的纯净。这种纯净不是刻意的安排，而是源自生命的天性。仿佛一条虽然激荡却依然澄澈的溪流，直接从源头涌出，既积蓄了巨大的能量，又尚未受到任何污染。云雀的歌声实际上是一种感恩，是因为拥有生命、享受生命而产生对生命的感激之情。怀着这种感激之情，它善待大自然中的一草一木，也善待一切帮助过它乃至伤害过它的人们，这种更为本真的感恩，令自己更加愉快。

云雀生活在用想象力创造的美丽的世界中，它虽然外表朴素，内心却非常阳光和善良。它不怕盼望落空，因为它已经从默默的奉献中享受到了盼望的快乐。对于它来说，每一天都有新的希望，新的感恩。

云雀属于天空。它尽情地飞翔，阳光和爱情让它激情四射。它的要求并不高：只要有一缕阳光，就可以使它振奋，使它愿意带着欢乐的歌唱冲上云端；只要有一点恩爱，就可以使它满足，使它可以带着从容的心境连续不断地唱上一个白天。

这是阳光之歌，是大自然给予浑浊世界的恩赐。它是阳光之子，它将羽翼折射的光芒糅进歌声，让万物在经历磨难中领略幸福与温馨。

云雀

花脸鸭

神奇花脸鸭

SHENQI HUALIANYA

花脸鸭

冬春之交的辽河平原，苍茫寂寥。单色调的大地为远迁而来披着棕褐色羽衣的花脸鸭提供了天然的保护色。自古以来，花脸鸭的羽色或许伴随着大地季节的颜色变化而进化生成，它们每年都不失时机地来到初春的北方原野上集体遨游。

每年能见到花脸鸭不容易，能见到大群花脸鸭更难，因为迁徙途中的花脸鸭时常变换停歇地。2009 年春天的一次不期而遇，我在辽河湿地发现了几大群花脸鸭，竟有几十万只！真是天赐良机。接下来，我连续两个周末驱车百里，夜宿农家，专程前往实地记录拍摄。

拍摄的过程异常艰辛，还时不时出现险情。在那难得的几天里，我日出而动，日落而归，不知多少次在寒冷和大风中奔跑，不知多少次穿越刚刚融化的沼泽，不知多少次涉险走过嘎嘎作响、薄脆易裂的冰河。多少次遇险，多少次犹豫，多少次无功而返。虽然冰河与风沙让人生畏，干渴和饥饿使我疲惫，但是新奇的花脸鸭始终在激励着我坚持下去。

难忘的第四天上午，我在涉水走过一条开化的河流时，却意外地深陷河泥中动弹不得，身处空旷无际、四周无人的荒野，我也不免有些恐惧。在身体下陷中拼力从水靴里拔出双腿，赤脚踩着冰冷没膝的淤泥，扛着沉重的摄影器材，精疲力竭地逃到岸上。回头望去，一双新买的长水靴已不见踪影，静静地葬身于已恢复平静的河水中。

接下来的一整天，我带着满身泥水，冒着透骨寒风，赤脚踩着冰碴和砂石，有时还用芦苇叶缠在脚上，忍痛坚持拍摄。

花脸鸭在湿地觅食，常常是几万只一群，起起落落，很少长时间在一处停留。偶尔有几群汇集在一处觅食，很快又分开了。它们不停地在湿地的上空飞旋，有时空中会集聚十几万只花脸鸭翻飞。从远处看去，它们像烟雾一样，忽而大团大团地扶摇直上，随风飘荡，越散越广；忽而又聚成一团飘落下去，消失不见踪影。

当我为花脸鸭而奔走，与泥泞和冰河不断抗争时，半轮白月出现在远空。这是荒原一天中最温柔的时刻，太阳落山的地方，玫瑰色的斜晖透过若明若暗的云层照耀着浅浅昏黑的大地。世界又进入了安静，大地减慢了呼吸的节律，嘶鸣的风声变懒了，堤岸上一整天随风狂舞的柳树枝头也像冲刺后疲惫一样耷拉下来。干燥而清新的空气里，弥漫着冰雪融化了泥土的气味。天空中已经两三个小时见不到花脸鸭了，哪怕是它们零星的身影，只有湿地的远方不时传来花脸鸭的阵阵低鸣。

当从地平线射来的柔和霞光与河水平行的时候，日月星辰让花脸鸭体内的生物钟准时拨动。犹如听到了天堂的钟声，几十万只花脸鸭不约而同地从远方的湿地中轰然跃起，高唱着赞歌，兴奋地集群高飞，渐渐地融化在艳美的夕霞里。我站在沼泽中，目睹着如旋风般消失在远空的花脸鸭群，心中不免有些惆怅和孤怜。

暮色薄雾般升起，天地之间一片青莲色。花脸鸭群好像绕着落日飞了一圈，转而又从夕霞的余晖里铺天盖地般飞了回来。我忽然惊呆，太神奇了！远看漫空鸟影，遥距天际，近得飞羽拂面，触手可及。几十万双飞翼披着霞晖欢快地舞动，与云天浑然一体。几十万个歌喉同唱一首歌，抒发着豪迈的激情旋律。它们的心中肯定有一个共同的声音：回归！就像难以置信的交响乐用大合唱的歌声告诉我们：这不是今天发生的故事，而是整个春天的进行曲。

我的心灵被眼前无比雄伟的景象震撼了，我的躯体仿佛已经融入了这个庞大的鸟群，我顿悟它们的坚忍不拔与自由不羁，地球是它们的家园，这个世界是它们的！我激动地仰天张开双臂连连高声呐喊："谢——谢——你——们！"数十万只花脸鸭从天空发出狂风暴雨般的轰鸣卷走了我动情的呼喊，振荡在绵延寂寥的原野，扶摇奥妙无限的云霄。

直到晚上回来，隐隐的疼痛才提醒我，脚上的血和泥土已凝结在一起了。

经过两个周末的拍摄，我记录了花脸鸭的几乎各种形态，一份份耕耘的收获，让我积累了一批珍贵的野外资料。这些鸟儿吸引我的地方，是它们美丽的羽色，还有它们惊人的数量和非凡的毅力，以及它们庞大队伍磁石般的凝聚、暴雨般的呐喊、巨浪般的飞翔。尤其每一只鸟儿作为团队的一员时，如何超越自己，成为整个生命肌体的一个细胞，并为这个肌体提供强健的活力。不管它们在飞行中彼此挨得有多近，甚至前后多么拥挤，我没有见过任何一只花脸鸭擅自降落或移位，也没有见过地面上的任何一只花脸鸭恣意打扰正在觅食和休息的群体。几秒钟之内，数十万只花脸鸭就能像飓风一样聚合奔腾，这景象好像没有了景深，使人感到仿佛从海底透过鱼群向上瞭望，同时它们又能像扬沙一样散落无影。花脸鸭在飞行的迅疾而灵活的运动之间创造出一种三维的张力，这种张力之中反映出每一位个体的“定形”和个体之间的“多形”以及群体的“无形”，体现出历经无数坎坷而不衰的精神动力。

我在回放拍摄的照片中，发现唯独缺少花脸鸭群体与大地共色的画面。为了完成“飞羽 · 季节 · 生命”的题材，我又特意再次奔赴辽河。

在一个疾风拂劲草的落日时分，一大群花脸鸭飘落在我前方五六百米远的洼地里。根据光线和风向，我选择了拍摄角度，绕个大弯后悄悄抵近。不料前行不到一半，还是被警觉的花脸鸭发现，群鸭腾空飞起，铺天盖地。我立刻蹲下来等待。这时天色将暗，风力较大，群鸭在空中盘旋数圈后没见威胁，便又陆续落回原处。

为了不再惊动它们，我只好蹲着向前挪动，但速度太慢，干脆选择了匍匐前进。我右臂抱着相机、长镜头和脚架，左臂和双脚用力撑地向前爬行，身下的冻土块和石头硌得我身体生疼，我也无心顾及，在寻找着隐蔽物分段、间歇地向前吃力爬行了百八十米后，才小心翼翼地从枯草丛中抬起头来观望。哇！花脸鸭就在眼前，其阵势让我惊叹不已，至少有几万只花脸鸭落满了目力所及的一大片干涸的河床，近则只有几十米，左右看不到边。是光线掩护了我，真是来之不易！

我按捺住激动的心情，细心观察。不远处，河床上成片乳黄色的荒草丛下冒出了团团嫩绿的茸茸草芽，与花脸鸭面部的绿色花纹相映成趣。花脸鸭的棕褐羽色与沙土的颜色几乎融为一体，如果花脸鸭落在冰雪消融后湿润的泥土上，可能就更难分得清了。细看上去，雄性花脸鸭的头部色彩斑斓，乳黄色的脸庞、绿色的耳羽、棕黑色的顶冠，又被自然流畅的黑白线条分割成月牙形色块，色彩对比鲜明而生动。雌性花脸鸭全身棕褐色，羽毛上有美丽的花纹，与泥土的颜色更加接近。我再眯上眼睛观看，河床上犹如萌发了一大片稚嫩的草芽。

为什么花脸鸭的大部分羽色与泥土颜色这样相近？为什么花脸鸭头上的颜色表现着大地色彩纷杂的特点？为什么花脸鸭脸上的绿色条块犹如初春万物竞发的新芽？我似乎感觉到，花脸鸭与四季共生于大自然的调色盘中，它们已将自己的躯体融入大地的韵律里，它们在用远古赋予的灵动生命催动着大地回春的节奏与自然的和声。

没想到眼前有如此众多的花脸鸭静静地集聚，无数小花脸组合在一起又是那么富有魅力与壮观。这使我联想到中国传统戏剧中的脸谱，不知前人是受到了花脸鸭的启发，创造了舞台上独特的花脸角色，还是根据戏曲中的花脸图案给这种鸟类起名的。似乎在人类古老部落中鸟图腾的神像与岩画中也能找到一些踪迹。有一点可以肯定，鸟类顽强的生存，

花脸鸭

必然启发了人类的文明，促进了人类文化的进步。

感慨之中，我要抓紧时间拍摄。前面枯草遮挡，我又不敢起身，便向左侧就近的一个小土坎悄悄地爬过去。我躲在土坎后面，快速地从脚架上卸下相机和长镜头，再慢慢地把相机和长镜头紧贴着小土坎探出去。我趴在相机后面，一动不动，唯恐再次惊飞这些珍奇的精灵。

我从相机镜头里观赏着密密匝匝的花脸鸭，感激它们能与我如此近距离地相聚，珍惜中油然而生一种即将别离的不舍，想象着它们或许明天就要离开这里，飞越浩瀚的兴安岭，前往东西伯利亚。它们将在西至安加拉河、南至贝加尔湖、东至堪察加半岛、北至北极海岸那片堪称世界最大的依然保持着原始风貌的林海间，分散组成数十万个家庭，繁衍生活。我虔诚地祝愿花脸鸭们旅途顺达，生活喜乐。

我在默默的祝福和留恋中，连续调换了几组相机数据，各拍了几十张照片，心中激动地喊着："成功了！"

我翻身躺在地上，缓解着全身的酸痛，静静地仰望着幽深的天空。天空中已是繁星闪烁，好像无数只花脸鸭闪闪发光的眼睛在遥恋着苍穹。

游隼

我们华夏民族文化中的鹰的形象，可追溯至原始社会的图腾崇拜。古代先民神会自然，与物通神，崇尚神勇的飞鸟，将鹰奉为神的化身，称之为神鸟、天鸟、神鹰。在军事上，鹰象征战神。《列子·黄帝篇》记载：黄帝战胜蚩尤，作《桐鼓曲》以示庆祝，其中一章“雕鹗争”是中国最早把鹰作为英雄胜利的象征。《诗经》中描述军队出征：“牧野洋洋，檀车煌煌……维师尚文，时维鹰扬。”以鹰象征军容的威猛和战争的胜利。夏商时期至东周早期在今山西一带有个古鹰国，鹰崇拜也是古代皇权的象征。

唐代诗人章孝标曾在诗作《鹰》中赞美猛禽：“星眸未放瞥秋毫，频掣金铃试雪毛。会使老拳供口腹，莫辞亲手啖腥臊。穿云自怪身如电，煞兔谁知吻胜刀。可惜忍饥寒日暮，向人鶬断碧丝绦。”自古以来，人们习惯地把空中翱翔的猛禽统称为“鹰”。

在“鹰”这个大家族中，由于家族成员各自不同的特征和习性，又被自然科学家区分为十余个种类。对于这些强势的空中猎食者来说，大自然似乎早已对它们各自的身材大小、体格轻重、翅膀宽窄、食物类别以及飞翔的高度、适宜的环境、飞行的速度等都做出了巧妙合理的安排。其中隼形目的猛禽是这个家族中体形最小、飞行最灵活快速的鸟儿。

举几个例子。我们先来看游隼。当你看到空中有体形瘦小、飞行轻盈、两翼端尖、俯冲疾速的鹰，它可能就是游隼。游隼是猛禽中的飞行冠军，时速最快可达360公里。游隼能从千米高空发现地面猎物，一旦锁定目标就会以每秒近百米的高速俯冲下去，仅靠高速撞击力就足以致猎物于死地，因此游隼捕捉猎物的成功率很高。俗话讲：“一鸟入林，百鸟压音。”其中“一鸟”讲的就是游隼等猛禽。

令人称奇的是，游隼在俯冲过程中还会突然向上拉升，并在向上飞行过程中，再度俯冲攻击猎物。这样猝然转向，连战斗机飞行员都赞叹不已，因为这种高难度飞行动作必须精准地调整飞行角度和速度，否则极易造成大脑缺氧，连几微秒的误判都可能导致严重后果。

游隼的翅膀又长又薄，而且两头很尖，加之翼展的曲线形状，意味着更小的空气阻力以及更快的飞行速度。但最重要的是它操控翅膀的方式。游隼在水平层级上的飞行，有时还不足以跟上某些猎物，比如鸽子。由于鸽子的体型比游隼的体型小，在水平飞行时比游隼飞得更快、飞得更持久，所以游隼要想抓住鸽子，必须有独特的技能——借助重力。

游隼在空中极速俯冲，可以达到鸟类速度的极限。像这样俯冲，游隼必须减小阻力，为此它们会调整翅膀的位置，将翅膀紧紧地贴合身体。最后冲刺时，游隼会将翅膀完全贴身，恰似一个真空的包装，阻止任何气流从羽毛中穿过，犹如一颗射出的弹丸。

科学家的一项新研究表明，游隼在空中俯冲时，阻力本应是个问题，但其羽毛受到阻力的部分，会发生位置的改变。当气流经过物体表面时，造成一片旋涡区域，变成了阻力后，游隼翅膀上的羽毛会根据气流作出反应，气流可以通过翅膀的形状得到控制，每一片羽毛的位置都非常重要。如果阻力增加，条件反射会使翅膀上的羽毛自动张开，调整翅膀周边的气流走向，从而达到 360 公里的最高时速。这就让游隼的速度比它的猎物甚至是其他猛禽更胜一筹。

老话说：“艰难玉成，水滴石穿。”游隼这种飞行技能是通过自幼刻苦学习练就的。游隼训练幼鸟飞行这个艰苦的任务，全部由雌鸟担负。训练期间，雌鸟通常采用食物诱导和强化训练的办法。

这期间，雌鸟捕获猎物之后不再回到巢穴喂食饥饿的幼鸟，而是停在巢穴附近的地方对幼鸟进行呼唤，吸引幼鸟飞过去吃食。时间一长，就会有饥饿的幼鸟壮胆飞向母亲和猎物。雌鸟为了训练幼鸟飞行的能力，立刻起身在林间穿梭飞行，或飞向高空翻身俯冲，幼鸟惊恐笨拙地挥动着翅膀追赶母亲，精疲力竭时会得到雌鸟从空中投来的食物，最终母子都如愿以偿。

如此往复之后，其他幼鸟也会相继飞出巢穴，开始勇敢地跟随母亲学习飞行技能和捕捉猎物的本领。

猎隼

我们再来看猎隼。猎隼喜欢在空中翱翔，擅长在空中快速而精准地捕获飞行中或地面奔跑的猎物。“爪利如锋眼似铃，平原捉兔称高情。无端窜向青云外，不得君王臂上擎。”（唐 · 薛涛）长期以来，猎隼搏击长空的英姿令世人赞叹，也是古今中外多个民族王权的象征。

猎隼性情凶猛，是强势的空中格斗高手。别看它体形比苍鹰还略小，即使面对体形较大的金雕、海雕的侵犯，它也敢于进行攻击，因此成为世界上著名的猛禽。猎隼时常单独活动，飞行速度较快，在北方少有植被的旷野和多岩石的山岭地带不难见到它矫健的身影。

猎隼的杰出能力主要得益于它身体的特殊构造。与同类相比，猎隼的翅膀要宽得多，因此它在空中借助风力飞行更有力量，追击猎物时的速度可达每小时 320 公里。猎隼的爪子也比其他隼类大，爪子的弯曲程度和锋利硬度更强，这样抓捕猎物与进行格斗更具杀伤力。猎隼的喙短而弯，利于集中发力，着力点更狠，一击就能把小型动物的脊柱折断，比同类猛禽更加凶猛。

猎隼数量较少，且活动范围较大，人们很难发现它的巢。雌性猎隼比雄性猎隼体型要大，显得更加剽悍。一般雄性猎隼平均身高 45 厘米，体重 840 克，翼展 110 厘米。而雌性猎隼平均身高 55 厘米，体重 1150 克，翼展 130 厘米。猎隼繁殖期为每年的 4—6 月，大多在人迹罕至的悬崖峭壁的缝隙中营巢或者营巢于树和高压线铁架的高处，有时也利用其他鸟类的旧巢。巢用枯枝等构成，内垫有兽毛、羽毛等物。每窝产卵 3—6 枚。雄鸟和雌鸟轮流孵卵，孵化期为 28—30 天。幼鸟孵出后由雄雌亲鸟共同喂养，约一个半月才能离巢飞走。

猎隼的足迹范围很广，几乎遍布整个欧亚大陆的山林和草原地带，多集中在中亚温带气候区，即北纬 40 度—60 度之间的广大区域。因猎隼具有高超的捕猎技能，并且适应能力强，易于驯养，经驯养后又能成为很好的狩猎工具，历史上就有猎人驯养猎隼的习俗。

在阿拉伯国家，驯养猎隼还是一种时尚，更是财富和地位的象征。因此，国内外一些不法分子大肆盗捕猎隼进行走私和非法交易，给该物种造成了严重的伤害，导致该物种种群数量下降。近年来据专家统计，全球只有不足 4 万只猎隼了。

我们还要看看红隼。无论在广袤的原野，或是在崇山峻岭，甚至在喧嚣的城市，都能从空中见到红隼矫健的身影。红隼是人们比较常见的猛禽类，适应多种生存环境。红隼的翅膀张开时只有 75 厘米长，而它捕猎技能的特长是快速扇动着翅膀悬停在半空中，一旦锁定目标，便急速俯冲下去直扑猎物。

红隼等猛禽拥有鸟类中最清晰的视力。猛禽眼睛的清晰度比人类的高，因为它们的眼睛中有更多的受体，其受体密度比人类高出一倍。许多猛禽的眼睛每平方毫米有超过 50 万个受体。很难想象猛禽眼睛中的世界是什么样子。红隼的视力超过人类视力的极限，能看到人所不及的色谱，这对红隼来说妙用无穷。

许多啮齿类动物都有用尿液标记路线的习惯，其中红隼的主要猎物老鼠在采集食物或寻找同伴的过程中会在往返路上喷洒尿液来作记号。如果尿迹新鲜，就会反射紫外线光。红隼在天空盘旋时，只要寻找到老鼠尿液的反射光就知道该盯住哪个地方，老鼠一有动作就会泄露行踪。

红隼的生活习性也是多样性的。与其他候鸟不同的是，红隼每年迁徙时集群数量较少而且路线不固定。如果在它们的栖息地有能够过冬的食物，这些红隼就不会迁徙。

隼类在自然界的食物链中处于顶端，同时也极易受到环境污染的伤害。由于以往许多地方大量使用杀虫剂，致使有毒的化学物质在隼类捕获的猎物体内已有相当程度的残留，隼类长期吃这种含有长效杀虫剂的食物，会破坏体内的繁殖机制，使自己的卵壳变薄易碎，或不能生育，或生出畸形鸟，甚至导致成鸟和雏鸟因食物中毒而死亡。同时，人类拿走鸟卵和猎人的捕捉也是隼类数量下降的重要原因。

红隼

白尾海雕

巡天猎手

XUNTIAN LIESHOU

寂寞的高空上　你坚韧不拔地翱翔

孤独的心灵中　早已习惯了辛酸

怯懦　摧残过你的梦想

风暴　撕得你遍体伤痕

你依然固执地攀升　盘旋

因为你的心中　还有一片天

如果空中有只大鸟像一扇门板似的飘荡时，你看到的可能就是一只白尾海雕。白尾海雕是大型猛禽，体长约90厘米，宽阔的翅膀张开接近2.5米。虽然它白色的尾翼在高空中难以辨识，但是个性的体态足以显示它特有的雄姿。可别以为白尾海雕体大笨拙，它的动作是急骤的，飞行是十分迅速的，确是一个极其机智灵敏的空中猎手。

白尾海雕有壮健而厚实的身躯，十分强劲的腿和翅膀，结实的骨骼，紧密的肌肉，坚硬的羽毛。它的嘴和爪子都如铁钩一般，尖利可怕。它常在宽阔的湖面和海边上空飞翔，时而也空临山林地带。白尾海雕飞翔时两翅平直，亦能快速扇动两翅提速，并通过在空中旋转翱翔和间断滑翔来搜寻猎物，有时亦能够低空在水面上作长距离飞行。白尾海雕主要以鱼为食，也捕食鸟类和中小型哺乳动物，如各种野鸭、大雁、雉鸡和鼠类、野兔等。在冬季食物匮乏时，偶尔也捕食家禽和家畜。

求偶季节，雄性白尾海雕在天空中翱翔，常常会大幅度升降，又动静结合，简直就是一场精彩的演出。雄性白尾海雕典型的滑翔技艺是通过波浪式飞行来向雌鸟展示它的灵活身躯，它还会从一个特定的高度俯冲而下，再以一个U形升空又快速回到最初的高度，通过几次上下翻飞来向雌鸟展示自己的强健体魄。这期间，雄性白尾海雕会用自己几乎全部的飞行技能和超常的冒险精神，来求得雌鸟的青睐。

自然界中的生物链环环相扣，紧密相连，每个环节都有其不可或缺的特殊作用。在优胜劣汰的森林法则中，只有勇敢者才能争取到生存的权利。与白尾海雕相比，雄霸一方的草原雕也许更胜一筹。

当我在雪原上看到草原雕迎风翱翔的时刻，着实被它强悍的体魄和矫健的英姿所震撼。草原雕全身为深褐色，容貌凶狠。它以力量、速度和得天独厚的敏锐眼睛、强健的翅膀、锐利的尖嘴、有力的双爪、健壮的体格及惊人的复杂而微妙的适应能力，构成了致命的高效武器，成为名副其实的终极掠食者。

听牧民们讲，草原雕善于飞翔和捕猎，常翱翔于开阔的平原、草地和低山丘陵，主要以各种鼠、兔、蛇等小型脊椎动物为食，有时也捕获狐狸、旱獭等动物。

草原雕虽然容貌彪悍，但在养育下一代方面却体现出极致的父爱与母爱。草原雕的繁殖期在每年的4—6月份，每窝产卵1—3枚，由雄、雌草原雕轮流孵卵，孵化期为一个半月左右。雏鸟出生后，雄、雌草原雕共同守护，精心喂养，直到雏鸟两个月后自己离开巢穴。通常，在草原雕生活的区域内，其他动物是奈何不了它们的威猛的。

白尾海雕和草原雕等鸟类为何具有如此强大的飞行能力和强健的体魄？科学家们对此进行了长期不懈的研究。研究发现，远古时代，为了应对气候和地壳的巨大变迁给动物生存带来的严峻挑战，鸟类在进化出飞行能力的过程中最重要的进化可能是发展了对氧气的创新性使用。

为了能够飞翔并获得足够的能量，在地面上奔跑的翼龙先期进化出飞行的身体结构，如小气囊和翼膜。鸟类和翼龙一样，演化有中空的骨骼与充满空气的气囊相连接，通过长期适应和基因的转变造就了极好的飞行者。如白尾海雕和草原雕等猛禽高速飞行时会消耗巨大的能量以及大量的氧气，它们能克服这些问题，得益于自身非凡的呼吸系统。

呼吸系统占据了鸟类身体结构的五分之一，其效率是人类呼吸系统的七倍，能够为血液提供充足的养分。因为氧气是从肺部吸入和呼出的空气中提取的，吸气时，空气不仅仅进入两侧肺部，同时还会进入遍布身体的气道，使这些气道储存富氧的新鲜空气。当呼气时，这些储存的空气被送到肺部，再次为血液提供氧气。这些气道让空气沿着一个方向流贯它们的整个身体。

实际上，鸟类让空气在它们的呼吸系统中流动的器官是一整套所谓的气囊，共有九个独立气囊，像气球一样延伸，与不同的气道，甚至骨头的空腔相连。尤其是鸟儿在飞行时，空气会从鸟喙根部的鼻孔适量进入，在体内这些不同的气囊之间流动。有些鸟儿还要边飞边鸣叫，就需要更多的肺部氧气。

白尾海雕和草原雕的气囊能够在它们需要的时候持续地交换空气，相当于提供了特有的高效率呼吸装置。这一高效的气体循环系统，意味着它们自身有供应充足氧气的生理条件，意味着产生更多的能量。这种生理构造对于行动主要靠最消耗体能的飞行的鸟类而言，是最完美的。

草原雕

进化的羽翼

JINHUA DE YUYI

孩子的世界是新鲜而美丽的，充满好奇与激动。不幸的是，我们大多数人还没到成年就失去了清澈明亮的眼神，追求美和敬畏自然的真正的天性衰退甚至丧失了。假如我能够感动据说保佑所有孩子的善良仙女，我将请求她送给世上每一个孩子一份礼物，那就是永不泯灭的、持续一生的好奇。

——［美］蕾切尔·卡逊

万鸟齐飞　宛如合唱交响曲　英雄史诗般的颂歌
它们的乐章　由最简单的旋律构成　庞大的变奏曲
空前震撼的喧嚣　席卷了浩瀚　黝黑的海滩
它们从被迷雾笼罩的蛮荒海岸　翻腾而出
带着一股气势恢宏的巨大力量　呐喊　像是从大海的心脏传来
它们不只属于大洋彼岸　久远的故事
自然界的奥妙　是一个不断演化的进程
它们的翅膀　在我们眼前转瞬即逝
却永远沉浸在神话　历史　与未来之中

鸟类是一种适应在空中飞行的高等脊椎动物，它们是从远古由爬行动物的一支进化而来的。现在已知最早的鸟类是 1861 年在德国南部发现并命名的始祖鸟，距今约 1.5 亿年。始祖鸟既有鸟类的特征又与爬行动物有某些相似之处，所以它是鸟类由爬行类动物进化而来的一个强有力的证据。科学研究证明，鸟类是最成功进化的脊椎动物群之一。

鸟类在漫长的进化中，全身都生有羽毛，身体呈流线型，前肢变成翅膀，后肢形成支撑体重的双腿和双脚。除极少数种类外，鸟都能够飞翔。亿万年来，鸟类为了不断地适应新的生存环境，必须经过身体结构的重大变化。当鸟类获得飞行能力后，它们就会失去其他一些东西，最明显的是它们不再有前足和臂膀。

虽然付出了代价，但化石记录清楚地显示，从恐龙到鸟类的演变是巨大的成功，前足和臂膀进化成为翅膀，它们可以躲避来自地壳和气候变化的危险。鸟类胸骨上有发达的龙骨凸起，骨骼中充满空气，这是鸟类适于飞行的特殊骨骼结构。

鸟类进化完成并飞上天后，它们是如何看似抗拒万有引力定律并翱翔在空中的呢？简单的回答似乎是通过拍打它们的翅膀。但是让鸟类成功上天的进化过程还需要一些独特的身体适应能力。

鸟类等能飞行的脊椎动物的形状与重量要与它们的翅膀相适应。让鸟类产生推动它们身体向前飞翔所需动力的首要工具是它们的翅膀。从进化论的观点看，鸟类翅膀的发育特点非常适合它们在空中生活。因为鸟类翅膀前端粗圆，上面自然弯曲，快速流动的空气遇有阻力后变向产生提升力。翅膀下面相对平坦，所受的压力增加也产生向上推力。

具体来看，翅膀在减少阻力的同时可将空气分流。翅膀向后微微弯下连接着后端纤薄柔软的羽毛，下弯的翅膀会阻碍空气流动，空气被稍加压缩，便把鸟儿的翅膀往上推。翅膀上面空气的流动，因受翅膀前端气流所阻而向上弯，空气压力因而减少。当拍打翅膀时，翅膀上面的吸力和下面的推力，就可使鸟儿振翅高飞。

鸟儿在飞行过程中最感疲累的就是起飞。鸲鹂等小型鸟类是站着起飞，要耗费更多的气力。鸟儿首先要向上跳，身体离地的同时张开翅膀用劲从上向下扇动，使身边的空气向下流动并产生浮力把自己向上推，在翅膀上制造气流。

鸟儿起飞以后，通常就不用费大气力了，技巧高超的飞鸟似乎已突破了地心引力这个自然规律。可以观察到鸟儿翅膀向上高举时，飞羽稍向前作折叠收拢，然后全部打开向下拍打空气，这样鸟儿就能向前飞行。鸟儿还会巧用翅膀翻转变化飞行角度的功能扇动空气，加之上升气流也能帮助鸟儿快速飞行。如遇合适的上升气流与风向，鸟类不用摆动翅膀亦能连续飞行数小时。

人类设计飞机就是成功仿效鸟儿的形体原理的范例。飞机的机翼仿效鸟儿的翅膀，机身仿效鸟儿的流线型躯体，起落架仿效鸟儿的双脚。如鸟儿飞行时把双脚紧贴腹部，可把风的阻力减到最小，不仅安全，而且能节省能量；降落时提前把双脚放下，不仅为着陆做准备，还能减缓下降惯性的速度。

科学研究发现，鸟类拍打翅膀时所需要力量的95%来自一块单独的肌肉——胸肌。一只鸟儿重量的大约五分之一肌肉服务于这块提供飞行动力的主要肌肉。这块肌肉随着时间的流逝而变大后，便能产生更多的能量。

今天，所有能飞的鸟儿都生成占身体比重很大的胸肌，这些长有韧劲和耐力的强健肌肉，提供了鸟儿翅膀所有的提升力和推力。

鸟儿的身体结构利于飞行。在鸟儿身上可以清楚地看到飞行肌附在上面的大胸骨，还有合并的腕骨和手骨、骨骼突出的短尾巴以及合并的踝骨和足骨，这些也是大多数现代鸟类的特征。所有这些特征使较早的飞行者从可以飞行的爬行动物转化成为一个全新的世系，它们大部分时间都在天上飞。

1989年9月，在我国辽宁省朝阳地区发现了部分中生代鸟类化石。这是在德国之外首次发现的年代最早的鸟类化石，从此国际古生物界鸟类研究热的序幕拉开了。1993年，在辽宁西部发现了仅次于始祖鸟年代的化石，这就是后来著名的孔子鸟。1994年后，古生物学家们云集辽西，数以万计的鱼类和鸟类化石源源不断地被发掘出来，全世界的古生物界将目光都投向这里，鸟类研究进入一个全盛时期。

美国鸟类学家艾伦·费都加教授称："尤其是来自中国的新材料……构成了我们认识早期鸟类的基础。"许多国际学者甚至认为世界现生鸟类很可能起源于中国。

第三章

春季

爱的季节

叠韵春语

DIEYUN CHUNYU

春天是新生的时节。积雪消融，山间弥漫着浓浓水汽，水散成雾气，光聚有虹霓，顺山而下的水流细腻地流淌，泥土初露弹性的清馨，野草的根部萌发出生命的颜色，漫山的树木向上伸出枝丫，裸露的大地悄无声息地披上了青翠的外衣。

最后雪化的滴水声轻轻地敲醒了深眠的生物。大地苏醒了，与它一起醒来的，有花朵，有新雨，有鸟儿的鸣啾。“天晴花气漫，地暖鸟音和。”（唐 · 张祜）当刚刚披上春装的落叶松，还有那桃花缀满枝头，生机勃勃地展现在我们眼前时，鸟鸣声再次从耳畔响起，生命又显得鲜活稚嫩。

春天是鸟儿的世界。闻风而动的第一只白鹡鸰来啦！一年就这样在万象更新中启幕。红胁绣眼鸟、柳莺、蓝喉歌鸲、云雀、黄鹂等能歌善舞的鸟儿纷至沓来，广袤无垠的原野中响彻天籁般抒情的啼唱，宛若一曲曲久别的歌谣，从四面八方飘然而至。

“浩浩阳春发，杨柳何依依。百鸟自南归，翱翔萃我枝。”（汉 · 张衡）分外缠绵的细雨，浓浓淡淡染出一片绿色，轻纱般的雨丝柔软飘逸，将天地淡淡地围着，山野是那么的静谧、娴雅。所有的色彩都融化在春天的嫩绿之中，绿得透明，绿得素净，绿得细腻，绿得写意。刚刚萌发的枝叶还遮掩不住鸟儿在林间雀跃的身影，鸟儿那被春风调过色的艳丽羽毛与嫩绿的叶芽搭配起来逸态横生。

经过雪雨风霜之后，人们的自信又像一份深沉的魅力和勇气，传递着感激之情，沐浴在美好的时光中。而当我们从绿境中听到鸟儿那甜美欢快的啼鸣时，也会变得激情满怀，仿佛这一声啼鸣就是一种回归的象征，一份承诺的兑现。

在处处洋溢着春光的季节，如果哪位鸟类爱好者能在一个阳光明媚的好日子听到鸟儿尽情歌唱的话，那将成为你珍贵记忆中一笔价值不菲的财富。聆听能让你真切地感受到自己存在的本质：你是地球上众多伟大生命中的一分子。林语堂先生说：“我相信任何一个人，如果和自然、四季、雨、雪、山、谷那么接近，接受它们的治疗和抚慰，他一定是快乐的。”

桃花是大地回春的使者，风儿是自然界的化妆师。当习习的微风驱散了晨雾的遮掩，清晨的第一缕霞光染红了桃花温情脉脉的笑脸时，早已恭候的白鹡鸰便在静怡的桃林中率先放开它美妙的歌喉。

在嫣红的世界里，白鹡鸰的浪漫飞行是自由的象征，当它静静立在枝头或在林间悠闲地踱步时，黑白相间、身姿娇俏的它就成为美丽的化身，而它从心底涌出的歌声，则成为整片桃园中的鸟儿能把桃花的真正风韵唱出来的领唱。

白鹡鸰的歌声甜美又带着温馨，抒情时隐含委婉，高调中偶有花腔，起伏间时而停顿，争鸣中独具韵律。它的歌声常常会引来众鸟和鸣。白鹡鸰富有表演力的歌声使乡村苏醒了，伴着和煦的春风，给寂静的田园带来盎然，又把大地的希望送上了云间。

“细柳才眠风唤舞，春花欲嫁鸟催妆。”（清·蒲松龄）伴随着白鹡鸰的歌声，红胁绣眼鸟的小合唱也从桃花园中响起。它们的欢乐情绪，互相感染着对方。万物竞发的季节里，红胁绣眼鸟也是先期赶回北方与春花争芳斗艳的林鸟之一。

红胁绣眼鸟身穿黄绿色的羽衣，有黑色的眼睛，秀美的白色眼圈，橄榄色的喙，乳白色的腹部，灰色的脚，两胁有红色的绒毛，流线般的

体形。它们的羽色与林间的色彩搭配显得格外谐调与自然。红胁绣眼鸟是习惯于集群活动的鸟儿，飞到哪里，集群的鸣叫就会响到哪里，它们好像不愿让任何伙伴离开。

歌者以声悦耳，舞者以形悦目。红胁绣眼鸟的歌声清脆流畅，节奏明快，又包含着很多微妙的变化，总会萦绕在你耳边。只要听到它的歌声，就会使人神清气爽。红胁绣眼鸟喜欢边舞边歌，在树上总是不停地跳跃鸣叫，尤其是它们起飞和落地的时候，简短音节的反复鸣叫欢快喜悦，像它们活力十足的飞行那样让人振奋。

摇曳的树梢发出的是重复单调的沙沙声，幽幽的山谷传来的是潺潺低鸣的流水声，鸟儿的歌声赋予了世间万物和美的温情与恬适的叠韵。从鸟儿的歌声里，会让你感悟它与树的心灵、山的脉搏的和声；它赞颂着青山绿水的恩泽，述说着历久弥新的故事。大自然似乎借着鸟儿的声音，抒发着自己似水的柔情。偶尔也能听到它们之间的窃窃私语。

透过湿漉漉、争相斗艳的桃花林，一声递一声地又飘来了柳莺婉转圆润的鸣啭，如清晨含着朝露的空气一样沁人心脾。在和煦的微风中，那飘忽、轻盈、柔美的声音，浮动在一片静谧之上。

它的歌声听起来与众不同，在这片幽静的桃园中，显得尤为动人心弦。有时，它的歌声会激昂起来，好像一个天真的小姑娘由衷地发出一阵银铃般的笑语。你会被它的歌声所感动，情不自禁地发出赞叹。

新绿的连绵山岭，缠绵着桃园的姹紫嫣红，荡漾着花儿和草儿的淡淡馨香。授粉后的花朵将生命传给萌动的果实后开始慢慢地散落。轻风微拂，地面上的花瓣翻卷着悄悄地聚在一起，层层叠叠，一小团一小片地连接着，又铺满桃园。

这些桃花，不显山、不露水，默默地开放在人们不注意的地方。即使一朝花谢，零落成泥，却依然暗香如故。而且有了护花的沃土，就不必担心红消香断，也无须害怕花朵陨落。相信明年的桃花一定会开得愈加烂漫。

宾至如归的柳莺小巧得像一片绿叶，似乎与落花情有独寄，自然率真地为孕育绚丽春天的遍地桃花而抒发心声。此时此地这个声音突然充满了性格，犹如一道灵光瞬间跳出失焦的远景，宛若一条小溪般清澈流入人的心田。这是个奇妙又精彩的邂逅，因为突如其来而惊喜。

柳莺的歌唱似乎在刻意追求着每个音的音准，使每个音素、每个音位、每个音节都变得清晰起来，有一种扎实饱满的质感。蓦然点亮了此地，点亮了我，刹那间，所有感官都觉醒了。在繁花似锦的桃园中，这分明是一首新生命的壮丽赞歌！

满眼都是灼灼其华的红霞，虔敬的心感受着惬意的时光。鸟儿的晨曲将满山的桃花与无垠的朝霞编织在一起，创作了三维空间的华丽乐章。和它们的歌声相比，人的曲调又是什么？那只不过是一些形式罢了。我的心中仿佛洗涤过一样，清新无比。

在万物竞放的日子里，鸟儿的歌声让都市来的人们感受到了童心，让远道而来的人们感受到这里的春光分外明媚。英国诗人拜伦说：“我爱人类丝毫不减，但会更多地爱大自然。”在许多观鸟的日子里，这也正是我的心境。

红胁绣眼鸟

从清晨到夜晚，啄木鸟游荡在它所热爱的树林里不停地用嘴敲击着树干，在寂静的林中发出“笃笃笃”的声响。它常在树间做短距离波浪状飞行，在频繁的升降中俯冲、飞升，收起翅膀飞行像一颗弹丸，展开翅膀滑翔如飘落的风筝。

啄木鸟有非凡的观察力，判断树木有无虫害的能力极强。啄木鸟会用铁钩般有力的尖爪紧紧地攀在树干上，用尾羽的坚硬羽轴支撑着身体的平衡，用刚直坚硬如锥刀般的尖嘴频繁地凿击树干，在树干上螺旋式地攀缘搜索害虫。

当它发现害虫后，先将树皮啄破，再用弹簧式的尖舌将害虫钩出来吞掉。当侦测到害虫蛰居在树干深部时，它还会巧用声波骚扰的战术，围着树干转圈用嘴猛烈敲击，发出奇异的、刺激的、使害虫产生恐惧的声响，害虫在声波的震动下晕头转向，感觉四面受敌，拼命出逃，结果被守候的啄木鸟擒而食之。

啄木鸟一般会将整棵树的害虫彻底消灭后才会转到另一棵树上，碰到虫害严重的树，就会在这棵树上连续工作几天，直到将害虫全部吃掉为止。

我国有啄木鸟29种，分布较广的种类有绿啄木鸟和斑啄木鸟等。绿啄木鸟体羽主要是春绿色，下颚至胸腹呈乳黄色带有浅灰色，雄鸟的头顶有鲜艳醒目的红色块。斑啄木鸟的体形略小，上体羽色是黑底有白斑，以翅膀上居多，下体为棕白色，尾下部是艳红色，雄鸟头的后部也是红色。你或许以为这样的花色使得它们很容易从任何树上凸显出来，但其实这样的羽衣却有效散化了它们的身形，堪称典型的破坏性伪装。

啄木鸟是著名的森林益鸟。如果茂密的森林发生大面积虫害，将会造成不可估量的损失。如果用人工或者飞机喷洒化学农药灭虫，不仅花费巨大，还会对环境造成一定程度的污染，甚至会杀死许多有益生物，给绿色植物带来伤害。而且隐藏在树皮下和钻入树木里的害虫，是人工防治很难奏效的。

大自然造就的啄木鸟有极为高超的除虫本领，尤其是它有一条蚯蚓般细长而柔软的舌头，能伸出嘴外14厘米，舌尖角质化，有成排的倒钩和胶性的黏液，能把小虫粘住。同时，也很容易钩取树干里隐藏的虫子。

啄木鸟每天敲击树木上千次，它啄木时头部摇动的速度极快，约580米/秒，比手枪子弹射击的速度还快，几乎是音速的两倍。虽然啄木鸟在啄木过程中有着非常剧烈的头部震动，但它既不会得脑震荡，更不会损伤大脑。原来，啄木鸟的头部至少有三层防震功能，它的头骨呈疏松结构，头骨内能充满空气，还有一层坚韧的外脑膜，在外脑膜和脑髓之间有一条狭窄的空隙，空隙中有降低震波的液体流动，均起着消震的作用。而且啄木鸟的头部两侧都生长着强健有力的肌肉，也起着减震、消震的作用。

这种精妙的防震设置原理，不仅让人们感慨生物进化的神奇，还启发防震工程学专家科学设计了安全运动防护帽和防震盔的正确方案。现代的防护帽都有一个坚硬的外壳，里面有一个松软的套具，它们之间留有一定的空隙，帽中再加上一个防护领圈，以防止在突然碰撞时造成旋转运动，这些都是从啄木鸟的特性和解剖学研究中得到的有益启示。

“丁丁向晚急还稀，啄遍庭槐未肯归。终日为君除虫害，莫嫌无事不频飞。”（唐·陈标）千百年来，啄木鸟被誉为森林卫士、森林医生、森林英雄。这些大自然滋养的杰出生灵，每天默默地完成着世世代代传承的神圣使命。据林业专家记录，在10公顷左右的森林中，若有一对啄木鸟栖息，一个冬天就可啄食各种害虫80%以上。

春天，雄啄木鸟就变成了非凡的筑巢艺术家。它能以极高的精准度，用尖嘴在树干上雕凿出非常标准和美观的圆形洞口，而且洞口的选择通常是朝阳、背风方向，树干的角度又适合防雨。雄啄木鸟一开始会横向凿洞，凿到10厘米左右时，再往下凿大约30厘米，凿出洞室。

洞室能容纳至少三只成年啄木鸟，洞顶有半球形状的空间，四壁洁净乳白犹如大理石和象牙般光滑，散发着树木的馨香，这是啄木鸟舒适宽敞的新房。

洞口通向洞室的通道弯曲狭窄并有利于自我防守，在洞内的鸟儿只需用勇敢的长嘴对外就能保卫家庭。

新房准备完善后，雄啄木鸟发出的求偶叫声也很特别，叫声如大风摇晃树干发出的奇特声响。它还会以树为鼓，在枯死的树干上敲打出有节奏的震荡声音，发出示意领地的信号。雄啄木鸟演奏出的充满森林气息的作品，又像是森林的主人发出胸有成竹的呼唤。

它的姿态沉稳，从容不迫，有一种罕见的气质。谁能回绝这位内心坚定的森林英雄呢？谁能忽视这位杰出的建筑大师、无畏的家庭保护者呢？有这样一位勤劳、勇敢、智慧的伴侣相护，可以高枕无忧地完成棘手而又神秘的生儿育女的大事了。

倾心的雌啄木鸟不再犹豫，与雄啄木鸟很快达成婚约，共同分享家庭的喜悦。洞中的两只啄木鸟亲切地蜜语，仿佛传递着它们热切的心声。

由衷地祝福啄木鸟夫妻生活幸福，祝可爱的下一代在它们的爱护下破壳而出，快快成长！

但愿野兽不要侵入，但愿一切伤害都远离这个家园。

我飞不上云端　只能在林间徘徊
我不能长途迁徙　只好不离不弃
我没有豪迈的志向　父母传授的　只有执着的意志
我缺少丰富的阅历　讲给孩子的　只是平凡的过去

我不攀比谁　能飞多高　飞多快　目标多大　行程又远到万里
我仅在乎我　能飞到哪　飞多久　食能果腹　不致担忧地栖息
扬帆不一定非得远航　四季一年　一世四季
我的一生　从没有离开斑驳的树皮

也许有一天　我化作尘埃
撒向挚爱的土地
灵魂才会飞上云端　那时
天堂将告诉我
你一生的守护　是地球的绿衣

大斑啄木鸟

绿啄木鸟

独立的起点

DULI DE QIDIAN

柳树上，绿啄木鸟的巢中已有一只幼鸟于昨天上午出巢飞走了。现在，绿啄木鸟妈妈还在耐心地等待着第二个孩子勇敢地飞出来。

妈妈喂食孩子的次数已经明显地减少了，它从哺育初期给孩子每小时喂食 3—4 次变成现在 3—4 小时喂食一次。巢中幼鸟饥饿地盼望着妈妈的出现，可是妈妈迟迟回来后却不像以往那样迅速地入洞给它喂食，而是在树洞口外面停留，用喉音轻声呼唤着孩子，希望孩子能够走出树洞来吃食。

幼鸟小心翼翼地将头探出洞口，它是一只雌鸟，焦急地叫着妈妈。

妈妈却在树上与洞口间保持着一定的距离，好像无动于衷。妈妈见孩子不敢走出来，又恐怕孩子细嫩的叫声引来天敌，便衔着食物迅速地飞离了。

妈妈走后，幼鸟立刻将身子缩进洞内隐藏起来。时间慢慢地过去，妈妈回来的时间间隔也越来越长了。幼鸟在洞中实在难熬，便又悄悄地探出头来向外瞭望，它上下左右观察，有时盯住远方仔细地找寻。

一天下来，幼鸟往返树洞口数次，又好像在反复下着出洞的决心。其实妈妈并没有走远，而是在附近的树上观察着孩子的举动。

第二天中午，巢中的第二只幼鸟在饥饿中的求生意识最终战胜了走出巢穴的恐惧感。在妈妈的多次诱导下，幼鸟试探性地将身体从树洞中慢慢吞吞地全部钻了出来，这是它出生以来第一次走出巢穴。

幼鸟顾不上向四处张望，浑身上下不停地颤抖，两只爪子使劲地抓住树皮，身子紧紧地贴在洞口边，急促地喘息着，唯恐从高处摔下去。这时，妈妈迅即来到紧张恐惧的幼鸟身边，给它加油，给它鼓励，并作出攀树的动作让幼鸟模仿。幼鸟开始用左爪在树上试探性地挪动，右爪却始终不愿离开洞口，并做好了随时返回洞内的准备。

其实妈妈知道，幼鸟的两只利爪已经长成，能够牢牢地抓住树皮，羽翼也已丰满，能够在林中自由飞翔。当下唯一缺少的就是自信，关键取决于孩子的决心和胆量。

过了片刻，幼鸟感觉到自己已经能够稳稳地站在垂直的树干上了，也许是妈妈的示范起到了作用，它开始相信自己的能力，也相信了妈妈的教导。

幼鸟独立的第一步终于迈出来了。这时，妈妈将口中的食物向幼鸟示意，又慢慢地向与洞口相反的方向走开，希望幼鸟勇敢地跟过去。幼鸟看见妈妈口中的食物后更加急切，仍是不敢大胆地向妈妈那里挪动，眼睛紧盯着妈妈使劲地叫着，也似乎在给自己鼓劲。妈妈不动声色地在距离洞口一米左右的位置耐心地等待着。

幼鸟开始模仿着妈妈的动作向前慢慢挪动身体，双爪紧紧抓住树皮，心惊胆战地扇动着翅膀，第一次在垂直的树干上找到了身体的平衡。原来有惊无险，好像轻而易举，更坚定了它向妈妈走去的信心。

这时，幼鸟也不再急切叫嚷了，它如履薄冰般地迈出了第二步、第三步……每一步都是对生存的渴望，每一步都是对自己的考验，每一步都是对未来的宣示。幼鸟终于战战兢兢地走到了妈妈的身边，才彻底松了一口气，放下心里的恐惧，又表现出了天生的顽皮。妈妈高兴地将口中的食物作为奖励迅速喂进了孩子的口中。幼鸟异常兴奋地连叫了起来，激动地向妈妈讲述着刚才的惊险和体验，也感谢妈妈的良苦用心。

绿啄木鸟妈妈似乎还有些着急，没有停歇便转身让幼鸟跟随着它向大树的顶端蹦去。

妈妈一边蹦着，一边不时地用喙敲击着树干。妈妈的用意很清楚，一是要锻炼孩子在树上的行走能力，增强活动的自信；二是要锻炼孩子的独立觅食能力，学习在树上寻找虫子的方法；三是要锻炼孩子的飞行能力，让孩子到树的顶端开阔眼界，永远地离开摇篮。

孩子已经成功踏上了独立的路，即将开始自己的新生活。

忽然，下面的树洞口又有一只幼鸟的头探出来，用心听着树上的交谈。绿啄木鸟妈妈知道，它今年成功地哺育了三个幼子，还要抓紧时间帮助第三个孩子走向全新的生命历程。

自然的创化

ZIRAN DE CHUANGHUA

春和景明的山林里，你只要静下来几分钟，耐心地享受一会儿你可能从未感知过的那种大自然的原始状态，就会听到那醉人的鸟儿的鸣啭。有时鸟儿会猜测你的心思，鸣啭出你期望已久的心境……

如果你在绿意盎然的山林中暂歇脚步，能听到山鹡鸰的鸣啭，将带给你接下来的好运气。在众多种类林鸟的鸣啭中，山鹡鸰的鸣啭可谓独具风韵，沁人心脾。但是山鹡鸰深居简出，熟悉山鹡鸰鸣唱的山里人都认为它平时隐身是在刻苦修炼。希望听到山鹡鸰引吭高歌的人们，都会带着好奇心在幽深的山林边静静地恭候。只要山鹡鸰出来歌唱，一定是个好日子，越是春光明媚的日子里它唱得越格外投入。人们会听着它的歌声，心情愉悦地进山采蘑菇、挖药材。

人们都说，高超的歌唱家从不刻意讲究自己的服饰和外貌，因为他们相信，自己的歌喉可以征服众人。山鹡鸰正是这样一位歌唱家。它貌不惊人，常年身穿橄榄绿带有黑色条纹的上衣、白色的下衣，简素得可以融入林间的光影。可它一打开喉咙，却会带来拨动心弦的时刻，犹如听它讲述一段段动人的故事。

山鹡鸰在演唱时常选择密林高枝作为舞台，它要等林中寂静下来，简短地蓄势之后，才悠然地打开喉咙。它的歌声似有感而发，娓娓道来，既一往情深，又寄情四海，浅吟低唱的音符幻若一只只小鸟，飞向远方，然后又飞回来，栖息在聆听者的心巢之中，仿佛使人尝到了农家的新米饭和自酿的高粱酒。

一首歌，它会唱十几秒，然后停顿几秒，再唱十几秒，一次次反复。歌声中的“停顿”，宛若在巧妙地留出余地，以带来一种悬念和期待的心理。这样精心安排和延迟，反而使聆听者获得了新奇的满足感。如果没有干扰，山鹡鸰能以双倍的热情全力以赴，按照自己的思绪持续地唱上几个小时，最后在高潮中华丽结束。

山鹡鸰可不是只唱一首歌，它的歌曲会随着地点的不同而变化。它喜欢变奏，有一整套好听的曲目，但音色是不会变的。虽然它鸣唱的每段音阶略有不同，但音调与景色的完美结合，抒发出它带有浓浓情感的生理渴求和作为理想伴侣的潜力。从它的歌声中，人们感受到爱心的温暖和友谊的光芒，收获一种动力和情谊。大自然创造了山鹡鸰，并在它的身上赋予了天地的造化。

一位著名歌唱家的演出，会引来众多歌手纷纷亮相。伴随着山鹡鸰的歌声，林中响起了黄喉鹀、田鹀、黄眉鹀和白眉鹀等鸟儿华美的乐章。黄喉鹀、田鹀、黄眉鹀和白眉鹀可能是山鹡鸰的学生，穿着十分朴素，都是一件棕色带黑纵纹的上衣，一件乳白色略带花斑的下衣。这几位的形象又恰似一个表演组合。它们的身材虽称不上“完美”，不过人们依然很喜欢它们，因为它们总是彬彬有礼。

这几位歌手唱得都是那么的清澈悦耳，那么的欢快抒情，那么的自由浪漫。似乎每一只鸟儿都在为人们歌唱，会让人们从心里感谢它们带来的舒心和慰藉。这个评价能够有效衡量技艺的水平，那旋律穿破林间湿润闷热的空气直抵你清醒的意识，常常使人流连忘返。

黄眉鹀

田鹀

黄喉鹀、田鹀、黄眉鹀和白眉鹀的长相差别主要是各自头部独特的漂亮花纹。它们的嘴长得非常相似，这与它们的生活习性和摄食取向密切相关。同时，这些林鸟也因其弱小，容易让人们生出爱怜之心，从而更容易与人们相依相伴。人们觉得，小鸟自身便是一个个美妙的音符，传递着快乐。它们的鸣叫率真、动情，如清泉流淌，使原本喧嚣、纷杂的俗世生活，有了令人欣悦与憧憬的素淡、雅洁的底色。

山林里还有许多会唱歌的鸟儿，都钟情在春天鸣唱。山鹛也是其中一位优秀的歌唱家。它习惯在良好的心境中，鸣唱于林边及灌木丛的枝头。它的歌声非常清纯，节奏感颇强，富有特色。

山鹛的歌儿更合乎那种典型的轻快婉转的鸣唱，并通过个性化的变奏和不着痕迹的模仿，唱得若有所思。这时你不需要去寻找它隐藏的身影，以免打断这难逢的一曲精心准备的歌儿。聆听它的歌儿需要一些耐心，要静等歌手把一支曲子细致地缓缓地铺开。它属于那种不求闻达的音乐制作者，真正不显山不露水的歌唱家。

白眉鹀

黄喉鹀

山鹛主要生活在黄河以南广大地区，近些年来才在北方有所出现。还有一些未曾在国内外资料中记载过的北方鸟类，如棉凫、赤嘴潜鸭、水雉、黑浮鸥、黑嘴丹凤头燕鸥、尖尾燕鸥、珠颈斑鸠、白头鹎、白背矶鸫、红嘴蓝鹊等，由于气候转暖等原因，也相继出现在北方无垠的山海间。这些鸟儿都有着卓越的天赋和表演才华，它们乘兴而来，带着个性的美和祖传的技艺，为北方大地的回春季节送来新奇的凤吟鸾鸣。

“绿树交加山鸟啼，清风荡漾落花飞。”（宋·欧阳修）鸟语花香的日子里，可以说山野中最美的景象，莫过于由大自然创化生成的花儿与鸟儿的音乐会。

在花红柳绿的树林里，鸟儿倾心的鸣唱，像一朵朵绽开爱和梦想的鲜花，像一条条流淌新奇和乐观的小溪，像一张张能融化敌意坚冰的笑脸，像一首首用仁慈生命书写的善良诗篇。

在山花烂漫的群岭间，鸟儿深情的鸣唱，是来自心灵的声音、远古的声音、天使的声音。虽然它们展示的姿态和音色不同，但描绘的都是春天，渴望的都是爱情，赞美的都是生命。

在盛开鲜花的草原上，鸟儿淳朴的鸣唱，似弦乐般美妙轻柔，似器乐般神奇悠扬，似美声发自胸腔的气调，似和声高昂共鸣的主旋，融进了润风，暗香蔓延，听到深处湿了心。

鸟儿的歌声，是对花儿的感恩，对大地的感恩，对天空的感恩。

人们需要静下心来聆听鸟儿的歌声，从鸟儿流动多变的生活中感受其中的天性、领悟其中的真谛。它时刻提醒着，你真实地生活在一个生机勃勃的环境里。对生活的认识可以重建，靠你自己。

其实，只有静下心来，人的心灵和感官才是最佳状态，人的思想才能更加恬静、心境才能更加怡然；才能调节人的神经系统功能，使人疲惫的身心产生轻松感，紧张的情绪得以放松；才能使人的精神更加愉悦，注意力更加集中，性格更加开朗；才能使人依照真性情生活，努力去享受生命本身的快乐，从而达到一种空灵自由的境界。

珠颈斑鸠

斑鸠之爱

BANJIU ZHI AI

珠颈斑鸠的鸣声圆润厚重，喜在晨昏和雨后发出“咕咕，鹁咕咕”的叫声。所罗门王曾经描述道：“斑鸠的叫声在大地回响。”在珠颈斑鸠看来，它的鸣叫会让整个春夏时节不断完整和充实，并成为其中的一部分。珠颈斑鸠身披褐粉色的漂亮羽衣，最为显著的是它颈部两侧蓝黑色羽毛上密布的白色斑点，犹如镶嵌着成排的“珍珠”，常使其自豪。

“谁谓鸣鸠拙无用，雄雌各自知阴晴。”（宋·欧阳修）珠颈斑鸠是对天气变化了如指掌的鸟儿，更是有情有义的鸟儿。它们一旦组成家庭，便琴瑟和谐，双宿双飞。珠颈斑鸠看上去是那种非常安静优雅的鸟儿，似乎又总在求爱之中。雄、雌珠颈斑鸠天天追逐不息，即便是多年夫妻，雄鸟每年都要不断地向矜持的雌鸟求爱，以增进心心相印。

雄、雌珠颈斑鸠之间的求爱程序长而复杂。繁殖季节，雄鸟为了取悦雌鸟，必须鸣啭悠扬，尽情展示自己的天赋。雌鸟到来，雄鸟鸣啭的音调会立刻从谦和、婉转、轻盈变得激情、热烈、高亢起来，甚至啼鸣不断。雄鸟鸣啭的技巧在于重复，重复唱两遍、三遍或更多遍。短暂的休整停顿之后，它还会选择一个自己认为能更好地表达情感的乐句，反复地唱下去，还会以一长串更加动情的柔声颤音来收尾。

在雌鸟面前，雄鸟更喜欢显露自己的本领，展翅高飞，直冲云霄，然后翻身转体，以优美的姿态滑翔，斯文地降落在雌鸟的身旁。有时，雄鸟还会在雌鸟的周围跳慢步舞，或者原地旋转，不停地向雌鸟鞠躬鸣叫，膨起全身的羽毛，展示强健的体魄。雄鸟在表演中不能出现任何差错，否则难以求得雌鸟的欢心。如果雌鸟飞走，雄鸟则在后面奋力追赶，边追边鞠躬边鸣叫，追得越快，鞠躬的次数越多，唯恐雌鸟在眼前消失。雄鸟的一切尽情表演直到雌鸟用赞扬的歌声表示满意后才告一段落。

彼此增进感情之后，它们便会默契地双双起舞，开始纵情地表演舞蹈家般美妙的舞姿，在有节拍的步调中，感受爱的脉搏和爱的心跳，也是相互羡慕和喜悦的表达，也可以用来弥补可能有过的缺陷。双方有了足够的信任，便会互相整理羽毛，相互传递温暖的抚摸，达到水乳交融的心境。珠颈斑鸠夫妻之间的表演出神入化，不仅使双方快乐，还有宣示领地的主权并阻止同类鸟儿插足的作用。

在珠颈斑鸠夫妻生活的树林里，还居住着一对山斑鸠姐妹。虽然双方同为斑鸠一族，但它们的外观和鸣叫声却有着明显的不同，生活习性方面也有差异，尤其是类别之间自古以来从不通婚。这对珠颈斑鸠夫妻和山斑鸠姐妹之间相处得非常融洽，邻居间互帮互助，其乐融融。

有一天天刚亮，一只雄性山斑鸠便赶来向粉红色的山斑鸠姐妹求亲，在遭到姐妹俩拒绝后，竟然莫名其妙地尾随下来。山斑鸠姐妹长得秀美，天生蓝灰色的头顶和前额，金红色的眼圈，黑色明亮的眼睛，粉红色的脸庞和前胸，脖子两侧各有一块玉佩似的蓝白相间的条纹，铅蓝色的嘴和粉红色的脚，一对织锦绣缎般漂亮的翅膀。这对姐妹的外表靓丽，性格却趋向内敛和羞涩，颇有隐居的情怀。当雄鸟靠近的时候，它们就会匆匆地飞走，看起来对任何示爱的言行都不屑一顾。

山斑鸠姐妹飞到哪儿，那只雄山斑鸠就跟到哪儿。山斑鸠姐妹生气也好、训斥也好、不理也好，雄山斑鸠都自顾自地扇动着炫目的翅膀，发出连续的喉音不断地向这对冷漠的姐妹示好。山斑鸠姐妹互相照顾着、警惕着。雄山斑鸠不顾其他，只想着自己的事情，固执地做着自己的事情。

飞行中、就餐间、休息时，只要有机会，哪怕时间再短，雄山斑鸠都要见缝插针，不断地向山斑鸠姐妹表达爱慕之举。雄山斑鸠先向姐姐尽力献歌献舞，又给妹妹送上美味佳肴，但它的行为举止被山斑鸠姐妹看来却有一种习惯性的矫饰、做作之感。山斑鸠姐妹对这一切似乎视而不见，确实像表面看上去的那样，冷冰冰的，无动于衷。

就这样一整天，三只山斑鸠在树林中飞来飞去，在田野上飞来飞去，在山地间飞来飞去。

天色已晚，山斑鸠姐妹明显非常不耐烦了，在树上休息时再一次共同向尾随了一整天的雄山斑鸠发出了严厉的逐客令。

珠颈斑鸠夫妻早已看在眼里，急在心上，特意赶到近前，落在山斑鸠姐妹身边，向雄山斑鸠发出低沉、急促的催促和告诫般的鸣叫。雄山斑鸠这才垂头丧气地离开了。

从那天以后，山斑鸠姐妹再也没有见到那只雄山斑鸠。

原来，那只雄山斑鸠是经常见异思迁的。后来，漂亮的山斑鸠姐妹在珠颈斑鸠夫妻的关心下都找到了如意的伴侣。

因为在山斑鸠姐妹和珠颈斑鸠夫妻心中，只会选择一心一意的永恒伴侣。

山斑鸠

天籁晨曲

TIANLAI CHENQU

拂晓，东方地平线上的云层裂开一条隙缝，涌出一道红蒙蒙的曙光，将浩瀚无垠的天穹自东向西由浅灰过渡到蓝黑。星辰还在幽暗的天幕闪烁着荧光，雾蒙蒙的原野残留着昨夜的梦幻。一切是那样的庄严，那样的宁静。

忽然，湿润的空气中传来一阵低沉的吟唱，唤醒了整片大地。所有的生命陆续睁开了沉睡的双眼，露出含情脉脉的目光。那个熟悉的声音，是布谷鸟一串串中音般通透饱满的鸣叫，像是一声声起床号，在晓雾遮掩的空幽湖面上回荡。接下来四面八方的山林中和田野里纷纷响起鸟雀们正在醒转的初鸣。

鸟儿的鸣叫各不相同，其声调有圆润婉转的，有银铃般清亮的，有低音吟唱似的，有喃喃细语般的，有尖细撒娇音的，有嬉戏嘲笑腔的，还有从天际传来的缥缈的声音。此时鸟儿们还没有完全放开喉咙，也没有离开隐蔽的栖身之处，好像在呼唤着仍在睡梦中的同伴。

黎明，是鸟儿一天中精神和活力最饱满并最喜鸣叫的时刻。由于日出前气压偏低、四周宁静，鸟鸣也显得格外清晰悦耳。此时地面光线还较暗，饥肠辘辘的鸟儿看不清要寻找的食物，便利用晨曦微露的时光逐渐放开喉咙。

这个时候，我们只能听其声，很难见其面。虽然人的语言是有声有色的，但当语言遇到鸟鸣，却是无能和乏力的。那么，我们就停下脚步，合上嘴唇，静下驰骋的神志，用心聆听。聆听来自幽蓝雾幔下那些从树林、灌木、草丛、田埂、湖畔或柴草垛间响起的鸟鸣中温婉的颤音、柔和的笛音、清脆的哨音、悠扬的弦音里流露出来的那种清风徐徐拂过面颊，音符轻轻滑过心田的旋律。

满耳都是鸟儿的清音，似晶莹的珍珠从潮水中洒落下来，在光洁的玉盘中滚动，听起来是那么的舒心和迷人，让人仿佛惬意在姹紫嫣红的玫瑰园中。此起彼伏的鸟鸣，各自展露着才华，显示着领主的意愿。可谁能分辨出这众多的音色迥异、风格有别的大自然的歌手呢？看来只有鸟儿自己才能听懂这些混声组合之中的同类之音。

“入春解作千般语，拂曙能先百鸟啼。”（唐·王维）去听一听晨光熹微时鸟儿的合鸣吧！就像跟随启明星升起一样，盛春的晨曦合唱团的歌声在每天日出前一个小时都会准时响起。仔细聆听，体味鸟儿们所展示出的特有音质和个性音色，享受鸟儿们各自在清晨的爱意表达。

宿雾不知什么时候已悄然散去，万物显现出自然的本色和质感。嫩绿色的松林茂密幽深、黑黝黝的耕地井然有序、果园中雪白的海棠花竞相绽放、群岭上淡粉色的野杏花连绵无际、山坳里农家的袅袅炊烟、羊肠小河边散放的牛群、朝霭中淡到欲无的横贯远山、极目辽阔的碧宇长空，叠加出大自然如诗如画的秀丽景致与勃勃生机。

草叶上晶莹的露珠逐渐映出粉红的光泽，农家院里不时传来鸡鸣犬

灰鹡鸰

吠。此时所有鸟儿都从睡梦中醒来，精神焕发地迎接新曙光。新的一天来到了！好像所有的鸟儿都在等待这一时刻，在太阳初升前向新的一天致敬，它们会在心灵深处唱出一首感恩的歌。

这个时刻，鸟儿的目光温柔、热切、多情。它们要为整个大自然赞美早晨，它们要为自己创造一片爱的天空，它们准备为新的一天的向往而展翅。对于小小的鸟儿来说，它们的歌声中充满愿景，因为这个声音抒发着它们内心深处的企盼和惆怅。鸟儿的心中有一个共同的愿望，哪里有爱，哪里就有属于自己的明媚阳光。

金翅雀和三道眉草鹀抖落羽毛表面的细微晨露，率先从松针下跃上树冠，高昂着头鸣唱起来，似乎在仰天宣示。大山雀、燕雀和柳莺也从灌丛里飞到树梢，从一根树枝跳到另一根树枝，不甘示弱地放开喉咙，希望它们的三重唱能传得更远。灰鹡鸰、黄鹡鸰从柴垛中飞上电线杆，啼啭得全身颤抖，细长的尾翼快速律动着歌曲的节拍。燕子们纷纷从屋檐下冲出，在空中画出优美的浪漫曲线，齐声合唱着飞向碧野蓝天。

此刻，大自然的一切声音都融汇到这“晨之交响乐”中。

柳莺

大山的雕鸮

DASHAN DE DIAOXIAO

我很无奈　光阴不会徘徊
我在等待　莺声燕语归来
如若我不属于春天　那便让春风
在我的心中释怀
如若注定要承受暴风雨的考验　那就让自己
在雷电中成长气概

远离浮世的喧嚣和俗尘
怡然地跟随星辰的安排
只祈盼向往的唯一
让和煦的暖阳
从生命的角落升起来

每年，我都要数次前往偏远山区做扶贫济困工作。多年来在落实为贫困乡村建设学校、修建道路、建卫生室、为残疾人和孤寡老人盖新房等事务的同时，还要尽可能地挤时间为农民普及野生动物保护知识，和许多农民成了知心朋友。

有位农民曾主动对我说，这里过去喜鹊成群飞，现在已经看不见喜鹊了，主要原因是农民春播时为了防止老鼠吃种子，便用鼠药拌玉米粒撒在田地四周，却药死了许多喜鹊。现在他们知道了，一只喜鹊每年就能吃掉上万只害虫，是农民的好帮手，一定要保护好这些野生鸟类。

2012年5月的一个傍晚，我到扶贫的小山村等待新建路灯通电时，从扭秧歌的乡亲中跑来的村主任告诉我，今天进山挖药材的一个村民在东山峰发现了一个老鹰窝，窝里还有三只小鹰崽，这个村民想找人帮忙把三只小鹰崽拿到集市上去卖，这事怎么办？我态度非常坚决，请他立刻告诉所有村民，任何人都不能打鹰崽的主意，野生动物必须依法保护！

当晚，全村的男女老少都出来观看房前屋后的路灯亮起，大家沉浸在夜晚亮化的喜庆之中。我将路灯逐个看完后没有回城，晚上就住在村主任的家里，请村主任找来几名村骨干连夜商量了保护鹰巢的办法。

第二天，天蒙蒙亮时，下着绵绵细雨，我和村主任冒雨出发前往有鹰巢的东山峰顶察看。朦朦胧胧的天幕，使千峰叠嶂的群峰淡去往日的威严和巍峨，那些平素雄奇的峰峦在云海中忽隐忽现。3000 多米长的山路，200 多米高的山峰，小道崎岖，湿滑难行。

走在蜿蜒曲折的山路上，每当我抬起头来，都觉得前面的山峰似乎在向人招手。我顾不上细细品味山中特有的新鲜空气，也无暇欣赏路旁野花和小草上那饱含诗意的露珠，心中焦急地挂念着山巅的鹰雏。

攀登的渴望使我加快了脚步，边走还边向村主任讲述保护野生鸟类的有趣故事，不小心一步打滑，摔了一个跟头，几乎是一个侧滚翻，衣服沾满了泥水，我笑着向村主任说，这是给鹰巢行了个大礼呀！我们俩费了很多体力，才气喘吁吁地爬上了山顶。

突然，山顶对面山峰上的黑松林中传来几声古怪刺耳的鸣叫，距离虽有百米开外，仍给幽暗的山间顿增几分阴森和恐怖。“这是老鹰在叫，我听过。”村主任说。我说：“鹰巢可能就在附近，老鹰是在恐吓我们，也是在向小鹰报警。我们分头找，看清后立即离开。”村主任对山顶地形很熟悉，不一会儿就喊我过去，指给我看 20 米外一处崖壁下的鹰巢。

鹰巢位于山顶东南角的突出部，后靠崖壁，前临峡谷，两侧是倾斜的山坡。我们如果走过去，地面湿滑很难立足。我下决心爬过去，让村主任在后面拽着我的衣服。我们小心翼翼地爬到距鹰巢 10 米左右的地方，起身向鹰巢望去，顿时惊叹不已。只见巢内有三只浅棕色绒羽的雏鹰，每只雏鹰有母鸡般大小，毛茸茸的外表，圆圆的大脑袋，身体浑圆，动作有些颤颤巍巍，估计出生有三周左右。

我永远也忘不了那几只雏鹰蹲在地上那奇特的表情，那不是幼小的动物应有的稚拙表情，而是极度老练和凶猛的表情。

它们眼睛圆圆的，大得出奇，目光锐利，有鲜明的金黄色眼圈；喙呈黑色，发育强壮已接近成鸟的喙大小，喙前端弯钩上还带着血迹，看来已有能力撕开小型动物的肉体；双脚粗壮，厚厚的绒毛下露出一排尖钩般的强壮利爪。

雏鹰早已听到了动静，有了防范的准备。三只雏鹰向我们怒目而视，抖动着翅膀，凶狠地张开喙，露出鲜红的舌尖，发出尖细的急促叫声。它们鸣叫时没有瑟瑟发抖、畏惧躲避的动作，乍一看确是有力而凶猛的神态，这是猛禽抵御外来威胁的本能。我当即判断，这不是鹰，而是鸮，还可能是一种大型鸮！

眼前的巢穴建在山峰崖壁下一块一米见方的平地上，巢里极其简陋，散落着零星的树枝和干草，边上还有两只死田鼠。雏鸟的毛色和山石泥土的颜色非常相似。从它们的体态上看，发育良好，现在并不饥饿。亲鸟已经离巢，还为它们准备了度日的食物。

这是极其难得的场景，我迅速拿出相机拍了几张照片。这时，山谷对面山峰上的黑松林里又骤然传来了古怪刺耳的鸣叫声，比刚才的声音更响、更急促，已明显不安和气恼。可以确定，这是雏鸟保护者的呐喊。

鸣叫声刚停，只见一只很大的鹰从对面山峰上黝黑的松林中疾速飞来，张开的双翼足有两米长，宽大的翅膀尤显震慑之力。它在我们头顶十几米的上空居高临下地盘旋一圈后落在相距不远的崖石上，威严挺立，半张开翅膀，虎视眈眈，一副强悍凶狠的架势，时刻准备发起攻击。

由于光线灰蒙，又有小雨，我看不清大鹰的细节，概略给它拍了几张照片。为了不再惊扰它们，又避免受伤，我和村主任简单商量一下便迅速下山了。

回到村里，我们及时上网查找资料，根据照片确认所看到的大鹰竟是世界珍稀鸟类——雕鸮，三只雏鸟就是雕鸮的幼子。随后我们立刻讨论昨夜研究的方案，进一步完善了保护雏鸮的措施……

第二年春天，在山顶相同的位置，雌雕鸮又产下了四枚鹅蛋般的卵。

清晨，一缕缕金色的阳光，穿过婆娑树影和青烟绿雾，将松林染上一层黄灿灿的颜色。新鲜的空气中散发着松脂的清香，隐隐流露出一种淡淡的令人神清气爽的甜味。色彩各异的野花竞相张开了期待的笑脸。

只有在原始林间行走、观察，才能真正感受到人类很少踏足的地方天然生长的树木和野花与人工培育花木的不同。森林和野花的率真、不加修饰的形状、天生的结构与色彩，甚至历经风吹雨打、虫咬变形之后的残缺，都呈现着自然的魅力。而这些树木和野花在荒野中傲然生存的自信，与动物相因相生的关系，又充满了无穷而神秘的故事。

隐藏在树顶的雕鸮虽然有叶影参差的掩映，冉冉升起的晨光依然使它的影像由模糊变为清晰。辛劳了一夜的雕鸮，已经给附近山崖上巢中的孩子们留下几只捕获的田鼠，但它知道孩子们除了饥饿外，白天可能还会面临不可预知的危险，须臾不能放松警惕。它机敏的耳朵聚精会神地辨别着风中哪怕是细微的异样声音，两眼始终盯着巢穴的方位。

雕鸮，从6000万年前至今仍然顽强存活的物种，它的生命本身就是一个神话。雕鸮是最凶猛的夜行性猛禽，也是世界上现存鸮类中体型最大的个体。它体长80—90厘米，翼展近两米，在其他的鸮类中，没有谁有着像它一样的强壮体魄与捕食能力，只是现在人们很少见到它。

雕鸮食性广泛，尤其能控制鼠类的蔓延，是无可比拟的超级捕食者。白天，雕鸮多隐藏在人迹罕至的密林高处栖息，极少活动。它的听觉甚为机敏，稍有异动，立刻伸颈睁眼，转动脑袋，观察四周情况。

当黑夜笼罩大地时，雕鸮统治世界的时候到了。什么东西都逃不过雕鸮在夜暗条件下极其敏锐的大眼睛，它的眼睛有15000个反射体，能观察到任何角度的微小细节，立体的视觉还能够测量距离。雕鸮的耳孔周围有明显的耳状簇羽，有助于夜间分辨声响与定位。雕鸮的羽毛结构特异，能够消音，飞行时悄无声息，能突然降临到猎物头上。雕鸮堪称生物进化的一个奇迹。

初春，雄性雕鸮有着极强的繁殖欲望，求偶的叫声能在五公里外听到。与其他许多鸮类一样，配偶会频繁高鸣，互相呼应，很可能是为了维护彼此之间的关系。雕鸮有着严格的领地界限，在山顶的巢穴位置能完全掌控周围的环境。雌性雕鸮大多数时候会产下2—5枚卵，并独立承担孵化下一代的任务。幼雏一个月后破壳而出，两周后开始在巢内活动，三周后能够独立进食，随着体重增加进食量也越来越大。

雌性雕鸮每次捕猎后，总是把最好吃的部分带给孩子们。当小鸮长到五周后，便开始在巢穴附近活动，并慢慢地褪去浅棕色的绒毛，长出类似成鸟棕褐色的羽毛，不久羽毛上再逐渐长出黑色的花纹。小鸮长到十周后便由母亲带领开始学习捕猎。

雕鸮夫妻建立领地以及守护领地和孩子是项巨大的付出，有时会是极限的付出。这对它们的体力和耐力是非常严峻的考验。

四个月后，幼鸮粗具父母般强壮的体魄并掌握了独立生存的本领，便离开父母自由闯荡，两岁时才安定下来，找一个如意的伴侣，生儿育女。

雕鸮生活在偏僻的大山中，每天的生活极其简单，常年独来独往。它很少有与同伴欢聚的时光，也无须外界知晓自己的艰辛付出，只是一代一代地默默传承着大自然赋予它们的使命。

雕鸮的世世代代究竟经历过多少次沧海桑田，史料没有记载，只有它们的翅膀向世界宣告它们仍顽强地生存着。哲学家曾经说时间只是个现象，而诗人则称时间为感受。雕鸮的现象和感受从历史的长河中给了我们非同寻常的启示，顺应自然，与大自然和谐共生，生命才会得以延续，也会使我们变得更加坚强。

雕鸮

夜鹭

YE LU

当驱车 300 多公里终于在迂回曲折的连绵山坳间找到夜鹭筑巢的集结地时，我惊讶地看到，丘陵上的大片杂树林中，密密麻麻地筑满了鸟巢，几乎每棵树上都有五六个，有的粗壮的大树上甚至有几十个，一眼望去树林中竟有上千个，真可谓一处壮观的珍奇巢林。

我忘却了饥渴和疲惫，立刻拿起望远镜仔细地观察起来。我透过望远镜能够清晰地看到，每个巢内或巢边都有孵化期的夜鹭。夜鹭体形较胖，颈较短，体长约 60 厘米；黑色的顶冠，枕部披有 2—3 枚长带状白色饰羽，下垂至背部；白色的颈胸，灰色的两翼和尾羽；红色的眼圈和黑色的尖嘴，橘红色的长腿和脚趾。夜鹭秀雅而生动的姿色，果真为造物主的妙笔神韵。

眼前的一幕，不禁使我想起了在辽阳太子河边追拍一只夜鹭时的艰辛，想起在阜新巨龙湖岸仰望天空偶见几只夜鹭时的兴奋，想起在丹东鸭绿江畔看到小群夜鹭时的惊喜……现在，曾追寻过的一切都汇聚到了一起，就在眼前，就在大孤山脉与黄海的连接地带，几千只夜鹭在一地筑巢繁衍，真是太难得、太激动人心了！

夜鹭在繁殖期是习惯群居的鸟类，它们集中筑巢显然是从家庭安全考虑。现在的它们看来各有所需，有的在巢中静卧，有的在树梢瞭望，有的在修补鸟巢，有的在树上漫步，有的相互依偎，有的单腿站立。那些站立的夜鹭，或缩颈养神，或梳理羽毛，或驼背埋头，或仰望天空。有的巢中偶尔还有雏鸟的小脑袋稍稍晃动，很快又蛰伏不见了。

这些鸟儿筑巢的技艺看上去比较粗糙，却简单实用，不大的巢足以承载整个家庭。如果你见到夜鹭筑巢，一定会认为那是一件非常有趣的事情。我曾多次观察过鹭类筑巢，它们筑巢的习性相近。在寻找巢址的时候，雄鸟为了讨好雌鸟，会显得异常活跃，它先四处寻求可能作为巢

夜鹭

址的地方，并引导雌鸟选择。实际上雄鸟并没有决定权，要等雌鸟看过之后才能决定在哪里筑巢，等雌鸟决定之后，雄鸟便会扇翅跳跃，为雌鸟喝彩。之后，它们一起飞去寻找筑巢用的材料。

这项工作其实主要是由雌鸟完成的，雄鸟一直陪伴在雌鸟左右，做些辅助的事情。等到材料找好，雌鸟开始了筑巢工作，雄鸟会间接地衔来树枝讨好雌鸟，然后就在不远的地方守候着领地，为雌鸟鼓劲，或高声赞美雌鸟的技艺。我想，这种赞美更多的是出于爱情的缘故。

如果说雄鸟的生活中充满了浪漫与诗情，那么雌鸟的生活中则完全是平凡和琐碎。雌鸟除了修补鸟巢和养育后代，几乎没有别的事情可做。也许，它从这种本能中体会到了某种乐趣吧。雌鸟从不向雄鸟示爱，它们在一起的时候，雌鸟也从不会表现出不同于平常的神态。对于爱情，雌鸟显然实际得多。

眼前的夜鹭始终保持着谦虚的态度，看看它站立的姿势就知道了。它不做作，只是俯身缩颈，自然地抬着头，眼光笔直地看着前方，偶尔也朝天上或树下看看。它站得很稳，一副守家待地的泰然自若。

假如你想将附近的夜鹭看个仔细，它会很羞涩地躲在树干的后面，这个时候，你需要耐心地等待。不久之后，它便会慢慢地走出来，重新站到你附近的树枝上，继续从事自己的事业。有时候，它离你较远，反而会飞过来，到近处观察你。

这其中的奥妙，我们必须通过亲身感受来获得，必须用心去体会，仅仅走马观花地观看，显然无法培养出对自然生命的热爱。这是一种对于森林与原野的兴趣，一种科学的探索精神，一把通往大自然的钥匙。

林间远处的夜鹭棋布星陈，犹如镶嵌枝头。近处的一株高树上就有几十只夜鹭集聚，静静鹄立。偌大的夜鹭群体，却少有夜鹭飞动。看来，它们都在守护着各自的巢，也等待着在外面觅食的伴侣回来换班，同时做着夜间出行的准备。夜鹭本是典型的“夜猫子”，只是在育雏期，双亲共同抚育幼子，需要更大的食量。

黄昏时分，外出觅食的夜鹭陆续归巢。放眼望去，从东南到西南海滨方向的空中，披着夕霞的夜鹭一队队、一层层、一群群，逐浪似的向巢林涌来，它们竟是那么统一和守时。幽蓝的天空中，归巢的夜鹭又显得那么矫捷和急迫。

归来的夜鹭一到巢林上空，漫天发出迫不及待的鸣叫。林中的夜鹭开始不安起来，一边呼应地叫着，一边纷纷站到各自的巢边。看来它们已经准备和伴侣交接，又在防范着可能走错的邻居。

这时，许多巢中的雏鸟纷纷抬起头来，伸长脖子、张开尖嘴发出急不可耐的叫声。雏鸟由于出生的时间不同，大小参差不齐，它们灰褐色的绒羽与树木的颜色相近，都显得乖巧可爱。

很快，几乎所有的巢里都有雏鸟齐刷刷地昂头开始鸣叫。我真没想到，刚才林间竟有那么多的雏鸟静卧在巢中。如果每个巢中有四五只雏鸟，那么整个巢林就有四五千只之多！归来的夜鹭天女散花般地奔向各自的巢，越临近自己的巢，家庭的相互感应越强，自己巢中的雏鸟叫得越欢。每当响起一阵集中热烈的鸣叫声，那就是一个家庭团聚了。

空中的夜鹭源源不断地飞来，巢中的夜鹭呱呱地叫着。归来的上千只夜鹭竟没有一只走错或引起同伴间的骚乱。天空中和树林中的夜鹭兴奋的鸣叫声震耳欲聋，竟淹没了我的手机来电的铃声。

大约持续了一个多小时，又有一大批夜鹭陆续地飞走了，整片巢林才慢慢地安静下来。

夜鹭选择在这里建造自己的家园，养育后代，或许这个地方依山临海，有清静的树林，或许这里附近有季节性的丰美食物，取之不尽。也许，只有天物合一，才是它们心灵的皈依。

透过望远镜，我发现千米之外的巢林左边有个静美的小寺院，院落附近的树冠上还站着许多池鹭，又让我惊喜起来。

池鹭和夜鹭属于近亲，生活习性方面有许多相近之处，也喜欢结伴而行，在有夜鹭的水域常能看到池鹭的身影。池鹭体形略小于夜鹭，它有深栗色的头颈和羽衣，酱紫色的前胸长有褐色纵纹，白色的羽翼，模样俊美乖巧。

远处树冠上分散而立的紫色池鹭，袅袅炊烟下灰瓦红墙的小寺院，在暮色山影的映衬中，宛若动画般的景象，显得格外别致和静谧。恰如唐代诗人常建的名句：“山光悦鸟性，潭影空人心。万籁此俱寂，但余钟磬音。”这种景致恬静幽深，让人有一种超脱尘世和无尽向往的思想情境。

池鹭也是喜欢群栖的鸟类，现在是繁殖期，巢应该就在附近。而且附近极有可能还会有其他种类的鹭群。

为了不惊扰繁殖期的鹭鸟，我没有再向巢林里面走，只是在巢林边缘拍摄了一些鹭鸟的照片，便依依不舍地连夜返回沈阳了。

夜鹭

第四章

始夏

仙姿倩影

飞羽无疆

FEIYU WUJIANG

翘鼻麻鸭

静悄悄的黎明，静悄悄的雾，静悄悄的海滩陪伴着静悄悄的翘鼻麻鸭。在距翘鼻麻鸭不远的海岸上，我身着与海堤颜色相近的沙漠迷彩服，静悄悄地等待着大群鹬鸟到来的最佳拍摄时机。

为了这一刻，我已经等待三年了。前两年，因为天气不良，加之我在此停留的时间较短，错过了最佳观鸟时机。这次前来，虽然总结了以往的经验，依然要看天气和鹬鸟的恩赐程度。昨天早晨，天空阴暗，七八级的大风刮得沙飞石走，差点把我从海堤上掀到海里去。几经周折，我才找到一处背风的海堤坐下，一直守候到黄昏。由于光线始终不理想，又是小潮，鹬鸟群离得太远很难看清楚。我只好在今晨又回到海堤上。

晨雾缓缓淡去，海滩渐渐清晰。距翘鼻麻鸭约千米远的滩涂上浮现出一长条赭石红，那是一大群斑尾塍鹬和黑尾塍鹬在休息。它们遵循着季节的约定，年年历经千辛万苦，不远万里从遥远的澳洲迁飞至此，停留 20 多天，补充食物并恢复体力后，再飞往白令海峡，最后到达阿拉斯加海岸地区。

和这些远来的宾客一起安静地守望着迷茫无际的海滩，一种无法形容的纯粹的美悄然涌上心头。大自然是这样醉人，心旷神怡的享受淹没了我的焦虑。世界不仅是眼前所见，那些顽强的生命，那些自然的场景，让我感受到很少有过的意境和陶醉。

天空慢慢放晴，海滩无声地敞开了宽广的胸怀，海滩的尽头融入了目力所及的天际。远远望去，隐隐约约的地平线上出现了一条水平的细长白亮线，犹如天地之间的分界线，一动不动。许久，白亮线又好像在逐渐加宽，将天际与海滩清晰地隔开——啊！那是潮水，涨潮了！

忽然，天边飘浮起一团团黑云，快速升腾翻滚，不断变幻着云朵的形状，一会儿又像被风吹散，融进朦胧的远空。

我有些激动，大潮终于来了。那些黑云团是数个庞大的鹬类鸟群，它们被潮汐追逐，不时变换着它们在海滩上小憩的位置。

千百年来，鸭绿江水带着大量冲积物，在与黄海交汇的地带形成了一个辽阔而独特的生物链环境，为远涉重洋的候鸟提供了丰富的食物种类和优越的生存条件。鸭绿江口国家级自然保护区是世界上鸟类种群最为集中的地区之一，每年在此迁徙和栖息的鸟类数量多达上百万只。

太阳在朝霞的迎接中露出了红彤彤的笑脸，万道霞光穿过彩云给无垠的海滩抛下了万道金辉。远方的白亮细长线越来越宽，慢慢变成宽阔的海域，浩瀚的潮水正向我所在的海岸缓慢地推进。

鸟群从天际源源不断地飞来，落到海滩上休息。每当潮水涨到鸟群身边时，它们便会交替飞起，再落到就近的海滩上。体形娇小的小滨鹬、红颈滨鹬、青脚滨鹬等 15 厘米大小的鸟儿在潮水没过脚面时，便会叫嚷着集群起飞，贴着海面飞落到附近地势稍高的滩涂上休息。体形大些的斑尾塍鹬、黑尾塍鹬和中杓鹬等 40 厘米大小的鸟儿要坚持到潮水涨过大腿根部时才不得已集群飞起，低空寻找下一个憩息处。看来不论它们体形大还是小，都希望更多地保存体力，尽可能地减少体能的消耗。

大群鸟儿低空飞行，展现了它们奇妙高超的飞行技能。它们回绕飞旋，队形或圆或扁、或长或短；时而隆起、时而低降；时而聚团、时而散开。密集的数万只鸟儿贴近着快速飞行，动作统一而精准，瞬间集体翻身、转弯、升高、俯冲或变速，都十分协调自如，远非任何飞行器能及。

鸟群交替着飞飞落落，由远及近，随着潮水逐渐临近了海岸，来到我的眼前。其中有数万只鸟儿先后落在距我不到百米远的开阔海滩上。我从相机长焦镜头中清楚地看到，庞大的鸟群中的鹬类鸟儿竟有十几种之多，它们高矮不一，大小不同，自然组合，错落有致。多种鸟儿集聚在一起，它们的羽衣斑斓别致、色彩纷呈。

眼前数量最多、颜色最美、体形最大的鸟儿当属斑尾塍鹬和黑尾塍鹬。它们的羽色相近，全身都以橘红色为主，翅膀上的羽毛均长有黑色的别致花纹，就连长长的尖嘴都呈橘红色。稍有区别的是斑尾塍鹬的长尖嘴上翘，黑尾塍鹬的长尖嘴是平直的；斑尾塍鹬的腹部为橘红色，黑尾塍鹬的腹部带有黑斑。所有鹬鸟羽毛的花纹都非常精美。每种鸟儿都有一个不朽的故事。不知什么时候人类才能听懂鸟儿讲述家族的古老传说呢？相信在不远的将来，人类与鸟类之间能进行语言的交流。

潮水不断地上涨，鸟群不断地起飞、降落。庞大的鸟群轰然起飞时，犹如一道腾空的铜墙铁壁，密不透风；飞翔在空中，好似抛出的巨网，遮天蔽日；飞临到身边，竟如狂风呼啸，排山倒海；降落到海滩，宛若天女散花，金珠撒地。朝阳下，眼前的整个海滩恰似铺满橘红色的毛绒地毯。我简直看呆了，竟忘记了拍摄。

今天是农历十五，也是太阳和月亮引潮合力最大的时候。地球好像倾斜了似的，无际的潮汐从天边滚滚涌来。海面犹如宽阔的蓝色绸缎被一种神奇的巨大力量摇晃，水下又犹如有一双无形的大手在推波助澜。潮水涨到了海岸边，满潮了！鸟群全部振翅腾空！

翘鼻麻鸭起飞了，它们踩着水面急速地助跑，猛烈地挥动双翼，鸣叫着冲向蓝天。

蛎鹬

许多候鸟儿每年都有两次历经磨难的长途跋涉。当它们从遥远的地方来到迁徙的目的地——森林、山野和海岸时，似乎它们鸣叫的音调更加苍劲成熟，鸣叫的内涵更加深邃丰富，鸣叫的音质更加优美动听。那些鸣叫的豪迈之声好像在告诉我们，脚下的路还很长，追逐梦想总是百转千回。不经历风雨，怎能见彩虹！它们的鸣叫之声展示的是一种坚韧的不屈力量，传递的是一种焕发的执着精神！

“想想看吧，一只小鸟千百英里长途跋涉，来与我们共度春夏，在我们的家园生育繁衍。它用歌声告诉我们，那些路途更远、要飞越成千上万英里的鸟儿，也终于靠近了这长征般的旅程的终点。而每一只鸟儿都会带来它独一无二的繁复绝妙的歌唱。”（[英]西蒙·巴恩斯）

海岸边，每当春风中飘来独特而嘹亮的管笛声时，就宣示着首批回归的蛎鹬到来了。蛎鹬不是独行者，而是信使，它们的声音报告着披星戴月、砥砺前行的候鸟大军即将到达。但这不妨碍我们先欣赏蛎鹬本身，以及它所代表的担当、意志与智慧。

蛎鹬是一种风采动人的鸟儿。它独特而明显的个性特征非常容易识别，在迁徙的鸟类中可谓一枝独秀。蛎鹬身披黑白相间的羽衣，有鲜红的长嘴、红色的眼圈、黄色的眼仁和肉色的长腿。它似乎总处在兴奋状态，喜欢发出“会客、会客”的鸣叫声。海边的人们称之为“海喜鹊”。

蛎鹬的种群数量不多，却在候鸟大军中起着“侦察兵”的作用。蛎鹬飞行能力强，在地面奔跑的速度快，善于鸣叫，而且有冒险精神，不惧单独活动，尤其不介意把自己暴露在另类面前。蛎鹬热情高，主动性强，总是自告奋勇地赶在大队伍的前面探路，以自身特殊的色彩和与众不同的不知疲倦的鸣叫给迁徙的鸟类大军通风报信。

充满魅力特质的蛎鹬深得众多同类的好感和信任，不仅因为它也是迁徙队伍中历尽艰辛的成员，能吃苦耐劳，还因为它作为使徒行者的真诚守信与勇于承担风险。喜欢歌唱的蛎鹬还是旅行经验丰富的鸟儿，在它响亮连贯的鸣叫声和醒目羽衣的背后，还有它对外界事物的敏感和机智。每年，它都会为候鸟大军在途中遇到困难时另辟蹊径或化险为夷。

令人称道的是，蛎鹬还是著名的美食高手。它常站在海边低岩的顶部等待退潮，尤为喜食的是海虹。蛎鹬猎食海虹的妙招主要有三种。

一是寻找潮水浅浅掩盖的海虹。潮水把海虹送到岸边时，海水掩盖着的海虹会在静态下张开其两片壳吸食水中的微小生物。蛎鹬会悄悄地抵近，而且水浅利于捕食，当它发现海虹壳张开着，便会偷袭般地快速把长嘴伸入壳内，将可口的海虹肉叼出来美餐。

二是巧食沙滩上的海虹。潮水退去后，海虹露在岸滩上，它们的壳

斑尾塍鹬

紧闭了。但蛎鹬不会因海虹的壳是紧闭的而退却，它会仔细地观察遇到的每个海虹，因为有些海虹闭壳时往往会留一丝缝隙，一旦发现有缝隙的海虹，它会很伶俐地乘隙把海虹的两片壳分开后美食。

三是击食吸附于岩石上的海虹。生活在海边的人们知道，海虹吸附于岩石的黏合力是很强的，用手都难以取下。蛎鹬却有其聪明的办法，它能寻找海虹横卧的方向而变换取食技巧，它会选择海虹的横边，用尖锐的长嘴有力地一击，击打的速度极快且恰好在适当的地方，瞬间海虹便脱离了岩石，然后抉其肉而食之。

蛎鹬小小的生活技能，使我们看到了它们智慧的微光。

退潮的渴望

TUICHAO DE KEWANG

万鸟列阵，整装待发。它们看着阳光、听着风声、嗅着潮气、等着时辰。海水涨潮时，所有的鹬鸟只有一件事情可做，那就是离开海面寻找附近僻静之地休息，耐心等待着海水退潮。

所有的海岸生物都按照潮汐的规律生活着。每次退潮后，海水浸泡过的滩涂上都会出现极其丰富的、稍纵即逝的海岸生物。退潮的海滩和退潮的时间是有规律的，留下的生物种类也是多种多样的，谙知退潮规律专门来海滩觅食的各种鸟类也是众多的。

潮水渐渐回落后，一望无际的滩涂布满了取之不尽而令鹬鸟无法抗拒的美味佳肴——盛宴开始了！几十万只鹬鸟蜂拥而至，面对丰盛的海滩自助餐，它们会充分利用自己的视觉、听觉、嗅觉、触觉等各种感知方式来各取所需。这是一场静默的狂欢。各个家族之间和各个家族内部没有利益冲突，不需要竞争，也没有对抗。它们不仅都能吃到可口的食物，各种美味佳肴也满足了各式各样的胃口，一切都是造物主最好的安排。

若留心观察不难发现，就餐的各类鹬鸟里面，有长喙的、有短喙的，有弯喙的、有直喙的，有扁喙的、有圆喙的，有宽喙的、有窄喙的，有高腿的、有矮腿的，有粗腿的、有细腿的。它们有的吃虾，有的吃蛤，有的吃蟹，有的吃虫；有的逐个寻找，有的深挖不止，有的紧盯地表，有的穿梭觅食；有的用喙把蛤蜊硬壳敲开吃肉，有的大口把小螃蟹整个

黑尾塍鹬

吞掉；有的从水坑中瞬间叼出小鱼儿，有的在淤泥里悉心拉出蚯蚓。各类鹬鸟的观察力和判断力快若闪电，均能果断地获取美味。它们如有十八般兵器、十八般武艺，似八仙过海，各显神通，尽享大海慷慨奉献的饕餮盛宴。整个海滩呈现一片自由自在的繁忙景象，一派其乐融融。

突然，一阵鹬鸟刺耳的惊叫声从岸边的方向传来。瞬间，滩涂上半饥半饱的大群鹬鸟旋风似的全部飞上了天空，惊慌地远离滩涂。鹬鸟回头望去，趁退潮之机围填滩涂的大批施工车辆和人群来了。

鹬鸟们又忍饥挨饿了。据报道，目前鹬科鸟类正面临着严重的生存危机。据有关国际组织统计，全球过半的鹬科鸟类数量都在下降，其中许多物种下降速度很快，被列入世界濒危物种的鹬科鸟类也越来越多。

鹬科鸟类数量下降的主要原因是自然生态环境日益恶化。尤其是在沿海地区，由于鱼、贝、蟹类等生物遭到人类毁灭性捕捞，鹬鸟千百年来迁徙路线上的食物链断裂甚至消失。更为严重的是，大量的滩涂竟然被人们盲目无度地扩张成了养殖场、水稻田、填海造地工程等，而且排放的污水和垃圾中含有多种有毒物质，致使大面积滩涂上的海岸生物遭到灭绝，大量的候鸟被有毒物质致残甚至被毒死。

鹬鸟不远万里、历尽艰辛来到祖祖辈辈相传的栖息地，却惊讶地发现，休养生息的家园不见了……

飞行的变奏

FEIXING DE BIANZOU

亲眼看到庞大的鸟群飞行，确是一件令人十分震撼和难忘之事。

鸟群飞行时主要分两种形态。一种形态是长距离的高空迁徙。鸟群在高空中借助气流前行，虽然要不时变换队形和前后顺序，但会坚持飞行的方向不变，保持相对稳定的高度与速度，带给人们的是无尽的遐想——史诗与壮歌。另一种形态是短距离的低空转场。鸟群通常为了觅食或栖息的需要，无论遇到什么风向，都会根据需求不断改变飞行的方向和高度，队形变幻无常，速度变化灵活、翻转不断、相依紧密、行动统一、动作整齐，带给人们的是无比的兴奋——抒情的变奏曲。

鸟类为什么能够飞得如此精彩呢？其中的奥秘在于，鸟类在飞行中保持头部的稳定对辨别方向和观察外界起到至关重要的作用。当鸟类在空中飞行时，无论遇到什么困难，总能分清哪边是上、哪边是下，尤其是在它们变向和转身的时候。类比看，飞机上装有价值高昂的寻找地平线的专业设备，能够为飞行员在空中复杂的情况下提供驾驶保障。但是鸟类不需要任何器材辅助，它们的大脑中好像天生拥有一台陀螺仪。

科学实验证明，鸟类拥有一种超常独特的稳定能力。当固定一只鸟儿然后旋转它，它能够始终保持头部的直立，在它的整个身体发生重大倾斜时，它依然能够控制住自己的头保持向上，这样它就会始终知道地面在什么地方和面对的方向，以及飞行中群体间的相互位置与变化。

北方沿海，人们在一年四季中见得最多的海鸟是鸥类，有30种之多。鸥类对各种环境都有非凡的适应能力，其中较常见的有灰背鸥、银鸥、黑尾鸥、渔鸥、三趾鸥等。

在我国，灰背鸥的种群数量稀少，属于冬候鸟。迁徙季节在黄海、渤海沿岸与湖泊、河流地带可以见到。灰背鸥的背部为深灰色，黄色的嘴上有一个红点。它喜欢在水面上空翱翔，其轻盈的体态、优美的飞姿，令人赞叹不已。它们为了抵御天敌，常常结队出行和聚集繁殖。

银鸥是鸥类中体形最大的一种鸟类，两翅宽度可达一米左右，初级飞羽末端黑色有白色端斑是明显特征。它几乎整天都在水面上空盘旋，常常几十只或上百只一起活动，喜欢跟随来往的船只，是船只即将靠岸的“指标”。银鸥目光敏锐，时刻都在搜索鱼群动向，一旦发现目标，便像战斗机群一样俯冲而下，用弯钩般的嘴捉住鱼儿。银鸥还是消灭鼠患的能手。据记载，有一地区栖息着千余只银鸥，三个月内消灭了25万只各种鼠类，可见它们对农林生态的益处。银鸥忠贞于爱情的行为令人惊讶。如果有银鸥在海上不幸遇难，它的配偶会从群体中飞出，疾速落到那只遇难的银鸥身边，紧紧陪伴着它一起随波漂流，至死不渝。

黑尾鸥在沿海的一些岛屿被当地人称为“海猫”，只是由于它的叫声与猫的叫声类似。它的特征是白色的尾端有一条明显的黑色条带。黑尾鸥的求爱方式也很特别。先是雌鸟主动向它喜欢的雄鸟发出亲昵的求爱叫声，雄鸟一旦被雌鸟的求爱所感动，就会迅速捕获可口的鱼虾作为“彩礼”，向雌鸟表达自己的诚意和能力。如果雌鸟满意，在接受“彩礼”后双方便组成家庭，立刻着手建设新房。住进新房前还要相互鞠躬三次，以示爱的宣誓，共同担负起哺育后代的责任。

渔鸥有黑色的头，橘红色的嘴，它的鸣叫声很特别，血缘之间对这种特别的声音有着非凡的辨识能力。当双亲返回住地向自己的孩子鸣叫时，在附近游玩或躲藏的幼鸟也会发出一种唯双亲可辨识的特殊叫声。幼鸟在遇到危险时会发出求救的鸣叫，双亲听到这种特殊的鸣叫会立刻赶来营救。这种用于相互联系的鸣叫有利于维持家庭的完整。

三趾鸥是白色的海鸟，背和翅上的羽毛是灰色的。三趾鸥的滑翔技巧超群，它是善良友爱的杰出代表。亲鸟对外来的陌生幼鸟无论比自己的幼鸟大或小都不排斥，可谓“幼吾幼以及人之幼”，还会把外来的幼鸟放到自己的巢中，像对亲生子女一样精心喂养，直到幼鸟长大离巢。如果就近观察还会发现，三趾鸥似乎缺少自由生活所应有的安详。它们的目光非常冷静、敏锐，闪忽不定又显示不安。因为它们的生活缺少保障，全靠心灵的期盼、坚强的翅膀、海上的机遇。

鸥科鸟类的团结意识很强，都对自己的族群有着无微不至的关爱。

一旦有同伴受到其他动物的侵害，受害的鸟叫会立刻召集大量同伴从四面八方赶来营救。同伴们成群结队地飞旋，大声疾呼，冲向敌人。它们攻击敌人的方式也非常独特，即轮流往入侵者的身上噼里啪啦地拉屎，入侵者就会被臭气熏天的粪便涂成白色，仓皇而逃。

鸥科鸟类是与大海共生共存的鸟儿。面对大海，它们愿意奉献全部的激情和热血。它们喜欢结成大群飞翔，以矫健的身姿迎风展翅，时而奋起在高空中翻滚，时而冲刺到水面上滑行，给浩瀚的大海增添了无穷的诗情画意。渔民习惯性地统称它们为“海鸟”。

特别是当海上狂风巨浪、乌云翻滚，许多鸟儿都躲避起来的时候，大群的海鸟却出发了，它们是狂风暴雨中的骄子。大海越是汹涌澎湃，鱼群越难躲避这些无所畏惧的“渔夫”。海鸟在恶劣的天气中迎风翱翔、临危不惧、一往直前的精神，让人们钦佩，同时人们又感念它们对美好前景始终抱有的坚定信念。

每当数万只甚至数十万只海鸟集群在空中高速飞行时，呈现的激越神奇、雄伟壮阔的形态与斑斓色彩，是人的大脑难以记忆的，人的肉眼更无法看清楚鸟群在飞行中高难度特技动作的美妙细节。现在有了高速摄影机和长焦距镜头，特别是摄影家艰辛的付出，能够为人们呈现鸟儿在空中飞行的奥秘和难得一见的鸟儿在空中多姿多彩的美妙瞬间。

四五月间，大量候鸟途经北方沿海。有一次，我在丹东海边观鸟时，曾有游客问我：“那些鸟是从哪来的？”我回答：“它们是从新西兰或澳大利亚飞来的。”“哦，是外国的呀！”游客惊喜道。我笑着告诉游客：“这些鸟也不仅属于新西兰或澳大利亚，它们属于全世界，也属于你和我。它们是远道而来的贵客，我们要善待它们。”游客们点头称是。

每年春、秋观鸟季节，我常常能见到来自英国、美国、澳大利亚、新西兰等国家的鸟类学者，其中一些学者已是连续多年来我国北方观察迁徙鸟类。我也曾多次拍摄到带有国际鸟类保护组织标志环的各类鸻鹬。大家共同认为，保护野生鸟类是全人类义不容辞的共同责任。

斑尾塍鹬

反嘴鹬和黑翅长脚鹬

FANZUIYU HE HEICHICHANGJIAOYU

反嘴鹬

北方四月，春光明媚，空气温润，大地万物纷纷显露出生机和活力。一些飞到南方以躲避寒冷的鸟儿也陆续返回了辽西的白石湿地。一旦回到自己的出生地，它们便会在上空盘旋，兴奋地鸣叫：这里的一切是那样的熟悉，无论走多远，一生都不会忘记。

雄性反嘴鹬回到出生地后表现欲特别强，起早贪黑不停地在湿地上的邻居间穿梭演唱，尽情地表达着它的回乡之情和友善之意。它还期待着在家乡遇到一位佳丽，然后为它献上最曼妙的歌曲。

真诚所致，佳丽出现了。雄性反嘴鹬轻快地飞了起来，冲上蓝天，用一种欢乐的姿态在空中盘旋。终于，我听到了它为佳丽准备的歌，那是一支绝对不同于往日的歌、一支经过特殊编排的歌、一支充满了深情与奉献的歌。很长时间过后，总感觉这支歌依然在我的耳边萦绕。

我远远地拍摄着这对反嘴鹬，只见它俩如影随形、情投意合，相互之间会用相似的姿势、音调以及情感表达方式展开追逐。它们耳畔缭绕的都是对方温柔而又急切的话语，满眼看到的都是对方炫耀翅膀表达出来的心意与热情，相互确认的都是对方对自己永恒不变的兴趣和爱恋。

漂亮的反嘴鹬长得清秀而倩丽，有着极动人的风韵。它的头顶、枕和后颈为黑色，眼睛乌黑发亮，腿为银灰色，肩部和两翅端有黑色的带斑，其余体羽全白。它明显的特征之一是黑色细长的尖嘴向上弯翘，这也是它得意的觅食利器。可别小看反嘴鹬向上弯翘的细长尖嘴，每当它低头觅食时，细长尖嘴就会触向泥层或者水中，弯翘的嘴尖就能像一把与地面平行的钳子，快速地扫荡嘴边的食物，既省时又省力，从而大显身手。

黑白相间的反嘴鹬喜欢集小群在空中玩耍。每当它们在蓝天上翱翔时，俨然一幅巧夺天工的水墨写意画。在北方，能见到反嘴鹬的机会不多。只要有反嘴鹬憩息的地方，就会有一道令人愉悦、极具特色的风景。

我把身边的芦草放倒踩在脚下，防止身陷沼泽，却看见插在河水中的三脚架在相机和镜头的压力下逐渐下沉，我赶紧向上拔三脚架，没拔动，看来是深陷淤泥里了。

我憋口气正要再拔三脚架时，忽然从附近芦苇丛中传来一阵急促的鸟叫声，我马上静下来观望。随着声音，从芦荡中飞出一群黑翅长脚鹬，有 30 多只，它们贴近水面飞得既快又整齐，瞬间做出一个集体翻滚动作后又绕了一圈优美的弧线，全部缓缓地降落在我前方不远的浅水中。

黑翅长脚鹬落在水中后，它们的鸣叫变得曼声细语起来，听上去似乎是它们准备分头活动，相互转达着时间的安排，提醒着注意事项；又好像面对幽静的芦荡，表达着对眼前生活之所的满意程度。

黑翅长脚鹬体形苗条、修长，身高 35 厘米左右，细长的尖嘴，除了翅膀是黑颜色的之外，全身羽毛都是洁白的颜色。黑翅长脚鹬细高的腿和蹼趾都是好看的红色，走起路来就像踩高跷一样。它们轻轻移步，如弱柳扶风，气质天成。向它们的黑亮眼睛一望便知，它们的确是精明、智慧的族群。这种鸟又被叫作红腿娘子，在涉禽中独具姿色。

黑翅长脚鹬都停止了鸣叫，分散开来各自活动。近处有一只黑翅长脚鹬专心致志地盯着水面，高抬腿、轻落步，像踩着节奏一样在水边慢慢地走来走去，猛地从水中叼起了一条小白鱼。

黑翅长脚鹬的长嘴叼着小白鱼的腰部，小白鱼拼命地挣扎，黑翅长脚鹬却不慌不忙，待小白鱼筋疲力尽不动后，它便熟练地把小白鱼在嘴中一掂一掂地掉转着方向，其细长尖嘴的张合力度正好适合小白鱼转动的空间，又不至于让小白鱼掉到嘴外面去，直到小白鱼的头对准了它的口腔，便仰起头张大嘴，让小白鱼顺着长嘴滑进喉咙。原来，它是为了不被鱼儿卡住，要顺着鱼鳞吞咽，避免鱼鳍刺伤咽喉。

接下来，黑翅长脚鹬开始梳妆。它用细长尖嘴仔细地梳洗着全身的羽毛，前后左右反复数遍，用力时，它的眼睛都变长了，眼角露出粉红色角膜，更显妩媚婀娜。其实，梳妆中的黑翅长脚鹬主要目的是把体内分泌的脂肪酸、油脂和蜡涂抹到羽毛上，以增强羽毛的防水能力。

反嘴鹬和黑翅长脚鹬属于近亲，生活习性方面也大致相同，它们之间世代和睦相处，因为它们的不同长喙，使它们各自取食有道。

轻轻地轻轻地走到湖边
静静地静静地看着小鱼
悄悄地悄悄地告诉水草
默默地保守我来的消息

我吻着温柔舒展的白云
随风儿飘落到你的怀里
我不期的到来是否错误
惊动你窗扉紧掩的心底

假如魂魄无缘与你相遇
也许心潮就会永远沉寂
虽然我是个莽撞的旅者
纵隔了天涯海角的距离

今生我就是为寻你而来
犹如面朝大海春暖花开
原来是你唤我到这等你
让来生不留遗憾的回忆

黑翅长脚鹬

泽鹬恋曲

ZEYU LIANQU

天空渐渐地亮了起来。微风把湖面上溟蒙的晨雾悄悄地拨开一条狭长的缝隙。顷刻，一道耀眼金红的霞光穿透浓雾从对岸峰岭的林海间直射到湖面上。刚才，湖面还是迷蒙蒙的，好像全笼着轻纱的梦，此时，湖面金辉四泄，溢彩流光！

聚射的光芒宛若在湖面铺上一条金红锦缎般的道路笔直地通向彼岸；荡漾的水面反射出层层鳞浪的夺目光斑，好像有千万条小金鱼在水面汇聚。又宛如燃烧烈焰的高炉直泻下铁水钢花，在金红涌动的湖面上翻滚升腾。

晨雾散开，太阳神采飞扬地从前方峰岭、松柏之上腾空，金色的霞光如圣水一般，浓浓地泼洒在宽阔静谧的湖面上。远山的青松在金色的霞光中尤显挺拔刚毅，近处的水雾在金色的霞光里更添缥缈神奇。万物都被霞光染透，灰暗阴白的天地变成了梦幻般绚丽的世界。

披着朝霞，映着湖光，一群欢叫的泽鹬从晨雾中兴奋地飞来。它们结队盘旋在金色的湖面上齐声鸣叫，好像在旖旎的风光中争先恐后地表达着自己的情感：

太阳什么时候最美，当有彩霞相依的时候；彩霞什么时候最美，当彩霞与水面相依的时候；太阳和彩霞什么时候最美，当有鸟儿和水面相依的时候。

也许泽鹬是奔向霞光，也许泽鹬是飞向湖色，也许泽鹬认为，只有它们的到来，山和水才能构成完美的画卷。

日丽风和，盈盈的湖水露出了灿烂的笑容。雌泽鹬像一位优雅的公主，顾盼生姿，漫步在嫩绿芦荡掩映的湖边。不时有雄泽鹬落在它左右，鸣叫求爱，但雌泽鹬一般只抬眼看一下，偶尔轻慢地回应几声，通常都是转身走开不予理睬。一旦雄泽鹬有贸然轻率的举动，它就立刻激烈地尖叫，奋力啄跑雄泽鹬。差不多一整天，雌泽鹬多次重复这样的过程。

绚丽的晚霞临空，如镜的湖面上充满了瑰奇的色彩，预示着明天必是晴空万里。忽然，雌泽鹬仰望天空，霞光中飞来了一只体形健美的雄泽鹬。这只雄泽鹬热情洋溢地鸣叫，以一个优雅的空中芭蕾式华丽转身，瞬间悬停于雌泽鹬的上空。这时雌泽鹬亭亭玉立，静柔端庄，似乎早已心有灵犀地等待着眼前这只雄泽鹬令其怦然心动的温情。

雄泽鹬小心翼翼地盘旋着落在雌泽鹬的身旁。雄泽鹬比雌泽鹬高出一头，表现出高雅的绅士风度，英俊帅气。雌泽鹬默默无语，露出羞涩温柔的淑女气质，婀娜多姿。雄、雌泽鹬相距半米，似相约而视。双方的举止显得那么恭谨有礼，又那么含蓄，含情脉脉地看着对方。

双方沉默片刻，便先后直抒胸臆般轻柔地低吟浅唱起来。它俩的鸣唱像久别重逢后的倾诉，像一见钟情似的表白，曲调自然流畅、恬静婉转、情深意切，抒发着深藏的回忆和对未来的愿景，表达出思念、爱慕、留恋之意。两只泽鹬连续的鸣唱呈现了我未曾听到过的抒情、悠长曲调，竟伴着我注目许久后才慢慢地间歇下来。

很快，雄、雌泽鹬又相互发出怡悦的鸣叫，并一起昂着头在浅水里欢乐地婆娑起舞。双方舒展着翅膀荡起片片小水花，飞散的细水珠在夕阳的映射下犹如多彩的水晶闪烁着斑斓的光泽，萦绕在两个激情四射的身影周围。它俩面对面地跳着，温声细语，如痴如醉，舞姿如梦，感受着彼此间的柔情蜜意，又心无旁骛，仿佛这世界上只有它们的存在。

好像伴随着一首长曲儿，过了许久，它俩才放下翅膀，停下脚步，也停止了鸣叫，又轻轻地走到一起。只见它俩两头相交，两颈相绕，两身相倚，是那么深情、那么安静，它们坠入了爱河。

轻拂的晚风带来了它们的悄悄心语，不知不觉中我的心湿润了。

夕阳已红得发紫，在湖对岸的树梢上静静地等待着。

过了好一会儿，雄、雌泽鹬才慢慢地分开，雌泽鹬缓缓地伏下身子，雄泽鹬展开双翼稍稍飞起，轻轻地落在雌泽鹬的背上。

晚霞宛若多彩的锦缎披在这对爱侣的身上，水面倒映出它们孕育新生命的波影……

泽鹬

灰头麦鸡

多情的鸣啭

DUOQING DE MINGZHUAN

记得诗人歌德曾经说过："大自然是最伟大的一部书，在它每一页的字句里，你都能够得到最深奥的启示。"

初春，灰头麦鸡铿锵而独特的叫声起着领跑的作用，会带领其他鸟儿鸣叫。灰头麦鸡欢快的鸣叫和优美的空中舞姿是一个密不可分的整体。目睹它轻盈飞翔的姿态，聆听它明快纤细的鸣叫，真是一种愉悦的享受。

灰头麦鸡的歌唱很有特质，即使在生育繁殖期也不停止，而且在空中飞行时，也喜欢高声地鸣唱，似乎它的歌声和韵律总想标新立异。

耐人寻味的是，性情开朗、温顺的灰头麦鸡，在它心境不同时的叫声却能衍生出很多变调。它在独处之时常常碎步低吟；花前月下时每每情调缠绵；遇到外侵，夫妻强力护巢时频频声嘶力竭；哺育后代时，夫妻的小夜曲往往娓娓动听。

古往今来，人类对于鸟类的鸣叫有着无数的遐想。人们把鸟儿的鸣叫融入诗里、编在歌中、写进寓言和童话。人们将鸟类赋予人的感情、人的语言，渴望理解鸟语的内涵。

鸟类的发声表象为行为学，实际上属于物理学。鸟类的发声是进行信息传递或回声定位的一种反应方式，而且支配着鸟类个体和种群间丰富多彩的机能活动，并具有极为重要的生物学意义。

每种鸟儿的叫声，都有着自己独特的声音。如随着一天中时间的流逝，鸟儿的叫声也会发生变化，同一种鸟儿的叫声在白天和夜晚会有明显的区别。在夜间，鸟儿发出的叫声略显单调。相比之下，在黎明时分，鸟儿的叫声会随着旭日东升而格外动听。其中鸟类的鸣啭最为常见。

鸟类的鸣啭繁多，甚至比其种类还多。生活在不同地区的同一种鸟类，还会有不大相同的鸣啭，正如我们人类各有自己的方言一样。然而，鸟类鸣啭的调式却是非常有规律的，雌鸟就会凭借这些鸣啭从远处循声而来，准确地认出同种的雄鸟。同样，雄鸟对同种雄鸟的鸣啭声也异常敏感。

科学家们曾用同一种鸟作了一个试验。他们在一片树林中观察到三只同类的雄鸟，按三只雄鸟所在的位置区分标记。三只雄鸟经过激烈竞争，各自占领一片小树林。领土分割完毕，接着就是一天接一天的鸣叫，在保卫领地的同时吸引过路的雌鸟。科学家们在几公里外又录制了相同种类雄鸟的鸣啭，然后分别拿到上述三只雄鸟的领地播放录音，三只雄鸟均立刻听出是外来陌生同类的鸣啭，不约而同地采取了相同的方式，迅速地在自己的领地内四处飞行寻找，并急促地鸣叫予以反抗和驱赶。如果将三只雄鸟中的一只鸟迁出它已有的领地，而在原地用扩音器连续播放迁出雄鸟的鸣啭，就能在同类的环伺中保住这块领地。

阿尔弗雷德·牛顿说："毫无疑问，鸟类的听力是高度发达的，它们不仅仅能够感知声音，还能够区分和理解音调、音符、旋律和音乐。"科学家们推断，雄性鸟类个体间通过鸣啭起到保卫领地的作用，高亢嘹亮的鸣啭能消除视觉障碍，使竞争对手之间不致常常发生遭遇战，避免了不必要的争斗，从而能在繁殖期保持充沛的体能和安全。它们通过识听对手鸣啭的声调，还可以确定自己是否受到侵略，从而决定是否采取行动。这正是鸣啭的必要性和优越性。

鸟类的鸣啭通常在繁殖期里出现，并对繁殖期间的活动起着重要作用。除了鸣啭外，鸟类还有许多语音。例如，玩耍、闲谈、求偶、交配、育雏、迁徙、遇险、报警、御敌等活动中的不同声调。鸣叫快慢、强弱也千差万别，似乎是由于心境的变迁。这种表达与人类相仿。

若仔细辨别，久而久之，你就能听出在一段段鸟鸣曲中，包含着各种奇异的声调。有得胜的欢呼声、快乐的笑谈声、浪漫的抒情声、满意的欣慰声、嘲笑的狂喊声、愤怒的痛骂声、饮泣的悲哽声，还有打闹声、惊叫声、呻吟声、抗辩声、絮叨声、抚慰声、催眠声等。从一声声简单鸣叫衍化而来的微妙变化表达了无数奇妙的含义。

重要的是，鸟类的鸣叫发育是很复杂的。其中大部分是遗传而来，只有鸣啭是在遗传的基础上，主要靠后天的学习实践积累而形成。如果将一些鸟儿世代隔离笼养，它们从发育之初到成熟期不与野外鸟类交流，就不会发出复杂多变的喉鸣，可能只会讲“人语”。

那么，一只鸟儿是怎样识听另一只鸟儿的叫声，从而作出判断的呢？科学家们很早就开始对这一问题进行深入的探索，从长期的观察和实验数据中作出分析，并把大量鸟类鸣啭录下来后放慢速度播放，直到惊奇地发现，鸟类的鸣啭都是它们快速连续的发声。除音质的分类外，其中的关键因素是不同鸟类的鸣啭中包含不同的音节，而不同音节的变化竟是非常复杂、细微和奇妙无穷的，人耳无法分辨清楚，只有鸟类自己能听懂同类连续鸣叫中的音节差别。

令人难以置信的是，有大量的研究成果证明，许多鸟类仿效鸣叫的能力也是很强的。它们不仅能仿效鸟类间的鸣叫，还能仿效多种动物的叫声和人类的语言，甚至能仿效工程机械和电子设备产生的声音等。为什么这些鸟类喜欢效鸣并千方百计地使它们的鸣啭复杂化呢？其实，鸟儿跟人一样，也有儿女情长，探亲访友，四海为家。除了人类外，鸟儿是真正有语言的动物。它们的鸣叫充满了生命的玄理和隐喻。由此看来，人类学习语言的能力是否与鸟类的基因相联系呢？

鸟类鸣叫启发了人类语言。进化论创始人查尔斯·达尔文在《人类的由来》的撰写过程中，也曾思考人类是如何学会说话的。他认为，人类语言的起源一定受到了鸟类鸣叫的启发：“鸟类发声在好几个方面为人类语言的发展提供了最近的类比。”现代人类学家证实，人类早期的语言的确就是单音节的模仿，没有什么具体含义，语言内涵丰富是逐渐发展演变形成的，直至产生了各种复杂情绪的语言表达。

“在人类以外的世界回响着的音乐，最好也最常见的即来自鸟类。

我们周围到处是人类创作的音乐，但它们有很多是从鸟类的原创那里获得灵感。鸟儿给了我们祖先最初的简短旋律；鸟儿给了我们民歌；也是鸟儿，最终给了我们巴赫。”（［美］西蒙·巴恩斯《聆听：与一只鸟相遇的最好方式》）

据2014年6月13日的《参考消息》刊载：“据美国每日科学网站报道，人类语言的遥远起源似乎直接来源于鸟类和灵长类。在一份新公布的论文中，两位麻省理工学院教授断言，通过重新审视现代人类语言，我们可以看到人类交流是如何从鸟类和其他灵长类古老的交流模式系统演化而来的。”

科学家们认为，对鸟类发声原理和演化的研究不仅对鸟类行为研究有重大意义，而且对人类语言能力的研究也会产生积极影响。因此，鸟声学的研究正日益受到世界的重视。

由此看来，我们倾听鸟类的鸣啭，不只是为了满足自己的审美感官，同时我们也需要探求声音的意义、语言的本质，思考我们与其他生灵的共通之处，以及自己如何感知并联系人类以外的世界。

大滨鹬

清丽天使

QINGLI TIANSHI

在我国辽东半岛东南部依山临海的地方，有一座和谐宁静的小城——庄河。这里生活着一群世界稀有的鸟儿，它们被称作“俏丽的黑面舞者”。然而，它们以往的命运却跌宕起伏。它们就是世界极度濒危的鸟类——黑脸琵鹭。

资料记载，因为环境的不断恶化和人类的野蛮捕杀，1989 年全球仅剩下 288 只黑脸琵鹭，比大熊猫的数量还少。1995 年，数十个国家和地区在中国台湾共同起草《黑脸琵鹭行动纲领》，全球联手保护黑脸琵鹭，“俏丽的黑面舞者”生机再现。2016 年，全球已观察到黑脸琵鹭 3259 只。

在距庄河海岸七海里外的万顷碧波间，有两座鲜为人知的岛礁，当地人称其为岛陀子，一座叫牛心陀，一座叫形人陀。21 世纪初，几只历经坎坷的黑脸琵鹭途经此地，精疲力竭的它们临时选择在这两座岛礁上筑巢繁衍。

黑脸琵鹭是行为极端谨小慎微的鸟儿，它们选择筑巢地的条件也是极为苛刻的。岛礁必须是无人、无树，大小适中，岩石嶙峋，能够站在岛上“我为峰”。而且岛礁要距陆地滩涂较近，陆地沿岸物产要丰富，便于往返觅食、筑巢取材、训练幼鸟。这一切，都是为了自我保护这个危在旦夕的种群。

在美丽的小城和美丽的黑脸琵鹭之间，有一个美丽心灵的机构——庄河市野生动物保护站。这个野保站有九名工作人员，站长叫张伟明。全体工作人员在张伟明站长的带领下，想方设法，风雨无阻地保护起这群世界极危鸟类，终于使担惊受怕的黑脸琵鹭安心住了下来。

黑脸琵鹭清纯、隽秀，在鹭类家族里属于中等身材的鸟儿。它有黑色的面容，洁白的羽毛，黑色的双腿。它独具特色的黑色嘴长直而扁平，形似匙状或扁铲，更像一把琵琶。嘴的前端呈黄色，是长期在泥沙中觅食摩擦所形成。黑脸琵鹭举手投足间无不彰显出天生的典雅之美。

黑脸琵鹭觅食时不是通过眼睛直接瞄准可见食物，而是在浅水处一边行走，一边张开长嘴伸入水中作出像镰刀收割似的动作，左右来回扫动，滤水筛食小鱼及小虾等，遇有几斤大的鱼也能吞下。它也时常用宽大的扁嘴直接触到水下泥层，寻找蟹、蛙、甲壳类和水生昆虫等食物。这些活动也会把小鱼等水生物吓跑，有些小鱼在浑水中还需要到水面换气。因此黑脸琵鹭在水中觅食时有一个规律，即为避免错失觅食良机，经常是黑脸琵鹭群自动组成一排合作前行，凡被搅跑的水生物很难绕道逃脱黑脸琵鹭群连成一排的长嘴。

黑脸琵鹭捕食猎物时可站立、可走动、可跳跃、可飞翔，可单独觅食，也可群体出动。这种觅食手段的多样性以及对转瞬即逝的猎物的有效把握能力，是它们得以成功生存的直接原因。但是由于长期以来世界性海岸湿地的不断锐减和海岸近水被无度污染，它们的生存境地已岌岌可危。黑脸琵鹭鸣叫之中最多的表达，也许是对人类的恐惧和要求。当然，人类还没有理解鸟类语言的真正内涵。

每年春季鸟儿繁殖季节，野保站的工作人员都要捡拾大量的、适宜黑脸琵鹭筑巢的干树枝，专程划小船运到牛心陀和形人陀上，每个岛陀需要往返数次送去两卡车以上的干树枝，还有棉絮、软布条、稻草等。

张伟明站长对我说，牛心陀和形人陀上几乎寸草不生，黑脸琵鹭筑巢需要飞到陆地来捡拾树枝，费时费力，往返一次最快也要一个多小时，

每次只能衔回一根。每天黑脸琵鹭除去觅食和休息外，最多只能捡拾十来根，而每个完整的巢需要大小树枝 500 根左右。加之春季多大风天，往往影响黑脸琵鹭的如期繁殖。

自从野保站人员用小船给两个岛陀分别送去鸟儿筑巢用的大量树枝等物品后，每年黑脸琵鹭的繁殖率都有明显提高。他们还坚持常年观察黑脸琵鹭繁殖种群的成长过程，并采取了多种保护措施。据他们观察记录，17 年来，黑脸琵鹭从初来时的 8 只已经发展到了目前的 309 只。

市里领导对这项工作很重视，给站里增配了车辆和经费，添置了摄影、通信和观察器材。政府专门发布了关于保护黑脸琵鹭的通告。通告规定形人陀和牛心陀附近海面 30 米以内非鸟类保护专业人员外任何人员和船只不得进入。设立了观察站并在海面上安装了隔离带。特别让人感动的是，经市委常委会研究决定，取消了规划万亩、已经先期投入数亿元的围海造地项目，将沿海滩涂留给黑脸琵鹭，建设全国唯一的市级黑脸琵鹭自然保护区，总面积 13950 公顷。

张伟明站长讲，他们每年在办公室的时间很少，常年在山林和海边工作，也从没有节假日，因为越到节假日游人越多，他们的压力也就越大。在保护黑脸琵鹭的同时，他们还要救治大量受伤的各种鸟类，每年仅经他手救治的猛禽就达百余只。无论白天黑夜，刮风下雨，接到各地的求助电话就必须立刻前往，哪怕是百里山路。他们还要尽最大努力向社会宣传野生动物保护法和做好相关各类情况的处置工作。

说话间，他接到一个电话，放下电话后他说，仙人洞林场工人捡到一只受伤的雕鸮，他必须马上赶过去。临走时他又回头说了句，如果建设国家级自然保护区就更好了。

我相信，在重视自然生态保护的各级组织机构和以张伟明等为代表的庄河人的共同努力下，庄河的明天将会更加美好。

世界因黑脸琵鹭知道了庄河，庄河也会给黑脸琵鹭一个快乐的世界。

飞遍世界的羽翼里　有一个弱小的群体
它们也曾足迹五洲　数量却越飞越少
渴望寻觅一片宁静的土地　调养生息

河流　大海　浪涛　潮汐
湿地　沙滩　礁石　岛屿
吻着沧桑的比例
这里的太阳　从北半球的中间升起

山抵北寒　水暖南阳
林木葳蕤　雾疏烟稀
感叹此乡胜故乡

四海游荡的心又静下来
飘到金达莱的枝头上歇息
这里的季风　似乎又少了许多脾气

弱小家族老弱病残何以为继
却又神奇般扬起生命的帆旅
鸟儿不知道这里的名字
只看到眼前的生命　在这片滋养的水域
重新焕发出憧憬的希冀

它们在这里拥抱着山海　沐浴着暖阳
享受着袅袅婷婷的清悠漫步　爱心的传递
它们期望　年年不再漂泊流离
在这里　还给世界一个奇迹

黑脸琵鹭

第五章

超夏

生命繁衍

白鹭

摇曳的夏日

YAOYE DE XIARI

醉人的草香如水四溢
弥漫的槐花沁人心脾
雾的纱帐掩住重门
斜阳正把金沙一颗颗收入印象
我像一棵树　宁静地伫立在氤氲的烟岚中
和着流光　溪鸣　鸟羽
湿地里蓬勃的绿意
与你一起　深呼吸

夏天　是生命力旺盛的季节
赏荷　翡翠绿和朱砂红挂着露珠在碧池中摇曳
听鸟　苇荫中的雏莺啁啾着生活的惬意
看花　无名地绽放在幽谷中静静点染出红红黄黄
　　　明艳着山中的颜色
观雨　看大雨落幽燕的磅礴之势
　　　欣赏云中群山那烟雨茫茫的巨笔写意
　　　体味“松间沙路净无泥”的意境

到江河边走走吧　观赏夏日的夕阳
火烧云在山坡上跳跃　河水显映着满天的霞光
草滩上的白鹭伸长脖子　享受傍晚的清凉
去森林里走走吧　领略那宁静的神韵
雀鸟衔松枝　飞泉漱草影
静静地聆听布谷鸟缠绵执着地诉说衷肠

洁白羽神

JIEBAI YUSHEN

大白鹭

“天地青茫茫，白者独有鹭。鹭去月不遥，一镜湛如故。”（元·陈孚）茂林积翠，绿草如茵，白鹭翱翔，引来风情万种，为古今中外的文艺作品增添了无尽的诗情画意；霞光满天，碧水如镜，白鹭伫立，携来景致旖旎，为大千世界的水光山色点睛着秀美的世外桃源。

白鹭身兼高雅雍容与飘逸脱俗，富贵凝重与娟秀细腻，蓝天写意与绿水抒情，大气磅礴与淡素清香，纯情矜持与浪漫逍遥，赏心悦目与灵动自然等众多气质，令人痴迷、令人赞美、令人难忘。白鹭虽然不会唱歌，但它本身不就是一首很优美的长歌吗？

法国历史学家儒勒·米什莱在他的《鸟》一书中写道：“在亚里士多德的时代，鹭非常精明能干。古代动物全向鹭问天气如何，是晴天还是有暴风雨，就仿佛鹭是最可靠的气象预报。”这是否是真的，可能需要考证，但白鹭的体形优美而修长，是善于飞翔和风韵超群的鸟儿。它全身洁白无瑕，没有一羽杂色，在鸟类的世界中可谓凤毛麟角。

“雪衣雪发青玉觜，群捕鱼儿溪影中。惊飞远映碧山去，一树梨花落晚风。”（唐 · 杜牧）这首诗分别从个体、群体、近景、远景等不同角度来刻画白鹭的形象，生动地描绘出白鹭的优美姿态。

白鹭飞行时，头收缩至肩背处，颈呈“S”状，双腿向后平伸，宽大的双翼有节奏地上下扇动，显得格外自信和从容；休息时，一只脚独立，一只脚收至腹下，头缩至背呈驼背状，长时间静立；觅食时，漫步湖边或浅水地带边走边啄食，常伫立水中摇动一只脚吸引鱼儿过来。白鹭的颈和喙非常适合捕食移动的猎物，待猎物出现时，白鹭的头和颈猛然间迅速向前一戳，尖锐的长喙便犹如一把长钳子紧紧将猎物准确地啄住，技巧简单而有效。每到繁殖季节，白鹭还会生有多枚细长白羽组成的长形冠羽和分散的蓑状长饰羽，雪白纤细，似孔雀开屏般舒展艳美。

白鹭不仅天生丽质，心灵也高尚纯洁，更可赞美的是白鹭的家庭责任感极强。对于“一夫一妻”的白鹭来说，信任至关重要。雄、雌白鹭结为伴侣后便相敬如宾、终生不离不弃。尤其是有了孩子以后，父母倍加珍视家庭，不辞辛劳，轮流哺育并共同陪伴孩子长大。无论是集体迁徙还是外出游玩，一家人始终如影随形、同舟共济。

在白鹭的家族中，从没有哪只雄鸟会扔下幼鸟和雌鸟独自离去。白鹭雄鸟是在用一生来兑现它对家庭的承诺。

……

一天清晨，我正在郊外长跑，远远地看见空中有一只白鹭孤独地向新城开发区飞去。它飞得异常缓慢，好像有些犹豫不定。我心里默默地忠告着：白鹭千万别去！那里，已没有你的栖息之地。

这个季节白鹭正在繁殖期，它也许是为了寻找伴侣，也许是为了哺育孩子寻找食物，也许是带着记忆飞进那片曾经属于它们的土地。

我不知道白鹭寻觅和向往的目标，只想告诉它：那里，没有了蜿蜒的河流，没有了荡漾的湖泊，没有了茂密的树林，没有了寂静的湿地……到处是鳞次栉比的高楼大厦，到处是纵横交错的大街小巷，到处是拥堵无度的车水马龙，到处是喧嚣熙攘的漫漫人流……

黄嘴白鹭

白鹭，一定是带着企盼飞进那座钢筋水泥的“森林”。殊不知，人们已经辜负了候鸟对这片土地的忠诚。

那里，只会给它带来疑惑、失望和恐惧。

我默默地祈祷，白鹭能平安地飞出那片险境，寻找到自己新的生活天地。

素雅的女王披一身洁白　出现在我的面前
此刻你那忧郁的眼神　如同明净纯透的水晶
人间的喧哗　对你很陌生
世态的炎凉　都是过眼烟云
远方又是那坎坷峥嵘　你对一切皆是冷峻的见证

你多了历经风雨熬炼的温厚　多了看透世事风景的从容
我们虽不能摆脱俗尘的牵绊　却永远祈求镌刻在心底的仁爱
春昼已绽放清新的天空　心灵将显露恬淡的光明
让烙印留下的炙热触发蕴含　相信你一定会昂起俏丽的容颜

牛背鹭的策略

NIUBEILU DE CELÜE

“鸟啼春意阑，林变夏阴早。”（宋·韩维）谷雨后，牛背鹭雄鸟先到达繁殖地，它们以最强的鸣叫声宣示自己的地盘，之后雌鸟也到达繁殖地，与自己中意的雄鸟配对。随后，它们会一起筑巢产卵，孵卵并哺育雏鸟。鸟类系列活动的发生时间与它们的主要食物生长状况有关。每年，鸟儿会根据春夏之交的温差调整繁殖时间，以便使雏鸟孵化出来的时间与所需食物最丰富的时间基本一致。也就是说，它们会选择对哺育雏鸟最为有利的时间繁殖后代。

鸟儿的羽色也是随着季节和生活需求发生变化的。一年中，鸟儿最漂亮的时候是求偶期。这期间雄鸟的羽色变得明显艳亮，它会不遗余力、想方设法向异性炫耀，以求得雌鸟的欢心。雌鸟却始终身着朴素羽毛，这也是保护自己和哺育雏鸟最好的天然保护色。这就不难理解鸟类中大都是雄性鸟类羽毛颜色艳丽的主要原因了。可以看到，那些喜欢炫耀和唱歌并坚持为其他鸟儿献食的鸟儿均为雄鸟。

牛背鹭在繁殖期时，头、颈、胸的羽毛由白色变为橙黄色，非常漂亮。但在非繁殖季节，牛背鹭的羽色就恢复了白色。牛背鹭以祖祖辈辈站在牛背上而闻名，但并非因为它们站立在牛背上好看风景，而是站在牛背上或跟随在耕田的牛后面啄食翻耕出来的昆虫和牛背上的寄生虫。如今，虽然农业机械取代了牛耕田，但仍会看到耕田的拖拉机后面有一群牛背鹭在坐享其成，获取美食。它们还是世界上唯一不以食鱼为主而以昆虫为主食的鹭类。

2005 年 6 月，我在五角湖湿地发现常见的苍鹭群中新出现了十几只漂亮的牛背鹭。牛背鹭橙黄的羽色在苍鹭灰色的群体中格外引人注目。我根据季节推断，牛背鹭的繁殖地很可能也在五角湖湿地及其附近地区。而后多次四处寻找，遗憾的是一直没有找到。当时拍摄的照片还曾引起过影友们的讨论。此后几年，虽偶遇个体，但多以为是迷鸟。

2011 年 6 月，我终于在距五角湖西南 170 公里处的珍珠湖附近的黑松林中找到了牛背鹭的筑巢地，有近千只牛背鹭在这片树林中繁育。与牛背鹭在同一地筑巢的还有少量的绿鹭、池鹭、夜鹭、黄嘴白鹭等鹭鸟，可谓天时、地利、鸟和，我着实为之兴奋。

看上去，众鸟的巢穴都十分节俭，但这里面却饱含着无尽的关爱。北方地区的鸟儿都有着简朴的美德，没有哪一种鸟儿会把自己的巢穴装饰得花里胡哨。眼前如此多的鸟儿在同一片松林里筑巢，它们利用了共同栖息的优势。鸟儿在搭建巢穴的时候，会本能地控制它们的一些个体行为。因为它们建巢需要不停地在一处往返，会引起猎食者的跟踪，尤其雏鸟孵化后在巢中嗷嗷待哺也极易受到天敌的偷袭。在这种情况下，牛背鹭也会感到担忧和恐惧。长期的担忧和恐惧使牛背鹭在不断的进化中形成了从不单独筑巢的生活习性，都是选择与同伴在同一领地内进行筑巢繁殖，以集群筑巢的最佳方式来进行自我保护。

一旦有捕食者试图靠近，只要有一只牛背鹭发现危险就会向领地内的所有同伴发出警报。如有捕食者贸然进犯，还会引起牛背鹭群体的激怒反应，发起大规模的反击来共同击退天敌的侵害。这种群体的激怒反应有迷惑和分散捕食者注意力的效能，从而减少自身遭到捕食的机会。

我还看到，虽然领地内更加安全，但这并不意味着牛背鹭们可以高枕无忧。大家居住在一起固然省心，但住得太近，也会让牛背鹭家庭之间的关系变得紧张。每对牛背鹭都会在公共区域内寻找一个它们认为合适的位置筑巢，而同时看中一个地点的情况也时有发生，偶尔会发生一些争斗。尽管有矛盾，但在繁殖期降低危险的最佳选择，还是相邻筑巢，无论它们是否来自同一个群体，是否发生过争执。只要寻找到理想的栖息地，迁徙的心就会开始扎根生长。

附近有一些数量较少的鸟类，如绿鹭、池鹭、夜鹭、黄嘴白鹭等。这些鸟儿的生活策略，是它们深知不能落单。可以看到几种鸟、几十个鸟巢在一棵大树上聚居的状况，很像人类合住的楼房，虽然住地拥挤，但它们均明白在繁殖后代时要与大群鸟类相邻筑巢生活。

那天，我与影友一直拍摄到月亮的银辉洒满松林，听着鸟语呢喃的音韵，还有些流连忘返，确有“人闲桂花落，夜静春山空。月出惊山鸟，时鸣春涧中”（唐 · 王维）的感怀，令人从内心深处感受到大自然的静谧、和谐与深远。

牛背鹭

白鹡鸰

鸟儿的春光

NIAOER DE CHUNGUANG

湛蓝的天空万里无云，温煦的阳光透过密密麻麻的松枝照射到林间草地上，黄色的野花沐浴着春晖，在墨绿色树影的衬托下显现出宝石般的光彩。蜜蜂飞舞，花香袭袭，光影婆娑，使人闲适的情趣更有些沉醉。“空山不见人，但闻人语响。返景入深林，复照青苔上。”（唐 · 王维）稠密的林层已使人忘却了林外的世界，唯有深深地呼吸着空气中带有叶草芳露的湿润气息。

换一个地方，眼前又呈现出幽美的景色，小溪边上紫色的花、黄色的花、玫瑰红色的花，更为绿茸茸的草地增添了盎然生机。想来最能使人尘虑皆空的，便是那密林中鸟儿的啁啾之音。

我静静地伫立在溪边的柳荫下，聆听着对岸枝头上树鹨的轻轻鸣唱。树鹨的歌声，音柔曲婉，宛若叙述着神驰的思念、寄情苍茫辽远。我循声看见树鹨的乳黄色胸脯上点缀着几排纵向的小条黑斑，它翅膀上的淡黄羽色和褐色花纹与身边柳树干的斑驳纹理几乎融为一体。树鹨的细小尖嘴连续地张开又闭合，头部随着发声节拍不停地上下轻微摆动，喉咙微微颤动着发出悠然动听、拨人心弦的曲调。曲调如同一泓潺潺的细流，荡涤着我的心灵；又如一阵温润的春风，拂去了我的悲伤。这时候不想再有任何的动静来打搅，好想闭上眼睛沉睡在这来自远古的音韵之中。

我感觉余光里有一个小小的红色东西在晃动，侧目看去，右侧的柳树上有一只栗鹀雄鸟在枯枝上蹦跳。枯枝上的树皮已经干燥开裂，露出树皮下深褐色的棕衣和饱经风吹雨淋变得发黑的枝干。枯枝下挂着一个篮球般大小的蜘蛛网，随着轻风在微微晃动。

由蛛丝和黏液织成的蜘蛛网在林间的逆光下变得丝线晶亮，洁白透明，网上的露珠闪着荧光，网中间缠着一根看似枝杈的东西，那是蜘蛛用蛛丝缠裹起来的剩余食物。这时蜘蛛已经不在没有黏液的纵线上活动了，躲藏到少光阴暗的地方，以免成为鸟儿的猎物。在枯枝、蛛网的对比下，枝头上羽色艳美的栗鹀雄鸟，尤显灵动与朝气。

如何搭配颜色是大多数鸟类在求偶期的必修课。栗鹀雄鸟肯定是这门功课的优等生，它显然对于色彩的搭配有着天生的鉴赏能力。无论谁看到它，都会欣赏它的美丽。栗鹀雄鸟从头到尾披着枣红色的艳美盛装，颈下至腹部全是金黄色彩的羽绒，红黄搭配可称得上鹀类中最风姿绰约的鸟儿。在国内30余个同类中能与它媲美的只有黄胸鹀、黑头鹀与褐头鹀的雄鸟，但是它们与栗鹀雄鸟比起来仍略显先天不足。

我沿着小溪一侧轻轻地走着。林中又先后出现了蓝歌鸲、红胁蓝尾鸲、白眉姬鹟等披着漂亮羽衣又有动听歌喉的鸟儿，它们的歌声带着个性的腔调随着花彩般的羽影忽而又消失在追寻的树荫里。还有一些多彩的、没有等我看清就飞走也叫不准名字的鸟儿在林间不时地穿梭。十几只啾啾唧唧的柳莺以自己特有的方式快速地飞来，它们的飞行路线是一条深度起伏的曲线，就像海上追逐的波涛一般，它们急急抛洒下一串音调既高又富有节奏的音符，仿佛欢快地呼喊着："春天来了，春天来了！"

小溪边，几只金眶鸻走走停停地在沙砾滩上不断变换着前行的方向，好像耐心地寻找着什么又躲避着什么。金眶鸻灰褐色的羽衣为自己提供了很好的保护色，它们如果静止不动，在沙砾滩上则很难被发现。

稍远些的溪边土坎下有一小群黄雀在蹦跳着觅食，鸟群中有一只体格健壮、胸脯略显橘红色的黄雀昂首挺胸格外显眼，这也是缺少见识的我第一次见到带浅橘红羽色的黄雀鸟，它可能是个发情期的雄鸟，也可能就是这群披着金黄色羽衣鸟儿的当家人。

黄雀由于鸣啭的声音好听，长期以来是人们喜欢饲养在笼中的鸟类之一。但无论人工如何饲养，只有在野外看到欢快的黄雀，听到它们纵情抒发的歌声时，才能真正体会到它们的可爱和诱人。

黄雀是活泼灵敏的鸟儿，飞行能力强，喜欢边飞边发出悦耳的叫声。在配偶期，雄鸟的鸣叫会像一支长调，悠扬动听。它有着高超的音乐才能和演唱技巧，从非常低的音节开始，它的调子能不断升高，声音也越来越大。到后来，它好像进入了一种幻觉，全身忘情地颤抖起来，歌声也变得高亢洒脱。

或许受到雀类家族的影响，黄雀的家庭观念极强，尤其在孵卵期间，雄鸟每天辛劳地外出捕食，回来喂养雌鸟，捕食越多，雌鸟产卵和孵化的能力就越强。雏鸟出壳后，雄鸟和雌鸟共同育雏，每天就像竞赛一样，往返奔波喂养幼雏，没有一点儿偷懒的行为，可谓模范家长。在我所见过的雀类中，它是最小的，也是最美的。

忽然，柳林中传来一阵“唧唧”的稚嫩叫声，让人心动。那是几只雏鸟从附近树上发出的声音。我循声仔细地观察，倏地飞过一只灰椋鸟吸引了我的目光。灰椋鸟斜落在前方一棵柳树干上，嘴上叼着卷成一团的绿色虫子。灰椋鸟头顶至后颈是黑色的，面颊白而带浅灰色，全身主要是灰褐色的羽毛，喙和双脚都是漂亮的橙红色。它察看着周围的情况，稍作停顿便飞向邻近的一棵柳树，落在树干上一个距地面七八米高不起眼的网球般大小的树洞旁，很快便钻了进去，“唧唧”的声音立刻消失了。

灰椋鸟是那种适应能力非常强的夏候鸟。它们在抑制虫害发生、保护植物方面有着重要的作用。它们在繁殖季节以家庭组合，其他季节喜聚群活动。灰椋鸟在聚群活动时响彻云霄的共鸣和高难度的特技飞行，曾给我留下了深刻的印象。

灰椋鸟

非繁殖季节里，集群的灰椋鸟在清晨出发前和夜晚归林后会集体发出响亮的鸣叫，远处的人们往往未见其身先闻其声。尤其是灰椋鸟在日出或日落时分群飞的情景更加令人赏心悦目。成百上千只灰椋鸟会自由组合成一个群体在空中腾跃，快速敏捷地转换不同的飞行方向，整个鸟群俨然一个充满磁力的表演团队，全体飞行成员的大脑中似乎都已经输入了自动运行的程序，在空中集体的无数翻滚动作中都飞得极其精确到位，在无穷旋转变化的队形里都飞得极其协调配合，令人叹为观止。

我在一棵树边坐下，情不自禁地吹起模仿鸟鸣的口哨，附近的鸟声瞬间全部停止。我转为间歇地模仿熟悉的黄鹂鸣叫轻声吹一下口哨。不一会儿，我听到了黄鹂的歌声，犹如女中音一般，是那么温柔委婉，颤音柔和极了，这是一种音色稀少，可轻易接近灵魂介质的声音。

似乎鸟儿们约定好了一样，随之四周的树上众鸟争鸣，如同问答，各有曲调。我闭上眼睛，聆听着美妙的音乐，努力地分辨着不同的声音，感受到仿佛有一座悬在林中的无边舞台，各种我叫不准名称的乐器，在试音、定调，在独奏、合奏，没有统一的指挥，却嘹亮如无数只树鹨、山鹡鸰和黄雀，在树影婆娑的绿荫中，各自竞说生命的不朽——随生命而来的亲情、爱情、苦难和自强……如阳光点醒我，在这六月正午的林间旷地，遇到了我愿意喊万岁的天籁。

更惊喜的事情还在后面。一对大沙锥追逐着落到我面前十多米远的草丛里，惊得我连大气儿都不敢喘。稍近些的大沙锥羽毛上的花斑图纹精美，黄色的彩羽镶嵌紫红，羽缘描染褐色线条，犹如锦绣丝织。它圆而见方的头上有一对亮晶晶的大眼睛，炯炯有神地注视着我，目光中流露出自信、平静，似乎又有点自傲，却没有丝毫的敌意。它粗壮的长嘴显得强壮并富有生命力，有点“大丈夫志在千里”的感觉。两个大沙锥站在草丛中竟然一动也不动，像警戒的武士，在附近小鸟们的相衬下又显得鹤立鸡群。似乎这对鸟儿是守护这片乐土的志愿者。

鸟儿的春装舞会开始了！那些红色的、黄色的、蓝色的、白色的、橙色的、褐色的、黑色的、绿色的鸟儿，还有多彩的鸟儿，它们身着不同个性的或华丽或质朴的羽衣，陆续出现在林间的旷地上。它们或漫步，或雀跃，或个性展示，或集体亮相，或成双成对地起舞，自在心悦地抒发着妩媚的情趣，各自洒脱地展示着独特的魅力，快乐享受着春天和森林带来的酣畅淋漓。我的脑海中油然浮现出林清玄的一段散文："每次我看到林中歌唱的小鸟，总为它们的快乐感动；看到天际结成人字，一路南飞的北雁，总为它们互助相持感动；看到喂饲着乳鸽的母鸽，总为它们的亲情感动；看到微雨里比翼双飞的燕子，总为它们的情爱感动。这些长着翅膀的飞禽，处处都显露了天真的情感……"

我有些沉醉了。鸟儿飘逸的舞姿和动人的歌声，在琪花瑶草的景致里，烘托出不同的情感与意愿。即使是最简单的动作、最微妙的表情，在如柔风一般空灵缥缈的天籁之音的烘托下，也有了别样的美感和心境。

在这个时刻，似乎人的思绪乃至灵魂也随着鸟儿歌声的飘扬超脱出躯体，化作风中一根羽毛，越升越高，飞到那云端之上，与鸟儿同游寰宇，俯瞰万物生灵。

这里是鸟儿的世界，这里是鸟儿的天堂。明媚的春光里，林间盛开了一片跳跃的花儿。

飞翔吧　翅膀　飞翔吧　目光
飞翔吧　歌声　飞翔吧　神往
也许　其他的星球上　也有这样一个地方
那里是什么样的花　那里有什么样的鸟
那里是什么样的树　那里有什么样的草
不在于什么时间能够发现
而在于发现前　我们能否将地球的美丽长留
发现后　我们是否还有资格
将美丽进行比较

至鸟喻于情

ZHINIAO YU YUQING

每次发现鸟巢，虽是难得的观察与记录的机会，但我心里并非全然只有兴奋。若非为了将鸟儿生生息息的那幅神秘拼图完成，我实在不愿意在这个时期靠近它们。因为一旦打扰了它们，总会给自己的内心带来歉疚与不安。

为了将可能的“干扰”或“影响”降到最低，我购置了一件远距离遥控摄影器材。每次拍摄鸟巢都选择在较远的隐蔽处观看手机和电脑屏幕，遥控进行拍摄，这样的选择使我的心情变得稍许轻松了一点儿。

春播后，农民通常有半个月左右的农闲时间，这期间很少到田地里来。聪明的鸟儿恰好利用这段宝贵的时间在田地里生儿育女。白鹡鸰的孵化期为 15 天，它会把巢址选择在四面空旷的田垄一侧，巢穴周围视野开阔有利于观察情况，而且山林中偷袭鸟巢的蛇类通常也不会爬到全是裸露土块的空阔田地里来。

亲鸟觅食回来后，先在巢穴附近十多米远的地方发出“嗞嗞”的轻声鸣叫，再换几处位置观察周围的动静，然后边走边停，慢慢靠近巢穴，倾听巢穴内雏鸟的动静，直到确信周围安全之后才迅速地钻进巢穴，将喙中的食物喂进雏鸟口中，随后即快速地飞离。

白鹡鸰

我记录到亲鸟每次带回的食谱，主食有各式各样的虫子与飞蛾等，副食则为野生浆果。亲鸟每次喂食时间仅用几秒，很少在巢边停留，以免暴露巢穴引来天敌。

白鹡鸰体形如燕，通体黑白相间。飞行呈波浪状态，喜在向上飞时鸣叫，常在地面奔跑觅食，有时也在空中捕食飞虫。

它们在地面上捕食时，低头碎步急行，停停走走、走走又停停，满地找虫子。

白鹡鸰的眼睛长在头部两侧，觅食时必须不停地歪头，以单眼睛寻找草丛中的虫子，模样甚是可爱。很多人会误以为它是在使用耳朵倾听动静。

白鹡鸰发现虫子后，嘴的捕食动作特别快。如果在水边，它们吃虫子前，要把叼着的虫子沾水涮一涮，去掉虫子身上的泥土，然后再吃。这种鸟儿讲卫生的行为令人称道。

巢中的雏鸟在眼睛还没有完全睁开时，只要稍微察觉亲鸟回来，即会立刻伸长脖子张开凸显黄色边缘的嘴，发出一种尖细又柔嫩的“吱吱”叫声乞求喂食。

长相极其相似的数只雏鸟都在嗷嗷待哺，亲鸟每次喂食是随意呢，还是根据什么决定该喂食哪只雏鸟呢？

原来，亲鸟除了认得雏鸟的体征外，主要依据雏鸟张开嘴时露出的口腔颜色来进行判断。雏鸟张开嘴时的口腔均呈现鲜红的颜色。如果雏鸟进食后，它弱小身体里的大部分血液就会改流到胃里去吸收消化的养分，这时口腔里的红色就会变淡。

亲鸟每次喂食时，看见哪只雏鸟的口腔颜色最红，就知道哪只雏鸟等待的时间最长。因此说，亲鸟利用雏鸟的口腔色差来决定该喂食哪只雏鸟的行为是科学的，而非如人类一般所为：“会叫的孩子有奶吃。”

白鹡鸰

在扶贫济困的小山村里，我结交了一些淳朴的农民朋友。一次春播的共同劳动中，他们给我讲述了一个本村的故事。过去，在村东头的一棵老柳树下，年年秋天都堆放一个接近门框高的秸秆垛，就是老张家过冬取暖和做饭用的柴火。这几年村里修了水泥路，汽车能开进村，村民生活用上了煤和沼气还有太阳能，那个秸秆垛就逐年堆放至来年夏天。

两年前的春天，一个玩耍的孩子发现了秸秆垛上隐藏着一个小鸟窝，由于孩子的个子矮，便回家找来了父亲，嚷嚷着让父亲把小鸟窝给掏下来玩。这个孩子的父亲是我熟悉的村主任的本家侄子，他曾多次听过村主任讲保护野生鸟类的事情，知道一些保护野生鸟类的意义和法律常识，在他的耐心劝说下，孩子放弃了掏鸟窝的念头。不久，村主任在村委会上表扬了这家父子。

这件事情在村里口口相传后，乡亲们为此纷纷留心自家的秸秆垛，果然又发现了几处鸟窝，都加以妥善看护。后来，乡亲们每到入冬时都将田野里收割后的庄稼尽量带回家，特意在房前屋后多建几个秸秆垛，留给来年小鸟们筑巢。乡亲们说，这里的鸟儿多了，日子就会好起来。

我听了这个故事后，特意与村主任来到村东头。只见粗柳树下，几个秸秆垛连成一排，经风吹日晒已经发黑，改变了原有的颜色。

说话间，一只北红尾鸲雄鸟飞上秸秆垛的顶端高声鸣叫起来。我们立刻转身躲到对面的一个农家小院里，隔着小院的栅栏向外观看。村主任很熟悉这里，很快指给我看秸秆垛间一个鸟巢的位置，并说，这排秸秆垛里，起码得有五六个鸟窝，边上的墙洞里还有鸟窝呢。

我看着秸秆垛，猜想着北红尾鸲为什么喜欢在这里筑巢。可能是厚厚的秸秆垛里能遮避雨雪，秸秆松软透气有利于鸟儿作窝。还有秸秆垛经过冬春的雨雪浸润后容易发酵，产生热量，适宜孵化幼鸟。开春后，发酵后的秸秆垛还会滋生大量的白色秸秆虫，虫子的肉质蛋白非常适合喂养幼鸟。看来，北红尾鸲聪明地利用了这个既省时又省力、实用性强的筑巢条件。

这时，有几个孩童吵闹着跑过。村主任看我面露疑惑，笑着说："放心吧，村里的小孩都不会掏鸟窝，他们知道爱护鸟类，还有家长负责呢。"我听后心里很暖和，也衷心地祝福这里的乡亲们的日子越过越好。

北红尾鸲

夏季，北红尾鸲的雏鸟们在父母悉心的照料下渐渐长大。发育过程中的雏鸟们整天都在喊饿，好像有永远填不满的胃口。父母从早到晚不停地捕食，每天上百次往返，竭尽全力、从不懈怠。这期间，父母失去的是表面的浮华，彼此的爱在内心化作对哺育子女的坚定与执着。

父母每次返回时，喙中都要尽可能地多叼些雏鸟们爱吃的食物。父母到达巢穴前，会先用喉咙向雏鸟发出轻微的呼唤。巢中的雏鸟们非常熟悉父母的声音，每当听到父母亲切的呼唤，便急不可耐地回应稚嫩的叫声，抢前争食。父母到达巢穴后，雏鸟们则乖乖地原地不动，抻长脖子，张开鲜红的口腔，“呲——呲”地急叫着。

父母离开后，雏鸟们往往表现不一，吃饱的雏鸟想舒服地休息，未吃到食物的雏鸟想抢占有利位置以便下次进食。因为巢穴小，雏鸟们都要争斗一番，体力好的雏鸟常常会占上风，甚至踩踏兄妹的身体，被踩踏的雏鸟于是发出痛苦的叫声。父母如果听到孩子的叫声会立刻返回，雏鸟们则恢复常态，趴下一动不动。父母查看放心后才会离开。

当雏鸟们长到巢穴容不下时，大点儿的雏鸟就会蹦到巢外躲在附近隐蔽处，待父母返回时便发出只有父母听得懂的叫声，父母在喂养巢外孩子的同时，也会精心照料仍在巢内的孩子。这种相互间的呼唤和相依促使父母尽心尽力并贯穿于养育孩子的全过程，幼鸟也从父母的言传身教中学到了舐犊之情。

自然的本能与天生的爱，体现在鸟类对孩子的无微不至和奉献精神里，与人类相通。孔子曰“至人喻于情”，这里不妨说“至鸟喻于情”吧！

北红尾鸲雏鸟

山间邂逅

SHANJIAN XIEHOU

蟠龙山在广阔的辽河平原东部如拔地而起的一个巨大屏风，自东北向西南走向的逶迤山岭遮挡着从西北蒙古高原刮来的干燥风沙，为东南方向的低山丘陵存有温润的气息。

季风在这个平原与山地的结合地带形成了一个独特的小气候区。每年5月初，这里的风虽然带有春寒，山顶北坡永久冻土层上的残雪尚存，南侧山坡已经绿意盎然，花草有似初夏，意在春而景如夏，成为百鸟的乐园。

2010年谷雨后，根据热心影友的信息，我利用周末连续两天来到春意转浓的蟠龙山寻找红色的长尾山雀。第一天无功而返。但顺路拍摄了比较熟悉的金翅雀、灰斑鸠、大斑啄木鸟等近景照片，也小有兴致。

第二天，我于清晨上山。根据昨天走的路线选择了新的方向。我在细心观察中穿过几片果园和松林，在慢慢寻找中登上多层的梯田，又连续爬了几个山坡后已接近正午。尽管两腿已经酸痛，脑海里反复出现长尾山雀的图片影像，还是没有发现长尾山雀。

说也难怪，在几百平方公里的蟠龙山区寻找比麻雀略大些的小鸟谈何容易？我于干渴间顺手从身旁的树上摘了颗野山杏吃了下去，酸得我差点把胃里的东西全部吐出来。

在北方，能看到色彩艳丽的鸟儿实属不易。因为气候不同，北方没有南方地区的生物广泛性而适宜大量鸟儿的生存，也没有南方热带雨林的植物品种繁多而适应鸟儿羽色的进化。在鸟儿的种类中，色彩艳丽的鸟儿多为中小型林鸟，而林鸟迁徙的种类和活动的范围是很有限的。

辽宁北部地区的年无霜期仅为160—180天，在这样较短暂的时间里，鸟儿及植物的品种都比较少，色彩艳丽的动植物则更少。若有个别南方漂亮的鸟儿出现在这里的机会也是微乎其微。我曾在南方多个城市的绿地中看到过各种各样美丽的野生鸟儿，常常让我目不暇接、赞不绝口。而在北方漫长低气温的环境中，却只有望洋兴叹了。

夏季，在辽北地区能见到长着漂亮羽毛的长尾山雀雄鸟的概率也很低，而且长尾山雀雄鸟的羽色会随着季节的变化而变化。每年春暖花开的时节，繁殖期的雄性长尾山雀的羽色才会呈现出鲜红色，身体越健壮的雄鸟颜色越娇美艳丽，它与其他鸟儿不变的羽色相比，确有着明显的优越感。非繁殖期时，雄性长尾山雀就会改变全身的容颜。它的形态、羽色、飞行方式都会发生变化。每年大多数时间里，它的羽色会与许多留鸟的土黄羽色相近，近似于麻雀的羽色，相融在单色调的山野中。

适应自然，随时令而变，是长尾山雀的一种生存属性，也许长尾山雀内在的质量没有随外表、状态和所在的空间位置与温度的变化而改变。

我站在山脊的斜坡上时已经汗流浃背，气喘吁吁，阵阵的山风又吹得我身上有些凉意，觉得有些饿了，便想找个地方休息一会儿，顺便吃点随身携带的干粮。我向四周望去，看见右下方几百米远的半山腰有个小亭子，心想去那里休息，便沿着山斜坡向下径直走了过去。

附近荒草丛生的灌木中有一小群棕头鸦雀在唧唧地叫着，又嘲笑般地蹿来蹿去跟我捉迷藏。突然，一串急促犀利的鸣叫声吸引了我的目光。一只大山雀就在我身边的一棵柞树上不停地拼力鸣叫，如此近的距离却没有像往常一样飞走，反而又飞过来围着我绕着圈子鸣叫。我了解大山雀是著名的饶舌的留鸟，它可以唱出多种变奏，鸣叫声也异常丰富，尤其是它在冬春之际的大声颤鸣在山林中常常独领风骚。现在出现短促的急叫，使我马上意识到，附近有它的巢！巢里可能还有它的卵或雏鸟。

于是，我就近找个隐蔽的树丛蹲下来，再仔细观察。这时，大山雀已不见了踪影。几分钟后，一只大山雀忽然出现在我头顶上两三米高的树枝上，悄悄地向下看着我，似乎在考察我的动机。看来，人无论在哪儿，也难躲鸟儿的眼睛。我没有动。它也没再鸣叫，蹦跳几下便飞走了。

鸟儿试探了一会儿，见没有危险之后，两只大山雀出现在我前方十几米远的一棵电线杆粗的山榆树上。其中一只大山雀嘴上叼着一条弯曲的黄色虫子，只见它转头向周围观察片刻，便悄无声息地飞向树干上距地面四五米高的一个碗口大小的树洞，迅速地钻了进去，又很快钻了出来，这时大山雀嘴上的虫子却不见了，果然那里有它们的巢穴。

另一只大山雀守候在树洞附近的树枝上，看到喂食的大山雀飞走后，它便飞到我邻近的树上又朝我急切地鸣叫，边叫边在树枝间烦躁地蹦跳，显然是在催促或引诱我离开这里。我曾听说过大山雀为保护巢穴敢于靠近雀鹰或猫头鹰并发出攻击鸣叫。今日一见，果然名不虚传。

大山雀

看来这两只大山雀是一对夫妻。虽然我还分辨不出哪只是雄鸟，哪只是雌鸟，但从鸟儿的行为猜测，那只喂食的大山雀可能是只雌鸟，负责警戒巢穴并撵我离开的大山雀可能是只雄鸟。我在这里一定是引起了它们的担忧，因为巢中有它们的孩子！

为了让鸟儿放心，又不打扰它喂食，我起身向巢穴相反的方向又走出了几十米，找到一处浓荫密布的地方，地上有一片干净硬实的草皮。由于我刚才蹲得两腿发麻，便索性坐在了草皮上。虽然草皮湿凉，但可以短暂地缓解一下我的疲劳。这里距大山雀的巢比较远，又利于隐蔽观察，大山雀也没有再跟着过来。

不一会儿，我从望远镜中看见一只大山雀又出现在它们巢穴右侧紧邻的树枝上，静静地站着，嘴上叼着一条花色的毛虫。寂静的山坡上，传来大山雀的细细叫声。大山雀确认安全后，急速飞向树洞，停在洞口向里望了一下，一闪身钻了进去。大山雀这次进洞的时间较上次稍长了一些，出洞时嘴上叼着一小团白色的软体东西，在阳光下反射着液体的亮光，那是雏鸟的排泄物，大山雀要把排泄物丢弃到远离巢穴的地方。

大山雀进出的树洞边上长有一小段树枝，没有树叶，已经干枯脱皮，好像是专为大山雀夫妻准备的歇脚之处。它俩不论哪个进出巢穴，都要站在这段树枝上稍作停留，观察周围的动静。对于鸟儿来说，最不希望被发现的就是进出巢穴的路径。

忽然，空中传来一阵叽叽喳喳的鸟鸣声，我循声仰头望去，蓝天上有一小群黑点似的鸟儿疾速飞近，声音就是从这群黑点中传来的。这群黑点似的鸟儿不是直线飞行，无形之中好像贴着大海的波涛起伏延伸。

这群鸟儿飞得很快。我从望远镜中仔细观察，它们在空中飞行，翅膀向下扇动，如同蛙泳时两臂压水，头部抬起，身体向上倾斜，形成前冲力，这时鸟儿即收起翅膀像一颗弹丸向前射出，使身体减少空气阻力，聪明地借助飞行惯性快速向前滑行。

鸟儿收起翅膀后的前冲距离会受到重力和风力的影响，而后出现自然下行的状况，这时鸟儿会及时向上扇动翅膀，向下压迫空气，继续重复前面的动作，便出现了它们像波浪起伏般的飞行状态，直到降落。因此，鸟儿的飞行速度越快，鸟儿收起翅膀后向前的冲力就越强，也就越能减少体力的消耗。它们边飞还要不停地鸣叫，似乎在提醒着身旁快速飞行的同伴保持必要的间距。

燕雀

这群黑点似的鸟儿飞得太快了，它们好像只有两三个起伏便从百米外飞到我的头顶上空。是燕雀，我仰头刚辨认出来，群鸟便瞬间掠过，又是几个起伏，便消失在远方的山谷间。

望着远去的燕雀，我悄悄地离开了大山雀夫妻，向小亭子走去。小亭子坐落在一个山坳里，四周被黑松林环抱，小亭子北侧有一个小水塘，可谓别有洞天。我走近看，亭子虽已破陋，但亭子中间有张石桌还保存完好，刚好放下我随身携带的摄影器材。

山坳里避风，阳光照在我的脸上暖洋洋的，我脱下已经被汗水浸湿的迷彩上衣，搭在石桌边上晾晒。我坐在地上，一口气喝下一瓶矿泉水，顿时感觉轻松了许多。

我取出干粮，刚想吃，突然身后传来一阵清晰悦耳的鸟鸣声，距离非常的近，宛如一股清泉流入我的心田，感觉是那样的舒心和惬意。我慢慢地转过头去，只见一只鲜红的长尾小鸟就在距我十几米远的灌丛冠上昂首鸣唱。

啊！是雄性长尾山雀！几乎与我在图片上看到的一模一样，而且眼前的雄性长尾山雀是那样的神气活现，身上的羽毛又是那般美妙红艳。

瞬间我不知干什么好了，心跳快得要蹦出嗓子眼儿。但经验告诉我，一定不要忙乱。我轻轻地转回身来，放下手中的干粮，悄悄地捧起相机，心里激动地念叨着：踏破铁鞋无觅处，千万别飞，千万别飞……

长尾山雀

鸟叫的声音忽然多了起来。我细心望去，前面的树丛上竟然出现了三只雄性长尾山雀！太漂亮了。可是距离太近，长镜头里只能装进两只，我已经心满意足了。

我了解，长尾山雀具有高度的群居习惯，一年内大部分时间都成小群生活。尤其是在冬夜它们会坚持以家庭组群栖息、蜷缩在一起，以减少热量散失，偶尔外加一些近亲的个体。据科研人员观察实验，一只小鸟夜间单独栖息比一群鸟拥挤在一起栖息需要多耗费约 25% 的能量，而且，单独一只小鸟几乎无法在漫长的寒冬里存活下来。

现在，雄性长尾山雀仍像其他季节一样在一起聚群活动，看来它们虽然已经有了漂亮的羽色，可能还没有各自找到如意的伴侣，安定下来，生儿育女。还有一种可能就是它们已经完成了每年传宗接代的使命，因为它们中间没有出现雌鸟。在这种鸟儿的特性中，几乎所有的雌鸟都试图独立育雏，不需要其他个体相助。这种情况下，雄鸟们很容易聚在一起，尤其是邻近的雄鸟很多都是家族的兄弟。

我快速地给雄性长尾山雀拍了几组照片后放下了相机。我不想打扰它们的快乐时光，更没有为了追求画面效果去挪动地方调整拍摄角度，同时也好静下心神，慢慢地观赏心向往之的长尾山雀的靓姿倩影。

眼前，艳红的鸟儿在翠绿的枝头尽情雀跃、娓娓轻歌，酝酿着斑斓山间恬静的诗情画意；梦幻般的远山背景淡雅，虚实的强烈对比烘托出自然与生命的不竭源泉。这不正是一幅梦笔生花的花鸟图吗？我心中深情地品味着王维的诗句“远看山有色，近听水无声。春去花还在，人来鸟不惊”的意境。看起来，你只需要在山林里某个有吸引力的地方，静静地坐上足够长的一段时间，林中所有的“居民”就可能轮流出来向你展示它们自己。

下山时，我的心情极佳，感觉双腿有力。俗话说：“好事成双。”途中在一只三道眉草鹀的引导下，我又在山杏林边拍摄到了雌性长尾山雀。满目的山杏林，在我心底漾起一股甘甜。

三道眉草鹀

草鹀的守望

CAOWU DE SHOUWANG

一次在山区摄影时遇到一个牧羊人指给我看一个鸟巢，这个鸟巢是他在放羊时偶然间发现的。我们拨开灌木丛，地面杂草中出现一窝黑灰色的雏鸟，聚成鸭蛋般大小的一团，紧紧地趴在一个圆圆的比拳头略大些的草编巢中。雏鸟们紧闭双眼，浑身颤抖，灰黑色的纤细胎绒毛稀疏，粉红的皮肤几乎裸露，喙缘呈浅黄色，看来刚孵出不超过三天。我告诉牧羊人，千万不要再打扰这个鸟巢，也要看好其他人或畜，保护好这窝雏鸟。随后给了他 100 元钱，牧羊人点头应允。我在附近拔了点干草挡在鸟巢边上，又将拨开的灌木丛恢复原样。

忽然，一串急促的鸟叫声吸引了我的目光，只见一只三道眉草鹀站在不远处的土坎上，嘴上还叼着一团黑色的虫子。我向牧羊人说："快走，惊扰它喂食了。"这时，天空下起了细雨，雨水淋在我的身上，却滋润了我的心田。

三道眉草鹀外表朴实无华，雄、雌体型相似，远看似麻雀。雄鸟的羽毛以棕色为主，搭配黑色的条纹，在繁殖期时面部长有漂亮的黑白色横纹，胸部的羽毛呈栗色。雌鸟的体羽较雄鸟颜色略淡些。它们常年生活在北方低温的环境中，内心温柔善良，与其他鸟类和睦相处。

在早春的某个时段，三道眉草鹀雄鸟的身体里好像注入了一种神奇的力量，它是山里唯一敞开嗓子全声高歌的鸟儿。三道眉草鹀雄鸟具有很高的音乐天赋，对各个音阶的运用十分自如。它的歌声不仅欢愉，更带着些自豪，醉心于原生态山歌的魅力。它的歌声足以和任何知名的鸟类歌唱家媲美，却从不显山露水。

春分后，随着各路候鸟过境、懵懂絮叨的杂音愈来愈多，三道眉草鹀更是退避三舍，很少抛头露面，一切顺其自然，默默地过着自己的平淡无奇的日子，把心中喜欢的歌儿悄悄地唱给它终生守护的山林和家庭，完全可以称之为低调节制的优雅。

三道眉草鹀避开繁华茂盛的森林，与世无争，习惯在山坡上四周开阔的灌木丛下筑巢，越是不起眼的稀疏矮小甚至孤独的灌木丛，越可能成为三道眉草鹀的筑巢地。这也许就是三道眉草鹀精明的生存之道，反之常规而长生。

三道眉草鹀的雏鸟出壳后，雏鸟需要长时间睡眠，并且需要温暖和食饵。雌鸟还要把幼雏护在体下守候两天，由雄鸟喂食。而后亲鸟共育幼雏，白天喂食幼雏的时间在 10 分钟左右一次，平均每小时 5—6 次。

在幼雏面临天敌的危急时刻，亲鸟会突然飞出，落在距巢穴几米远的地面，发出短促急切的尖叫，暴露自己，吸引天敌注意，还会假装伤残的模样，一个翅膀拖地，一个翅膀扑棱扑棱地向前挣扎，有时会在地上打滚、打转，引诱天敌前来，用自己的生命掩护巢中的幼雏。当天敌看到唾手可得的猎物并开始过来捕获时，亲鸟便会假装负伤的样子，一瘸一拐地向前蹦跳，边蹦跳边回首凝目随后追逐的天敌，忽而快、忽而慢地与天敌保持一定的距离，时而向左、时而向右地改变前进的方向。如果天敌迫近，亲鸟生命面临危机的最后关头，它才会疾速飞起，又落在近处再拼命鸣叫，继续诱导天敌。这样跑出一段距离后，亲鸟感到幼鸟解除险情，便销声匿迹了。这时即便天敌返回，也很难再寻找到鸟巢。

繁殖期，三道眉草鹀雄鸟头上长有飘逸的头冠，显出领地主人的威武。它还会在鸟巢附近的枝头上尽情地鸣唱，这时的鸣唱变得节奏明快、铿锵有力。这期间的雌鸟则相夫教子，更加辛苦，每日不停地往返捕食、喂食，清理幼雏的排泄物。雌鸟每次回巢后，还会与雄鸟作短暂交流。幼雏独立前，总有亲鸟在巢的附近轮流守候。

需要提醒的是，如果您在山野间行走，无论遇到什么样的鸟巢，都不要触碰侵扰，这虽然是一个简单的巢，更无法与北京奥运那个庞大的鸟巢相比，但这也是一个家。巢虽然简陋，如果鸟儿还在，这是它们阖家团聚的小窝；如果鸟儿已经离开，这是鸟儿留给大自然的纪念品，与我们无关。或许，鸟儿在来年春天还会回到这里。

“劝君莫打枝头鸟，子在巢中望母归。”（唐 · 白居易）古有明训，今当自律。

雏鸟天生不会像襁褓中婴儿哭闹　诞生后父母即在外艰辛寻找口粮
稚嫩声音将招致天敌的残忍伤害　荒凉的野外没有房舍温暖的保障
焦急中兄妹们缩紧身躯生死相伴　饥寒交迫的时候只有坚忍和企望
长时等待且又担心父母能否回来　出现意外的动静从不敢弄出声响

每当熟悉的父母传来亲切的呼唤　兴奋时刻激动的心如热泉般涌淌
雏鸟竭力地张开比头还大的口腔　如朵朵嫣红的喇叭花儿竞相绽放
红花边缘镶嵌着天生精美的金黄　花儿中央飞出了嗞嗞曼妙的乐章
没有语言　没有热泪　没有臂膀　幼小的生命呈上感恩父母的馨香

三道眉草鹀雏鸟

艰辛繁衍

JIANXIN FANYAN

年复一年，北方江湖初破冻的时节，苍鹭都要冒着料峭春寒率先从南方回到北方自己的巢穴。苍鹭是所有候鸟中最恋家，也是最勇敢的回归使者，它的到来，也预示着大批候鸟的迁徙即将到来。

每当苍鹭历经千里回到家园之时，都要先在空中盘旋几圈，再落到属于自己的巢。一般情况下，雄鸟是第一个“回家”的。雄鸟返回去年的巢，并用高声鸣叫告诉周围的邻居，它已经回归自己的家园。几天之后，雌鸟也会陆续归来。共同的巢对鸟儿的吸引远比它们互相之间的吸引力还要大，也许鸟儿的爱情座右铭就是：“让爱放飞，让心回家。”

在动物王国之中，求爱基本上有着固定的模式。大多数时候，是雄性展示，而雌性选择。所有种类的雄鸟在求偶时往往会表现出炫耀的特点。如有魅力的姿态和运动方式，独具特色且变化多端的羽毛，变色的喙或皮肤，对显著特长的极力展现，尤其是筑巢技能等。雄鸟炫耀的所有目的都是为了打动雌鸟的芳心。

在这个星球上，没有一种动物会随便交配，每一只动物都有钟爱的对象。太老、太愚蠢、太邋遢都不是常规的理想对象。因为每一只动物只有几次将DNA传递到未来的机会，幼子的健康依赖良好的基因。所以，它们希望交配对象是那种能保证自身生殖成功率的配偶。

每种鸟儿在异性个体之间都存有一种独特的吸引力，一种由性吸引所带来的冲动，导致了个体间的互相选择。但它们的结合有时候也会完全跨越这份冲动。在交配对象的选择上，雌性的标准往往非常个性化，因为在养育后代方面雌性个体在时间和能量上的投入要比雄性个体多，所以最重要的是要选择一个携带有优质基因的个体作为配偶。

这就意味着雄性个体要尽力展示自己，而雌性个体要有分辨和挑选能力。如雄鸟在空中的特技飞行和求偶喂食行为可使雌鸟对它们的飞行技能和喂食质量作出判断，这些表演直接反映雄鸟的狩猎熟练程度和为后代提供食物的指标。雌鸟是不需要通过竞争赢得雄性的，它们更多考虑的是全家要在艰险的自然环境中生存下来，让幼雏吃饱并能够长大。

同时，雌性的选择又对雄性求偶产生了重大的影响。在一个族群中，雄性为了找到配偶还会展开竞争。在相互争夺交配权的过程中，雄性表现出各种各样的行为和形象。许多潜在的后发因素，足以改变求偶的过程。这是一种自然选择。这种自然选择是为了保留某些本能的特性，在求偶规则中成功，而不是为了生存。

除了在求偶时期异性间互相产生的那股配对的冲动之外，鸟儿身上还具有很多远超于此的活力。无论什么季节，成双成对的鸟儿都是终年厮守在一起。也许，它们彼此都从对方身上获得了快乐和幸福。被爱、相爱、护爱是生命的自然价值。托尔斯泰说：“生命的本质是爱，爱醒了，生命就醒了。”这是所有鸟儿都能体验得到的，如果有其他鸟儿来干扰，它们是不会答应的。

苍鹭

苍鹭周而复始地选择在靠近水域的树林筑巢。雌鹭产卵后，雄、雌苍鹭轮流孵化和守护。雏鸟出生后，父母无论白天还是黑夜，都是一位在巢守护、一位外出觅食。外出觅食的成鸟要把吞下的鱼、蛙之类的食物放在囊中带回，回巢后分次反刍给雏鸟。每次喂食，雏鸟都会发出急促的叫声，显得饥饿难耐，雏鸟争相夺食，甚至会把头伸进成鸟张开的嘴中。由于食物有限，只有发育较快的雏鸟存活的概率较大。

自然生态的不断破坏，人为的过度捕捞，已使苍鹭的生存举步维艰。据《深圳自然笔记》记载："在整个中国，因为生存环境的恶化，苍鹭的数量在 30 年里减少了三分之二。"我曾看到，在北部山区一处众多苍鹭筑巢的地方，附近仅有的一条河流中，密布着数十道渔网，网眼小得别说鱼、虾，就连蚊子都别想钻过。

我跟踪苍鹭观察发现，那些可怜的为鹭父、为鹭母的苍鹭，要飞到上百公里外的水域去寻找食物，每次在水边都要耐心地守候少则四五个小时，多则一个白天才能返回。傍晚外出觅食的苍鹭还需要借助月光捕食。苍鹭在捕食期间又要抵御天气和人类袭扰的影响，往返还会消耗掉大量的时间和体力。如果雏鸟在喂养期间遭遇不测，成鸟还会产下第二批卵，直至哺育完成。

这恐怕也是苍鹭早早回归的难言之隐吧。

第六章

暮夏

临池待发

黄鹂恋歌

HUANGLI LIANGE

槐树花绽放的时节，岭上的雪白连绵起伏，层层叠叠，阵风吹来，白浪涌动，若不是暖风拂面，确有冬临雪原的感受和面对大海的情怀。

这个季节，也是黑枕黄鹂一年中最兴奋的求偶佳期。黑枕黄鹂也称黄鹂、黄莺，是北方最漂亮的夏候鸟之一，当然也是难觅芳容的鸟儿。2006年初夏的一个傍晚，我独自走进郊外山岭上熟悉的槐树林中，去寻找与黄鹂可遇不可求的邂逅。

山林中盛开的白槐花挂满枝头，在碧蓝天空的映衬下显得分外纯情与娇媚。花瓣边上刚刚冒出嫩绿的叶芽，在黑灰色的树枝上蓄势待发。似曾相识的野槐树错落交织，生长缓慢得好像从没有变过模样。

我选择了一条树木遮掩的僻静小路，不时弯腰前行。或许是路边槐树枝上长满了尖刺抵制游客，小路已许久鲜有足印。起伏不平的路面上倔强地长出了片片婆婆丁和荠菜，开着黄色和白色的小花，在斑驳的树影间，享受着晚霞的抚爱。用不了多长时间，这些金灿灿的小花就会变成蒲公英，黑色的种子伴着细腻到极致的茸毛轻盈飘荡。

这片槐林，是黑枕黄鹂喜欢眷顾的地方，也不知这里究竟有什么吸引力，使得它们年年不辞辛劳地循环往复。我轻轻地绕开小花走着，还要躲避槐树刺的刮伤，回想着去年来到这里没有带相机的遗憾，错失了许多珍贵的瞬间记忆。

我喜爱黑枕黄鹂。它天生丽质，歌声迷人，而且勤劳智慧。它曾带给历代文人墨客无尽的情感寄托，也是我国古诗词中最常见的一个意象，象征着美好事物，表达着对生活的赞美、对生机的赞美。尤其是在春生夏长、风和日暄的时光里，黑枕黄鹂的表现会更显魅力的青春。

微风习习，远处飘来了清澈如流水般的笛音，清脆婉转，是黑枕黄鹂的鸣叫！我振奋起来，声音虽然时起时伏，但这声音已留在我的记忆里很久。鸣叫的声音在幽深的槐树林间逐渐加快、放大。我激动地循声向左后方望去，果然看见两只黑枕黄鹂鸣叫着、追逐着，在开花的树丛中上下翻飞，忽高忽低，忽快忽慢，从我的左侧山麓穿林飞来。

两个鲜艳的小黄色块矫捷地跳跃着，点睛在洁白主调、灰黑叠衬的山野画面中，简直是神来之笔！我几乎看愣了。一瞬间，两只黑枕黄鹂从我前方掠过，很快消失在山谷的转弯处。

“黄莺也爱新凉好，飞过青山影里啼。”（宋 · 徐玑）繁殖季节，温润的气息感染黑枕黄鹂欢快鸣啼，柔媚的春光催动黑枕黄鹂情窦初开。鸟鸣的不同曲调表达不同的意愿，一首歌、一个音符可以产生奇异的美感，更具吸引力。这两只黑枕黄鹂的快乐鸣叫与追逐嬉戏，说明它们已经是情投意合的伴侣。

黑枕黄鹂的求偶和筑巢都有相对固定的范围或独有的领地。结对的鸟儿一旦拥有了共同的巢，记忆的生理本能会驱使它们要在新的一年重新返回去年生活的地方，周而复始地一起在自己的巢中繁衍生活。

我每年都要走进这片山林，刚才黑枕黄鹂飞进的山谷尽头是高耸的山峰，两侧是高高的山梁。我想：“莺谷飞鸣自有时。”（唐 · 王涯）不出意外，它们是不会轻易飞出这片山坳的。

不一会儿，山谷深处又传来了隐隐约约的黑枕黄鹂的叫声，我马上就近找个灌木丛隐蔽起来。黑枕黄鹂富有弹音的叫声越来越清晰，它们回来了！只见两只黑枕黄鹂若隐若现地从白花树影中疾速飞来，还没等我看清楚，它们便从我的头上如流星般划过，抛下一串浪漫的鸣音。

黑枕黄鹂的鸣叫清脆悦耳，婉转动听。聆听黑枕黄鹂的鸣叫是一件很惬意的事情，我有时还喜欢用口哨模仿它的叫声。使人感兴趣的是，这种鸟儿似乎内涵丰富，拥有极佳的音乐想象力，它会采集周围的各种声音，能将自己喜欢听见的声音化为一个乐句的基本旋律，再像个作曲家进行即兴创作，精心构思，惟妙惟肖。它常常还会出神入化般变换腔调和模仿其他鸟叫及家禽的声音，甚至以假乱真。

黑枕黄鹂与自然的和谐之美无处不在。黑枕黄鹂具有率真的性情，求偶季节的雄鸟还会衔着美味食物，献给雌鸟以作订婚之礼。黑枕黄鹂不仅仅以艳丽的外表和动听的歌喉给自然界增添着诗情画意，而且它们能大量地啄食害虫，还是保护大自然的著名益鸟。

我正在回味之中，两只黑枕黄鹂的叫声又再次响起，它们又飞来了！还没等我寻找，两只黑枕黄鹂鸣叫着先后飞落到我前方30多米远的槐树上，好像要休息一下。如此近的距离，竟使我舍不得按动相机的快门。

树上的黑枕黄鹂显得神采奕奕，金黄色的羽毛散发着艳美柔和的光泽，镶着金红眼圈的黑眼睛闪着晶光，嫣红的尖喙犹如化妆师刻意描染，飘逸的黑色宽眼纹英气飒爽，叠加的黑色翅尾纹理工整秀美。简直是一个绝佳的黄、红、黑色彩的神奇组合。

太美妙了！在白色槐花的海洋中，“像是春光，火焰，像是热情”（《黄鹂》徐志摩），黑枕黄鹂更显它的丽质和娇美。我似乎明白了，这是黑枕黄鹂装点春夏的使命，非它莫属！大自然中，也许黑枕黄鹂天生不依赖保护色，它需要的是高尚的品质和杰出的性格。

眼前，两只黑枕黄鹂在槐树上相距不远，唱起歌来。它们一唱一和，歌声如行云流水，激昂甜美。它俩面向对方，半张双翅，头部不断上仰、下低，尾部不时上翘、颤动，随着歌声的欢快节拍，似在表达刚才追逐的快乐感受，又似互向对方鞠躬呈现爱慕之情。

间歇片刻，它们的鸣唱好像变换了声调，节拍也明显缓和了许多，刚才彼此间那种自我抒发式的激情乐章变成了问答式的中音抒情曲，两个声音传出温婉的倾诉、柔情悱恻的缠绵，缓缓流动的音符宛如单簧管温文尔雅的曲调悠扬动听，自然的鸾凤和鸣。

瑰丽的晚霞透过槐林花海，斑斓地洒在两只黑枕黄鹂的身上。双方的鸣唱渐渐地停了下来，陷入了沉默。可能爱情的报酬就在于相爱时的陶醉和满足。

晚风吹拂满山的槐树花虚虚实实，串串花朵犹如洁白的小灯笼挂满天空，粉红色的花蕊散发出沁肺的清香弥漫开来，林间的幽暗和静谧飘逸着超越尘寰的盎然。不知不觉间，两只黑枕黄鹂依偎在一起。

恍惚中，我宛若置身仙境……

棕头鸦雀

鸟儿是弱者，所以发明了巢。

鸟儿筑巢是一个异常艰辛的过程。首先要选择好筑巢的位置，一般由雄性鸟儿选择，雌性鸟儿定夺。

然后鸟儿要外出寻找筑巢的材料。无论鸟儿大小，每次只能叼回一根长短合适的枝条，全部材料需要往返数百次才能搬运完成。筑巢对于鸟儿来说，是一种难度加技艺的劳动。鸟儿要用喙编插枝条和枯草，用躯体挤压，用爪子加固，一个鸟巢需要鸟儿反复地编织、挤压、加固上千次，才能确保牢固结实和平稳耐用。

鸟巢筑好后，里面再铺上数百片羽毛，使雏鸟不仅不会被粗糙的树枝划伤，还会觉得舒适柔软；鸟巢还要在日后不断地修缮。

人们可能以为，鸟儿筑巢会千篇一律，事实上绝非如此。长期观察就会发现，鸟儿根据季节和气候的变化，每年筑巢的时间和过程也会相应变化。

筑巢早的鸟儿，为抵御低温会将鸟巢编织得尽量密闭；筑巢晚些的鸟儿，会将鸟巢编织得通风透气，起到降温的作用。有的鸟巢工程复杂，有的鸟巢编织简陋。有些鸟巢是由许多只鸟共同搭建，年复一年地被重复使用，并一代一代地往下传。有些鸟儿独自筑巢，只是使用一次。而且树枝上的巢与草丛里的巢、山崖上的巢与水面上的巢、树洞里的巢与屋檐下的巢、小型鸟儿的巢与大型鸟儿的巢等，都有着明显的区别。

鸟儿的巢可谓千奇百怪、巧夺天工、各不相同，有的巢还有防病保健的作用，令人赞叹。和人类的居所相比，鸟类的居所与环境相融合，更加顺应自然，材料也更加环保。

科学家曾做过一个试验，即用人造鸟巢来孵化灰椋鸟。结果发现，人造鸟巢孵化出来的雏鸟比天然鸟巢中的雏鸟体重轻，而且会出现贫血等症状。这是为什么呢？经过科学家研究证明，灰椋鸟筑造鸟巢所用的绿叶和青草是特地给雏鸟挑选的草药植物，可以增强雏鸟的免疫系统，能有效地帮助雏鸟抵御吸血寄生虫引起的贫血等疾病。

在北方，由于气候等因素，许多种鸟儿的巢都选择筑在树洞里、岩缝中、草滩上，使用最小的付出，充分利用自然界的庇护。在这些鸟类之中，能够不辞辛劳，勇于展现非凡筑巢技能的当属中华攀雀。

中华攀雀以筑巢精美而闻名于世。其巢形似花瓶，质地如织毯，犹如一件精美的工艺品高高地悬挂在河边的树梢上炫耀。这件精美作品竟是由一只体长只有 10 厘米、体重 10 克左右的攀雀雄鸟单独完成的。雄鸟需要用两到三个星期来筑巢，目的是吸引异性伴侣。它很清楚，巢筑得越精致，就越能得到雌鸟的青睐。

雄鸟筑巢的过程是非常复杂和辛苦的。它首先要选择树木上结实的树枝，不刻意考虑隐蔽性，主要在意位置够不够高，树枝是不是悬垂，目的是防范天敌的侵袭。选好巢址以后，先用叼来的长草茎、树皮纤维、兽毛和植物根等编成一条条绳索，然后将这些绳索缠绕在树枝上，再把垂吊下来的绳索编织成网，组成吊篮状的结构，形成巢穴的骨架。之后每天从早到晚，雄鸟就到各处搜寻棉花、柳絮、植物纤维、兽毛等，再把这些材料塞入吊篮的网眼里编织交结成厚实的毯状巢壁。只在巢的侧上方留下一个与鸟身粗细相仿的出入口。这样编织好的巢质地韧实，轻柔又富有弹性，像一个葫芦悬在空中随风飘荡，使天敌无法接近。

筑巢完成得越快就越能占得求偶的先机。雄鸟将巢筑好后便立刻开始寻找伴侣。它会站在巢穴旁高声鸣叫，大肆炫耀，吸引雌鸟前来参观。雄鸟很快会与喜欢它新房的雌鸟结成配偶。雌鸟入住后，接替雄鸟继续加工装饰它们的新家，选些柔软材料垫入巢内，然后产卵。

如果你细心观察，会发现无论是雄鸟还是雌鸟，育雏的攀雀只有一只，因为它们还有更多特殊的故事呢……

有一个温暖舒适的家，不仅仅是人类的追求，也是许多动物的追求。可以说，鸟是世界上最擅长筑巢的动物。成千上万种鸟类由于居住的环境、习性不同，巢穴的种类也是千姿百态、各取所需的。但在它们的世界里，永远没有飞涨的房价。对一些鸟儿来讲，筑巢也成为它们繁殖行

中华攀雀

为的一部分。已经配对的鸟儿修建新巢会刺激它们的性生理，肉体会散发出浓烈的性的气息，相互吸引着对方，密切彼此的关系。有如人类的伴侣，在共同置办新房的时候，可能是最相依相爱的时候。鸟类的巢穴还有一个共同的特点，那就是巢穴都是亲鸟守护幼鸟最需要的地方。

鸟儿筑巢，是一种朴拙的艺术，是一种融设计、建筑、木工、编织、雕塑、装饰等为一体的才艺和技术。有些鸟巢筑得尤为精巧、别具匠心，从中可以看出鸟儿高超的建筑天赋和非凡的智慧。正像某位哲人所讲：“非人类的生物有可能是自觉的艺术家。”

由此看来，鸟儿只要面对生活，就会表现出高度的机智与灵活，而这种能力也是鸟儿个性行为的最高标志之一。这种无穷的千差万别，绝非出自一种盲目的本能，而是表现出鸟儿自由、豁达和充满创造力的爱，更是一种生活的态度。

巢，乃是爱情的产物。而这种爱，又是潜移默化、永无止境的。出生后的鸟儿与生俱来地懂得依生存习性需要筑巢，无须父母言传身教。虽然筑巢是一项耗时费力的劳动，还需要耐性，但鸟儿似乎乐此不疲。鸟儿会觉得，巢对于它们就是最重要的，以此印证生命的意义所在。

鸟儿的巢穴很小，只为了养育儿女，是新生鸟儿生活的起点。鸟儿长成后便全身心地为大自然高唱赞歌，它把纯真而神奇的声音，播入万种生灵的心田。它的目光温柔，却无比敏锐、开阔而又深邃。它见证着世间的美与丑、善与恶。它的生活独立而充满风险，但始终追寻着卓越与高尚。

鸟儿的家园是大的，因为它的生命属于全世界。

白眉姬鹟

姬鹟的崇高

JIWENG DE CHONGGAO

乌云卷集着雷雨从树林的上空隆隆滚过，树叶上的雨珠在镜头里被放大成圆圆的幻影，树上的白眉姬鹟飞来飞去喂雏正欢，树下的我为保护相机已被淋得里外透凉。尽管雷阵雨已经过去，但是雨后的林中光线还很灰暗。微风刮落树上的雨水不时淋在我湿透的衣服上，我仍然不愿轻易放弃来之不易的拍摄时机。

夏日连续的阴雨后，林中透过太阳的散射光和大气中丰润的湿度形成温柔缥缈的轻雾，如同半遮半掩的面纱，荡漾在经过洗涤和净化的绿荫之中。在这个时候我注意到，白眉姬鹟似乎也经过冲洗，在乌云过后净化的清新空气中，焕然一新，比过去更漂亮、更生动。

白眉姬鹟雄鸟是形、色、音俱佳的林鸟。其俊秀的形体、黄黑相间的艳丽羽色非常好看，它的歌声清脆悦耳、婉转悠扬。同时它还是一位颇具爱心和家庭责任感的优秀父亲。在哺育幼小子女的日子里，白眉姬鹟雄鸟停止了往日钟情的歌唱，把全部身心投入到养育孩子这一最重要的事情上，还会抽空尽力帮助孩子的母亲多做一些修补巢穴的劳动。在喂食幼鸟期间，白眉姬鹟雄鸟好像是在与雌鸟比赛每日给孩子喂食的次数与觅食的往返速度，它的繁忙程度甚至让人看得有些目不暇接。

白眉姬鹟雌鸟是典型的勤劳淳朴的母亲。为了孩子，它放弃了打扮自己的权利，不辞辛苦地操劳着孩子的起居和饮食。白天，雌鸟除与雄鸟轮流外出辛勤捕食外，清扫巢穴里里外外以及处理孩子们的排泄物等全由它默默地承担。在夜晚，它还要用身体和语言温暖着幼子。在它的心中，只要为了下一代，一切艰辛的付出都是值得的。

巢穴中的四个孩子是幸福的，因为它们有百般呵护自己的父亲和母亲；巢穴中的四个孩子是快乐的，因为它们有无微不至的父爱和母爱；巢穴中四个孩子的父母是愉悦的，因为它们会把自己真正喜欢做的事做好，尽量做得完美。父母这种纯粹的愉悦已经超越了任何的评价，而生命最珍贵的价值和最美好的享受恰恰就寓于这样的努力之中。

白眉姬鹟

白眉姬鹟夫妻养育幼鸟是极其艰难和辛劳的，训练幼鸟的过程也是极其劳神和费力的。这一切的努力，都是为了使幼鸟能够早日走上独立的生活之路。亲鸟知道，幼鸟初次飞行是相当困难和非常胆怯的。但是，幼鸟一旦粗具了飞行和觅食的能力，就必须离开巢穴，走自己的路。广袤的大自然为幼鸟准备了丰美的食物，它们只要有勇气飞上蓝天就能够生存。

幼鸟无论在屋檐下、树顶上，还是在悬崖边，它迈出巢穴的第一步都没有搀扶，都面临着生死考验。与其相比，人类在婴幼儿时期有父母在旁搀扶学步，长大成人后生儿育女还依赖着年迈父母的照料，不禁使人深思。人类与动物的最大差距，就是对子女的终身看护。

放飞孩子，母亲作出这个决定是艰难的，但必须这样做。幼鸟实践这个决定也是痛苦的，却是它走向独立生活的必经之路。幼鸟离开巢穴之前，在巢穴边扇动着双翼，带着居高临下的恐惧，许久思量。母亲在空中召唤着、鼓励着、等待着。幼鸟就要离开出生的巢穴，这个场面是惊险的、动人的，是孩子和母亲都期待已久的。在这个关键时刻，孩子相信自己的母亲，母亲也相信自己的孩子——稚拙的翅膀能飞起来！双方都给予彼此莫大的信任和勇气，这是神圣而卓越的起点！

看吧，幼鸟终于展开翅膀从巢穴边缘腾空向外冲出去了！它惊恐地尖叫着，拍打着翅膀，从空中一度坠落，但母亲激情的呼喊和自己求生的欲望瞬间使全身的血管膨胀，浑身又充满力量，它拼命地挥动着翅膀向上、向上，飞起来了——它成功了！

幼鸟惊惶不安地飞翔着，激动和新奇鼓舞着它，轻柔的风儿托举着它，母亲在身边指引着它，它看到了无垠大千世界——自己的新家园。从今以后，它将泰然自若地在风雨中独自飞翔。母亲不仅给予它生命，也教会了它勇敢和坚强。

天空，寄托着鸟儿的生命和梦想，也回荡着母爱的声音。

我钦佩鸟儿的父母，它们在孩子幼小时给予全身心的呵护，又在孩子长大后适时得体地退出，哺育和分离都是父母在孩子身上必须经历的生命过程。亲子关系不是一种恒久的占有，而是生命中一场基因的亲情。

做父母，是一场缘分和智慧的远行，就像大海的潮汐，有进有退，却永葆宽广的胸怀。不求孩子完美，只要这个生命健康存在，在这个美丽的世界上走一遍，让父母有机会与他们同行一段。

孩子，是父母不求回报的付出与不作攀比的欣赏。

戴胜

幼鸟的目光

YOUNIAO DE MUGUANG

戴胜幼鸟的羽毛逐渐丰满后，对外部世界的好奇心也愈来愈强烈。父母每次喂食后离开，幼鸟都会小心翼翼地把头探出树洞口，观看外面的景色。最初每天试探一下便很快地缩回洞内，其他时间就隐藏在孤寂的巢穴里慢慢地发育，或沉浸在对外面世界五彩缤纷的幻想之中。

戴胜鸟外形独特，最显著的特征就是头顶长有一个斑斓花冠羽，打开后就像一把花扇子，非常漂亮。戴胜是勤劳忠实的益鸟。每次见到它，都是在捕捉草丛或田间的虫子，很少有休息的时候，只是偶尔飞到树上，整理一下自己的羽毛。戴胜热爱家庭，又和人类相处得很好，在城镇的绿地和乡村附近，常常能够看到它们像花蝴蝶那样快乐飞舞的身影。

在民间，戴胜勤劳耿直的禀性，忠贞不渝的习性，使得它成为宗教和传说的优秀代表之一，象征着祥和、美满、快乐。唐代诗人贾岛写有《题戴胜》："星点花冠道士衣，紫阳宫女化身飞。能传上界春消息，若到蓬山莫放飞。"更是借戴胜寄托了许多美好的愿望。

戴胜幼鸟一天天地长大了，每天从树洞口探出头的次数也一天天地增多，在树洞口停留的时间也逐渐延长，只是每当看到父母从远处返巢时都会迅速地将头缩回洞内。

父母似乎已经知道了孩子的不安分行为，所以每次在树洞口喂食后都要将头探进树洞里咕咕地叫上一会儿，好像是在教导和训斥，让孩子保持安静。但幼鸟已经长成的漂亮羽毛和外面世界的诱惑显然已使老生常谈的唠叨变得苍白无力了。

一个阳光明媚的早晨，幼鸟从树洞口探出头来，小脑袋一点一点地转动，样子如同婴儿初到户外，圆圆的眼睛瞪得大大的，上下左右地看不够。幼鸟看着看着，竟然从洞口探出来整个上半身。

奇怪，幼鸟身下又钻出一个与它相同的幼鸟脑袋，显然下面还有只幼鸟，下面的幼鸟在用力地向上拱着，拱着拱着，两只幼鸟便都站到了树洞口的边上。洞中竟然有两只幼鸟！

原来，因为洞口狭小，两只幼鸟以前是轮流着探出头来张望，它俩长得竟是一模一样。

两只幼鸟站在洞口似乎有些胆怯和激动，颤抖了一会儿才平静下来，接着便兴奋得手舞足蹈，左顾右盼，好像已经忘却了父母的训斥。玩了好一会儿，两只幼鸟的头忽然不约而同地转到同一个方向停住，不动了。远处的景物如磁铁般地同时吸引了它们的目光，又好像同时在它们的脑海里形成一个大大的问号。这是两只幼鸟在整个早晨所有动作中唯一的一次巧合，一次共同的好奇。

渴望长出了翅膀。当天中午，两只幼鸟便先后飞离了出生的鸟巢，飞向它们目力所及的地方，留下了空寂的鸟巢和未知……

来年，长大的幼鸟或许又会把目光里的故事留在这里。

戴胜幼鸟

一首无名曲

催人泪下　音在弦外

一幅无题画

留人驻足　遐思神往

一座无字碑

感人至深　淡忘去留

一部无我书

教人净心　包容善行

于无声处听音

于无画处观景

于无字处品文

于无心处参禅

无　即是有

留白不空

空　即是色

以无胜有

留白亦留心

言有尽而意无穷

淡泊的鸟儿

寄情神远与空灵

又见雉鸡

YOUJIAN ZHIJI

前些年，辽河流域的滥捕滥猎现象比较普遍，野生动物难寻踪迹。尤其每到冬天，人们捕猎、贩卖野生雉鸡的行为时常发生，越到雪后和过年时见到的越多。也常见城里人开着越野车到河套和树林里用猎枪追杀野生雉鸡，那里的野生雉鸡几乎到了被赶尽杀绝的境地。

有一次我出国到朝鲜的平壤，早晨在宾馆的院内散步时，看到几只野生雉鸡也在院内草地上悠闲地散步，附近的树林中还传出野生雉鸡的阵阵鸣叫，着实让我羡慕了一番，印象颇深。

近年来，辽河流域的自然生态环境综合保护工作在各级有关机构的积极努力和沿岸村屯群众的有效配合下得以良性发展，出现了可喜的局面。其中一项重要标志就是各种野生动物逐渐多了起来。我亲眼看到，已经销声匿迹多年的狍子、狐狸、山兔等野生动物纷纷出现在沿河的保护区里，最突出的当属已经稀有的雉鸡的数量呈明显回升势头。现在的辽河两岸常常可以听到雉鸡的鸣叫，见到雉鸡腾飞的身影。

雉鸡的生存能力和繁殖能力都比较强，只要有适宜的生存环境并予以有效的保护，雉鸡就能够较快速地繁衍生长，并在消除农林虫害方面发挥它们特有的作用。雉鸡是一个庞大的家族，每一片草滩中，每一座山岭边，你都有可能发现它们的踪影。冬天的时候，它们偶尔露面，还面带羞涩，小心翼翼地躲避着你。但到了春季的时候，它们已经和你变得十分亲近，它们会飞到你附近的河堤上，为你歌唱。夏秋季节郁郁葱葱，你就难觅它们的芳容了。

雉鸡又称环颈雉、野鸡。雉鸡腿脚强健，善奔跑，特别是在草丛中奔走极快，也善于藏匿。见人后一般在地上疾速奔跑，很快钻入草丛，有时奔跑一阵还停下来向四处张望，再决定向哪个方向走。

雉鸡飞行能力有限，不会轻易飞起，只有在危险临近时才会迫不得已起飞，起飞时则发出“咯咯咯”的短促、连续的高声鸣叫，边飞边叫，似向附近的同伴发出报警信号。它飞得不高，却速度较快，翅膀的扇动也很有力，但一般飞行时间不持久，飞行距离也不太远，常常像抛物线式的飞行，长尾羽和披着花色的身体非常好看，落地前还有一小段距离的滑翔。雉鸡落地后并不停下来，也许是自然天成，它要迅速在草丛或灌丛中奔跑窜行一段距离后才停下缩头不动，一会儿再慢慢地伸出头来察看四周的动静。

人有时看到雉鸡飞落到那个地方，前去寻找是很难找到的。有时人已经走到雉鸡的附近，雉鸡仍躲在草丛里，眼睛紧盯着来人，尽可能地隐藏不动。人只有走到雉鸡的身边，雉鸡才会突然起飞，又会吓人一惊。

如果雉鸡被迫连续飞行了三次，通常是落地后再拼力奔跑一小段距离便把头钻进隐蔽处，尾部露在外面不动了。

每到繁殖季节，雄雉鸡喜欢站在乡间田埂或土坎等较高处，发出“咯——咯——咯”的长调、连续的响亮叫声，特别是在清晨最为频繁，常常鸣叫完后要多扇动几下翅膀，向隐蔽观望的雌雉鸡显示自己的英姿和领地。每当有雌雉鸡接近时，雄雉鸡便猛跑几步，环绕在雌雉鸡旁，鲜红的头冠竖立，两翅抖动，尾羽竖起，极力炫耀自己的健美。

我曾在郊外偶然遇到一只雄雉鸡，它在阳光下一大片嫩绿色的水稻田中犹如一小块燃烧的火山熔岩，红艳夺目，它选择在充满阳光的表演场最大程度地展示自己羽毛的光彩，让人印象颇深。但当它回到水稻田的阴影中时，被绿色植被滤过的光线使得它的羽毛黯淡无光，缺少了色泽，变得几近隐形。那种感觉就好像看着一名演员从聚光灯下退出，消失在黑暗中。

雉鸡的巢筑于草丛、灌丛或芦苇丛中，巢呈圆形，多系亲鸟在地面上刨挠出一个浅坑，直径约30厘米，里面再垫织上枯草、树叶和羽毛等。雉鸡每窝产卵10—20枚。

繁殖期间，雌雉鸡护巢的行为是极其强烈的，甚至不惜牺牲自己的性命。我曾听西丰县天德镇的妇女讲过，她们在山沟挖野菜时，曾在荒草丛中偶然见到正在孵蛋的雌雉鸡，近在咫尺。雌雉鸡为了护巢，竟伏在蛋上一动不动，让她们很惊讶。

我还听过铁岭满族民俗园的一位农工讲述他亲身的经历。前些年他在园中的山坡上用割草机除草时，不经意间割草机刮到一只正在草丛中的巢里孵蛋的雌雉鸡。雌雉鸡在割草机不断临近的轰鸣声中没有提前逃离，毅然地用身体护佑着孵化中的蛋，直到割草机的刀锋刮到了雌雉鸡的身上。

使用割草机的农工见到扬起的碎草上染红鲜血，立刻关掉了割草机，他这才发现被割草机严重刮伤的雌雉鸡。雌雉鸡满身是血，卧在巢中，已经不行了。这位农工被雌雉鸡舍命护巢的行为所感动，他掩埋了雌雉鸡后，将雉鸡蛋全部捧回了家。

这位农工用自家正在孵蛋的母鸡孵化雉鸡蛋，并精心喂养母鸡，照看雉鸡蛋，结果全部成功孵出，共有 17 只雉鸡雏。

雉鸡的雏鸟为早成性。一出生就能够自己进食，数小时内便离巢活动，一周后就会飞跑。这位农工本想把雉鸡雏饲养长大，不料一周后，17 只雉鸡雏仿佛遇到了一阵旋风把它们全部刮跑了。他对我说，雉鸡雏跑掉时，他一只也追不上，雉鸡雏跑得相当快，眨眼工夫全都钻进了屋后山坡的荒草丛中，不见了。雉鸡雏的羽毛接近土地的颜色，又像干枯的荒草叶，就更难寻找了。他还若有所思地说，只要这些野鸡仔能够成活，也是他的一种赎罪吧。

雉鸡蛋

雉鸡雏

夏天，如果有雌雉鸡在公路上张望，千万不要惊扰它，很可能附近就隐藏着小雉鸡，它们要穿越道路到对面去。因为小雉鸡没有飞行能力，通常要靠草丛掩护觅食，若遇到宽阔的路面没有遮蔽物，就不敢贸然行动。这时，雌雉鸡会勇敢地挺身而出走到宽阔的公路上站立瞭望，观察附近的动静。雌雉鸡不见险情后，会低声“咯咯咯”地叫上几声，小雉鸡们便会依次从草丛中冲出，快速地奔跑到公路对面的隐蔽处。若在其他时节，雌雉鸡是绝不会拿生命去冒这种危险的。

你若在山间公路上开车，要格外用心观察，以免伤害到小雉鸡。一次，我乘车在山区行进，车转弯时我发现前面不远处有一只雌雉鸡在公路的中间站立张望，我马上叫司机停车。司机不解，停下车后问：“为什么？”我说：“你做了一件好事。”

话音刚落，一群手掌般大的黄灰色的小雉鸡突然出现在路面上，扑腾着稚嫩的小翅膀，疾速跳跃着跑到路对面的树林里。我和司机一起数，共有 14 只小雉鸡，它们冲过八米宽的路面也仅仅用了两三秒钟的时间。

雌雉鸡一直在盯着我们的汽车，待孩子们顺利通过路面后，它才向车的方向点点头，转身消失在树林里。

司机兴奋地说，他是平生第一次见到这样珍奇有趣的场景。

雉鸡

董鸡的清唱

DONGJI DE QINGCHANG

每年，临近繁殖期的雄董鸡多选择在食物充足的芦苇沼泽地或幽静的草甸里建立家园，活动范围相对固定。这期间，不同鸟儿的歌声此起彼伏，而不同的声音则显示不同鸟儿的地盘范围。假如你听到雄董鸡的歌唱，认为它的歌曲比较单一，那么请你耐心听下去，一定会让你吃惊不小。它的歌唱，如同一场独唱音乐会，从曲目的选择与安排，到演唱的方法、声音的发挥和表演等方面都做了充分的准备。

雄董鸡的歌声有表露其身份，并与邻居保持联络的作用。它能分辨出周围每只鸟儿的叫声，就像人类分辨方言和不同人的声音一样，若它熟悉的叫声来自正确的位置，便会放心地觅食。如果附近出现叫声不同于以往，它会立刻作出完全不同的反应。鸟类的声音在鸟类的生活中极为重要。通常，能保证歌声就能保证领地。

唱歌是有用的。当鸟儿用歌声守卫领地时，说明这块地方大到必须用声音来保证信息的覆盖面，也意味着周围有同类栖息，要小心提防。竞争对手总是同种的鸟，否则不会直接争夺同一资源。

对雄董鸡来说，附近的斑嘴鸭和灰伯劳等鸟儿都和自己没多大关系，由于生活习性不尽相同，通常不存在领地之争。领地至关重要，领地不仅为了炫耀、占有或显示谁的地盘大，还关系到食物，关系到能否吸引并留住配偶，也关系到防御天敌。最重要的是，领地关系到生育，领地的意义是为了繁衍。领地是生存的保障，保卫家园的歌声就是生命之歌。

当其他同类进入雄董鸡的领地时，主人会用友好自信的明亮叫声来婉拒："谢谢您的参观，请尽快离开。这里是我的地盘，雄性免留。"并有理有据地告诫入侵者不要再来，两者有时会发生争执的鸣叫。主人的原则是先礼后兵。如果对方不予尊重，主人绝不忍受，会立刻发出逐客令，并利用主场优势，不惜流血拼搏，直至后来者远走高飞。

当雌董鸡进入雄董鸡的领地，并发出求偶的音频时，雄董鸡就会悄悄地由远抵近，利用草丛掩护先进行仔细观察，相中后便会兴奋地在雌董鸡附近的草丛中绕着圈子，先后唱出多才多艺的美妙情歌。

鸟类的发声盒不像人类在喉咙里，而是在胸部。它可同时发出两种声音，一边发出低音，一边发出高音，其他音则在喉咙里组合而成，有的音频极高，人类甚至无法听到。这是只有鸟类才懂得的奥秘。

雄董鸡求爱的无伴奏歌声精彩纷呈。它的声音高起低吟、短促、连续，高低音交替，在音与音之间轻柔地呼吸换气，连短歌也表达出复杂的音讯，并且不会重复同一首歌。雄董鸡知晓，它的歌曲越多、越动听，越富创造性和想象力，就越接近成功。这意味着就生计而言，它能获得更多资源；就进化而言，它能繁衍更多优秀的后代。

在雄董鸡的曲库中，有的曲调似人类弹奏古筝的颤音，有的曲调似自然中泉水叮咚的回响，音质浑厚、音色透明、音律独特。它像一位老练的歌手，虽是即兴演唱，却有不同的演唱风格，其歌声是任何乐器都难以模仿的。虽然其中的奥妙我们不知道，但雄董鸡似乎在利用自己创作的歌声传递着一个信息：我有一个舒适的地方筑巢，这里有各式各样的美食；我有一副健壮的体格；我已经做好了成亲的一切准备。

雄鸟鸣唱的信息意义有多大？科学家们通过给雌鸟播放同类雄鸟的歌唱时观察到，当雄鸟求偶鸣叫的曲目越多，花样翻新越明显，声调越复杂多变、有创意时，雌鸟确实越愿意炫示回应。因为雌鸟也是以雄鸟创新的“智力”为择偶标准之一的。

科学研究表明，叫声比较复杂的雄鸟所占领域较大，领地的占有期也比较长，一年和一生成功抚育后代的概率要高一些。同时，丰富的曲库既能吸引雌性，也会使附近的雄鸟产生那里已经有几只鸟的错觉，因此不敢轻易侵入。关于鸣叫的作用，有人还用实验证明，用扬声器播放几种雄鸟的叫声，同样能吸引同种雌鸟，同时有助于和相邻同种雄鸟保持一定的距离。而在寂静的雄鸟巢区，却没有任何雌鸟的光顾。

对雌董鸡来讲，它有选择的权利。它在倾听属于同类的音色中，只有感觉这是自然界中最悦耳的歌声，这是目前它所遇到的最优秀的一位演唱家，这声音足以表达对方诚挚的心意和良好的体魄，它才会欣然地回应愉悦含蓄的轻音曲，向雄性表露青睐之意，愿与雄董鸡深入交往。

雌董鸡的小乐曲能相约雄董鸡呈现出它的真容。这时，歌唱中的雄董鸡经历一阵狂喜，歌声会突然加强并甜蜜起来，“歌唱家”也会心满意足地从它藏身的密草中腾跃而起，在雌董鸡身边欢蹦乱跳地炫耀。

雌董鸡这才靠近观赏雄董鸡，评估它作为丈夫的资格指标，诸如体形、五官、羽色等的状况。雌董鸡常常不会立刻作出明确的答复。因为鸟儿之间不仅需要传递有声信息进行交流，还要通过特定的动作和肢体特征、体色来进行判断，并通过视觉语言，来进行无声的交流。

几乎所有的雄性都是用讨好的方法取悦异性的。在接下来的时光里，雄董鸡会在求婚的初步基础上，在与对方定情之前，继续不惜余力地向初露意愿的雌董鸡展示多场舞蹈，为未来的心上伴侣尽情地歌唱，直到雌董鸡表示满意，很快乐地发出低幽的甜蜜的呢呢喃喃的亲切之音，双方才终于步入爱河。

远东苇莺

6月，远东苇莺婉转如歌的鸣叫和着风吹芦苇丛发出的低音吟唱组成的诱人之声，才使人们真正领略苇莺生活的家乡，深切感受到它们叫声中的含义。

远东苇莺的鸣叫听起来就像一种浪漫抒情的曲调，细腻柔和，且间歇很短，组合起来就像一个非常完整的句子。它站在芦苇的高端，看着远方，张开小嘴放歌，好像在歌颂着天空，又好像在歌颂着湖水。但只要看它的神态，你就会懂得，它在流露真情，它想唱的时候就会唱，并不在意听众的评价，它在为自己而唱。

远东苇莺的音韵非常流畅，既像与同伴们娓娓述说着心中的故事，又仿佛在向孩子们介绍着家乡的景色。那声调如同夏日的细雨一般，会让人感到无比惬意。任何一个能从鸟儿的叫声中汲取快乐的人，只要听到远东苇莺从心底涌出的歌声，都会情由景生、情景交融，萌生一个富有立体感的完美境界。

苇莺类的鸟儿并不是任何季节都放声歌唱。远东苇莺在进入哺育期后就会安静下来，这期间它们需要消耗自己几乎全部的心血哺育孩子们，以至于终日忙碌，沉默寡言。

这期间鸟儿相互间的交流多和声细语，多温柔多情，它们之间需要彼此的体贴、互助。养育后代的使命一旦完成，它们很快又会精神抖擞，引吭高歌，直至离开这里。

一个雨后的清晨，我刚刚站在随风飘荡的芦苇丛旁，就听见附近传来雏鸟发出的稚嫩声音。我循声悄悄地走过去拨开密密麻麻的芦苇，果然看见有一个枯黄色的鸟巢编结在芦苇秆上。

鸟巢距水面一米多高，鸟儿用细苇茎和细苇叶把相近的五六根粗细不一的苇秆缠绕起来，如同在几根富有弹性的立杆上面建巢，既防风又防水，可以想象鸟儿筑巢的能力与艰辛。鸟巢呈椭圆形，类似保温杯大小，随着芦苇的晃动不停地摇摆，像一个小小的摇篮，结实而耐用，这是远东苇莺的巢。不用担心，风再大，鸟卵也不会滚到外面去，因为这种杯状的鸟巢内部较深，且巢里还有多层松软柔性的羽毛。

我向巢里看去，里面有三只和巢穴颜色相近的雏鸟缩成一团，每只雏鸟有乒乓球般大小，稀疏的胎毛下，薄膜般透明的皮肤包裹着嫩红的肉体，从胎毛和肤色上估计它们刚出生不久。雏鸟听到外面意外的动静，低头趴在巢穴里一动也不动。我不想惊扰它们，立刻转身走了出来。

两周后，我再次返回原处，高兴地看到三只雏鸟已经能够从巢穴中跳出，站在巢穴边上了，它们羽毛开始丰满，体形已有鸭蛋般大小。它们尚未发育完全却已经早熟，不像大多数鸟类的幼雏在发育成熟后才离开巢穴。它们水汪汪的眼睛里显露出惊人的老练却又天真的表情，实在令人难忘。它们的眼睛似乎又反映出一种伶俐，这不仅显示了年幼的纯洁，还显示了一种被遗传纯化了的智慧，对遥远天空的向往。

看来它们父母的养育很见成效。雏鸟们长到能初步自由活动的时候，便会纷纷跳到巢的外面就近分散隐藏起来，这时它们还离不开父母。父母衔食返回时，会发出孩子们熟悉的轻微叫声，雏鸟们会从隐蔽处兴奋地蹦到父母面前美餐。此时父母会与孩子作亲切交流。

待父母飞走后，雏鸟们又会分散隐藏起来。在父母的倍加呵护下，雏鸟们在巢外不仅能躲避留在巢中的风险，还能伸展筋骨，学习觅食的技能。这个阶段也是雏鸟成长至独立前最关键的阶段。

面对可爱的雏鸟，我想象着，每只小鸟在幼年期，都深受父母行为的影响。父母每晚都会陪在孩子们的身边说着悄悄话，在小鸟出生后的一段时间里，父母与它们的交流方式，会在潜移默化中对孩子产生根深蒂固的影响，形成孩子独特的行为方式。父母的亲情会在雏鸟的发育中不断积累，激励着孩子成长，这可能是所有雏鸟成长期都要经历的过程。

同鸟类相比，人类父母同孩子的关系却常常让人深思。曾经有一篇小学生作文在网络上引起了广泛的热议，作文题目是《妈妈我想对你说》。孩子在作文中写道：“你们回来见面就是吵架，从早到晚。如果你们离婚了，我可怎么办啊？”“你们回来不是打电话，就是玩手机，没完没了，就是没有一个人理我。不然就是你们回来很晚，我已经睡着了。”“你看我的作业时，常常怒吼起来吓我一跳，你喊着：‘重写！笨蛋！白痴！要饭去！’等话语来训斥我。其实，我的作业中就是偶尔错了一个笔画或者修改的地方没用橡皮擦干净。我在班级里还是优秀学生呢。”孩子稚嫩的文字深深地震撼了家长的心灵。

我们应该看到，孩子们在成长过程中面对的不单单是温饱和生理问题，他们未来如何成长关键还要取决于他们的心理健康与否。而家长对孩子的负面影响，往往是由一些微不足道的小事情造成的。

比如，大多数父母并不认为对孩子训斥是有效的教育方式，但总是控制不住对孩子吼叫。家长不吼，不足以表达自己的愤怒，孩子怎么会怕？其实，对孩子吼叫的后果很严重。孩子听你的只是因为怕，不是知道了自己错在哪里。家长吼叫也让自己丧失了在孩子心中的威信，甚至你吼孩子也吼，吼成了双方宣泄情绪的方式。

所以，好的教育从来不是“吼”出来的。你心平气和了，才能客观看待孩子的问题。你真情所至了，孩子才能正确看待自己的问题。你和颜悦色了，两个人才能平等交流。有交流才有沟通，有沟通才有理解，有理解才有共识。

父母是孩子最亲近的人，孩子每天依据父母的态度对自己进行评定，形成他们的“自我概念”。从孩子出生的那一天开始，我们就在用我们的话语、我们的眼神、我们的肢体动作把他们慢慢塑造成未来的样子。同样一件事，我们的态度和表达方式不同，孩子建立起来的自我概念也就完全不同，未来人生就会截然不同！

随着年龄的增加，我们常常会回忆起年轻时期愧对孩子的诸多往事，我们当时的任性和无知不知带给孩子多少心灵上的伤痛。有些小事情孩子不会和家长讲，却可能在他们的记忆中长久留存，甚至会影响孩子的性格与思维取向。如果我们仔细想一想，孩子的内心就是由我们这样的父母不经意构建起来的，真是让人不寒而栗！

看着眼前远东苇莺一家幸福的模样，我不禁深有感触，小如鸟类都能在孩子的成长过程中无微不至，更何况身为万物之灵的人类。其实，我们完全可以在这些小事情上做得更好一点……

芦苇丛中，雏鸟父母的亲情付出已经有了回报，新的一代即将展翅高飞。祝愿它们的家庭美德能永远传承，润泽世代。

远东苇莺

鸳鸯

鸳鸯的象征

YUANYANG DE XIANGZHENG

我国北方的东部山地，林木葳蕤，溪流、湖泊众多，空气清新，峡谷恬静。每年初春的积雪尚在融化，在南方越冬的鸳鸯就急不可耐地飞越高山和平原，千里迢迢地回到这片温馨的家园。浩瀚的林海间，古木繁茂参天，碧潭翡翠如玉，正是形色斑斓的鸳鸯喜爱的纯净、幽雅的繁殖环境。

千百年来，鸳鸯的巢都筑在密林中大树的树洞里。5月初，鸳鸯进入产卵和孵化期。雄鸳鸯躲到隐蔽的水面去换羽，直到新羽毛长满后才肯露面。孵化的辛劳全部由雌鸳鸯独自承担。雌鸳鸯在30天左右的孵化期里，每天早晚2—3次短暂外出觅食，无论找没找到食物，都要尽快返回，其余时间都伏在卵上，用自己的体温催促新生命的诞生。

这段时间，雌鸳鸯会忍饥挨饿并感到惴惴不安。卵虽有石灰质壳保护，但是对空气的侵害也十分敏感，如果受了凉就会危害到雏鸟的发育成长，假如有的卵一部分受了凉，就可能造成雏鸟的畸形或死亡。因此，孵化须特别精心和耐心。但一堆石头，那么长时间地贴在心口，紧贴在肉上，这对于在天地间自由飞翔的鸟儿来说，仍是极大的寂寞和劳苦。

如此困难，为什么鸟儿还会进化到卵生？因为大自然需要平衡的多样性，需要无数飞遍世界的鸟群。

“活泼泼的生命完全无须借助魔法，便能对我们述说至美至真的故事。大自然的真实面貌，比起诗人所能描述的境界，更要美上千百倍……因为大自然的真相就已经充满了令人着迷而又使人敬畏的美，你愈是深入探究每一个细节和每一项特点，就愈能发现它的美。”（[奥]康拉德·劳伦兹《所罗门王的指环——与虫鱼鸟兽亲密对话》）

鸳鸯有着悠久的历史描述，在中国可谓家喻户晓。鸳鸯属合成词，鸳指雄鸟，鸯指雌鸟。鸳鸯体形比野鸭略小些，嘴呈扁形，趾间有蹼，善于游泳；两翼长，能飞翔；白色的腹部，橙黄色的脚。

雄鸟的羽色绚丽，头顶具艳美的红、紫、绿色冠羽，眼后有漂亮宽阔的白色眉纹，嘴红色，双翅上有一对帆状的栗黄色直立羽。雌鸟的体形比雄鸟稍小些，眼周有秀美的白色圈，其后连一白色的细眉纹，嘴灰黑色，全身羽毛灰褐色，前胸和两翼有大小各异的花斑。

非孵化期间，鸳鸯喜欢成双成对，在水面上相依为伴，飞翔同振羽，悠哉同戏水。它们时而跃入水中，引颈击水，追逐嬉戏；时而爬上岸来，抖动双翼，养心静卧；时而用喙精心地梳理着华丽的羽毛，悠闲自在，风韵迷人。

鸳鸯是中国古代文学作品中经常出现的鸟类，是文化内涵丰富、文人墨客咏唱频繁的一种鸟，在民间传说和文学艺术作品中被当作爱情的吉祥鸟，在当代中国人的概念里是爱情的象征。其实鸳鸯这个词不仅可以形容男女之情，也可以形容志同道合的兄弟感情。

我国现存最早的一部诗文总集，南朝梁萧统编著的《昭明文选》摘录《苏武李陵赠答诗》中有“昔为鸳和鸯，今为参与商”的诗句，这是李陵与苏武之间表达友情而赠别的诗。意思是，我们以前就像是鸳鸯一样的好兄弟，现在却如同参星和商星，一个在西，一个在东，此出彼没，永远不能相聚了。晋人郑丰有《答陆士龙诗》四首，第一首《鸳鸯》的序文说：“鸳鸯，美贤也，有贤者二人，双飞东岳。”这里的鸳鸯是比喻陆机、陆云兄弟的。后来三国魏曹植在给弟弟的《释思赋》中写道：

“乐鸳鸯之同池，羡比翼之共林。”还有三国魏嵇康的《赠兄秀才入军》曰：“鸳鸯于飞，肃肃其羽。”古代还以鸳鸯比喻贤者，如东汉王逸的《九思·怨上》、曹植的《赠王粲》等诗文中均有表述。

在古代，许多寄托愿望的事物都跟鸳鸯扯上了关系。譬如汉武帝时用鸳鸯来命名宫殿；三国时期用鸳鸯作为地名、水名；明代将鸳鸯作为排兵布阵的名称，如“鸳鸯阵法”。除此以外，历朝历代还有将鸳鸯用作器皿、服装图案等，特别是以鸳鸯为美好形象的文艺作品大量出现。

把鸳鸯比作男女爱情，开始于唐朝。具有代表性的是诗人卢照邻的《长安古意》中有这样一句诗：“得成比目何辞死，愿作鸳鸯不羡仙。”赞美了美好的爱情，抒发了自己的情怀。此类诗篇不胜枚举。自古以来，在“鸳侣”“鸳盟”“鸳鸯枕”“鸳鸯剑”等词语中，都含有男女爱情的意思，“鸳鸯戏水”更是中国汉族民间常见的年画题材，古代女青年还常常将鸳鸯的图案绣在各种各样的物品上送给自己的心上人，以此表达自己的爱意。

鸳鸯还用来比喻夫妻。我国著名传统黄梅戏《天仙配》中有一句耳熟能详的唱词：“你我好比鸳鸯鸟，比翼双飞在人间。”鸳鸯忠贞于爱情，夫妻和睦，这激起了文人墨客的遐想，使我国古代文学中流传着许多以鸳鸯为题材，歌颂纯真爱情的美好传说和神话故事。

古往今来，人们都认为鸳鸯一旦结为伴侣，便相伴终生，即使一方不幸死亡，另一方也不再寻求配偶，而是孤独凄凉地度过余生。所以鸳鸯在民间是永恒爱情的象征，是一夫一妻、相亲相爱、白头偕老的表率。

可在现实中，恐怕雄鸳鸯自己也会有疑惑：为什么长成这般羽色？为什么会引来世间那么多的关注？为什么与雌鸳鸯的戏水和结伴就成了口口相传的固定模式和行为规范？它们自己弄不明白，也无须弄明白，只管顺其自然罢了。

鸳鸯

经过现代鸟类科学家的研究证实，人类对鸳鸯与性的固有认识，与大自然中的真实情况不尽相同。鸳鸯实际的生活习性也是自然天成，与传说中还是存在一定差异的，但这并不影响以鸳鸯比喻美好事物的价值。用鸳鸯寄托对爱情的美好愿望，这也许才是鸳鸯象征意义的本质，也是我们至今仍在沿用的本意。

经过保护鸟类志愿者长期观察发现，真正需要歌颂和赞美的应该属于雌鸳鸯。正是雌鸳鸯的艰辛付出和无私奉献，才会产生鸳鸯家族中久久为功的感人故事。雌鸳鸯终其一生都披着单调朴素的羽衣，换羽不换色，从不炫耀和哗众取宠，只是默默地相夫教子，吃苦耐劳地把孩子一批批养育长大。

也许鸟儿只有通过时间和温情才能成为真正的鸟儿，是爱把它变成自己所爱。也许雌鸟的心血能让未出生的孩子在朦胧神奇的梦幻中渐渐感受到母亲的心声，使雏鸳鸯在破壳前就已懂事并粗具独立行动的能力。

雏鸳鸯出壳后，全身即长满了绒羽。孵出第二天，就能从容地从十多米高的树上洞穴中勇敢地跳到树下的草地上，在母亲的带领下奔向滋润生命的湖泊。“世界到底是怎么回事，这我并不在意。我只想弄懂如何在其中生活。”（[美]海明威《太阳照常升起》）

清晨　水面的朝霞映显羽衣
才发现　自己出落成朝霞一样美丽
小时候　身上的绒羽像褐色的树皮
谁也没有在乎　天天无忧无虑

如今　披上了彩云般的霓裳
却像一个玩偶　整日被追逐嬉戏
原来　朝霞不只属于自己
美丽和烦恼是同样的比例

第七章

新秋

叠云长风

翠鸟印象

CUINIAO YINXIANG

风和日丽、荷花斗艳的日子里，正是有“清流宝玉”美称的翠鸟大显身手的好时机。翠鸟身形如燕，披着蓝宝石般光亮的华美羽衣，浑圆小巧的身材宛若一块熠熠生辉的天然翡翠。它在临岸水面上闪若流星般的身影，构成了池塘与河边的一道不可或缺的景致，为勃勃生机的夏日增添了意趣的印象。

大自然造就的万物都有其存在的合理性与独特的奥妙，只是由于人类认知的有限未能尽识。雄性翠鸟和雌性翠鸟都身披蓝绿色光泽的羽衣，却有着两种不同的美。雄性翠鸟的羽衣偏显宝石蓝色，如丝般闪光耀眼，华丽艳美；雌性翠鸟的羽衣偏显翡翠绿，光泽淡雅，曼妙妩媚。

人们细心观察还会发现，翠鸟华丽闪亮的羽色既不是浮在身体表面的蓝绿色彩，也不是由羽毛本身的色素形成的，而是其羽毛特殊的结构散射蓝绿色光线的结果。翠鸟的胸腹羽毛又呈棕黄色，当水中的鱼儿从下向上看时，翠鸟显然带有隐蔽性。小型鸟类的双脚多为黑色或浅棕色，利于隐藏。翠鸟的双脚却为鲜艳的红色，也许这点儿凸显的色彩与翠鸟全身的色彩相比微不足道，也许只有艳美的红色才能搭配翠鸟全身蓝绿色彩的靓丽。

翠鸟是依靠速度在水中捕鱼的鸟，长着尖如利剑的黑色长嘴，更有令人称奇的捕鱼技巧。翠鸟喜欢在风平浪静的时候静静伫立在临水制高点上观察贴近水面的小鱼，发现猎物后立刻闪电般地冲向水中的目标。小鱼稍纵即逝，翠鸟每次捕鱼只需用几秒钟的时间，几乎百发百中，极少失手。引人入胜的还是翠鸟在捕鱼过程中，时常会在空中悬停，快速地扇动翅膀保持着身体平衡，眼睛却紧盯着水中不断游动的小鱼，它一旦看准时机，立即收翅束身如子弹般瞬间射入水中，眨眼之间又冲出水面，浪花之中，黑色的长嘴上已叼着一条鲜活的小鱼。

历久生存的能力极好地造就了翠鸟瞬间爆发的速度和撞击水面时最小的阻力。翠鸟流线型的前额与头部造型，还被设计师成功运用到了高速列车的车头设计上，用来有效减少空气的摩擦和噪声。

翠鸟从水中捉到小鱼后，不在飞行中进食，而是迅速地飞落到就近的树枝或石头等较高处站稳后才进食。翠鸟如果捉到稍大些又拼命挣扎的小鱼，无法将其立刻吞食，聪明的翠鸟会用独特的办法分步骤地制服猎物，这个过程也是很有趣的。

翠鸟会先用喙掐住小鱼的颈部，用力将小鱼向身边的树枝或石头上磕打，如效果不明显，再用喙掐住小鱼的尾部，猛力抡起小鱼向树枝或石头上摔打小鱼的头部，翠鸟灵活的头能快速地旋转 360 度来回抡晃小鱼，还能分部位地叼着小鱼反复地摔打，直至小鱼停止挣扎。这一过程结束后，得胜的翠鸟还会将来之不易的战利品抛过头顶以表达喜悦。

然而耐人寻味的是，如果谁在池塘边看见两只翠鸟在打斗，不要以为那是求偶间的嬉戏，大多数情况下那是两只雄性翠鸟为争夺领地而进行的搏斗。翠鸟虽然有着华丽的外表，在争霸领地的战斗中却表现出极其残酷的另一面。鸟类对食物充足的地方独占的欲望非常强烈，可像翠鸟那样为争夺一个地盘不惜将对手置于死地的凶狠打法却是很少见的。

翠鸟之间的战斗往往是由领地护卫者先对挑战者大声嘶鸣后开始的，有些像擂主守擂台，但打法不同。翠鸟锋利的长嘴是猎食的利器，同样也是作战的主要兵器。

翠鸟在战斗中运用的不是驱赶的战法，而是断其一指的战术。战斗中，翠鸟锋利的长嘴犹如一把利剑，招招直刺对方的咽喉。在搏击中，双方锋利的长嘴会像两把长剑搅斗在一起，甚至两个锋利长嘴还能在打斗中互相紧紧地咬住，就像两个拳击手在对攻中抱成一团似的。因为没有裁判，两只翠鸟在这种紧要关头谁都不敢轻易地松口，如果哪一方稍有闪失，另一方就会趁势进攻，其长嘴直插对方张开大嘴的咽喉里，瞬间便紧紧地咬住对方咽喉里的小舌头。

想象一下翠鸟锋利的长嘴咬住小鱼后，小鱼是什么样的结局，就不难想象被咬住舌头的翠鸟是一个什么样的结局了。一旦翠鸟的舌头被咬掉或者受到严重创伤，它将无法进食，不久就会死去。

或者两只翠鸟在搏斗初始阶段，会先互相试探性地进攻，了解对方战斗力的强弱。这种情况下，两只翠鸟的长嘴会先避开直接碰撞，好像拳击手在伺机攻击对方要害部位之前先攻击对方防守薄弱的腹部一样，干扰对方的技战术，而后寻找有利战机。

两只翠鸟在先进攻对方肢体次要部位的过程中，哪只翠鸟感到与对手相比自己明显处于劣势并甘拜下风，便会立刻溜之大吉。

如果两只翠鸟在打斗中，哪一方只顾防守，消极躲避与对方的长嘴进行正面拼杀，就很容易在躲避中露出破绽，顾此失彼。如果一只翠鸟被另一只翠鸟趁机咬住脖子，后果同样不堪设想。

我曾经拍摄到两只翠鸟在树枝上的打斗画面，一只翠鸟的长嘴突然死死地掐住了另一只翠鸟的脖子，被咬住脖子的翠鸟瞬间便无还击之力，无论怎样挣扎都无济于事，只能悬于空中扑腾扑腾翅膀，一会儿就不动了。录像机记录了被咬住脖子的翠鸟悬于空中停滞的时间近 40 秒钟，可见翠鸟的斗志和长嘴的力度有多强。

多数战斗的结局是守卫领地的翠鸟获胜，可能是因为守卫领地的翠鸟首先具备先期占领的实力，其次的有利条件是占领地往往是食物充足，使守卫领地的翠鸟能够以逸待劳。

翠鸟

俊俏的蓝翡翠

JUNQIAO DE LANFEICUI

野色蒙蒙，如丝的细雨悄悄地把满山的针叶缀满了晶莹的水珠；水珠润绿，葱郁的松林静静地用幽暗的身影掩映着裸露的土崖；土崖矗立，峻峭的剖面被多年的雨水恣意地雕刻出条条深浅不一的雨裂沟；雨裂沟幽深，蓝翡翠的巢就筑在狭窄沟中隐秘的洞穴里。

羽毛上挂着细雨珠的蓝翡翠站在松树枝上警惕地向四周察看，准备将叼着的林蛙喂给巢中嗷嗷待哺的幼雏。现在，幼雏的食欲很好，并格外喜欢带脂肪和蛋白质的食物。脂肪和蛋白质是幼雏身体快速发育所必需的。因此蓝翡翠夫妻每天从日出到日落，无论刮风还是下雨，都要奔波于林间、草地、河边，它们顾不上自己饥渴交攻，想方设法多捕些肉食类猎物，只为了让孩子们先填饱肚子。孩子们多吃一点儿，就能成长得快一点儿，就会出巢早一点儿，这对于蓝翡翠一家来说是头等大事。

蓝翡翠是警觉性很高的鸟儿。它每次回巢喂食，都要习惯性地先落到与巢有一定距离并比较放心的有利位置上站立瞭望。它对巢周围的一切已经非常熟悉，景物稍有变化，哪怕是细微的异样，它都能够立刻察觉出来。它会随时改变喂食计划，采取防范的措施。它尤其会对最不放心的地方仔细观察，觉得安全后才绕圈飞向巢穴。

蓝翡翠夫妻带回的食物通常有金龟子、蚂蚱、蛤蟆等，偶尔还捕获到小蛇。父母每次回来喂食，都是幼雏最激动的时候。幼雏不仅享用了美食，还学会了分辨食物的种类和可口程度，为日后的独立生活积累了经验。蓝翡翠等食肉类的鸟，它们的食物比较柔软，吞进胃中的食物用威力强大的消化液就足以对付了。不像雀类等食谷类的鸟，食物进入胃肌后常常需在砂粒的帮助下才能被磨碎，所以雀类等还会特意摄入砂粒。

蓝翡翠的巢建在雨裂沟垂直峭壁上的小洞中，离地面有十几米高。它每次进入巢穴的速度是很快的，从不在洞口停留。由于巢穴内空间狭小，蓝翡翠每次进入巢穴给幼子喂食后，都要倒退着出来，它在身体退出洞口的瞬间，会用一个漂亮的向后侧滚翻动作展翅飞离。

巢对于蓝翡翠来说，可谓生存中最重要的组成部分，似乎它的出生就是为了筑巢繁衍下一代，因而为建设自己的巢作出了最大的努力。蓝翡翠筑巢主要分为三个阶段，即选址、建筑、布置。真是来之不易。

巢穴选址非常关键，关乎着幼雏的生死和成鸟的安全。所以，巢穴的位置必须选择在不易受到天敌和人类侵扰的险要、安全之地。同时为了觅食和隐蔽的需要，巢址还要靠近水域或树林。通常先由蓝翡翠雄鸟反复选好位置，再经雌鸟同意后开始建巢。

巢穴建筑是一项繁重的体力劳动。蓝翡翠建巢的最大优势就是自身具备既长又宽的利嘴，像一把结实的扁铲，很快就能在坚硬的土崖上凿出一个小坑。蓝翡翠夫妻共同建巢，多选择在日出前或黄昏后进行。若在白天建巢，蓝翡翠不会在巢穴位置长时间停留，都是干干停停，不干的时候会很快离开，并随时注意周围的动静，以免引起偷猎者的跟踪。

蓝翡翠善于在陡崖上横向挖洞筑巢，洞穴内的通道直径大约 10 厘米，正好够成年蓝翡翠通过，深度一般在 60—80 厘米。洞穴的最里面扩大为巢室，会宽敞一点儿，直径约为 15 厘米，通常半个月左右便可构筑完成。蓝翡翠是很聪明的鸟，在选址、建巢时，它们还会利用峭壁上天然的洞、凹之处，如有合适的位置，稍加改进即可使用。

巢穴布置对蓝翡翠来说很简易。雌鸟产蛋之前，它们会把吃过的鱼、蛙等食物的刺、骨吐出来，做成雪白的产床，非常漂亮。雏鸟就是在这样充满艺术气息的巢穴中发育成长的。因为洞穴内阴暗潮湿，通风不畅，不宜放置羽毛、棉絮或草叶等吸湿易霉变的铺垫物。有时蓝翡翠在巢中不加任何铺垫物，一旦巢室建完，雌鸟就直接将卵产在巢室内。每窝产卵 4—6 枚，由雄、雌鸟轮流孵化。

蓝翡翠是一种身躯玲珑饱满、羽色美观的鸟儿。它亮丽华贵的蓝色上体为最鲜明的特征，其鲜红的长嘴、黑色的头顶、白色的前胸、橘黄色的下腹和两胁、红色的双脚，无不显示着蓝翡翠的与众不同。

尤其是蓝翡翠飞起来的时候，翅上闪露出斑斓的色彩，好像有意说明世界上的生物，没有比鸟儿更俊俏的。

小䴙䴘

弱小的神奇

RUOXIAO DE SHENQI

这是一场争夺属地领导权的战斗，是一番决不出胜负决不罢休的拼搏，这样的场景往往会出现在水鸟的繁殖期。为了求偶并占据有充足食物的水域以便生儿育女，先期选址的小䴙䴘雄鸟会对后来的同种雄鸟示警，无效后施以攻击，胜者留下，败者将另选别处。

小䴙䴘是亲水飞禽中体形几乎最弱小的鸟类，可是小䴙䴘对生活的追求不逊于任何同类。在繁殖期，虽然它需要的领地不大，却格外挑剔，一定要选择静谧安全和水草肥美的地方，不仅食物要丰盛，还要有利于搜集草茎以便构筑窝巢。一旦有了安居的领地，它就会全身心地守护。

小䴙䴘在自己的领地里，会神出鬼没地把巢筑在有水草或有芦苇掩映的隐秘位置。它的巢是在水面上漂浮的，即使沼泽或湖泊的水位急增，它的巢也不会沉入水中，因此被称为浮巢。小䴙䴘也会在水塘边缘地带筑巢，将巢伪装得就像一块漂浮在水面的草团，真正的“临水而居”。

造巢孵卵是小䴙䴘夫妻双方共同的事业。在它们的精心打造下，巢的内部严密结实，巢中的卵能够在巢里随波漂动而不会被水浸泡。雌鸟一次产下 2—6 枚卵。孵出的雏鸟会很快离巢，两三周内时常在父母背上休息。

小䴙䴘是娇小而矫健的鸟儿，其潜水的技能堪称鸟类一绝。它会以极其灵敏的前滚翻动作快速潜入水下，之后在水下疾速潜游寻找猎物，一般在水下的时间约 10 秒。小䴙䴘出水时，嘴上常常叼着可口的小鱼。

鸟儿对后代最主要的情感，是爱护和哺育。在水禽当中，小䴙䴘家庭享有模范家庭的美誉。育雏期间，亲鸟捕到小鱼后立刻发出轻柔的细声召唤幼雏，就近的幼雏闻讯后会急叫着快速游来，亲鸟也会循声快速游向孩子，并将捕获的小鱼放进孩子早已急切张开的口中，双方的喜悦之情溢于言表。有时幼雏不在附近，亲鸟会叼着小鱼四处寻找，直到找到幼雏，喂完幼雏后又扎进水中继续为幼雏捕鱼。

遇有敌害时，小䴙䴘会迅速将幼雏驮在背上游走，危急时刻还能把子女们挟在两翼之下潜水而遁。群鸟瞬间就会消失不见踪迹，其快速隐身的高超技能可让魔术师相形见绌。

小䴙䴘从来不溺爱孩子。在家长面前，雏鸟之间的野蛮争食是要受到惩罚的。如果有哪个雏鸟太贪心，不念手足之情抢夺兄弟姐妹的食物，亲鸟是不会客气的，轻则会叼它的头，重则会把它叼起来猛烈摇晃作为惩戒，有时甚至会把它摁入水中，被惩罚的雏鸟会变得很沮丧并乖乖地躲到远处反省。如有贪心的雏鸟不接受惩戒，屡教不改，亲鸟就会坚决地将它抛弃。这种“教子有方”的别样的爱是在同类中难得见到的。

小䴙䴘是鸟类进化中比较成功的代表。它兼有飞行和潜泳两种技能，有良好的家庭美德，虽然娇小，却是一种广受好评的鸟。

美国生态学家约翰·布鲁斯曾说:“你必须心中有鸟，才能发现鸟。”

小䴙䴘

水上追逐　水下穿梭
恋爱季节的炫耀
会并肩奔跑

暖阳不来　五月的襁褓紧掩
雌羽下的花蕾含苞欲放
衔来呵护的漫长奢望

雏音不响　六月的夏日沉默
润风吹拂着时光的脉搏
月色叩击着心扉的儿歌

爱是一条船　载着期待和梦幻
情是一盏灯　送来光明和温暖
缘是一棵树　遮挡风寒和雨雪
心是一片海　包容忧伤和寂寞

子非鱼　安知鱼之乐

凤头䴙䴘

凤头䴙䴘喜欢生活在既有开阔水面又长有芦苇草的“梦里水乡”。每当它的活泼身影出现，寂寞的湖面就会增添野趣的灵动。

银白色的前胸使凤头䴙䴘易于被发现，远远地出现在湖面上游动的小白点，常常就是凤头䴙䴘。凤头䴙䴘翅膀短而圆，几乎没有尾巴，生理结构的适应能力使得它在面对复杂的水中生活和水下捕食时显得游刃有余。它飞得不高，却水性极好，时常一个前滚翻扎入水里，在水下用它桨叶般的双足链环式地快速划动，转向非常迅速，其水下的速度每秒约两米，潜水时间可长达 40 秒。凤头䴙䴘会从距离潜水点很远的地方蹿出水面，背上深褐色的羽毛使它伏下时容易藏身。

值得一看的是凤头䴙䴘的求偶炫耀行为，包括一系列精妙的仪式化姿态，程序复杂而有趣。当雌雄双方通过了考察阶段，达到彼此相悦的时候，它们会亮相展示，竖起头上枣红色的翎羽和冠羽，摇身摆首，互表衷心。

接下来双方张开双翅，整个身子立在水面上，并肩踩水奔跑，又会以优美的水面滑步、大跳结束一组动作。然后，它们再齐刷刷地潜入水下用喙衔着青草托举般地浮出水面，对面站立、眉目传情、互献礼物。它们还会进行梳羽表演，以及胸贴着胸站在一起耳鬓厮磨等，情趣横生。

凤头䴙䴘的育雏方式也比较有气度。凤头䴙䴘幼雏不是天生就喜欢水。它们离巢时，妈妈会先把幼雏背在背上游泳，然后自己慢慢地沉到水下，使幼雏稳稳地浮在水面上，这时幼雏才能发觉自己的本能。

幼雏玩耍累了或吃饱喝足后，䴙䴘妈妈会让幼雏爬回到自己的背上休息，并稍稍撑起双翼盖上它们，既遮风挡雨又防止它们掉下来，接着就会驮着幼雏出游或是到隐蔽处憩息。

母亲的身体就是幼雏神秘、悠荡、温暖的小床。幼雏亲昵、安静地伏在母亲舒适柔软的背上享受，一副小可爱的模样，它们还会从母亲的翅膀下伸出头来，得意地看着绿头鸭的孩子们跟在母鸭身后费力地凫水前行。

凤头䴙䴘羽毛的颜色和土地、干草的颜色很相似，如果它在岸边不动，则很难被发现。这种色彩，也许是大自然的恩赐，让雌鸟拥有了更多安全感。从鸟类的角度来说，雌鸟的生命要更为宝贵一些，因为它们担负着更多的养育后代的责任。

雏鸟是动人的小生灵。凤头䴙䴘雏鸟身上白色的细绒毛中长有黑色的斑马纹，天生利于它们在芦草阴影中隐藏。雏鸟小脸的正面俨然一副中国京剧花脸的模样，肉红的喙显得稚嫩，额头中间的红斑似乎还传承着中国民间给婴儿额头上画红点的习俗，寄托着吉祥如意的美好愿景。

偶有一只白尾鹞从天空飞过，凤头䴙䴘瞬间遁隐，芦荡一片沉寂。不一会儿，几声耐不住寂寞的“咕咕”声从草丛中发出，里面包含着不易察觉的亲情，也隐含着无尽的关爱。这是妈妈在呼唤它的孩子们。很快，雏鸟们从附近发出细声的回应。在确定危险过去之后，雏鸟碰撞芦草的声音显得有些莽撞。随之雏鸟的叫声也逐渐大了起来，变成了清脆的“唧唧”声，心系母爱的雏鸟们都朝着妈妈声音的方向聚集。

幼雏的叫声稚嫩尖细，䴙䴘爸爸听见孩子们的叫声会迅速游来，忠实地履行着责任和义务。当然，䴙䴘爸爸每次都尽可能地带来孩子们爱吃的小鱼，并亲口喂给它们。有时会给孩子们喂食昆虫及嫩水草等。

䴙䴘妈妈还会奇怪地给雏鸟喂食小片羽毛，有时在水面上捡拾，但大多数是从自己的胸部上用嘴扯下来。这不是错误和怪癖，因为吞食羽毛对雏鸟的健康很重要。

雏鸟吃下的羽毛会在胃内积累，从而形成一层毡子般的保护，可以挡住食物中如锐利的鱼骨或昆虫壳等不容易很快消化的部分，避免硬物伤及柔弱的胃膜，胃中的鱼骨等被羽毛团层层缠住，直到大半被消化，不能消化的部分每隔一段时间会与羽毛一起反刍出来，然后雏鸟再继续吞食羽毛。这种有效保护在雏鸟成长期间特别重要，而且在雏鸟长大后能够继续沿用。

凤头䴙䴘

鸿雁

守诺相依

SHOUNUOXIANGYI

仲夏的湖泊一片生机盎然，荷叶冒出新芽，水中食物充足，雏雁出生了。

雏雁从蛋壳中伸出小脑袋，全身用力顶破蛋皮，它望着外面的世界，那么惊奇，明亮的黑眼睛露出了欢喜的激动。这时候，父母守护在旁边看着，却不会帮助它，因为父母都相信它。

雏雁从蛋壳里蹒跚学步地走出来，浑身上下都盖着厚厚的黄绒毛，像是上天赐予的精美礼物。在父母的呵护下，雏雁很快就能与父母一起离开巢，到水中练就多种生活本领。

父母不会将食物喂给雏雁，而是带领孩子们走出去教会它们自己觅食。父母耐心地言传身教，作出各种觅食的动作。雏雁观察着、模仿着父母的觅食方法和要领，又好像天生就知道荷塘中的各种美味。一天下来，雏雁就已经懂得自食其力了。

任何观察过小鸡、小鸭、小鹅的人都知道，小鸡、小鸭、小鹅会跟随着它们的双亲走，这种跟随行为是如何发展和变化的呢？

著名的奥地利动物学家康拉德·劳伦兹教授为此做过系统研究。在一次试验中，他把灰雁所产的一窝卵分为两组，一组由母雁孵化，正如预期的那样，雏雁都尾随着自己的母亲。另一组在孵化箱里孵化，雏雁出壳后所遇到的第一个活动的物体是劳伦兹教授，它们对他所作出的反应正如在传统习惯下对它们的母亲作出的反应一样。

劳伦兹教授对两组雏雁分别作了标记，以便能知道它们分别属于哪一组，然后把它们全部扣在一个盒子下面。当把盒子掀开时，一半雏雁直奔母亲而去，另一半雏雁则直奔劳伦兹教授而来，劳伦兹教授实际上也成了它们的“母亲”。劳伦兹教授把这种偏爱的跟随反应称为“子代印记”。

子代印记通常只适用于早成性鸟类而不适用于晚成性鸟类，因为晚成性鸟类如巢中的雏鸟出壳后不能独立行走，几周内都要靠双亲喂养。晚成性鸟类的子代印记主要来自母亲和兄弟姐妹提供的听觉、视觉和外部刺激之间复杂的相互作用。

雏雁的经验和经历不只是出生或孵化后才有的，胚胎期间的经验也能影响动物的行为。雏雁只有在出壳前听到母雁的叫声才能形成对正常母雁叫声的偏爱，出壳后再听到母雁的叫声则是无效的。而且孵化前听同伴的叫声对它们出壳后形成对母雁叫声的偏爱也是至关重要的。

一种行为的产生可能与多种刺激有关，而随着幼小生命的成熟，不同刺激的重要性也可能发生变化。虽然雏雁刚出壳时的跟随行为主要是受母雁声音的影响，但离巢以后母雁的视觉形象就会变得很重要了。

所有刚出生的幼雏都存在对父母天生的依赖，通过父母获取食物，以免受到恶劣天气和天敌侵袭的伤害。父母的作用使幼雏形影相随。外出时，都是母亲在前，父亲在周围保护，雏雁在中间。即便有分散觅食的时候，雏雁也时刻都在父母的视线之内。必要时，一群雏雁会躲到父母的双翼下，靠近父母的身体取暖避险。如果出现危及幼雏的情况，父母则会发出警示叫声，甚至不惜生命挺身而出。爱子情深，动物与人类毫无两样，奇妙的亲情和纯真的爱，是与生俱来的守诺和相依。在父母的严格监护下，雏雁几乎什么都能做，能自己走路、吃饭以及游泳，兄弟姐妹之间能够相互结伴而行，一直到自己能够独立生存。这是孩子们成长的必经过程，对于无数新生命来说，生活的考验才刚刚开始。

雁类之间的依附关系究竟为何种程度，奥地利的科学家们经过数十年的努力研究发现，雁类一旦结为伴侣，便形成一种特殊的亲密关系，即便没有繁殖后代，保持这种亲密关系的伴侣依然普遍存在。

仅以其中一对伴侣为例。这对伴侣相识八年，在一起生活了三年，没有生育，却相敬如初，如影随形。不料，雌雁在一场暴风雪中与雄雁失散了。由于突然失去了伴侣，形单影只的雄雁整日四处游荡，长时间仰天鸣叫，食量明显减少，情绪非常低落，而且停止了所有社交活动。

在动物界里，夫妻就是一个社会单位，它们能够互相照顾。一旦落单，孤雁不仅孤独，还会受到其他同类的歧视和叼咬。这只孤零零的雄雁在长年寂寞的等待中，无论哪只新的雌雁接近，都没能改变它的情怀。如果是为了生存和繁殖，雄雁为什么会拒绝新的异性呢？

一个春光明媚的日子里，在暴风雪中迷失的雌雁平安飞回来了！阔别一年的伴侣终于团聚，这对夫妻发自内心的欢喜之情感动了周围的雁群，大家共同发出庆祝的鸣叫。也许这就是动物内心的“爱”吧。

看来上天对这对情感牢固的般配夫妻有着特意的奖励。第二年，它们繁育了四只健康活泼的幼雁，忙得这对恩爱的夫妻乐此不疲。

近年来，越来越多的证据显示，人和动物之间的差别并没有我们想象的那么大。在人和雁的大脑中，负责基本运作的部分是相同的，相关的荷尔蒙也是相同的，我们看到的行为即便有很多不同，也是很类似的。虽然我们还不知道雁类恋爱的感觉，但这些研究的成果，正在改变人们看待动物的方式。

鸿雁

披着满身雨水和疲惫

彷徨苍凉寂寥的芦荡

落单的雄雁痛欲断肠

焦急寻觅失散的雌雁

芦花般的模样

它们曾在狂风和暴雨里

仓促避险地分离

她会在哪片雨中哀怨地期待

凄清　孤独　又惆怅

雨水　模糊了雄雁的双眼

疲倦　迷茫了雄雁的翅膀

朦胧中　形单影只的雌雁　悄悄地来了

芦花般的神情　芦花般的颜色　芦花般的馨香

无言的沉默是碎心的情怀

凄美的目光投进雄雁的胸膛

柳啼花怨　缠绵悱恻

雨丝　像她柔软的细羽

和风　又注入两情缱绻的心房

穿透岁月

陪伴无形是心与心的对语

感动无声是魂与魂的聆听

执子之手　与子偕老

只祈盼简洁素朴的守望　地老天荒

她像雨　默默滴落

她像风　又无声地远了

消散了她的神情　浇散了她的颜色　吹散了她的馨香

留下满目的心殇

雄雁　惊颤中又一次迷离

脸上　已分不清雨水和泪痕

忧伤的躯壳　向哪倾诉

伶仃的灵魂　何处安放

祈求苍天啊　她快点出现

像往日一样　欢快地歌唱　依偎在身旁

肆意的冷雨中　雄雁刻骨地呐喊

即使独自远离族群　万险千难

一生追寻　世界的芦荡

彩虹桥　从细雨中升起

水的映印　风的轻歌

芦荡　披上七色虹光

雄雁蓦然回首　芦花点头含笑

每朵芦花　都在给它点赞

隔着虹光　隔着雨帘

刹那永恒

彩虹桥的对面

飘来了她的馨香

圣洁的赤麻鸭

SHENGJIE DE CHIMAYA

鸟类同人类一样，无论谁在谈恋爱的时候，都不愿意和大家待在一起。赤麻鸭也是这样。大家栖息在湖边的绿荫中，享受着微风下的暖阳和水草肥美间的悠闲时光，谈情说爱的一对不知何时悄悄地离开了。

大家没有注意到，长辈也不管这些，即便看到它俩活动的同伴也不会多嘴，因为它俩是自由的，是喜悦的。它们也许离开一个时辰，也许一个昼夜，也许一个夏季，总之没有谁会跟它们计较。这点和我们人类是不一样的，羡慕、嫉妒、漠然？

赤麻鸭结成夫妻后便相敬如宾、恩爱无比。雄性鸟儿不仅在求偶时有炫耀般的动作，在与雌性鸟儿结为伴侣之后，对伴侣的保护行为也会更加明显。雌性赤麻鸭遇到挑衅者时，就会立刻赶到其配偶那里寻求保护，还会停在雄性赤麻鸭身后观望正在靠近的威胁，并激励其配偶向挑衅者发起反击。遇到这种情况，雄性赤麻鸭为保卫其配偶和领地会毫不犹豫地向挑衅者发起勇猛反击。

赤麻鸭的传奇故事不胜枚举。曾有人想实际考察、检验赤麻鸭的爱情。人们白天跟踪，夜间突袭，费尽心思地从岩洞中捉到一只赤麻鸭。第二天一早，人们用绳子将其拴在湖边，然后躲在附近细心观看。

被拴住的赤麻鸭发出一种与往常不同的鸣叫。不一会儿，另一只赤麻鸭快速地从远处飞来落到它的附近，相互“呱——呱”地鸣叫，声音或急或缓，或高或低，似乎在急不可耐地呼喊、求救，又似乎在彼此安慰、述说着情语。就这样一整天，飞来的赤麻鸭不吃不喝，始终不离伴侣左右。

到了傍晚，人们解开了被俘赤麻鸭腿上的绳子，便见它立即扑棱扑棱翅膀，急切地奔向守候它一整天的赤麻鸭，两只赤麻鸭击水相拥，欢快鸣叫，顷刻间比翼双飞。此情此景让在场的人们感叹不已。

赤麻鸭的巢通常建在它俩成亲的地方附近，离开水域，或在树洞中，或在山岩间，或在土丘里，必是它们认为安全僻静的较高处。雌性赤麻鸭孵卵期间，雄性赤麻鸭几乎形影不离、日夜守护。赤麻鸭的生育能力较强，一般一窝能产 6—15 枚蛋。

小鸭出生后，很快就能站立，出生三天就能离开巢穴快速奔跑，勇敢地跟随父母到湖泊中生活。小鸭天生机警，自我逃生的意识很强。稍有风吹草动，便会立刻钻到父母的翅膀下，或四处分散藏进隐蔽之处。

每天，父母都要集中带领孩子们到湖中学习觅食，练就体能。妈妈在前面领路，孩子们排着整齐的队伍跟进，爸爸在周围尾随，精心地看护。到了安全的地方，孩子们就开始自由自在地觅食、玩耍。

赤麻鸭

赤麻鸭家庭中这种相互依存的关系不仅是鸟类的一种本能，还要依靠彼此之间的相互信任和爱心的延长。法国历史学家儒勒·米什莱在他的《鸟》一书中写道："鸟的命运与众不同，它若没有爱，就会死掉。"

有一个生动的事例。据《大连晚报》2016年7月8日报道：2016年初春，一场暴雪将大连老虎滩鸟语林公园的护鸟大网压裂开一条很长的口子，飞出了不少鸟。其中赤麻鸭就有30多只，有的远走高飞了，有的就在附近的海边停留了下来。三个月后，游人发现在公园附近的海湾内出现了零散的11只雏鸭，还有成年赤麻鸭。仅一天时间，11只雏鸭不幸被成群的海鸥吃掉了。公园工作人员闻讯后，立刻乘坐两艘快艇到附近海湾中搜寻失落的赤麻鸭，仔细寻找是否还有幸存的雏鸭。

幸运的是，公园工作人员终于又找到了五只雏鸭。他们想方设法将五只雏鸭救起后，准备带回公园养育，这时有两只成年赤麻鸭在快艇周围鸣叫着不肯离去。公园工作人员估计这两只成年赤麻鸭是五只雏鸭的父母，但是成年赤麻鸭的飞行能力很强又极其灵敏，若想在大海上捉住它们几乎是不可能做到的事情。

天色将晚，公园工作人员很快上岸，着急地把五只雏鸭带回公园，不料，两只成年赤麻鸭紧随其后从海面跟到了车水马龙的大街上。公园工作人员很想抓住这两只成年赤麻鸭，连同五只雏鸭一同带回饲养，这样会有利于雏鸭的成长发育，但又担心成年赤麻鸭害怕被抓惊慌乱跑，被穿梭的车辆和行人误伤。

正当公园工作人员在犹豫之中试图渐渐地接近成年赤麻鸭时，发生了让公园工作人员十分惊讶的事情。两只灵巧的成年赤麻鸭躲避着行人和车辆快速追来，看见公园工作人员试图接近它们时，不仅没有立刻飞跑，而且摇摆着身躯慢慢停了下来，竟然一动不动地等在那里让公园工作人员将它们抱起，顺从地跟回了公园。

赤麻鸭夫妻的舐犊之情深深地感动了公园工作人员。因此，公园工作人员特地为这一家七口安排了套房和一个舒适的小院。

倔强的幼鳽

JUEJIANG DE YOUJIAN

紫背苇鳽幼鸟捉到比自己的头还大的鱼可真不容易，自己恐怕也没有想到能捉住这么大的鱼。通常，紫背苇鳽成鸟见到大些的鱼都只能望洋兴叹，任之游弋，缘由自身的捕鱼利器——喙，与大点的鱼相比就显得小而短了，所以只好捕获比喙小些的鱼。

养育期即将结束的日子，成鸟喂食的次数明显减少，已经使紫背苇鳽幼鸟食不果腹，加之兄弟姐妹们都开始了独立的生活，逼得它带着快要透支的身体最后一个离开了父母。昨天傍晚，成鸟又来为它捕食了一条小鱼后便飞远了。现在，身体虚弱的它一切都要靠自己努力。

中午时分，需要自食其力的紫背苇鳽幼鸟已经在湖边芦苇中静候几小时了。它模仿着父母觅食的方法，放下直立的姿势耐心潜伏，头缩在肩上，颈向横面弯出，一直盯着水中一些游来游去的小鱼。

紫背苇鳽幼鸟没有轻易出击。它记得父母亲口喂给它的鱼儿个头大小的感受，如果捕食眼前的一条小鱼，还不够“塞牙缝”的，还要反复地消耗体力，它实在是不情愿过早地浪费尚存的这点力量，更何况扑进水里，很可能会惊跑附近大一点儿的鱼，而且如果全身羽毛湿透还会影响下一次的捕食，不知饥饿难熬的等待能否换来一次饱餐。

功夫不负苦心鳽。不远处贴近水面一条比紫背苇鳽幼鸟脖子还粗的大鱼慢悠悠地游了过来，紫背苇鳽幼鸟兴奋得两眼发光，目不转睛地盯着大鱼的走向。大鱼越来越近，模样也越来越清晰，太大了！

紫背苇鳽幼鸟看着个头比自己的喙还要宽还要长许多的鱼，有些犹豫了。因为紫背苇鳽幼鸟很清楚，这么大的鱼实在无法叼住，而且它曾经见过父母捕鱼的情景，大鱼在水中翻滚的力量很猛，搞不好连自身的性命也会搭进去。可它又不愿眼看着好不容易等到的一条大鱼轻而易举地从眼皮底下溜之大吉，如能捕到这条大鱼，可抵捕捉到上百条小鱼呢，再说腹中饥火烧肠也使它快有些力不从心了。怎么办？

紫背苇鳽幼鸟急中生智，决定冒险一试，用自己的喙加上身体的冲击力来捕捉这条大鱼。此刻水中游来的大鱼似乎察觉到了什么，转弯掉头要向深水中回游。

等待多时的紫背苇鳽幼鸟哪能让快到嘴边的大餐就这样消失，虽然大鱼所处的位置还没有到达最佳的捕猎距离，莽撞冲到深水里捕鱼的危险又很大，但初出茅庐的紫背苇鳽幼鸟已经顾不上那么多了。说时迟那时快，只见紫背苇鳽幼鸟突然挺直身躯，弹射出长颈，一个饿虎扑食般的动作勇猛地扎进湖中。

俗话说“初生牛犊不怕虎”，这可谓“幼年苇鳽不惧死”。这是紫背苇鳽幼鸟从来没有做过的动作，一个拿着生命去换取生命的动作。

湖水很快淹没了紫背苇鳽幼鸟，水面上卷起下沉的旋涡。水下，紫背苇鳽幼鸟与偌大的鱼在拼死地搏斗着，也许翻滚着……如果时间稍长，或被水草缠住，或深陷淤泥中，恐怕紫背苇鳽幼鸟就再也上不来了。

突然，湖面上涌起一团水花，翻滚的水花中跃起了紫背苇鳽幼鸟，它终于从水下冲了上来！紫背苇鳽幼鸟的嘴上果真叼着那条比自己的头还大的鱼。确切地说，不是叼着，而是用自己的喙像刺刀般地叉着那条比自己的头还大的鱼。

紫背苇鳽

一次次地煎熬
它还真的捞到了月亮
从梦幻中跃起
把月亮举在头上

星光让它理解了父母的别离
湖水教它懂得了自立的守望
一张小嘴
敲开了满池的荷香

寂寞的忧伤慢慢凋落
饥饿的渴望萌生坚强
没有伴儿的地方
还有温煦的太阳

今夜它为嫦娥梳妆
勇敢与汗水的苦涩
还是应该放进嘴里
品味青春的味道与向往

憨憨的水鸟
悠悠的故乡
淡淡的芦花
清清的夜光
月宫里还有
懒惰的吴刚

第八章

清秋

心闲碧水

池鹭

湖中的坚守

HUZHONG DEJIANSHOU

三脚架稳稳地插在湖底，架上的相机已快贴到水面，湖水有一米多深。荷叶雨伞般的遮掩和周围长夜般的寂静使我能在莲花湖中茂密的荷叶下多次近距离地拍摄到池鹭觅食的全过程。

莲花湖回环曲折。静静的湖面上布满了青翠欲滴的荷叶，绿云绵延。绿云间飘来平平仄仄的清韵，碧叶亭亭。碧叶间探出大大小小的荷花，争艳竞俏。灼灼的荷花黄蕊、白心、粉瓣，瓣尖浓得像是镶上一道花边。池鹭格外钟情茂盛的荷花，它轻盈地在浑圆的大荷叶上慢悠悠地移步，或伫立静观，又不时地在荷叶间飞来蹦去追逐着水中的小鱼和青蛙。

池鹭在繁殖期里，头及颈部呈现栗红色，有漂亮的长冠羽，前胸有褐色的纵纹，白色的翅膀，蓝灰色的背部，嘴黄色、尖端呈黑色，腿和脚是绿灰色的。荷塘中，这种漂亮的鸟儿与红花绿叶相伴，美不胜收。

不论白天黑夜，还是刮风下雨，池鹭都不辞辛劳地在荷塘中守候。池鹭通常不善鸣叫，只有在争食时才发出低沉的“呱呱”叫声。池鹭觅食不像苍鹭、白鹭等涉禽习惯长时间地在水边等待猎物。它们好像很缺乏耐心，又挑挑拣拣，多数时间是在行走中觅食。它们在觅食过程中时常还会做出各种古怪幽默的举动，妙趣连连。

池鹭常常蜷缩起长脖子在贴近水面的荷叶上悄悄地前行、飞跳，它们有敏锐的观察力，能看清楚周围几十米范围内接近水面的猎物。每当它们发现附近的猎物时，便尽量压低身子，缩着头，有些鬼鬼祟祟地向目标悄悄靠近，在到达有效猎食距离时会突然发起攻击，疾速伸出极富弹性的长脖子与铁剪般的喙，瞬间将猎物捕获，可谓快、准、狠。

池鹭的进食量很大，从早到晚不停地捕食，几乎没有吃饱后闲暇的时光。有时，池鹭捕获鱼后却不急于进食，而是卖弄地叼着鱼在嘴上玩耍，尤其是有同伴在附近的时候，直至招来同伴抢夺时才立刻吞下，表现出一副得意的神态。有时，池鹭捕获的鱼甚至比自己的脖子还粗，它也不会将鱼抛弃，吞咽鱼时需要非常用力，脖子上的羽毛会被鱼撑得直立起来，眼睛胀得凸起，显得怪里怪气，又好似苍鹰般昂然的神态。

鱼是池鹭的主要食物，但是鱼的体表有黏液层，这种黏液一般不溶于水，如果粘到池鹭的羽毛上，就很难清洗干净，甚至会带来污垢和滋生寄生虫。不过，池鹭等鹭鸟在漫长的进化过程中，探索出了一种非常有效的清洁方法，能够防止鱼的黏液附在自己的羽毛上。

我经常看到池鹭等鹭鸟饱餐后会叼羽毛，再用它的喙来回蹭脖子，而不像人类在餐后用手擦嘴。实际上，鹭鸟是用自己的喙将羽毛研磨成一种质地细腻的粉末，这种粉末的作用，类似于滑石粉，可以清除黏液。鹭的脖颈是最容易被食物弄脏的部位，它们把用自己的羽毛碾成的粉末撒在颈部，喙够不到的地方，再高抬起腿，用修长的脚趾将颈部的粉末涂抹均匀，再把羽毛梳理干净。

池鹭的生存能力和繁殖能力比较强，种群数量趋于稳定，夏季在有湖泊的地方常常会见到它们的身影，但要近距离地观察它们也并非易事。

照说，人情之常，喜晴厌阴。旭日无光，阴霾满天，就不免扫兴。可是在莲花湖，光影最适宜的时刻，好像并不属于风物晴和之日，反倒在阴天。一到阴天，莲花湖笼罩着一种阴柔之美。景物没有强烈反差，湖面没有刺眼闪光，荷叶上没有耀眼光斑。在淡淡的天宇下，在静静的湖畔，主宰着一切的是柔和的绿。树绿、湖绿、荷绿，层层叠叠，充天塞地，叫人醉、叫人叹，叫人羡慕万绿欣欣向荣，油然生出希望沛然充满全身。而艳阳之日，赏一时之景尚可，强光和汗水却常使人为难。

白天无论遇到什么样的天气，我在湖水中克服困难也能够坚持拍摄。最难的是到了傍晚时分，湖边的蚊虫全部从白天的藏身处飞了出来，开始交配、繁殖后代，数量多得惊人。我身边的大片荷叶上，蚊子黑乎乎地挤满了一层，甚至改变了荷叶的颜色，也几乎扑满了我的全身。

我特地从药店买了几种驱蚊药剂随身携带备用。驱蚊药剂的说明书上均注明喷射一次药水可以管用半个小时到一个小时，可是我买的几种驱蚊药水喷射一次只能顶上几分钟或者十几分钟。不知是我使用药水的方法有问题，还是蚊子的抗药性强，我只好将几种药水合在一起使用。湖边的蚊子个大、色黑、嘴快，叮到裸露的皮肤上立刻就是一个肿包。

晚霞给荷塘镀上一层金晖，天气逐渐凉爽下来，这时的鱼儿喜欢浮到水面透气，正是拍摄池鹭觅食的最佳时机。眼前的蚊子与晚霞齐飞，而我却顾不上驱赶蚊子了。有时稍不留意，脸上和脖子上被叮的包很快连成一片，嘴唇也不知什么时候被蚊子叮得肿了起来，奇痒无比。

天色越暗，蚊子越多，嗡嗡的蚊声不绝于耳。即使戴上手套、防蚊帽也难抵蚊子无孔不入地叮咬。有一次，我在全神贯注地拍摄池鹭时，蚊子竟从防蚊帽的缝隙中钻了进来，叮在了我的左眼皮上，我双手持相机顾不过来，又不忍丢失珍贵的画面，连续眨眼皮，蚊子也不飞走，只好忍痛坚持让蚊子吃饱喝足，结果左眼皮肿得像得了睑腺炎似的。

我看着镜头里池鹭羽毛的殷红，仿佛看见了自己皮肤上流淌的鲜血。

池鹭

隐身的绿鹭

YINSHEN DE LÜLU

绿鹭

绿鹭，站在湖中的枯榆树上，临风顾盼，好锐利的兴奋刺上我的心头。不知是什么东西惊动了它，它倏地振翅飞去，不回头，也不悲鸣，像影子似的晃动一下就消失了，留下的是无限的迷惘。

绿鹭生性羞怯，习惯栖息于芦苇丛中。它飞行时带灰白色横斑的飞羽与蓝黑色的背部覆羽形成鲜明的对比，收起飞羽后其身躯的颜色与芦荡地表的颜色又很相近。如果它在地面上静止不动，就极难被发现。若在换羽期，则更难见它一面。

就羽毛的色彩而言，绿鹭似乎并没有同其他鸟类争奇斗艳的主动意愿，但它的存在却为其生活的芦苇荡增添了许多灵动的惬意。

绿鹭的繁殖期结束后，同其他鸟类相似，一般都会在夏季换羽。换羽是一个旧羽毛脱落新羽毛长出的过程，这个过程对于鸟类来说虽然非常痛苦，却十分重要。

羽毛的主要成分为角蛋白，是一种蛋白质物质，需要从食物中获取，广泛存在于脊椎动物中。哺乳动物的毛发和指甲，以及爬行动物的鳞片均由角蛋白构成。当年始祖鸟的原种为了保温，在进化中形成了最初的羽毛，这一目的在现代鸟类的羽毛进化过程中不断得到了很好的体现。

鸟类的身体包覆着细密的羽毛，外表平整的羽毛能够保护身体，内层的柔软绒毛能够包住空气保护体温，具有良好的隔热绝缘效果。天气寒冷时，鸟类会让羽毛松散鼓起，以包住更多的空气来保温。气温上升时，鸟类则压缩羽毛排出空气以降温。

鸟类的羽毛绝非同人类需要服装一样，仅仅为了保暖和装饰，它还有其他重要的作用。鸟类的羽毛使其躯体形成滑顺的流线形状，有利于飞行中减少空气阻力；大多数鸟类的羽毛在长期的生存环境中形成了保护色；许多雄性鸟类的羽毛还有其特质的纹饰与颜色，具有向同类展示、宣告领地、威吓、炫耀和赢得雌性芳心等多种功能。

鸟类的羽毛质轻且柔韧，由于结构纤细并丰满，呈重复堆叠方式排列，水滴难以渗入羽毛的间隙里，可以借此排掉身体表面的水分，达到防水效果，却也容易在飞行和争斗中受损或滋生寄生虫。鸟类的羽毛一旦出现损坏，就会影响其飞行能力和保温效果。所以，鸟类为维护羽毛的功能健全，每年都会更换一次全身的羽毛。

鸟类的换羽和繁殖要在不同的时期进行，因为这两个过程都要消耗大量的能量，而且换羽期要选择高温季节里。鸟类换羽需要 4—6 周的时间。在长出新羽期间，鸟类的保温和飞行能力都会受到影响。如绿鹭等涉禽在换羽期会完全丧失飞行能力。这期间，它们是痛苦的、虚弱的，很少活动，也不鸣叫，只是偶尔有轻柔、细微的交流，也需要安静的环境。

夏季换羽期，绿鹭跟其他鸟儿一样会变得沉默寡言，只是躲在芦荡的绿荫深处静静地闭目养神，保持体能。绿鹭的新羽长出之后，每天要耗费大量的时间专心打理心爱的、富有弹性的新羽毛。

绿鹭灰褐色的羽衣不惹人注目，却有独特的作用。其飞羽中规则地排列着乳白色的边缘线条和小三角形花斑，背部的羽毛中隐显着蓝灰色调，使绿鹭看起来像是穿了一件隐身衣。

9 月，鸟儿的鸣叫再度响起。但这一时期的鸣叫没有了春天的欢快和频繁，而且听上去显得很弱，似乎隐藏着某些能够引起人们沉思以及追忆往事的东西；也似乎面对生命中一个新过程的开始，充满了谨慎的担忧和朦胧的期盼。

每种形式的生命都是丰富和充满启迪的。无论在何种情况下，鸟儿的歌声，总是能带给我们释怀的心境。它们会在我们不经意间悄然离去，经过艰苦的长途跋涉，躲避寒冷的冬天。

当它们远离我们的视线时，带走的不仅是天空中飞翔的英姿和醉人的歌声，还有很多人曾经追寻过的恬静、旷达与洒脱。

但愿鸟儿的恬静、旷达与洒脱能够在我们的心中永恒。

而永恒不需要证明。

它宛若枯枝伫立芦荡　灰褐色羽衣自然伪装
日晒雨淋仍固执不动　苇荫掩映单纯的向往
聚精会神粼粼的水面　期盼猎物来自投罗网
收缩长颈待一触即发　剪刀般尖喙瞬间刺上
虽没有猛禽般的利爪　也不像林鸟小肚鸡肠
天生在苇丛稳若朽木　守候静观默察的悠长
意外惊飞时显得勉强　左顾右盼也不愿翱翔
只是未到离开的时候　巢中有幼子嗷嗷待养
暂停树上疑惑又迷茫　都在各得其所的地方
为什么人类还来侵扰　搅乱生活唯一的愿望

苍鹭

夏秋时节，白石水库绵延寂寥的芦荡中，隐身着数以千计的苍鹭和鸬鹚。这里水域万顷，波光涟漪，水质清澈，鱼虾众多。水库周围田肥野沃，人烟稀少。良好的自然条件为带领着幼子离巢生活的苍鹭和普通鸬鹚们提供了适宜休养栖身的称心环境。

苍鹭是一种生活在水边的较大型鸟类，羽色灰白，体秀颈长，头上长着由四根黑色长羽形成的漂亮羽冠。它细长灵活的脖颈前面纵向排列着黑斑，胸前还有一层蓑状的乳白色长羽装饰，清雅秀气。

苍鹭起飞时无须助跑，它会像小鸟一样原地腾空打开翅膀；飞行中苍鹭会把长脖子缩成漂亮的“S”形，细长的双腿向后平伸，姿态优美；休息时会把一条腿收起来放到腹下单脚站立，闭目养神，宁静到那种入定的程度，艺术到可以入画的境界。

人们总能看到苍鹭静静地站在浅水边，一动不动地等待着水中的猎物，其向人们展示的是一种安静不张扬的捕食风格。它的耐心甚至比钓鱼的人还要持久。长期以来，人们形象地称它为“长脖老等”。

普通鸬鹚身披如同铠甲般黑中透绿且闪着金属光泽的羽毛，经常一动不动地站在水边的树桩或者石头上休息，一副“水中武士”的神态。鸬鹚有一个非常奇特的习惯，常常静静地伫立在岸边，翅膀向外张开着，似乎在展示什么，其实它是在晾晒翅膀羽毛中的水分。因为鸬鹚在水下时羽毛会吸水，没有浮力过强的问题，上岸后必须快速把羽毛晾干。

普通鸬鹚在我国的北方虽不多见，但在夏秋时节常有集聚，多为小群出现在偏远的湖泊之中。我见过鸬鹚数量最多的一次还是 2009 年夏天在白石水库，那群普通鸬鹚有数百只，集中在岸边游荡、栖息。

鸬鹚的脚后位，趾扁，具全蹼。在陆上举步维艰，在水下却矫若游龙。鸬鹚是名副其实的水下猎鱼的超级高手。它在水下闻声辨位的听觉敏锐，翅膀具有水下划水的特殊功能，长嘴如同锐利的铁剪带有弯钩，咽喉和食道能够极度扩张，可以储存捕捉到的鱼，一双宽脚蹼作桨快速有力。它的长相也霸气十足，民间给它起了个别名叫“鱼鹰”。

普通鸬鹚

这里的鸬鹚是潇洒的，它们想吃就吃，想玩就玩，想睡就睡，尽享自然的美景。这里的鸬鹚是自由的，它们庆幸没有被他人“雇用”，没有在忍饥挨饿时被他人用圈绳系住脖子，没有忍辱负重拼尽力气捕鱼却让他人不劳而获。

在繁殖季节里，鸬鹚雄鸟冠部和颈部会长出许多白色的丝状羽毛，头后部生有不太明显的冠羽。加之乌黑闪亮的羽衣，显得雍容华贵。普通鸬鹚还有雌雄共同筑巢、轮替孵卵的传统习性。

小鸬鹚孵出时，全身赤裸无羽，需要亲鸟呵护备至。大约在两周后，小鸬鹚身上才长满绒毛。湖上经常刮风，绒毛正好保暖。但绒毛妨碍潜水，小鸬鹚干脆不潜水，被亲鸟娇生惯养着。亲鸟对幼鸟耐心十足，幼鸟经过两个多月的哺育后换上崭新的羽毛就必须跟随父母潜水捕鱼了。

茂密的芦荡掩映着苍鹭和普通鸬鹚的生活。苍鹭和鸬鹚虽然有着各自的家族和不同的生活习性，它们在白天却经常组合在一起活动，到了夜晚才各自休息。虽然共享一片生活资源，它们之间却有着一种天生的默契和约定，没有发生过争斗的现象，其乐融融。好比人类，虽然族群间的信仰与生活习惯不同，但共同遵循平等的信念，崇尚真、善、美与和睦、圣洁，使信仰的境界无限植入自己的有限生命之中。

苍鹭和鸬鹚在这里是分工自觉的，苍鹭掌管浅水边的猎物，鸬鹚负责深水处的猎物，它们各尽所能，各取所需；苍鹭和鸬鹚在这里是平等互助的，同在一片水，同靠一张嘴，相融两不厌，朝夕同安危；苍鹭和鸬鹚在这里是养育后代的，它们知晓，和自己相爱的伴侣孕育后代，仅仅生下孩子是远远不够的，还要把自己心爱的孩子抚养长大，直到孩子能够独立生活。在这里，永生是没有意义的，它们需要的是繁衍生息。

在自然界中，生命存在的意义不仅仅在于延续生命，更重要意义的是能够将自身的幸福作为代价，投身一项超越自我、更会超越时空的持久性的行为。

基因传递，爱心延续，才是生命择优发展的动力。

鹤之子

HE ZHI ZI

白枕鹤出生于春光明媚之下，微风细雨之中；游息于草甸水洼，寄身于温润环绕的巢里；像水一样，自在地潺潺流动；像云一样，随风儿自由地飘荡。

每当我想起白枕鹤，脑幕上立刻会浮现出鹤翔松林的优美画面。是的，在我国的绘画史上，松鹤是历代画家所经常描绘的对象，画面上也总是写上“松鹤延年”的题跋，以此来象征长寿，寓意吉祥。而且，图画本身也确实非常优美。在色彩上，青白对照鲜明。在画面上，动静结合有致，古朴素雅，有着诗一般的魅人意境。

“嗟皓白之素鸟，含奇气之淑祥。”（东汉 · 曹植）白枕鹤，又名红脸鹤，体态俊秀，婀娜多姿，生动诱人，飞翔姿态飘逸优美，观赏性极高。白枕鹤喜集体生活，性情谨慎机敏，还常与其他鹤类一起活动。

每到白枕鹤的繁育期，雄鹤即主动到雌鹤面前，兴奋地迈着浪漫的舞步，打开双翅炫耀舞姿，反复不停地来回奔走跳跃，伴随着高亢的歌声，展示雄健的体魄以赢取芳心。若雌雄双方情投意合，即成婚配，合力在芦苇荡或沼泽中寻觅安静之所筑巢成家。

白枕鹤的孩子出生后，白枕鹤夫妻就像换了心态一样，整天不离孩子的左右，细心照料孩子的起居，耐心引导孩子学习觅食，热心陪同孩子健体强身，精心保护孩子的生命安全。它们会选择远离人类侵扰的幽静湖边或芦苇荡里隐居生活。

白枕鹤生长在湖边芦荡里，可能没有见过大海上的海市蜃楼，却会看到风平浪静时的湖面上偶会突然耸立起亭台楼阁、乡舍花园、山峰林海，景象虚无缥缈，变幻莫测，宛如梦境。白枕鹤不知这是湖面上的海市蜃楼，只知道这是大自然恩赐它们全家的旖旎奇观。每当看见海市蜃楼的梦幻景象，白枕鹤就会和它们的孩子沉浸在对未来岁月的憧憬之中。

白枕鹤靠翅膀生活，更是用眼睛生活。它们用一双永远天真好奇的眼睛到处寻找美和光明。哲人会问：小溪流向江河，江河流向大海，大海又流向何方？白枕鹤也许会回答：大海流向我的眼里。

歌德在《浮士德》中说：“人生下来，就是为了观看。”真的，白枕鹤与人类一样，生下来就是为了观赏大千世界的无穷景色。也许，在白枕鹤远游天涯的岁月中，一直跳动着一句话：漂流就是它的美学。

朦胧中　听到微弱的声响
那是母亲的呼唤
我来到世上　看见了阳光

世上是什么
如此的饥饿　如此的恐慌
如此的奔波　如此的炎凉

无奈　在饥饿中练就本领
无知　在恐慌中探求成长
无望　在奔波中感悟执着
无畏　在炎凉中学会坚强

自从有了爱
我才慢慢懂得
来到世上
就是接受
一次洗礼　一场苦难
一世忏悔　一生担当

经过 30 天的苦守，蓑羽鹤的两只幼雏也出壳了。这是父母期待多日的兴奋时刻，同时也是父母更加担忧的时候，因为幼雏从此将走上艰难曲折的生活道路。

幼雏出生时，不足 150 克，半天左右开始站立。幼雏全身长有黄灰色的绒毛，头部是纯净的乳黄色，眼睛是黑黑的，嘴和双腿是黑灰色，毛茸茸的很好看。两只幼雏第一次真实地看见比朦胧中的幻影更大更清晰的自然景象，它俩试探着伸出孱弱的小腿，迈出有生以来的第一步。

两只幼雏刚开始学习走路时还不适应，有些站立不稳，它俩稍稍活动一会儿筋骨，便在父母的召唤下不舍地离开了草甸中简易的巢穴。幼雏跟随着父母大胆地迈着步伐，又尝试着学习父母边走边寻找可口的食物，尽管步履蹒跚，却扇动着稚弱的小翅膀勇敢地向未知的世界走去。

蓑羽鹤是鹤类家族中体形娇小者，举止娴雅，羞怯含蓄，常独处，如深居闺房的小姐，故又名“闺秀鹤”。它们无论静立还是行走或飞翔，都尽显轻盈柔美之姿、风度翩翩之态。春季，配偶间尤喜同舞，引吭高歌。每当蓑羽鹤夫妻看着它们爱情的结晶，回想春天浪漫的爱情故事，心里都充满了喜悦。

蓑羽鹤夫妻带着幼小的孩子生活在山地和草原的结合地带，这里海拔较高，空气清新，辽阔的草甸有利于寻找食物和锻炼孩子的体魄。每天活动时，为了防止天敌伤害孩子，总是父亲走在孩子的前面，母亲走在孩子的后面。遇有险情，父亲立刻挺身而出与天敌奋勇搏斗或引诱天敌远去，母亲则会带领孩子迅速地离开险境，并与孩子寸步不离。有时，父母会共同拼命抵御来犯之敌，哪怕是凶狠的野狼，也不惜一战！

在孩子面前，父母的爱是从来不附加任何条件的，因为孩子是它们的骨肉。

虽然幼雏刚出生不久，幼小体弱，可是为了躲避生存的不测，蓑羽鹤一家每天都要冒着各种危险，艰难地、马不停蹄地转换觅食场所并寻找夜晚停留的地方。在幼鹤羽翼丰满之前，它们一家甚至会走百余公里远的路，直至一同踏上漫长的迁徙之旅。

秋风伴夜长
雏鹤出生离故乡
千里云水回首望
茫茫
童声渐失泪掩藏

鸟语话凄凉
月与孤影伴草荡
长歌苍穹星满天
沧桑
岁月如烟云遮阳

蓑羽鹤

蓑羽鹤

百灵之梦

BAILING ZHI MENG

谁说百灵鸟儿没有眼泪
是它的眼泪不向外流淌
谁说百灵鸟儿没有悲伤
是它的悲伤不挂在翅膀

月儿有阴晴圆缺
生命有悲欢离合
百灵鸟也有痛不欲生的时候
面部表情却宁静如常

它会把忧伤揉进歌中
也会把悲痛留在天上
百灵鸟儿与人类相通
羸弱的时候懂得坚强

小小的百灵鸟既活泼又轻盈。它唱着歌儿飞向云天，即使看不到它的羽影，人们也能回味它那美妙的旋律，宛若无影的精灵在用欢乐安抚着大地。“百灵，百灵，唱歌就灵！”百灵鸟艺超百鸟，喻比百鸟还灵。草原的牧民把水草肥美的愿望寄托于他们世世代代信奉的百灵鸟。

百灵鸟身披与土地同色的羽衣，无妍丽的花羽，却有着天籁般的歌喉，它的生命无疑体现着自然界的一种平衡。百灵鸟的歌声不仅清亮悦耳，它还会悬翔在半空中连续鸣唱，更有善于模仿其他鸟儿鸣唱的特长。

百灵鸟

我第一次见到百灵鸟还是30多年前在内蒙古呼伦贝尔大草原。我第一次踏上那片神奇的土地，立刻就被草原吸引了。呼伦贝尔大草原像一幅无边无际的秀美画卷，蔚蓝的天空上飘着洁白的云朵，广袤无垠的草原中蜿蜒着绵长的河流，缓缓移动的群群白羊自在徜徉，清澈的湖水呈现一种圣洁和恬静，齐腰高的绿草和一望无际的黄花随风飘荡，青色的、紫色的、红色的各种小野花漫坡遍野，鸟儿动听的歌声此起彼伏。

我每走几步，都有鸟儿从我身边灵敏地飞起，鸣唱着冲上蓝天，有时只闻其声，不见其影。同行的鄂温克族朋友告诉我，这些鸟儿都是百灵鸟，有七八个品种，并教我认识了其中最漂亮的凤头百灵鸟。

太美妙了！凤头百灵鸟的头上还长有漂亮的冠羽，披着栗褐色且带有精美花纹的羽衣，展示着乳白色的腹羽，从平地飞起时，边飞边鸣唱。它的歌声不光是单个的音节，而且把许多音节串连成精妙的短曲，随着它的升空和悬停表现出纷呈的意象。它在空中唱歌时，既是“歌手”，又是“舞蹈家”，它常常张开翅膀，在半空中翩翩起舞，以令人叹服的飞翔技巧和响亮婉转的歌声，在清香四溢的草原上播洒着怡悦的气息，也给我们带来了无尽的逸趣。

我被草原的大美景象和四面八方百灵鸟的鸣啭迷住了，真正体验到了心旷神怡的沉醉。

几年前，我又前往一片曾经魂牵梦绕的草原。我仍真切地记起多年前草原的风景。当年的欢声笑语还在我的耳畔萦绕，一望无际的花朵还在我的心头热烈绽放，飞翔的百灵鸟还在我的脑海里鸣唱，齐腰高的野草宛若高原的秀发还在随风低吟摇荡，湛蓝的天壁白云朵朵，片片山坡叠青泻翠，一切依旧历历在目。

如今所到的草原已经难寻蔚然的风光。凝目远望，心头隐隐作痛。裸露的草原上零散分布着片片枯草，低洼处有绿草的地方，草仅能覆盖住地皮。天也干燥得浑浊起来，混凝住无际的长空。灰黄的风裹着沙粒将人脸刺得生疼，鸟儿们难觅影踪。没有了百灵鸟那动人的歌声，更无从去寻访它那俏丽的舞姿。一切归入沉寂，只留下了荒凉和无奈。我心想，也许是气候的原因，但愿只是暂时的遗憾。

我每走几步，都有蝗虫飞起。同行的蒙古族朋友告诉我，这些年草原上的旱情较多，湖水干涸，有些地方甚至寸草不生。蝗虫成灾，老鼠乱窜，也是长期无度地乱捕滥猎带来的后果。我听后感到十分痛心和惋惜。我的心境也处于落寞之中，只能在记忆中回味当年的景象了。

蒙古族朋友还告诉我，百灵鸟嘹亮悦耳的歌声也给其自身带来了厄运，特别是一些唯利是图的人在百灵鸟的繁殖季节，潜入美丽的草原，采取各种残忍手段，肆意野蛮捕猎大量幼鸟，非法运往外地贩卖，造成百灵鸟的数量锐减。那些可怜的幼鸟们还没有来得及享受大草原的美景和广阔的蓝天，就被关入牢笼，很多死于非命。

那天晚上，我和朋友没喝几口酒就醉了，醉得压抑，醉得流泪。

众所周知，百灵鸟和草原一起经过数千万年的共同演化，获得了适于互利共生的各种特性。它们与草原同呼吸、共命运，更以其自身的存在维系着草原生态系统的平衡。一只百灵鸟一年能吃掉三万多只害虫，对草原生态系统起着重大的调节作用，是其他保护草原的方式所难以效仿的。

欣喜的是，自《中华人民共和国草原法》（2013年6月29日）、《中华人民共和国环境保护法》（2015年1月1日）施行以来，草原生态环境的依法保护和科学建设又进入了一个崭新的历史发展阶段。心怀敬畏，以一个谦卑的姿态面对自然。也许，这才是人类理应秉持的信念。

生态学家指出，当我们谈论生态的时候，不应该总说“人与自然的关系”，而是应该说“自然与人的关系”。我们常常忽视自然界的鸟类也是有感知能力、有情感与家庭关系的生命，更遑提认识到鸟类作为大自然生物链重要一环的意义。

对于生态，很多人还难以理解野生鸟类保护人士为什么要在鸟类身上耗费如此多的精力和情感，也无法理解野生鸟类保护的意义。之所以如此，是因为我们多数人都不能在实际情感上突破人类与非人类生物的伦理界限，还不能在心理上把鸟类当成是必须予以伦理关怀的“我们”之中的成员，缺乏一种命运共同体的认同感。

从中国哲学的仁心与悲心出发，人类应跳出以自我为中心的观点，真正扩大胸襟，从“大其心”的仁者情怀善体万物。然后才能看出，一切万物其实均有其内在的生命意义与价值，无论表面多卑微，也有其平等的生命尊严，不能任意加以抹杀。

此即庄子所说：“天地与我并生，万物与我为一。”如果人们能够与中国哲学里“以天地万物为一体”的自然观休戚与共，那才能算是尊重自然的最佳精神。

达尔文说：“对于所有万物生命的关爱，乃是人类最可贵的属性。”

百灵鸟的梦在草原，草原的梦在人间。

危机四伏

WEIJI SIFU

当我看到受害的鸟儿时　是震惊　是愤怒　是无奈
当我拍摄受伤的鸟儿时　是记录　是反思　是告诫
当我放飞受困的鸟儿时　是怜悯　是执着　是欣慰

画面中的鸟儿曾怎样地痛苦挣脱
毅然决然地折断一条腿才换来了新生
惨叫和悲悯的场面　真是无法想象
捕鸟夹子　捕鸟网　毒药食物凶残地夺走了多少只鸟儿的生命
这笔恶债恐怕只有找偷猎人算账

水面上　河滩中　树林下　芦荡里
多少次留下残疾鸟儿拖着铁夹子挣扎的凄惨场景
多少次传来受伤鸟儿在捕网中恐惧的竭力呼救
多少次中毒的鸟儿奄奄一息地闭上绝望的眼睛
多少次善与恶在瞬间凝固　让人义愤填膺

我曾在荒野冒险从湖水中拼命拖出捕满野鸭的网笼
急切地打开网笼放飞野鸭
可是湖中还有更多滥捕野鸭的网笼
我曾在山岭涉险剪碎一张张滥猎的捕鸟网
坚定地放飞被缚垂危的野鸟
可是山里还有多少张野蛮的捕鸟网
我愤慨之余却力所不及　只能含泪长叹
偷猎野生鸟类的人的良心何时才能够被发现

仅以猎隼为例。众所周知，猎隼在中东地区被视为地位、财富和时尚的代名词。因此，有一些不法分子在我国非法捕捉猎隼从事走私贩卖活动，给该物种造成了严重威胁，导致该种群数量明显下降。

根据报道，巨大的利益使贪婪的走私者置法律于不顾，他们将目光对准在我国东北、西北等地繁殖的猎隼。据被抓获的走私者交代，在我国偷盗猎隼的不法之徒猖獗之时甚至达到数百人。盗猎者在野外发现猎隼后，便放飞带着猎网的诱鸽，一旦猎隼为了捕食诱鸽而误撞进网，盗猎者就会将其捕获。

盗猎者捉到猎隼后，先用丝线缝上其眼睑，再捆住其翅膀和双脚，或者干脆给猎隼注射麻药，再用布罩罩住之后偷运出境。经常有猎隼在途中因经受不住折磨和饥饿，或因被缝合的眼睑感染病毒而死去。

更令人发指的是，有些偷猎者极其残忍，将不符合标准的幼隼全部杀死，扔在野外。大肆偷猎、走私猎隼的行为，使我国境内的猎隼数量锐减，直接威胁了这类珍稀物种的生存。这种非法活动也严重扰乱了我国的社会秩序，造成了极坏的影响。

根据《中华人民共和国野生动物保护法》的规定，我国政府长期开展严厉打击偷猎走私猎隼的专项斗争，在我国许多边境口岸，破获了多起走私猎隼案件，依法处理了数批境内外走私分子，狠狠地打击了走私盗猎者的嚣张气焰。如 2014 年 10 月，宁夏森林公安机关破获了一起特大网络非法收购、出售珍稀或濒危野生动物案，涉及国内多个省、区，共抓获犯罪嫌疑人 17 人，收缴国家重点保护野生动物鹰、隼类活体 17 只。

近年来，在各级政府主管部门的高度重视和正确领导下，野生鸟类保护工作取得了令人瞩目的成绩。但是，在个别地方，猎杀、毒杀候鸟行为，以及非法交易野生鸟类的现象还时有发生，给鸟类种群造成极大的威胁和危害，打击盗猎野生鸟类的斗争还任重道远。

猎隼

苦难生灵

KUNAN SHENGLING

那时，白人贩卖奴隶，人们称作“贸易”。现在，人类贩卖鸟类，人们称作“生意”。都是买卖活的生灵！殊不知，商人在标价拍卖生灵的同时，也在标价拍卖自己的灵魂。

2010 年初夏一个星期天的上午，我和朋友去城郊一个鸟市参观，那是一次永远也忘不了的参观。鸟市在某公园的一角，几万平方米的区域，人头攒动，叫卖声和吵闹声不绝于耳，夹杂着纷乱的鸟叫。

这里的鸟叫声已完全没有了自然的动听欢畅，简直就是压抑的凄惨呻吟。和悦耳的鸣叫相比，凄惨的鸣叫也能引人共鸣。倒不仅是只把鸟想象成人对动物的情感认同，而是对一个被捕猎的生命产生的同情，毕竟远古的人类也曾为猎物。人类的历史就是一个逃离野蛮世界的过程，而人类又将多少野蛮留给了世界。

路边地面上一排样式各异的鸟笼里，杂沓凌乱地装着金翅雀、燕雀、大山雀等。几个半米见方的扁形铁丝笼里，塞满了黄雀、煤山雀和麻雀。每个笼子里塞得足有上百只鸟儿，拥挤不堪，从毛色看，显然都是捕获不久的野生鸟。

这些长着翅膀的“奴隶”，尽管不懂人类的语言，却也流露出哀愁和无奈，其中有些固然天性温驯，但是也郁郁寡欢，总是在渴望自由。还有一些鸟儿看上去仿佛在跟你打招呼，示意过客停步，好把它们买回去。它们实在难以忍受这种虐待，只求能有个好主人。我们看到聪明的金翅雀，或者娇态可掬的蜡嘴雀，都凄楚地凝望着我们，那眼神里分明在说：“请买下我，好吧！”可是我的脑海里总浮现出电视中“没有买卖，就没有杀害”的广告词，让我在怜悯中有些心神恍惚。

路的转弯处，还有贩卖灰喜鹊、山斑鸠、斑嘴鸭和大雁的，当有人问及数量时，卖鸟人甚至高喊要多少有多少。

我厌恶地看着这样的场面，心情实在烦躁，挤在人群里憋闷得有些提不上气来，好不容易走到一个人少宽松的运动场里，见到有数十个鸟笼在台阶上摆成几长排。走近看，笼中几乎全是百灵、云雀、八哥、黑尾腊嘴雀等百啭娇啼的鸟类，还有驯养的金丝雀、相思鸟、鹦鹉等外观漂亮的鸟儿，好像已经习惯了囚禁的生活。一些人围着讨价还价。

我注意到笼居的鸟儿，虽然养鸟人费尽心思使它们安适，但到了目前的迁徙时期，这些笼居的鸟儿总是表现出不安定的样子。这表明它们全身被一种例行的常规所束缚，而且这种不安定的神情和小鸟们跃跃欲试的冲动似乎在传递着一种暗示，自然法则不可违。也不知养鸟人要牺牲多少只鸟儿才能训练出一只驯服的鸟儿。还有许多叫不上名的蛮好看的鸟儿。一打听，是从南方贩来的。

我们走进一个院子里，有十几间临时搭建的简陋房屋。我们随意走进几间看了看，大同小异。屋里光线灰暗，摆满高架的层层鸟笼，几乎所有的笼子里都塞满了等待贩卖的鸟儿。满屋里响着混乱喘息般的鸟叫，有些暴躁的鸟儿挣扎得那样猛烈，惊悸得用头不停地撞击着鸟笼，嘴边和眼睛都撞出血来，这种悲怆肯定远远比用眼泪表达出来的任何忧愁更加痛苦。这些幼小无辜的鸟，无奈世俗的野蛮、命运的不幸，将无言的悲哀深深地藏在心中，但愿早点结束这痛苦的一切。

阴暗笼子里的许多鸟儿不肯吃食，羽毛破损，紧闭双眼，连被撞着也不睁开、也不抗拒，毫无怨恨、辛酸或愤怒的表情。我感觉到这种自愿与世隔绝的状态正是它们在极端痛苦中的一种解脱。显而易见，在它们那撕心裂肺的痛苦里，它们在精神上拥抱死亡，尽可能地闭目塞听，以感观和一切外部动作的停止来求屏气静息地死去。

肮脏的屋里灰尘四起，鸟粪的臭气令人窒息。有卖鸟人拿着手机，正和对方说着近几天风声紧要尽快买卖之类的话，显然是在做见不得人的勾当。每间不足 20 平方米的屋里，估计装着几千只野生鸟儿。每间屋内的摆放和鸟儿的数量、品种都相差不多，粗略估算这十几间屋内的野生鸟儿有万余只。

走出贩鸟的院子，我的心情异常沉重。这个鸟市的野生鸟儿种类之多、数量之大令人震惊，气愤之极，我只想快点离开这个令人心烦的地方。大门口一群人挡住了出路，我停下脚步向人群中看了一眼，又是在卖鸟。忽听有人说，黄鹂崽子不好养。我听到一愣，挤到近前，只见卖鸟人手捧一个碗形的草织鸟巢，里面有四只雏鸟，雏鸟娇嫩的羽毛腔裸露在肉体的表面，稀疏的细绒毛遮不住粉红色的薄皮肤，推断这几只雏鸟出生不足两三天，鸟儿已经命如游丝。可恶的偷猎人，太残忍了！我真想把鸟儿买下来，但一想，这样只会助长卖鸟人的嚣张。无奈，我只好摇头转身离开。

往回走的路上，几只小雏鸟的形象在我脑海里挥之不去，如果不施救，几只雏鸟会很快死去。我的心里在说，救救这几只可怜的雏鸟吧。

我们返身又回到贩卖雏鸟人的面前，问他要多少钱。他说 300 元，这明明是敲竹杠。看着几只濒死的雏鸟，我说："这几只雏鸟快不行了，没有大鸟很难成活，只有送到鸟类动物园才有希望。"卖鸟人却不屑一顾。我说："这几只雏鸟我买了，但你以后不要再贩卖雏鸟了。"他听后眼神怪异地说："你如果真买，我以后也不卖雏鸟了。"我当即给了他 300 元钱。围观的人群发出一阵赞扬声。

我手捧着小鸟巢，快步回到车上，驱车直接去了附近的森林鸟岛园。在鸟岛园门卫室，我们说明了来意，把雏鸟交给了园区的值班人员。值班人员立即打电话叫来了专业技师，专业技师看到雏鸟说："是黑枕黄鹂，太珍贵了。恐怕再不救助就来不及了。"他焦急得没有再多说话，立刻捧着雏鸟乘车返回园里。值班人员问我们的姓名和单位，我说："这不重要，重要的是请你们赶快想办法制止野生鸟类的非法捕猎和野蛮贩卖吧。"值班人员严肃地说："一定要向上级汇报，尽早采取有效措施。"

从那天起，每当我想起鸟市的见闻，心情都沉甸甸的。两个月后，我从报纸上看到政府有关部门联合行动，在全市依法清除了各处贩卖野生鸟类的市场、处置了违法人员。我的心情得到一些宽慰。但归根结底，治理是标，教化是本，教人爱护野生鸟类这项工作是永无止境的。

树莺

棕头鸦雀

最后的眼神

ZUIHOU DE YANSHEN

高山密林　芦荡深处
偶尔会有　逝去的鸟
它们在进入　另一个世界之前
可能发出　坚强的告别宣言

可以生病　可以受伤
但死　不要掉在人走的路上
宁把身躯　化作土壤
宁把肉体　化为江河的营养
也不愿死后　成为野蛮人的菜汤

湖边　趴着一只须浮鸥
一半　在水里
一半　在岸上
她的嘴　细细地梳洗着全身的羽毛
已经气如游丝　头不时倚在肩膀
黑黑的眼睛　缺少了晶莹的光亮
她吃力地　将羽毛洗得洁如雏子
安然　又显倔强

她的身体　缓缓向湖里挣扎
翅膀　已无力举张
面向轻柔的风 她微微抬起头
向太阳遥望
她竭尽　最后一点点微弱的喘息
拼命凫水　深一些的地方

她　离开岸边几米后
生命　耗尽了仅剩的能量
她向天　轻轻吐出最后一口气
便成为　水面一尊漂浮的塑像

风吹浪打　芦草碰撞
漫漫水波　水波慢慢
把她送往湖泊的中央
生前　她已经选择了风向

一会儿沉下　一会儿浮起
她的头仰向天空　依然倚在肩膀
圆圆的眼睛　没有闭上　眼神
留给了蓝天　留给了阳光

浪花和风儿默默陪伴着她
浪花和风儿知晓
她的瞳孔　在凝固前的最后一刻
不愿留下野蛮人的影像

第九章

凉秋

野趣清幽

秋歌

QIUGE

北方之秋，斑斓如锦，多姿多彩。

秋日宜看天——几朵白云似泼墨而成，不若夏云之丛生。云淡淡悠悠，把碧空衬得更远。

秋日宜看林——九月的画笔蘸着色彩，把霜色从山下逐渐向山顶涂染，树叶从墨绿慢慢过渡为金黄，再从金黄绽为紫红。登高望远，枝叶婆娑的树影里摇曳着五彩斑斓，写尽了素节的坚实和傲然。

秋日宜看鸟——鹤舞长风歌万里，雁点青天字一行。万羽候鸟聚合成无数个壮观意趣的群体，正奋力飞翔在挑战生命极限的旅途。

秋日，艳阳高照，天地间到处彰显着成熟的色彩。我用目光捡拾季节遗落的林林总总，叶落成茵，露结为霜，一切的一切，愈加凝重、沉稳。

这是秋带来的感觉，一种收获的快乐，一种不舍的疼痛！

秋日送来了鸟儿团聚的时光。鸟儿对大自然的观察与了解，是人类所不及的。自由的飞翔和发达的视觉，能让鸟儿感受神秘而几乎为人所无法理解的幸福。当它们穿越并融入无垠的景致，就意味着结束了焦躁的忧虑、噩梦的折磨以及那搅得心神不安的紊乱思绪。当每年再一次聚首，它们又开始自信满满地出发。

秋天，在草原河口或湖边地带经常能看见白腰杓鹬的身影。它们从春天的海边千里迢迢飞到内陆的水域度过夏季，相信这里的美味佳肴能够帮助它们生儿育女，这里的温润气候和柔情似水的风情能够让它们全家安静地生活，虽然从未来过，虽然路途遥远，但真的没有走错。

白腰杓鹬在空中展翅的时候，会发出饱满而带有波动的叫声，而且这音调与其滑翔的翩翩舞姿浑然天成。它的鸣叫虽然缺少澎湃的激情，却蕴含着平和、安逸、轻松以及对过往生活的沉醉。

天色阴沉时，白腰杓鹬的叫声有些像呼喊一般，听起来有一些心烦和忧伤；天气晴好时，光与影之间映衬出一幅秋日童话，白腰杓鹬则会发出欢愉浪漫的叫声，总能引起人们对那逝去的美好春夏时光的怀念。

凤头䴙䴘

碱蓬草的泪花

JIANPENGCAO DE LEIHUA

渤海海岸近似一个马蹄形环绕着中国北方内海的万顷海域。亿万年来，蜿蜒千里的渤海海岸如同张开的宽大臂膀热情地接纳着从草原、沙漠、群山、森林之中历经坎坷顽强归来的数百条长河、短溪。浩瀚的潮水拥抱着奔泻的河口，汇聚成一层层欢腾的波涛，荡涤着万顷滩涂，生成了大片肥沃的湿地和极其丰富的海岸生物资源。

这片漫长神奇的海岸，孕育了自然成长、世界独尊的黑嘴鸥。黑嘴鸥有白色的羽毛，黑色的头和嘴，体形娇小，喜欢低空飞翔。繁殖季节，黑嘴鸥栖息在渤海北部沿岸滩涂、沼泽及河口地带，在地面上就地取材用碱蓬草搭起巢，产卵、孵化，繁育后代。

碱蓬草，因为它的形状呈翅膀状，学名叫“翅碱蓬”。它是一种覆盖在滩涂盐碱土质上倔强生长的特有植被。每年春天长出地面，初为嫩红，一簇簇、一蓬蓬。夏、秋季节，碱蓬草慢慢变成紫红色铺满整个浩瀚的海滩，形成自然奇观，被人们誉为“红海滩”。

黑嘴鸥在红海滩世代繁衍不离不弃，是它胸无大志而不愿四海奔波，还是它娇小体弱而难抵万里长风？似乎这些都不重要，因为在黑嘴鸥的叫声中已经充满了坚韧，充满了爱情，充满了自信。

美丽的地方一定会有美丽的故事。在红海滩与黑嘴鸥之间，有一个古老的爱情故事。相传，在辽河入海的地方，有一条水路连接着渤海里的水晶龙宫。水晶龙宫里住着老龙王和他心爱的女儿红袖。龙王只有这一个女儿，百般宠爱，从不让她出宫半步。红袖在龙王的呵护下渐渐长大，出落得亭亭玉立、端庄秀美。有一天，老龙王接到玉帝的圣旨要他上天宫议事，老龙王放心不下女儿，百般叮嘱，才上天去了。

红袖孑身寂寞难耐，又厌烦宫中的浮华和压抑。她忽然听到从河口的方向传来一阵阵悠扬悦耳的笛声，便悄悄地出宫，循声而去。

红袖随着潮水沿着水路一直来到海河交汇处的河口，她浮出水面，看见一位黑发白衣的后生坐在滩头吹着芦笛。好奇心使她看着新奇的世界，竟然流连忘返，潮水退去后将她这条小龙鱼搁浅在滩涂上。在她挣扎之际，年轻的后生发现了奇怪的小龙鱼，将她抱上小船，又划船将她放回到深水里。小龙鱼围着小船转了几圈，才恋恋不舍地游回龙宫。

那位年轻的后生名叫卢生，是一个孤儿。卢生清晨出海打鱼，傍晚就在滩头折一枝苇秆，对着夕阳吹奏。红袖被卢生善良的救命之举所感动，又被他英俊的相貌和优雅的气质深深地吸引了，年轻的心房情窦初开。于是每晚，红袖都悄悄地来到滩头，躲在苇荡中偷偷地看着自己的心上人。终于有一天，红袖大胆地化作一位红衣少女来到卢生的身旁。两人一见钟情，情投意合，幸福得难舍难分。

这一年，天下饥荒，野菜都挖光了，饿死不少人。善良的红袖便把龙宫里的珊瑚草种子取来撒在了这片滩涂上。很快，滩涂上就长出了蓬勃的带有母性温情的碱蓬草，这些碱蓬草救了许多人。每天傍晚，卢生和红袖就依偎在草地上一起听着笛声，看着天上的月亮。

天宫一日，凡间一年。等老龙王回宫时，才发现自己的女儿已经和一个打鱼郎一起生活几年了。老龙王勃然大怒，掀起滔天巨浪，将出海打鱼的卢生掀到了海里，从此卢生渺无音讯。红袖知道了父亲害死了丈夫，每晚都到滩头前，对着月光哭泣，慢慢地泪哭干了，眼睛里流出了血水，日复一日，年复一年，滩头上翠绿的珊瑚草都被红袖带血的泪水染红了。

有一天，一只黑头白羽的鸟儿飞来，在已经变红的珊瑚草滩上空盘旋，高声鸣叫，似乎在呼喊着：“红袖！红袖！”留恋在滩头上久久不愿离去，天天与珊瑚草相依为伴。

如今，一片一片的红色珊瑚草已经长满了所有滩涂，每年还在向不断退缩的渤海延伸，已经达到三千余平方公里。每年春天滩头草初露的时候，黑头白羽的鸟儿都会准时来到这里，与红海滩共同生活。

老人们说，黑头白羽的鸟儿就是痴情的后生卢生，他化作黑嘴鸥和红袖在一起。即使是现在，在月亮半圆的晚上，你还可以在河口滩头听到红袖那如泣如诉的动人歌声，向人们传颂着凄美的爱情故事。

神奇的传说天生地设，纯情的故事自然流传。千百年来，红色的海滩于光阴荏苒中，酿造出一片片火红的生命色泽，迎接着一代又一代黑嘴鸥在此安家并茁壮成长。

渔民们崇拜黑嘴鸥为“神鸟”。他们根据黑嘴鸥的叫声，就能准确地判断出天气的变化，决定是否出海捕鱼；根据黑嘴鸥的飞翔方向，就能在大海上迷途归航。黑嘴鸥仿佛在忠实、殷勤地充当着上天与人间的信使，呵护这一方水土的平安。

世代传承的黑嘴鸥，它们不晓得这里的红海滩早已闻名遐迩。红海滩被人们称为“救命滩”。历史上遇有灾荒之年，沿海岸的渔村妇女纷纷采摘碱蓬草的草籽、叶和茎，掺着玉米面蒸出来红草馍馍为主食。这种神奇的主食不知拯救过多少人的生命。

黑嘴鸥更不晓得自己是每年在渤海湾湿地繁衍生活和迁徙的 200 余种鸟类中极少被列入世界濒危鸟类红皮书的著名物种之一。而且这里已经成为世界上最大的黑嘴鸥自然繁殖地和栖息地，有 5000 只左右的黑嘴鸥在这里繁衍生息，占全世界黑嘴鸥总数的 80% 以上，被誉为“世界黑嘴鸥之乡”。

黑嘴鸥却知道，它们的种群主要分布在渤海至黄海这个有限范围的沿岸地区，不同于其他鸥类驰骋万里。黑嘴鸥面对沿海众多的旁系家族，或许会感叹自己这个弱小的种群能在大自然的惊涛骇浪中顽强地延续下来，缘益于红海滩，而且已经成为一个传承生存技能的莫大奇迹。

在黑嘴鸥的心中，红海滩不仅给予它们生命的源流，还给予它们生命的色彩。每一天的阳光，都赋予它们生命的新奇和勇气。

清晨，红海滩烟波浩渺，嫣红的朝霞拂染挂满露水的碱蓬草，宛若海滩上无垠的泪珠闪烁着红宝石般的晶光，催动着黑嘴鸥抒情讴歌。正午，海滩上的碱蓬草红得热烈，红得娇艳，红得潇洒奔放。无际的红海滩连接着碧水蓝天，是黑嘴鸥一家鼓翼欢乐的时光。傍晚，夕阳送来金辉，碱蓬草红得壮观，红得深沉，红得意味绵长，让黑嘴鸥感觉在这里生活得充实，生活得快乐，生活得憧憬无限。

万物的视觉中，最强烈的色彩对比是红、白、黑。也许天宫专门选择红色的海滩结伴玉羽银翎的黑嘴鸥，也许大自然特意安排黑嘴鸥为红海滩这幅壮美的长卷增添灵动的执着情感。

白鸥与红云齐飞，滩霞共长天一色。

红海滩为黑嘴鸥的痴情而洒泪，黑嘴鸥为红海滩的圣洁而点睛。

黑嘴鸥

北红尾鸲

才貌双全的北红尾鸲

CAIMAOSHUANGQUAN DE BEIHONGWEIJU

秋叶染霜，鸟儿聚群南迁。迁徙前的北红尾鸲的鸣叫仍然明快清亮，迸发出不知疲倦的朝气，就像快乐的天使带给人们无尽的欢悦。北红尾鸲站在枝头上尽心尽力地引吭高鸣，热情而慷慨，好像为到来的每一位欣赏者歌颂着它们祖先与这片静谧山林的遥远神话，又像是在惜别前重复着一句美好的祝福，祝大自然好运常在。

引起北红尾鸲等鸟类迁徙的原因比较复杂，一般都认为这是鸟类的一种本能。这种本能不仅有遗传和生理方面的因素，而且是对外界生活条件长期适应的结果。

据鸟类学家推断，鸟类出现迁徙行为是在 10 多万年前。新生代第四纪发生数次大规模的冰川运动，冷空气自北半球向南移。北半球的广大地区被冰雪覆盖，气温大幅度下降，生活在北方的鸟类在这种情况下被迫向温暖的南方迁徙。而冰川周期性的侵蚀和退却，使鸟类产生与之相适应的周期性往返这一生物遗传生理节律性，于是便世代相传形成特殊的习性。这种习性还演化为鸟类对于气候和日照变化规律的掌握。

鸟类迁徙的行为，可以分成不同的生活类型。一种是候鸟。在不同的地域，根据迁徙鸟类出现的时间，可以将它们分为夏候鸟、冬候鸟、旅鸟、迷鸟。其中，迁徙鸟类如果在避寒地则视为冬候鸟，在繁殖地（避暑地）则视为夏候鸟，在迁徙途中则视为旅鸟，由于各种因素远离迁徙路线出现在本不该出现的地区，则视为迷鸟。

候鸟对气候和日照变化的生理感觉很灵敏，只要气候与日照一发生规律性变化，它们就纷纷开始迁飞。因为气候与日照的变化，直接影响鸟类的食物供应。鸟类的食物主要是各种昆虫、鼠类、植物的果实和种子。我国北方到了深秋，气温逐渐下降，日照时间开始缩短，各种植物纷纷落叶枯萎，昆虫不见了，动物也藏匿起来。大量的鸟儿在这样的环境里不能维持生活，只有迁徙到食物丰盛的避寒地才能温饱地度过冬天。

来年春天，北方的气候转暖了，植物茂盛了，昆虫增多了，动物复出了。鸟类体内的生物钟会告知它们飞回到繁殖地来产卵育雏。这样就可以避免北方冬季的严寒以及南方夏季的酷暑给繁衍生息带来的影响。

另一种是留鸟。这种鸟终年生活在一个地区，不随季节变化迁徙。还有一种是漂鸟。这种鸟随季节的变化在一定范围内有短距离迁徙行为。

2004 年深秋的一个星期天，我正在层林尽染的榛子岭采风，一阵清脆而婉转的鸟鸣从山边飘来，我确定那是北红尾鸲的歌声。在我听来，那是自然界最曼妙的音乐。它的声音是那么的清纯而动听，仿佛一个来自遥远国度的精灵，唱着神圣的歌曲。如此撩人的歌声，一种美感在我心头油然而生。这时的鸟鸣虽不及春日的鸟鸣热烈奔放，却有着萧瑟景致中的清新与欢愉。

好奇心促使我循着声音走去。在山脚，我看见林边的果园里有一只色彩斑斓的小鸟在老梨树上纵情地歌唱着。它的声音圆润，带有几拍节奏，而且收放自如，听起来充满了情意。老梨树的叶子已经掉光，还挂着几个孤零零的秋梨。小鸟在老梨树上仅剩的几个秋梨间蹦跳。黑色的树枝，黄色的秋梨，黑黄相间的小鸟，不时隐身扬声，给秋后寂静的山野增添了幽情逸韵。

看清楚了！果然是一只雄性北红尾鸲。鸟儿的羽毛很漂亮。它灰色的头顶似戴着一顶小礼帽，黑色带白斑的双翼有如身披晚礼服，橘黄色的胸脯很像穿着一件精致的 T 恤衫，棕红色的长尾恰似飘逸的长裙。

北红尾鸲其实是一种习性上偏于安静的鸟儿，喜栖息在村舍附近与人为邻。在鸟类的“歌唱家”行列中，北红尾鸲的名声并不显赫，然而它之所以让人们记忆深刻并博得人们的好感，正是因为它那持久且热情的叫声。从春天到秋天，北红尾鸲仿佛在竭尽全力地用歌声向人们表达着田园风光的秀美和与人相伴的温馨。

鸟类与人类一样，对声音都十分敏感。如果鸟儿的生命之歌传入我们耳中，在我们心里荡起欢乐和情感的涟漪，就对我们有了意义。但鸟儿动听的乐曲意在打动同胞。春日里，鸟儿的歌声能激发起雄鸟间的竞争、尊敬，甚至恐惧，也能挑起雌鸟的欲望。秋日里，鸟儿的歌声只要表现得足够好，就会召集伙伴，结队南飞。因为鸟儿和人类一样，是懂得鉴赏的聆听者。

鸟鸣悠远，让这个世界生机盎然。在鸟儿自然之声的启蒙和引导下，人们饱含情感地开始不断创造出属于自己的乐曲和歌声，岁月长河中，这些乐曲和歌声都有了自己的故事和历程。虽然人们具备了清醒的本领，却依然需要沉醉。因为乐以解忧、乐以忘忧，触景生情、观鸟思人，也是无法忘怀的能力。有了鸟，我们才能像哲学家马丁 · 海德格尔所说的：“人，诗意地栖居在大地上。”

北红尾鸲是既会唱歌更会消灭害虫的益鸟。据资料记载，北红尾鸲以各种昆虫为主要食物，所食的 50 多种昆虫几乎都是危害农作物和林木的害虫。尤其是在喂养雏鸟期间，两只亲鸟每天都要给孩子们喂食 200 多次，吃掉 400 多只害虫，一个月就能吃掉 12000 多只害虫，在保护农林方面可谓劳苦功高。

如果将北红尾鸲称为我所见到的世界上才貌双全的鸟儿之一，也毫不为过。

汗洒牤牛河

HANSA MANGNIUHE

2009 年的秋天，我在《辽宁日报》上看到一则在辽西发现国家一级保护鸟类黑鹳的消息后，专程驾车 300 多公里前往辽西牤牛河流域记录拍摄。我于周六晚上赶到拍摄地区，在汽车里休息了一夜。第二天清晨，我先察看了一遍周围的地形，而后简单吃了一点儿面包，喝了点儿矿泉水，便扛上摄影器材，沿着牤牛河向上游人烟稀少的方向行走，开始寻找黑鹳。

牤牛河发源于内蒙古奈曼旗黄音塔拉，蒙古族人民称之为图如根郭勒，意为急流的河。河流的两侧多为半固定沙丘和低山丘陵，地表裸露，植被稀少。遇有大雨，牤牛河极易形成洪水，来势凶猛，速度之快令人始料不及，水害常危及两岸村屯，淹没农田。

出现黑鹳的牤牛河段在北票市境内，全长 71 公里，流域面积约 2000 平方公里。这么大的面积，要寻找个别黑鹳，如同大海捞针。但在野外寻找鸟类，需要有一定的知识和经验，并掌握一些鸟类在季节变化中的活动特点和规律。我想，黑鹳在这个季节出现，应当属于旅鸟，一般不会远离停歇地活动。

对黑鹳选择停歇地的情况，要根据不同的地形来进行判断。通常大型涉禽迁徙途中的停歇地不会离开水域。在远离海岸滩涂的地区，湖泊、河流等蓄水湿地应该是其主要的选择。黑鹳如在湖泊附近则较好定位；如在河流附近，随着季节性雨水的变化，则要寻找河面相对宽阔，水面平稳，岸边易于水生物生长，特别是人烟稀少的地方。但是黑鹳在一地停留的时间长短很难预料，这要根据周围的环境和个体的行为需要而定，偶然性较大，也会变化无常。

牤牛河的边缘地带，沼泽和农田交错，稍干爽些的地方，已经被附近的村民种上了庄稼。我在沼泽边缘和庄稼地之间穿行，脚下泥土松软，身上的迷彩服很快被汗水浸透，湿漉漉地沾在皮肤上。我肩负十多斤重的摄影器材，长时间行走压得肩膀肿疼，每迈出一步都气喘吁吁。

我用了六个多小时大概走了十几公里，带了一瓶矿泉水舍不得喝光，实在干渴时才喝一小口，嗓子干得几乎冒烟，脸被太阳灼得难受。在几个河湾处，我除了观察到几小群野鸭外，没有发现黑鹳。到了中午时分，我只好坐下来休息，考虑是否要换一个地方重新寻找。

身处荒野，我忽然有一种感觉，很容易就把自己当作植物和鸟儿，仿佛自己已成为“身外之物”。在旷野中，空灵、虚无，奔来飘去，无根无依，还不如一根芦苇和一只鸟儿更能借助于土地的情缘。

忽然，一群喜鹊鸣叫着从前面大片的向日葵中飞向不远处快要成熟的红高粱地。秋染大地，喜鹊群飞，中国民俗意为丰收和喜兆。如在春夏之际，喜鹊多为成对在飞行中追逐，或成对在树梢上低声细语，有时雄鸟还在雌鸟面前展示漂亮的羽毛。如在冬季，喜鹊的活动会很少，体形也比其他季节时稍大些，这是因为喜鹊越冬需要身体储存脂肪，并在皮肤表面生成绒毛，蓬松保暖。

喜鹊是特别善于互助合作且适应性很强的鸟儿，又很勇敢。我几次见过喜鹊勇斗老鹰的情景，老鹰飞来抢夺喜鹊的食物，遭到喜鹊群起啄击，老鹰难以招架，被迫逃离。喜鹊还对抑制森林、田野、草原等环境的虫害，维持自然界的生态平衡起着重要的作用。眼前欢快飞舞的喜鹊，让我有了一些乐观和轻松的感觉。

远处又飞起了小群野鸭。我观察到其中有几只明显个大些的鸟儿，由于距离太远和逆光看不清楚，可从体形和飞行姿态上看，不像是苍鹭或鸬鹚，那是什么鸟呢？不一会儿那群鸟又落在了距我约千米远的草荡里。虽然那群鸟里能否有黑鹳的把握不大，并且前面还有几条河汊子，成群的蚊虫也紧随不舍，但我还是下定决心向它们降落的地方走去。

途中，身旁草丛里突然间蹿出一只土黄色的野兔，我惊讶地站住，野兔蹿出十多米后也停下不动了，侧过头来警惕地看着我。野兔生性机警、胆小，它是在观察我可能对它采取的行为，以便确定自己的走向。如此近距离见到野兔，让我这个在城里久居的人又开了眼界。

喜鹊

野兔长得肥胖，两只长耳朵高高竖起，圆圆的眼睛黝黑发亮，土黄色的毛色中露出浅浅的黑灰色，皮毛蓬松带有油脂的光泽。看来它体质健壮，四肢发达，听觉和视觉也很敏锐。

这使我想起以往春季在山区曾见过两只野兔对面“拳击”的情景。当时两只野兔都是两条后腿站立，支撑着全身挺直，两只前爪轮番出击，颇有拳击手的打法。搏击激烈时，它们甚至跃起用四条腿同时击打对手，弱势的兔子只有招架之功，无奈掉头逃离。如果是雄兔之间的打斗，多为领地之争。如果胜者是雌兔，似乎说明它没有看上眼前发情的雄兔，或是还未做好成亲的准备。不想却给旁观者带来了意外的惊喜。

野兔每年仅产仔一窝，产仔4—8只。能在野外见到它，也属不易。野兔待我给它拍了几张照片后，便自在地敏捷消失了。

我小心翼翼地蹚过河汊中没膝深的泥水，在塔头墩的下陷和芦草的缠拌中又吃力地前行了半个多小时，太难走了。肩膀已被沉重的摄影器材连压带磨得吃不消了，疼得厉害，实在有些走不动了。

山区的天空就像小孩的脸，说变就变。上午还是烈日炎炎，刚过中午就阴云密布，山雨欲来。我喝掉了矿泉水瓶中仅剩下的一口水，积蓄一点儿力量。甚至想象着，如果这时上游冲下来凶猛的“牤牛水”，我根本就无力逃出这宽阔的河谷。

这时，前方那群在草荡中的鸟儿又飞了起来。可能由于云层低垂，这群鸟儿飞得距地面仅有几十米高，飞得也不急。飞在前面的是一小群白琵鹭，紧跟着有几十只野鸭，后面有两只体形较大的黑色鸟儿，显然是一群临时的组合。它们在空中绕了一圈后，向我的左前方飞来。

我的左侧不远处就是牤牛河的主流，看来这群鸟是想赶在山雨到来前，沿着河水飞向下游寻找新的停歇地。我在芦草中迅速地架好相机，从镜头中看得越来越清晰：两只体形较大的鸟儿有黑色的羽翼，飞羽上有明显的破损，体现了生活的艰辛。它们有红色的长嘴，翼下和胸、腹部呈白色，粉红色的细长腿，体长在1米以上，是黑鹳！终于找到了。

丹顶鹤

生命的痕迹

SHENGMING DE HENJI

还记得那部感人肺腑的电视剧《丹顶鹤的故事》中催人泪下的主题歌吗？

有一个女孩，她从小爱养丹顶鹤。
在她大学毕业以后，她仍回到她养鹤的地方。
可是，有一天，她为了救一只受伤的丹顶鹤，
滑进了沼泽地，就再也没有上来……

走过那条小河，你可曾听说，
有一位女孩，她曾经来过。
走过这片芦苇坡，你可曾听说，
有一位女孩，她留下一首歌。

为何片片白云，悄悄落泪？
为何阵阵风儿，轻轻诉说？
还有一群丹顶鹤，
轻轻地，轻轻地，飞过……

一首动听而凄美的歌曲讲述了一个真实的故事。1987 年 9 月，在盐城自然保护区从事养鹤工作的女孩徐秀娟，为了救助一只受伤的丹顶鹤，只身走进沼泽，不幸溺水身亡，年仅 23 岁。每当我想起这首歌，都会热泪盈眶。如果人人都像她那样爱护鸟类，把鸟类当作亲人看待，人与鸟类和谐相处，大自然将变得更加美丽，人间定会更加美好。

丹顶鹤，又称仙鹤，国家一级保护鸟类，世界易危物种。丹顶鹤有华丽的外表、健美的身姿、高雅的气质，而点睛之处是它洁白秀美的玉羽头上有一个鲜红顶冠，凸显尊严和典雅。更因它的忠贞和长寿与神奇结缘，使丹顶鹤成为人们崇敬的形象和长寿的象征，在中国历史上留下了许多脍炙人口的民间故事和美丽的传说。

大自然中，丹顶鹤是天生的歌唱家和舞蹈表演艺术家。特别在求偶季节，雄鸟通过鸣叫、体色展示、舞姿来炫耀求偶，雌鸟通过观看若干雄鸟的体格、羽色和表演能力并进行比较，从中遴选出自已相中的优秀个体后，与之进行相互鸣唱与舞蹈的交流，满意后将其作为配偶。

丹顶鹤忠于爱情，雄雌一旦结为伴侣，便会终生相守。结为伴侣的丹顶鹤，每年到繁殖季节，雄鸟都要主动向雌鸟献上热烈的爱情歌舞，夫妻共享美好的时光。

丹顶鹤表演的场面是激情四射的。这时它们头上的红冠红得鲜艳，它们的眼中闪烁出火辣辣的热情。表演开始时，先由雄鸟挺身直立、翘首仰天、双翅振动、引吭高歌，又鞠躬碎步、摆头欢叫、亮翅跳跃。而后，满意的雌鸟则在雄鸟尽情歌舞的感染下兴奋地高声对鸣、欢快迎合、翩翩起舞。这时雄雌双方的舞步配合默契，浪漫娴美，它俩相对伸颈仰头、屈背弯腰、原地踏步、快步环绕、展翅腾跃。接下来，许多丹顶鹤夫妻和年轻丹顶鹤都会纷纷加入表演，或彼此对跳，或集体共舞，在自然的组合中喜悦和谐，鸣声高亢，百态千姿，奇妙浪漫。

鹤舞，是丹顶鹤求爱的主要行为方式，蕴含着每个舞者的丰富情感，诠释着成年丹顶鹤对美满婚姻的意愿，展示着年轻丹顶鹤饱含激情的向往。丹顶鹤的对舞与集体欢舞，尽情地表达出它们对生活的热爱和对未来的憧憬，并对维系种群的繁衍和生存具有不可或缺的作用。

表演结束后，成亲的丹顶鹤会在繁殖地选择一处自然环境宜居且有充足食物来源的隐蔽浅水地带开始恩爱的夫妻生活。

丹顶鹤夫妻共同筑巢，通常每窝只产卵两枚，偶尔也有产一枚卵的，可谓弥足珍贵。雄鸟和雌鸟轮流坐巢孵化，一只坐巢时，另一只飞到附近食物充足的地方觅食，双方一天交换 2—4 次。孵化期为 30 天左右。雏鹤出生时并没有白色的羽毛，而是浅黄色的绒毛，嘴和腿都是肉红色，脚是铅灰色，温馨可人。

雏鹤为早成性，出生后不久就能短暂行走，五六天后就能紧随父母离巢就近漫游，相当于儿童跟随父母逛公园时的模样，并在新奇和没有搀扶中开始努力学习觅食和在浅水中练习游泳。雏鹤活动时，会不断地发出“唧唧”的叫声，向父母随时报告着它们所在的位置。

随着雏鹤逐渐成长为幼鹤，它们的羽色也由浅黄色变为黄褐色。三个月后，幼鹤的羽色逐渐地变成棕黄色，并开始跟随父母初学飞行。而后随着身体长大，陆续生出白色的羽毛，羽毛呈黄白相间状。在北方凉意早至的芦荡里，幼鹤这种自然的羽色，能够减少被天敌发现与伤害。

十个月后，幼鹤头顶才会出现红色，唐代诗人李远用诗句“来时白云翎犹短，去日丹砂顶渐深”来形容成长中的丹顶鹤。幼鹤全身的羽毛也逐渐过渡为漂亮的白黑色。

幼鹤长到体形接近父母的样子，已经能够跟随父母进行较长距离的飞行。飞行前，它们很讲究助跑，好比一台发动机由慢到快地转动起来，聚集并储存了爆发力和大量的能量。

当阳光洒向大地的时间逐渐变短，云淡风轻的日子逐渐多起来的时候，羽翼已渐丰满的幼丹顶鹤依然小心谨慎，尤其是即将面临 5000 多公里的未知征程。它们面临两种选择，要么留下过冬，要么长途迁徙。幼丹顶鹤有宽大的翅膀、健康的体质、父母的引领，还有未知世界的诱惑，勇敢的心已飞向温暖如春的南方。

幼丹顶鹤决心在蓝天上留下它们生命的痕迹。也许，它们只有完成了一次远途迁徙才会收获到生命质量的升华。

丹顶鹤

丹顶鹤

秋水恋眷着荡漾的夕阳
幼鹤的影子被越拉越长
晚霞折射出古老的传说
季风打开了摇篮的翅膀

蔚蔚蓝天南飞雁成行
茫茫秋草摇曳吟故乡
依依惜别童年的芦荡
幼鹤启程憧憬的向往

把儿歌的乡音留在心房
将未来的家信写在天上
昨天的印象虽然最美
飞上云霞

天际会隆起星球弧线的大千景象
幽深的夜空中
羽翼能抚摸银河放大的熠熠星光
无垠的天际间
胸怀会升腾赤道浓缩的粼粼波浪

季节轮回带不走大地的童话
风雪苍茫遮不住原野的馨香
悠悠岁月留不下心神的迷惘
枯荣飞逝截不断意志的流长

只有将理想执着地远眺
长夜才能衔来地平线上啼叫的曙光
初心在浩瀚的云天上会筑梦远大
品格在肆虐的雷暴中将淬炼成钢

无论遥远　无论艰险
坚定方向　敞开胸膛
任凭烈日炎炎　雨雪浇灌
心被融化　梦想就会到达

在路上　青春将会绽放
磨砺出　独有的花香
鼓足勇气一往直前
去寻找
属于自己的天堂

白鹳佼佼

BAIGUAN JIAOJIAO

我从白鹳的身上
摘下一片白色的思念
那是率真的爱
来自北方的东辽河畔
亭亭玉立的身躯
写着一片素洁的勇敢
渴望的火焰
能够点燃它的信念
我很想变作一只白鹳
自豪地拥抱一片蓝天

东方白鹳

美国的梭罗和俄罗斯的普里什文都说过：“湖是大地的眼睛。”仿佛要与这深邃的眼神相配，湖中最纯净的点缀就是美丽的鸟儿。而美丽鸟儿中的佼佼者就是东方白鹳。

最初见到东方白鹳是2004年深秋在铁岭五角湖，有11只。秋去春来，白鹳的数量没有变。我连续两年记录了这群世界濒危、国家一级保护的鸟类，没有惊扰这批尊贵的客人。2006年深秋一个霞光满天的傍晚，我正在五角湖写生，临空飞来一群大鸟，盘旋几圈后翩然落到湖的中央。我从望远镜中仔细看去，是东方白鹳，竟来了300多只，真是喜从天降！可惜天色已晚，我决定第二天早上再来。

当晚由于兴奋和担心，又反复考虑着拍摄计划，几乎一夜没有入睡。天色欲晓我便匆匆起身，重新检查一遍摄影器材，于黎明时分赶到了五角湖畔。

瞭望湖泊，乳白色的晨雾浮在半空，轻烟一般笼罩着水面。朦胧中的湖中央有一条模糊的白线。我心中窃喜，趁着晨雾钻进芦苇荡里隐藏了起来。一夜之间，平展无波的湖面上静静地结出一层单晶冰，薄薄的冰片若明若暗地折射着霜白的冰凌花。我站在湖水中，寒气很快透过毫无御寒功能的水靴浸透双腿，让我真正体验了秋水如刀的感受。

这个时节五角湖的水位较常年下降许多，缘于每年入冬前，五角湖渔场都要将湖水放掉大部分以便捕捞鱼虾。也不知迁徙的候鸟从哪得到的准确信息，目前湖水的深度恰好适合东方白鹳站在湖中觅食、憩息。

湖水渐渐清亮，湖中的东方白鹳群也逐渐清晰起来。初升的朝霞在东方白鹳的羽翼上喷涂了一层淡淡的玫瑰红，玫瑰红又慢慢地变成橘黄，在幽蓝色的湖面上漂出了一条浮动的彩带。绚丽的晨光不断在东方白鹳的周围变幻着奇妙的色彩，把东方白鹳染得恬静迷人。

东方白鹳朝着远方的水面缓慢地移动着。它们裹在若隐若现的轻雾中，袅袅婷婷，绰绰约约，朦胧中露出清丽，妩媚中显着飘逸。它们自然排成梯次有序的队形，整齐匀速地前行。它们的长嘴不停地伸入水中左右划动，急切地补充着食物。散落在附近的几只苍鹭，钻进东方白鹳队列中的一些野鸭，为鹳群增添着情致。偶尔有小群矶鹬欢快鸣叫着在水平如镜的湖面上轻松优雅地飞过，打破一下湖面的宁静。一个物我两忘、清幽静好的和美天堂就在我们的身边。

东方白鹳属于极其稀有的鸟类，繁殖率较低，目前全世界有东方白鹳野生种群不到3000只。它的繁殖地主要在俄罗斯远东地区以及中国东北的北部地区；越冬地主要集中在长江中下游的湿地和湖泊。我记得中央电视台《新闻联播》曾报道鄱阳湖出现过一只东方白鹳，可见东方白鹳的稀缺和对其保护的重要性。眼前如此众多的东方白鹳在这样一个较小又邻近城郊的湖泊停留，应该是有向导的引领。

大约过了一个小时，湖中的东方白鹳群似乎听到了统一的号令，整齐地掉转了前进的方向。它们面向东北，朝着我隐蔽的方位，步履轻盈地走来。两个小时过后，它们与我仅有百米左右的距离了。东方白鹳还不时地向我张望，好像在说：“我们知道你在那里，我们是朋友。”

东方白鹳群距我越来越近了。透过相机镜头，我清楚地看到这些尊贵的来宾是那样的楚楚动人。东方白鹳身高有1.2米以上，机敏的眼睛闪着宝石般的水晶光，鲜红色的眼圈透出娇媚和神奇，粗黑的长嘴显示出旺盛的生命力，优美的长颈展露着灵性，洁白丰满的羽毛尤显魅力，黑色的初级和次级飞羽在阳光的映耀下闪现虹彩的光泽，亭亭修长的双腿红润光滑带有鱼鳞纹，体态健美、潇洒，确有英俊高雅之容。

忽然，有几只东方白鹳跳跃起来，其中一只东方白鹳的嘴里叼着一条约一尺长的鱼。它们没有互相争夺，而似在相拥相嬉，又像是跳起了快步集体舞。它们舒展的双翼宽大秀美，像黑白分明的琴键，于起起落落间弹奏着、吟咏着纵横驰骋、笑傲江湖的旷达赞歌，在秋水明净如妆的湖面上，尽显江山风月主人的清逸浪漫。

周围的东方白鹳好像都放慢脚步，停止了觅食。有的仰望天空，昂首鸣叫；有的在水中漫步，怡然自得；有的相互体贴，双双依偎；有的开始梳理羽毛，显现饱餐后的悠闲。

几声短鸣，五六只东方白鹳从群体中腾空飞了起来。它们起飞不像丹顶鹤那样，在飞行前还要助跑一小段距离，可见它们的双腿和翅膀更有力量。飞起来的鸟儿伸展两翼，在群体的上空扇动着翅膀，慢悠悠地转着圈子，仿佛在巡视着湖面，转了几圈后又徐徐地降落到群体中间。

东方白鹳好像是在轮班，不时有几只不同位置的东方白鹳梯次地飞

东方白鹳

起，也不高飞，转了几圈后又缓慢地落回，起起落落似在寻找着什么。

过了好一会儿，有十几只东方白鹳先后飞了起来，只见它们这次盘旋着像滑翔机那样不断升高，而且在空中转的圈子也越来越大。

我恍然明白，东方白鹳主要依靠气流飞行。它们每次长途飞行前，都要等待阳光普照大地，地面暖气流上升。看来，东方白鹳经验丰富，分工有序，它们先由少数成员逐批试飞感受上升气流的强弱。午前，地面上升的暖气流达到高峰时，东方白鹳就会在这段时间里集体起飞，像乘坐热气球一样盘旋升空，扶摇直上。

从鸟类迁徙来看，借助上升气流，依靠滑翔飞行，可以不扇动翅膀或减少扇动翅膀，从而大大地减少体力消耗。鸟类飞翔中艰难的劳动主要是使张开着的两翼向下压迫空气，因为鸟类必须用翅膀驱走身边的大量空气才能浮空及前进，飞翔全靠空气的抵抗力。

那么天气不良没有上升气流，无疑是迁徙鸟类无法逾越的障碍。如果迁徙的鸟类在空中飞行时缺少了上升气流，它们会选择在适宜的湖泊和芦苇沼泽地停歇，等待温暖阳光的到来，同时为下一段的飞行储备更多的能量。一般来说，鸟类迁飞时的能量消耗相当于休息时的6—8倍。

如果鸟类在大海上飞行遇有上升气流减少时，它们难免会下降飞行高度或力拼体能靠扇翅飞行，一旦贴近水面，使翅膀沾上水，就可能是一场灭顶之灾。因此，掌握飞行经验及季节性暖气流的规律，并熟知中途停歇地，对于迁徙鸟类来讲是极其重要的。

现在，天空晴朗，艳阳高照，地面气温明显回升，湖中的东方白鹳等到了适宜的上升气流，它们陆续地起飞了。东方白鹳每批起飞的数量不等，大多是三只一同起飞，可能是一个小家庭。它们一拨接着一拨鸣叫着飞起，姿态轻盈而优美，很快就布满了整个五角湖的上空。

东方白鹳展翅飞翔时，迎着阳光，其身躯不透明的乳白色，犹如海水冲磨白色贝壳的颜色；它们的羽翼黑白相间，异常耀眼，与半透明的灰白尾翼形成鲜明的对比。在近处，东方白鹳展露出全身羽绒的浓密和柔软。在远处，东方白鹳呈现出舒展、飘逸的悠然。翱翔在秋高气爽的碧蓝天空，东方白鹳展示出一种超现实的光芒，一种无阴影的光辉。

飞上天空的东方白鹳几乎不扇动翅膀，借助上升的气流螺旋状升空，越飞越高。好像每一只东方白鹳都有一条盘旋升空的轨迹，它们可以轻松地上升到2000米或3000米的高空，并借助风向毫不费力地滑翔飞行，上升的高度也决定着它们在上升气流减弱的情况下滑翔的距离。

在晴好的天空中长途飞行，东方白鹳会有选择地向山谷或者干燥的地区滑翔，因为裸露的岩石或沙土能够较多地反射阳光从而产生热气流，它们会不断地借助新的上升气流飞上高空。通过这样的方式循环，东方白鹳就能从一个上升气流滑翔至另一个上升气流，并在高空滑翔中保存身体的热量，把有限的体能用在关键时候。

现代科学实验证明，东方白鹳的骨骼外坚内空，压强是人类的七倍，飞行时每分钟可扇翅180次，时速达40公里左右。如果气流和风向适宜，它们甚至可以几天几夜不休息地连续飞行，完成3000多公里的旅途。

我一直忘情地拍摄，不舍得错过每一个稍纵即逝的珍贵瞬间，不知不觉太阳已过头顶了。看着蓝天上几百只珍稀的东方白鹳在盘旋翱翔，我满怀感动，是它们对我充满信任，给了我这样难得的机会。我想活动一下身体，才发觉双腿已不听使唤，腰部以下全都麻木了。只好打电话叫人把我从芦苇荡里背了出来。

燕雀

燕雀寄思

YANQUE JISI

2015年深秋的一个傍晚，我根据旅顺老铁山自然保护区工作人员的介绍，特意来到黄海与渤海分界线北侧的半山腰观看燕雀渡海。背临老铁山举目南望，海天一色，浩瀚无垠。山脚下粼粼波光的海面上渔船点点，远方的暮色中依稀可见距此42海里的内长山列岛最北端的北隍城岛的缥缈身影。

老铁山位于辽东半岛的最南角，亦是隔海与山东半岛的群岛之间最近的陆地连接点，自然成为春秋季节迁徙鸟类飞越海峡的最短路径。老铁山的山峰向西南逐渐降低了高度，山脊也变得越来越狭小，在绵延了数里留下一座半岛状的断崖后便宛若一只牛犄角伸入海底，像是在此结束了半岛赋予的使命，又像执着地去探寻远古的奥秘。

在这个陆地之角的断崖上有一座白色塔楼，建有指引黄海和渤海海峡间往来船只的航标灯，似乎也成为了鸟类飞越海峡的地标。春天，当来自太平洋沿岸的北迁鸟群从大海上看见这座断崖上的白色航标塔时，就会庆幸它们终于结束了一长段惊险的旅程。几乎所有跨海的鸟类飞临这个陆地之角后，都要收起翅膀在老铁山的群峰之中补充体力。秋天，来自我国东北、俄罗斯、蒙古、朝鲜半岛的南迁鸟群途经辽宁南部时，在黄海西北部海岸、渤海东南部海岸的引导和约束下自然汇集到辽东半岛最南端——这个“倒三角形的底角尖上”。几乎所有北来的候鸟在飞临这个陆地之角时，都会选择跨海前在老铁山的林海之中养精蓄锐。

老铁山主峰海拔465.6米，面积144.4平方公里。由于其特殊的地理位置和良好的山地植被环境，成为东北亚大陆候鸟迁徙通道上的“枢纽鸟栈”。春季3—5月份、秋季9—11月份是候鸟经由此地的主要时间。每年季节温度的不同造成候鸟过境高峰期的变化，其间不同的温差会带来不同的鸟类，年年南来北往的候鸟有上千万只。

大海的尽头，一轮红得透明的落日在薄薄的暮色中卓然而立，海天一色的湛蓝渐渐变成金红。四周寂静，一阵鸟叫声自左侧山麓传来，声音由小变大。我侧目望去，一群燕雀欢叫着从山前不远的海面上快速飞过，沿着海岸线朝着西南方的灯塔飞去，随着鸟叫声逐渐变弱，只剩一团小黑点飘荡在空中。紧接着，一片鸟叫声又从身后山腰的密林中传来，声音响亮，又是一大群燕雀鸣叫着从我头顶上波状般飞过，很快便消失在夕阳的逆光里。此时山湾边、山脊上、山谷里也纷纷响起群鸟的叫声，一群群燕雀似相约般不断地飞来，每群少则几百只，多则几千只。鸟类对气候、时光的感知是如此敏感、如此精确，令我赞叹不已。

我看到，大群的燕雀飞越灯塔尽头的陆地之角后，不约而同地朝着北隍城岛的方向飞去，陆续消失在雄浑而苍茫的海面上。我想，现在天空的能见度良好，海风柔和，燕雀可能开始渡海了。看着晚霞中漫天飞舞欢叫的燕雀，我不由得回忆起小时候自己与燕雀之间一段难舍的情怀。

记得那是在“文化大革命”刚开始，我小学毕业那年的初夏，父亲从朋友那里带回家一个课本见方的小鸟笼，小鸟笼里面有一只美丽的小鸟。小鸟长得非常可爱，一身多彩的羽毛，圆圆的小脑袋，一双透亮灵敏的黑眼睛，好奇地望着我们。我是第一次见到这么好看的小鸟，像见到一位新朋友一样别提有多高兴了。

我立刻迫不及待地仔细打量起来。这位新朋友有一张尖尖的黄色的小嘴，褐灰色的头和黑灰色的颈背，长着棕灰色的翅膀，橘黄色的下颚和前胸，还有白色的腹部，黑色的叉形尾，一双粉褐色的细腿脚。它身上的颜色可真不少。只是小鸟有些发蔫，显得木讷。父亲说小鸟的名字叫燕雀，它身体不太好，不太愿意吃食，也不愿意鸣叫。

父亲对这只小燕雀格外关心，每天早上给它喂食喂水，有时还喂一点小肉虫和青菜叶，还经常在小鸟笼里放一小碗水，让小燕雀洗洗澡。那时的生活条件比较艰苦，父亲上班，还常生病，母亲有时候给父亲煮一个让我看了眼馋的鸡蛋，父亲舍不得把鸡蛋吃光，每次都要掰下半个鸡蛋黄留起来，压碎晒干后拌上谷粒，分几次喂给小燕雀。

有一个星期天，父亲早早地出门了，直到天很黑了才回来。后来听母亲说，那天父亲走了一天的路，到很远的乡下给燕雀寻找谷穗去了。

很快，小燕雀就成为我们家庭中一个不可或缺的成员。在我们全家人的精心呵护下，小燕雀越来越有精神了，羽毛亮丽了许多，头上的褐色逐渐变黑，胸部的黄色开始发红，翅羽上的斑纹愈加清晰，眼睛也闪着亮光，浑身毛茸茸的，让人忍不住想摸一摸。有一天，小燕雀忽然"唧唧唧"地叫出声音来，父亲的脸上浮现出许久未见的笑容。

我每天早上起来要先去看看小燕雀，放学后回家的第一件事情就是和小燕雀说说话。小燕雀每次见到我，都摇晃着脑袋在小鸟笼中仅有的两根短木棍上来回地重复跳着，目光中流露出忧郁的无法拒绝的眼神。那年暑假，我做了一件至今都难以忘却的事情。我亲手给小燕雀做了一个 50 厘米见方的竹制大鸟笼。因担心做不成功，开始未敢告诉家长。起因是我在同学家里看到一个自制的漂亮的竹制大鸟笼，心里便暗暗地下了决心也要亲手做一个同样的大鸟笼。随后，我几乎天天到那位同学家里去，仔细琢磨那个鸟笼的做法，缠着同学的父亲教我制作鸟笼的要领，慢慢地我就记住并琢磨出一点门道来。

我先用卖牙膏皮积攒的零用钱买了个细钻头，安上一个自制的木手柄，找来一些棉线绳缠在手柄上再系上一个横木杆，像拉二胡一样转动手柄带动钻头，在竹板上钻出一个透空的小圆眼来，然后在钻好眼的竹板中插上磨好的细圆竹条。初试成功后，在同学父亲的鼓励和指导下，我就一发不可收拾。因为是在假期，父母也不太管我，以为我去同学家看书。我每天除了吃饭、睡觉回家，几乎天天起早贪黑忙着自己的事情。缺少制作材料，我就出去捡拾，其中为了捡竹条就不知在外面走了多少路。材料基本凑齐后，要将竹条按所需不同尺寸截齐、劈开，再用刀刮、砂纸打磨成正好能插进竹眼的竹针般的细圆竹条。鸟笼的五层横梁和一圈立柱要尽量制作得统一、结实，小门也要美观。每钻一个竹眼，需要五六分钟，也不知磨断了多少条线绳。制作 1200 多个竹眼、300 多根竹条使我的双手磨出几个血泡，痛得钻心，血泡又变成茧子。当时不知哪来的韧劲，忍痛坚持，只是眼前总晃动着小燕雀在小鸟笼中的影子。

终于在假期结束前，新鸟笼做成了，看上去有些粗糙，也没有同学家那个鸟笼精美，但是我制作的鸟笼没有用一颗铁钉和螺丝，全部是手工卯榫而成。因为听大人讲，鸟笼上如果有铁钉或螺丝容易刮伤鸟儿的羽毛。我只想早点看到小燕雀在大鸟笼中展开翅膀的快乐样子。

父母起初不相信这是我制作的鸟笼，但他们知道全过程后，给我借来一本书：奥斯特洛夫斯基著的《钢铁是怎样炼成的》，这本书使我深受教育。这期间，小燕雀会唱歌了！这对我们全家来讲是一个喜讯。

父亲看着我做的新鸟笼，却作出了一个让我感到十分意外的决定：将小燕雀放归大自然。放飞燕雀的那天早晨，我们全家人看着小燕雀从小鸟笼中飞出，落到门前的大柳树上，全家人都高兴地鼓起掌来。

小燕雀飞出鸟笼时，急切地扇动着翅膀却显得有些笨拙，翅膀上竟有我未曾见过的好看的花斑，我惊喜地叫出声来。小燕雀显然是异常兴奋的，它在大柳树上唱起了歌，悦耳的歌声清脆动听，久久地留在了我的记忆里。那年，我 11 岁。后来，我们家先后搬了好几个地方，父亲始终没有丢弃我给小燕雀做的那个一次也没有用过的鸟笼……

今晚，独坐山林，静怡心境、平泊思绪，不再去感怀昨日的种种得失，不屑去思虑明天的世俗人情。是山，给予了这份淡泊明净；是树，给予了这片宁静优雅；是风，给予了这种飘逸超然；是燕雀，让我回到了童真的世界。融在鸟语林风中，任何事物都显得微不足道。

鸟儿为人类打开的是一个新维度的世界。鸟儿当然不会凭空具有寓意，是人类为它们赋予了想象和情感，它们才灵动而起，有了不一样的生命。以鸟拟人，以鸟比人，是从外界返回人自身的一场醒悟，是更接近自然和本真的路途。我们的文明即使流传得再远，如果不能返回自身，就失去了文明本身的价值。事实上，我们越走越远，也越来越聪明，甚至都忘记了自己并不是情感的发明者，而是承受了鸟儿的恩泽和抚慰。

当语言变得无力的时候，鸟儿的歌声会让人们互相理解，并表达出真实情感。我们有时候看着成群的鸟，很好奇它们之间是如何彼此相识，又其乐融融的。我甚至怀疑，因为求生，它们很少有朋友；又或者，它们彼此都是朋友。也许在它们眼里，地面上的人类也有这样的困惑吧。

在太阳驻守地球的时间里，我们应该感恩大自然，感恩自然界中的鸟类与人类相伴。人与鸟儿一样，都感受过无微不至的父爱和母爱，眷恋着故乡的土地。父爱和母爱也让我们感念一生，我们还常将大地比作母亲。然而，我们又有多少的爱回报给了大自然？

没有与恐龙同时代生活，人类似乎总觉得多少有些遗憾。但值得欣慰的是，我们还有幸和恐龙族群的后代——鸟类生活在一起。然而若干年后，不知我们的后代能否从天空中看到飞翔的鸟儿，是否会依据留传给他们的图片和文字资料来谴责他们的先辈。

现在，我们的心却变得越来越粗糙、迟钝，缺乏怜悯，对于自然界的生命意识渐渐淡薄。在盲目无度地追求局部利益最大化的今天，到处是自然生态失衡的景象。想起梭罗在《凡尔登湖》中说过的话："谢天谢地，人还不会飞，还不能让天空像大地一样荒芜。"如果天空中不再有飞鸟喳喳而过，人们将是怎样的满目荒凉，人类将行走于怎样的苍茫？

美国女诗人毕晓普说她最关心的是这样一个问题：大自然是赞成我们呢，还是反对我们呢？其实，所有人类都应该这样问。

……一阵急风暴雨般的轰鸣把我从记忆和思考中唤醒，数以万计的燕雀齐声呐喊着从灰蒙蒙的海面上飞回来了！

燕雀的呐喊声覆盖了整个山岭，也覆盖了海浪拍击岸边的涛声。

燕雀从山脚下贴着山坡飞上来，排山倒海般地从我的身边呼啸而过，好像战场上冲锋陷阵的勇士，一批接着一批冲向山顶，鸟影几乎铺满了老铁山的南山坡，转瞬间又都隐身到茂密的黑松林里，很快安静下来。看来，燕雀们没有飞往北隍城岛，而是在进行正式跨海前的体验飞行。

数以万计的燕雀在我眼前飞舞欢歌，让我震撼，让我惊喜，不知这个群体里面是否有当年小燕雀的后代。仰望天空，已是繁星点点，我仿佛又看见了父母慈祥的目光。我觉得，还应该为飞翔的鸟儿做点什么。

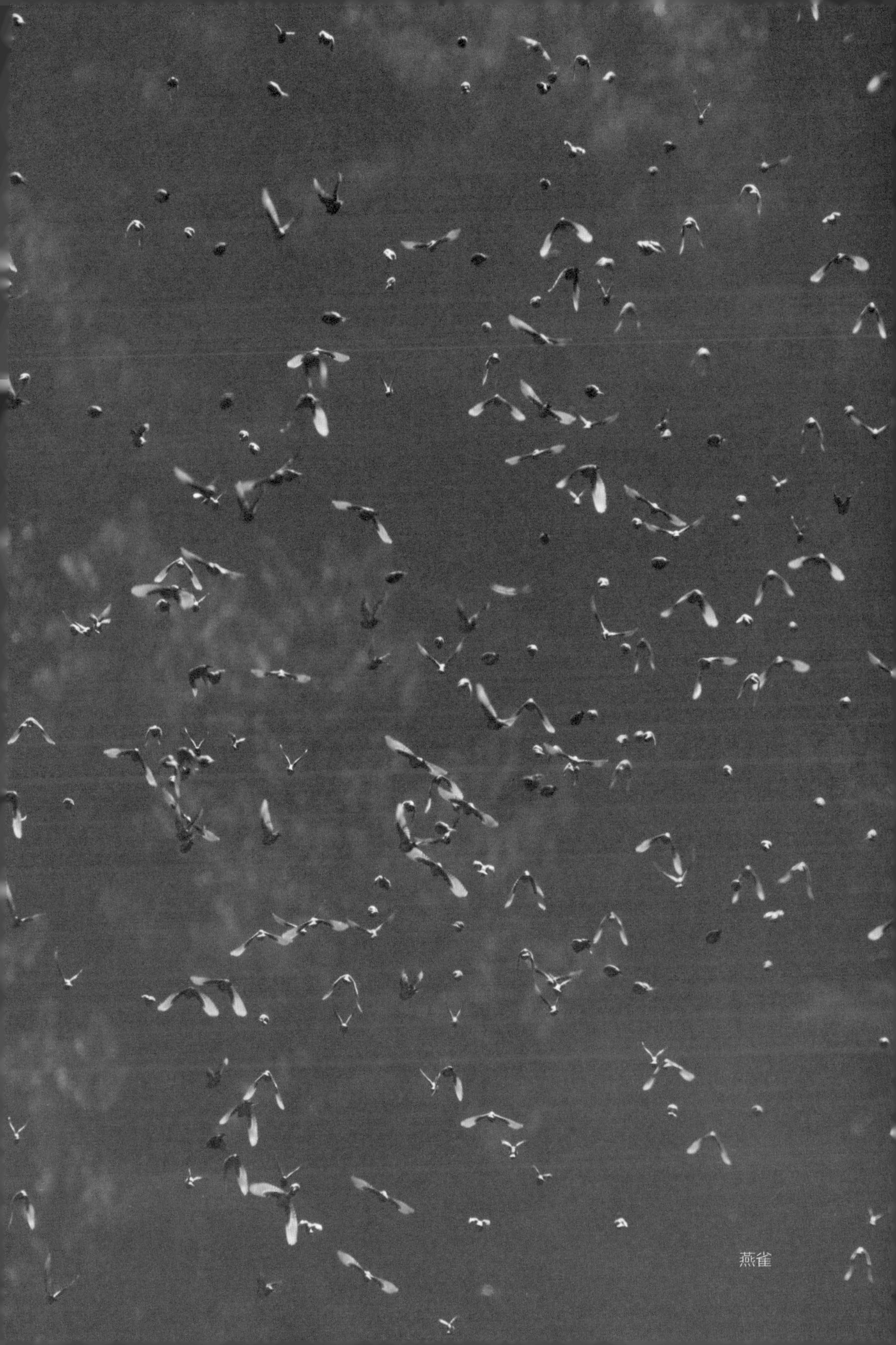

燕雀

迷途的白头鹤

MITU DE BAITOUHE

许多美好的事物，不经意间，总是烟缊着忧伤的淡淡烟云，如丝如缕，很弱很弱，却挥之不去。

2007 年仲秋的一个下午，天气晴和，浮云淡薄，轻拂的微风送来阵阵雁、鸭的鸣叫。我站在泥泞的七星湿地边缘，用望远镜仔细地观察着不远处的湖中分散觅食的鸟群。鸟群中的雁、鸭数量较多，主要是豆雁和几种常见的野鸭，其中不乏绿头鸭和斑嘴鸭等。

我忽然发现距湖对岸不远的一小片沙洲上，站着几只身材细高的灰色“大鸟”，湖水的映衬和附近黑点似的雁、鸭群的簇拥，“大鸟”显得“鹤立鸡群”。它们不像灰色的苍鹭，因为从“大鸟”与野鸭的比例看，“大鸟”显然要比苍鹭高了许多，这是什么鸟？我不曾见过。

由于距离比较远，细节看不清楚，我只好带着疑问下决心沿着湿地边缘向湖对岸的沙洲方向绕行过去。

湖边的浅湾处聚集着各种野鸭，看见我走过来便纷纷地鸣叫着飞起，四散而去。待我走过后，野鸭们又急切地分批落回原处。看来，这里的水域是适合它们觅食和休息的地方。

眼前的湖水水位下降了很多，露出了多片沙洲。我尽量选择干爽的沙洲直行，蹚过水浅处清澈的湖水，减短绕行的弯路，越过几处湖漫湾后，大约走了有一半的路程，便停下来休息，再次进行观察。

这里离“大鸟”就更近些了。我从望远镜中看到，远处的沙洲边上共有四只灰黑色的细高“大鸟”，体形要比白鹤或白枕鹤瘦小些，也不像灰鹤，头颈还是白色的。难道是白头鹤？我简直不敢相信自己的眼睛。

我再次从望远镜中仔细地反复观察“大鸟”，基本上可以判断那四只“大鸟”就是白头鹤。太稀奇了！

白头鹤是国家一级保护鸟类，世界濒危物种。据资料记载，全世界仅存 7000 余只。为什么它们会出现在这里？白头鹤在俄罗斯西伯利亚地区和中国黑龙江省北部筑巢繁殖，在中国的主要越冬地为长江中下游地区，只有在迁徙季节才途经松辽平原湿地，而且停留的时间很短。

我真没有想到在这里能看到白头鹤。鸟类迁徙利用日月星辰和地表景象作为导航，这里地处白头鹤迁徙走廊的西北边缘地带，一定是有什么原因，这几只白头鹤离开了迁徙的大队伍。是因为空中季风的忽然变向，还是因为地表日新月异的人工改造而迷航？它们是迁徙队伍的前哨，还是掉队的老弱病残？当然，它们自有来到这里的缘由。

我又看到，眼前的这片湿地原是一座人工水库，由于目前水库施工维修，几乎放光了原有的大量蓄水，露出了湖底多处的沙洲和水坑。湖底泥沙中的软体生物、甲壳类和水坑中聚集的鱼儿显然为迁徙的鸟类提供了便利且丰富的食料。

我想，鸟类迁徙途中所遇到的情况复杂多变，原有的驿站也可能发生变化。这几只白头鹤也许是由于意外的情况改变了迁徙的路线，有意偏离主航线寻找新的栖息地点；也许是为了照顾幼弱的家庭成员而体力不及；也许还有鸟儿之间的信息，它们才寻觅到这里。

虽然这是我在野外第一次见到白头鹤，但珍稀的白头鹤早已让我仰慕已久。白头鹤有“修女鹤”之誉，它在鹤类中体形娇小，黑灰素裳，行为高洁，性情温雅，雄雌忠贞。白头鹤对栖息地的生态条件要求极为严格，喜欢洁净且安静之地，有良好的卫生习惯，每天要用大量的时间梳理羽毛，确保“衣冠整洁”。繁殖时的巢也很干净，没有异味。

白头鹤是很有“君子风度”的鸟儿，在觅食过程中从不暴饮暴食，无论饥渴或食物多寡，总是有条不紊，没有争抢，尽显温良恭俭让的美德。它们的诸多特点早已耳熟能详，我暗自庆幸与它们的难得巧遇。

我怀着喜悦的心情快速地沿着露出沙土的湖底径直向白头鹤走去，又不时蹚过沙坑中腿肚高的积水，湖底的沙石在常年积水的压力下沉淀得较实，脚踩在上面下陷不深，露出水面的沙洲经过风吹日晒，脚踩上去很松软。当我大口喘着粗气来到一个有篮球场地大小的沙洲上时，距离白头鹤只有 300 米左右了，前面还隔着一大片水域，从湖水的浑黑颜色来看，湖水比较深，走不过去了。不想，前方的白头鹤飞了起来。

白头鹤的格外警觉还是另有因由尚不可知。白头鹤的特点之一是反应机敏，行动隐秘，觅食时不断地启首观望，遇到险情即振翼腾飞，升空盘旋，鸣叫示警。眼前的白头鹤起飞的节奏缓慢，没有鸣叫，状态沉稳地向远方飞去，估计它们没有受到太大的惊吓，加之这里有难得的丰美食物，如果它们到来的时间不长，应该不会飞得太远。

这里的西北方向是大兴安岭山前台地与浩瀚的半固定沙漠，水域稀少；东南方向是密布的交通干线和人口稠密区，候鸟很难立足。在区域间平均宽百余公里的候鸟迁徙通道上，扎龙自然保护区、莫莫格自然保护区、向海自然保护区、辽河自然保护区等依次自北向南顺延排列。相邻自然保护区之间的距离都在百余公里以上。

我想，这里位于辽河自然保护区的北端西侧，附近没有更理想的候鸟停歇地，如果是在迁徙途中已消耗掉大量体能的白头鹤，不大可能轻

白头鹤

易地离开这片僻静且食物充足的难逢水域。

我环顾了一下四周，我站立的沙洲已接近湖的中央了。周围布满了大大小小的浅水洼地和泥滩，驻足了多群野鸭和豆雁。

虽然我穿的防水衣裤颜色与泥土颜色很相近，还是招来了一拨拨野鸭和豆雁的勇猛冲击。野鸭和豆雁飞得很低，有些就在我头上十几米高的空中快速地飞来绕去，急促鸣叫，翅膀摩擦空气的啸音阵阵。我非常理解它们的需求，我的到来打扰了野鸭和豆雁们的觅食和休息。

我马上蹲了下来，保持一动不动。很快，野鸭和豆雁的叫声就明显减弱了许多，除了个别野鸭仍在徘徊，带着警惕的目光看着我，大部分野鸭和豆雁又纷纷落回到分散的浅水洼地和泥滩上，曼声细语起来。

眼前这座水库属于小中型，面积不太大，有十多平方公里的样子，在辽河水系中是一个微不足道的水域。现在，形成了一片湿地，竟然吸引来如此众多的鸟类，可见鸟类的食物已经是何等的匮乏，鸟类生存的空间已经被压缩到了何种有限的程度。

我坐在地上，记录着观察的日记，在复杂的心情中品味着雁鸭群的叫声。这些听起来似乎带有烦躁的叫声中传递着几多疲倦与无奈，表露出几多怨恨与忧伤。鸟儿可能会感到疑惑，难道天下的人类与万物共存只是为了自己的占有？人类又为何这样惊慌？难道宇宙早已注定人类种族的繁衍不长？

鸟儿甚至会想，人类何为满足，何为辉煌，适可而止吧，给地球上的自然物种多留一点生存的空间。人类终究会消亡，消亡的原因，可能是因为人类的“聪明”；消亡的早晚，取决于人类“聪明”的程度。

我也常常困惑：当前，科技的发展还达不到在地球生态系统崩溃之前建造出另一个生态系统，或有类似鸟类迁徙的模式，人类还没有能力迁移到另一个星球。那么，人类目前就只有一个选择：以生态系统的承载力来限制自身的物质需求。其实，生态危机并不可怕，可怕的是人类造成生态危机的思想和文化模式。

卡逊认为，人类的发展之主要目标不是经济不断增长，不是物质不断丰富，而是人性中善良因素的不断加强，是人格的不断完善；而要实现这样的发展或进步，除了在人类社会内部弘扬正义、公平、良知之外，还必须建立、保持人类与自然平等、和谐、友好的关系。因此，人与自然的和谐关系的恢复与重建，就成了真正的发展的必要条件之一。人的本质的自然属性是与其他生命形式共处，而不是与其作对。

想着想着，我的脑海里浮现出非洲塞伦盖蒂大草原。那是 2001 年我随中国医疗队在坦桑尼亚的最后一个周末，在坦方朋友的多次动员和热情安排下，我们来到了坦桑尼亚西北部著名的塞伦盖蒂。

塞伦盖蒂在马赛语中是“无边的草原”。虽然之前我从电视和图片中了解过塞伦盖蒂，可是当我站在敞篷吉普车上驰骋在塞伦盖蒂的怀抱中时，我的心完全被非洲大草原的壮美和狂野、自然生态的大观与和谐所震撼，这里真可谓野生动植物的天堂，自然世界的瑰宝。

远方的乞力马扎罗雪山巍然屹立，这座“非洲屋脊”俯视着炙热的赤道大地，让我产生许多好奇，也使我不由得想起珠穆朗玛峰的巍峨，阿尔卑斯山脉的高耸，落基山脉的雄奇。它们真像“同胞的兄弟”。

玛利雅娜湖恬静秀美，湛蓝的湖水泛起绿波，湖水边有一圈洁白的盐碱地。玛利雅娜湖就像一颗巨大的珍珠镶嵌在草原上。湖水一直伸向天边，天水融为一色。数十万只火烈鸟“织成片片白云”飘过蓝绿色的碧波。湖边一棵棵古老的猴面包树，伸出了交错苍劲如虬龙似的枝干，抒发着赤道草原独特的风韵。

真正令人心醉神迷的是它整个的自然生态。这里有终年茂盛的草原，青葱的灌木林以及湿地、淡水湖和咸水湖，每种动植物都有自己的一块领地和生存之道，植物为动物提供食物，动物的生活为植物提供播种和繁衍，动物与动物、植物与植物的生物链自然循环，共同延续。

山麓与湖水之间是大片的原始热带雨林，与草地错落分布。这里才是真正的野生动物的乐园，2000余种野生动物在丛林和草原中繁衍生息，其中包括90余种哺乳类动物和400多种鸟类，构成了地球上最大的野生动植物自然生态系统。每年几百万只动物的大迁徙举世闻名。

当地的马赛族人大概是当今世界上最原始的聚居部落了。他们仍保留着远祖的生活习俗，无论男女都喜欢穿着花色的衣服，尤其是红色。几千年来，他们仍然与野生动物和平相处，达到了人与自然的结合统一。

虽然我们在塞伦盖蒂停留的时间很短，塞伦盖蒂却在我的心中留下了无法忘怀的情感和印象。那种感受至今想起来都会让我激动不已。

在我即将离开达累斯萨拉姆登机回国前，我的心情仍难以割舍，甚至希望自己能留下来，到塞伦盖蒂做野生动物保护工作。留恋的心情中，我在机场买了两本塞伦盖蒂和马赛马拉的自然风光摄影集。

从那以后，我时常拿出来这两本摄影集欣赏回味，不仅缓解了许多压力和烦躁，也不断增强着自己志愿保护野生动物的信心……

我望着远方，那是白头鹤消失的西北方向，回想着塞伦盖蒂的人与自然环境和谐共生的画面，心中难免生出苍凉之感。

据我多年的野外观察，候鸟经验丰富，迁徙鸟群可以找到最安全、最快捷的路线。鸟群在迁徙途中，各成员之间会一直保持沟通和交流。不过，它们偶尔也会迷失方向，打乱队形。每当遇到这种情况，鸟群中经验丰富的成员便会发出洪亮的叫声，召集其他成员迅速归队，并重整队形，确保身边不会有成员掉队。候鸟在途中停歇的时候，如遇有意外，通常会转移到不久前经过的就近地方栖息，不会轻易飞向生疏的远方反复寻找栖息地而浪费体能。这也是候鸟栖息的习惯性方式。

这时我注意到，西北方的低空出现了几只飞动的鸟影，由小逐渐变大，正向我所在的湿地飞来。鸟的身影越来越清晰，是四只白头鹤，我高兴起来。如果还是刚才飞离的那四只，看来它们并没有飞得太远，从时间和风向来看，估计它们飞出不到10公里。

四只白头鹤飞得优哉游哉，好像是就近漫步散心去了。它们几乎是贴着湖边村庄的屋顶和树梢飞来，似乎早已熟悉了附近的地形，也许那个村庄就是它们飞行中的地标。

令人惊喜的是，四只白头鹤后面不远处又出现了七只白头鹤尾随着飞来，它们有可能是一个家族。看来，前面的四只白头鹤刚才是寻亲领路去了。后面这群白头鹤飞得也很松散，近似“一”字形，这可能与它们旅途疲劳和快要降落有关。前面的四只白头鹤引领着后面的白头鹤越飞越低，径直飞向它们原来停歇的地方。

奇怪，后面的白头鹤中有两只白头鹤却朝我蹲守的沙洲方向低空飞来。或许这个沙洲的位置更适合它们停歇，或许这个沙洲附近的雁鸭群使它们觉得更有安全感，或许是对沙洲上的“我”这个不明物体产生了怀疑。面对这两只飞临的“大鸟”，雁鸭们却竞相高声地鸣叫起来。

飞来的两只白头鹤距离我越来越近了。我从望远镜中能够清晰地看到白头鹤黑亮的眼睛，鲜红的顶冠，雪白的头颈，黄色的长嘴，灰黑色的身躯，舒展着飘逸优雅的青灰色双翼，仪态婵娟，真是大自然的神奇造化！如此珍稀的天使般的白头鹤，这也许是你和我的缘分。

远处的白头鹤群发出了高声的鸣叫，声音洪亮，穿透了雁鸭群杂乱的混声。飞近的两只白头鹤回应着鸣叫了几声。看来，鹤群是在召唤离队的同伴，谨慎地告诫它们不要分散远离。这两只白头鹤果断地侧转身，快速拍打着翅膀，鸣叫着向鹤群的方向飞去。

湖面上飘荡着白头鹤高亢的鸣叫，雄浑有力，连续不断。

白头鹤高亢的叫声耐人寻味，也是千古之谜。也许它们的叫声是在提振自身的远大志向，也许它们的叫声是对沧海桑田的历史回音，也许它们的叫声是面对迁徙道路上的艰辛所发出的号角或长叹。

望着空中远去的白头鹤，我忽然感到一阵隐忧袭上心头，目前数量已经极其稀少的白头鹤是否就剩下这么几只？我站在那里茫然了。

第十章

初冬

空灵神远

红胁绣眼鸟

远景的层次

YUANJING DE CENGCI

累累的果实悄然羞红了满山的枫叶，温润的空气中飘满成熟的清香。我漫步在铺满金黄色落叶的林中小路上，聆听着潺潺清泉与幽谷的绵绵细语，渴望追寻季风送来的阵阵鸣啭。

在山水间行走，逆光勾勒出峰峦叠嶂的层次，让人有一种穿越时光的感觉。我们都是从没有声光电的年代走过来的，内心积淀着对“风定花犹落，鸟鸣山更幽”（北宋 · 王安石）的向往和在运动与静止的统一中渴望的探寻与宁静。

深秋的气息香浓而甘甜，此时，鸟儿的迁徙已达到了高潮。我按照候鸟的季节性规律，在一个背风朝阳的山坳里，寻找到一棵野山丁树，树上的枯叶已经零散，满枝头密密麻麻的山丁果红得发紫。鸟类是恒温动物。候鸟迁徙不是为了躲避寒冷，主要是为了寻找充足的食物。我估计附近的鸟儿会在满目萧瑟中找到这棵野果树觅食，便在距野果树几十米远的小树丛里隐藏好，期待着记录秋天鸟儿不舍的故事。

细想起来，对于鸟儿的感怀，其中最直接的心事，是对与鸟儿相伴的那些生存过程的牵挂。鸟儿娇小而平凡，亦如我们生活在凡间的人，终生忙忙碌碌，却不知时间去哪儿了。娇小的鸟儿，通常你是看不到它们明显的生长轨迹的，几乎年年如此，即便新老鸟儿也难以分清。

我经常在野外细细地观察季节变换给鸟儿带来的不同。它们繁衍生息，是那样自然，那样简约，风霜雨雪中傲然地执着。它们长出新羽，显得那样清纯，那样朴素，阳光下显得那样富有活力。

看着被羽毛覆盖住皮肤的鸟儿，根本就无法从表情上反映出内心的世界。但我惊奇地发现，透过镜头对鸟儿脸部特写的观察，我竟能清晰地分辨出它们的疑惑、隐忍、渴望与坚强。

小小的身体里蕴藏着无限的力量，这种力量伴随着它们万里高飞。天空中偶尔飞过的鸟儿也许是身躯很小的，但这种不屈不挠的精神是被无限放大的。在它们身上，我看到了时间在前进，日子在积累，能感受到自己身子骨里发出的响动和血液流动的落差声。

面对娇小的鸟儿，我们更多了些在季节变化之中的敏感，敏感于鸟儿细微的不同，甚至敏感于自己的一个念头，敏感于朋友的目光。时间久了，我真是难以放下，却生发出了某种顽固的偏见。

山野里灵动的鸟儿，使我总是排斥城市里那些教条的面孔和呆板的眼神，我知道这一定是偏见。但内心生疼，有些人虽然活着，却没有了生动。我知道这也许不是他们的错，尽管他们可能已经很努力地保持着往日的神态，并一错再错地准备了太多辩解的理由。

我的偏见不能说服更多的人，因此独自面对那些生动的鸟儿，自然无所谓和声。好像无形之中有一只看不见的手，拉着我和鸟儿走近。

寂静的山林，平凡的鸟儿，在我心头构成苍凉的远景，浓郁而有层次。

不知什么时候，眼前的野山丁树上来了一只北红尾鸲，带走了我的思绪。北红尾鸲蹦到树下的灌木丛上，它有银灰色的头盔，橘黄色的胸脯，缀着白色斑点的黑色翅膀，棕红色的尾巴颤动不停，真让人窃喜。

仔细观察，野山丁树上悄然已有几只棕色的三道眉草鹀在觅食，它们黑白相间的头部条纹和栗色胸带，配上白色的眉纹，小有风姿娟秀。也不知这般娇小的鸟儿是如何寻觅到这山坳的小树上的。

我正看得入神，几只斑鸫波浪似的从前方山坡上飞来，很快便钻进野山丁树中果实多的地方狼吞虎咽起来，斑鸫棕红色的羽毛和胸间紫红色的斑点几乎和野山丁果融为一体。鸟儿在享用食物的时候是不出声的，如果不是用长镜头跟踪观察，则很难从密布的野山丁果中发现它们。

忽然，一阵带有磁性的鸟叫声从左前方山坡下的树林中传来，我不由得站起身来望去，是一大群金翅雀在欢聚。它们时而在树梢上嬉戏雀跃，时而飘落到草丛中去吃草籽，颇显收获季节的快乐。

金翅雀的不远处有一座大型水库，周边高山的阴影投射在偌大的水面上变幻成幽暗的墨绿色，宛若群山中镶嵌着一大块熠熠生辉的翡翠。墨绿色的宽阔水面作为背景衬托着金翅雀在秋叶上飞舞，金翅雀的黄色翅膀在逆光的映照下越发显得分外透明艳丽。多么巧夺天工的透视影像与色调合成，多么梦幻神奇般动静结合的自然构图，舞动的鸟儿和寂静的山林所蕴含的美感洋溢着郁勃的生机，真是空谷足音！

可是我距离金翅雀稍远，又有树林阻隔，影响拍摄。我急切地扛起相机和三脚架，三步并作两步地冲下山坡。

山坡下的杂树林里灌草丛生，人迹罕至，枝藤交错遮挡视线。我冲锋式地奋力拨开乱枝条和带刺的荆棘，寻找着树间的空隙，疾步向前。不料想一只脚被枝藤绊住，随着前冲的惯性，身体向前扑倒，倒地的瞬间我第一反应是保护相机，可是相机和镜头已经失去重心拽不住了，随我重重地摔在地上，相机、镜头、三脚架被摔得四处散开。

我顾不得膝盖和胳膊的疼痛，马上查看相机，只见相机上沾满泥土，机壳右侧磕出一个浅坑，还有两道明显划痕，我又心疼又懊悔："相机摔坏了，良机错过了。"万分懊悔中一按快门，竟然还好使，马上装上镜头检查，各项功能基本正常，幸好是泥土地，我兴奋得长长舒了口气。

抬头望去，前方树上的金翅雀群舞正酣，光影俱佳。我立刻调整好相机和镜头，拿上三脚架，爬起来继续向前冲去。

金翅雀

普通鵟

铁山𫛭风

TIESHAN KUANGFENG

老铁山自然保护区的工作人员对我讲，他们曾在当地见到过 300 多只普通𫛭同时在空中翱翔的场面，令我羡慕不已。为了也能见到那样的奇观，我根据保护区工作人员给出的建议，坚持每年利用国庆节小长假中的两三天时间到这个保护区观察普通𫛭。

2015 年 10 月 5 日，奇迹终于出现了。那天清晨小雨过后，从海边吹来的湿润的风和在山中聚积的湿气形成了薄薄的雾，雾气十分梦幻，带来了淡淡的海腥味和草木的清香，吸走了声音，营造出一个寂静的世界。太阳升起后，薄雾开始消散。普通𫛭陆续地飞临我站立的山顶，一批又一批地在空中出现，数量越来越多。飞得高的距山顶有几百米，飞得低的在我身边的山谷里，飞得近的几乎与我擦肩而过，就连它们明亮的眼睛和肃穆的神态都让我看得真切。

普通𫛭属于特别善于翱翔的猛禽。它们宽阔的两翅伸展，会带来较多的上升力；短而圆的尾羽呈扇形展开，会增强从容飞翔的效果；轻微摆动翅膀和尾巴，会做出很多花样和动作，呈现在空中的姿态非常优美。

普通鵟的羽毛从头至尾主要为褐色，与山石和树木的颜色相近，胸腹羽毛呈乳白色且带有棕色条斑，双翼下的羽毛为乳白色，两侧各有一个黑褐色圆花斑，羽端呈黑色。它们在高空飞翔，就像白色的鹰。唐代诗人刘禹锡赞曰：“毛羽猵斓白纻裁，马前擎出不惊猜。轻抛一点入云去，喝杀三声掠地来。绿玉觜攒鸡脑破，玄金爪擘兔心开。都缘解搦生灵物，所以人人道俊哉。”

大约过了一个小时，晨雾散尽，天空蔚蓝。翱翔的普通鵟已经布满了我视野中的天空，密密麻麻，层层叠叠，都在悠闲地盘旋着，甚为壮观。普通鵟是升空和滑翔的能手，飞行中常常叫个不停。如果你听到万里晴空中传来一声发狂似的猫叫，那就是普通鵟了。

现在，为什么普通鵟都盘旋在沿海岸山地的上空，飞行高度也在千米以下，而没有飞到海面上去呢？这是因为它们在等待热气流。因为热气流更多地产生于陆地上空，气温给海水加热要比陆地慢很多。如果论飞翔能力，它们借助热气流可以毫不费力地飞到五六千米的高空，乘风而去。但是鸟类一般会避免长距离在水面上飞行，即使是猛禽，也会尽可能地选择狭窄的海峡渡海。

什么原因导致出现了如此众多的普通鵟？是连续几天的阴雨阻挡了普通鵟跨越海峡的步伐。现在东北北部地区已经下雪了，大地开始封冻，北边鸟类的食物越来越少，飞到这里准备渡海的普通鵟也就越聚越多了。

还有一个重要原因，这里是候鸟的集散地。来自广袤北方的候鸟在途经辽宁南部时会望见漫长的海岸，绝大多数鸟类不会选取直径去无际的大海上作长距离飞行。尤其是那些小型鸟类，由于体内脂肪积蓄较少，飞行的间距较短，也为防范天敌，更加不会轻易离开陆地飞向大海的。北来的各类候鸟大都会沿着辽东半岛向西南方向延伸的弯曲海岸飞行，寻找最佳的跨海路径，自然就来到了半岛的最南端。如果遇到不良气象条件的限制，不断到达的候鸟便汇集在这里等候适宜渡海的天气和风向。因而，这里季节性的大量候鸟也可能成为猛禽蓄意等待的饕餮盛宴。

通过野外长期观察，我们看到，大自然中的生命体之间或生命体之内，都会在不知不觉中通过相克相生而达到共存共生的状态。相克是生物界优胜劣汰的生存法则，此外它们还彼此相生。比如，因食物的种类和数量等，较大型的鸟类或猛禽产仔量都非常少，弱小的鸟类则产仔量较高，而猛禽又促进了弱小鸟类的进化和繁衍，从而使动物圈达到某种平衡。因此说，各种生物体从生命的本能状态出发，为达到生存和努力保全后代生命的目的，都须在共存共生中维系自己的生命乃至种系，同时又在促进生物链的自然择优中发展。

“动物相克既是对立性的，又是循环性的，就如刚与柔、阴与阳一样。正因为是矛盾的存在，所以会因斗争而消亡，也会因斗争而调和，还会因斗争而发展，产生了超越相克相生之后的相生。”（[日]冈田武彦）

现在艳阳普照，山岩反射着阳光的热力，热空气开始形成热气流。普通鵟善于观察天气情况，寻找上升气流的本领简直令人不可思议。目前在空中不停盘旋的普通鵟显然已经借助了上升气流的能量，而且越聚越多，越盘旋越高，飞得高的普通鵟已经变成小小的黑点。看来精力充沛的它们很快就要继续踏上漫长而艰辛的旅程。

同行的保护区工作人员王晓平告诉我，经过刚才的观察记录，现在空中的普通鵟有 500 多只。王晓平是一位业务精湛、爱岗敬业、吃苦耐劳、富有热心的年轻干部。每年他亲手环志的鸟类多达数千只，并坚持起早贪黑与同事们翻山越岭清除非法捕鸟网。他还是多所院校的义务辅导员，也曾给予许多海内外的观鸟者细心的指导和帮助，我很钦佩他。

遗憾的是，我那天携带的几个镜头都无法一次容纳如此众多普通鵟的壮观场面。当时我兴奋得有些忙乱，索性还拿出手机狂拍了一气。

下山的途中，我们遇到一位老农，与他边走边聊。老农说：“我在这里生活五十多年了，还是头一次见到天上有这么多的老鹰在一起。”我高兴之余，也从心里赞美那些矫健的普通鵟，更赞美老铁山自然保护区的工作人员为保护野生鸟类所作出的杰出贡献。

鹗

大野飞歌

DAYE FEIGE

《诗经》中脍炙人口的名句“关关雎鸠，在河之洲，窈窕淑女，君子好逑”中象征爱情的雎鸠，就是鹗。鹗，又叫雎鸠、鱼鹰。

鹗之所以能在 2600 年前成为人们诗句中类比爱情的象征，今日观察起来，依然有其诗情画意。鹗的示爱方式匠心独运，它的复杂而精妙的炫耀行为是被自然选择雕塑而成的。雄鸟在与雌鸟结成对之前，会先向雌鸟表白，发出奔放的高音鸣叫，并展示自己羽毛特定的一部分，然后像表演杂技一样在空中俯冲、盘旋，显示自己高超的飞行能力，再特意摇晃爪子上紧紧抓着的猎物，同时发出激昂的呼唤。

动物的求偶行为与人类的求婚有许多相似之处，英文都用 courtship 一词表达，两者在文字表达上没有区别。雄性鸟类求偶时，有时必须向求偶对象递送或者奉献一件礼物，这很像是人类求婚时送的彩礼。对于动物来说，最好的结婚彩礼莫过于美味的猎物了，否则会遭到拒绝。

一方面，因为食物是决定雌性动物产卵量的重要资源，所以雌性动物选择配偶的依据之一就是看雄性动物为其提供食物的能力有多大。另一方面，雄性动物也常常以向求偶对象提供食物来证明自己未来喂养后代的能力。事实上，鸟儿的求偶喂食能力大小和它们未来喂养小鸟能力大小之间的确存在着一种正相关关系。雌鸟经常是在求偶喂食期间对雄鸟的能力作出评估，并拒绝接受喂食质量较差的求偶者做配偶。

在雄鹗的求偶炫耀下，雌鹗会闻声飞来，观摩选择。雌鸟中意后，会高声应和。接着，雄鸟和雌鸟一起上下翻飞，相互表达意愿，双方情投意合后，雄鸟将礼物献给雌鸟，共筑爱巢，比翼双飞。

鹗主要以鱼类为食，有时也捕食蛙、蜥蜴等动物。鹗捕鱼时常在水面上空百米上下慢慢地扇动着两翅绕圈飞行，时而迎风悬停在空中，但两眼始终全神贯注地寻找着贴近水面的鱼类。鹗捕鱼靠的是双爪，它的脚趾长有锋利的尖钩，趾底布满齿般的粗糙凸起，外趾能够前后反转，使四趾变成两前两后，可以像钳子一样牢牢地抓住黏滑翻滚的鱼。

鹗的目光锐利、行动迅猛。当它在空中发现猎物时，则会立刻合拢两翅向下俯冲，在疾速下降接近水面的瞬间展开双翅，缓冲速度，昂首挺胸，同时伸出两只利爪迅速将鱼抓住，溅起高高的水花后，带着战利品腾空而起。这一系列动作能在数秒内精准完成。有趣的是，鹗吃完鱼后，还会在水面上低低地飞行，把脚拖在水中，好像在洗脚一样。

不过，鱼类也并非痴呆，当它们见到水面上空突然有黑影扑下来时，会本能地向深水处逃走。即使这样，鹗也能随着俯冲的惯性尾随猎物潜至一米多深的水中进行追捕，成功率极高。同时，鹗的觅食技能仍在不断创新。它还会把海螺从高空抛向坚硬的地面或水泥物体，摔破后享用。

游隼

2011年初冬，我在凡河湿地摇曳的荒草和柳树丛中，忽然听到空中传来一阵很奇怪的鸟叫，有点儿像两只鸟儿在吵闹。我抬头望去，看到空中有两只游隼在翻滚争斗，只见两只游隼互相扭打几下后快速分开，又追逐着波浪状地飞升，忽而纠缠在一起急坠下降，忽而又分开翻飞，如此在空中循环往复。

两只游隼分开飞行时，高举着翅膀，身上横贯的棕黑色条纹规则地排列，翼下褐色的网状条纹清晰匀称，乳白色的羽毛如同精美的绸缎在阳光下熠熠生辉。它俩就像穿着盛装的演员，在蔚蓝的天空中表演着精彩的杂技。

此景让我想起了航空飞行表演，那种运动是多么勇敢和壮观。眼前的两只游隼在奇怪的叫声中追逐升空，那声音好似儿童游戏时朝气蓬勃的尖叫，又好似两架战斗机紧追不舍进行格斗发出的啸音。两只游隼还在空中表演娴熟而优美的自由落体，宛如飞行表演螺旋式翻滚而下，然后又从容地高高飞升，仿佛它们从来不降落在大地上，那是我见过的最有趣及高超的飞翔了。

游隼不会像鹤类翩翩起舞，也不像金雕那样翱翔云霄，而是怀着自信的心态在空中快乐嬉戏。显然它俩勇气十足，体力强健，技艺超群，是鸟类族群中优秀的飞行代表。

两只游隼自由地玩耍，只需要阳光和天空。而站在大地上的我，此时却感到很孤独。

深秋，猛禽陆续迁徙。猛禽中迁徙旅程最远的当数红脚隼，有记录显示，红脚隼迁徙单程可达到1.6万公里。2006年初冬，我在卧龙湖附近见过一群红脚隼，有上百只，那是我第一次见到如此众多的隼类聚在一起，让我流连忘返。因为红脚隼敏捷勇猛，全年大部分时间里都是单独活动，也只有在迁徙的季节才会短暂集聚，集聚的场面难得一见。

当时那群红脚隼的大多数飞落在旷野中的一排电线上休息。它们分布在几条电线上，显得错落有致。其中有些红脚隼还在电线上不断地飞起、降落，划出一道道高低交织的弧线。逆光下，红脚隼落在几条并列的电线上呈现参差不齐的数十个黑点，宛如一个个音符，自然排列的组合恰似五线谱，电线杆形似乐谱小节线，在蓝天和远山的衬托下令我想起了气势磅礴的《大地飞歌》。

最引人入胜的还是红脚隼在空中猎食的场景。翱翔的红脚隼在发现猎物后，会即刻悬停，两翅快速扇动以伺时机，一旦瞄准地面上的目标，

红脚隼

就会收起双翅，像离弦的箭一般俯冲下来。红脚隼抓住猎物后，还会返回空中悬停着大快朵颐。这也是红脚隼与其他猛禽吃食的不同之处。红脚隼不浪费任何机会，在空中美餐的同时还继续观察着地面，随时准备再次进行捕食。

红脚隼能够盯紧追踪的猎物，具备更强的适应能力。尤其是它们在追踪猎物时必须保持眼睛的稳定，这对高速猎手尤为重要。大多数脊椎动物在身体和头部活动时，眼珠也会跟着转。但猛禽能在身体活动时保持头部静止，眼珠也是相对静止的。仔细观察红脚隼的起伏飞行，你会发现它的眼睛是始终保持水平的。

红脚隼之所以具备这样的能力，是因为它们的颈骨比哺乳动物要多，而且附着的肌肉有 200 多块，这些肌肉可作出快速反应，能分离身体和头部的联动，保持眼睛处于绝对水平，并保持稳定和准确的飞行动作。红脚隼的这种能力远超人类。

是什么原因促使红脚隼具有如此神奇的能力？是进化。进化的根本是细微而随机的基因变异。每一段时间，DNA 从父代传给子代的时候会出现细微的错误，这些错误被称为“基因变异”。有时变异会造成疾

病，有时变异却带来新的机遇。基因变异会促进自然选择所倾向的个体生存繁衍，无法适应的物种则会消失。所有物种中 99% 的种类都会随着时间的流逝而消亡，幸存下来的物种则拥有着基因变异所赋予它们的独特而强大的能力。红脚隼等猛禽无疑是该物种基因变异的受益者。

红脚隼发现并捕捉猎物的能力堪称一绝。它们的猎物以蝗虫、蚱蜢、蝼蛄等昆虫为主，也吃蛙和鼠类等小型脊椎动物，其中害虫占其食物的 90% 以上，偶尔也捕捉小鸟。

很有趣的是，许多种类的蝴蝶和飞蛾的翅膀上都具有大圆眼睛形状的花斑，而这些蝶和蛾常常又是小鸟的捕食对象。当蝶和蛾静止不动时，这些大眼斑是隐藏起来的，它们一旦受到触动，大眼斑便突然闪现出来并把小鸟吓跑。很多种小鸟的自卫方式之一是迅速逃离那些具有大眼睛的动物，通常只有鹰、隼、雕、猫头鹰等猛禽才具有这种凝视不动的大眼睛。显然，正是由于小鸟对于大眼睛这种信号刺激有强烈的逃避反应，蝶和蛾才通过长期自然的选择作用生成了这种大眼斑。

对于小鸟来说，偶尔受到蝶和蛾的欺骗总比不对这种大眼斑的信号作出反应而被猛禽吃掉要好。

黑耳鸢

在山区农民朋友的热情帮助下，我还了解到一些猛禽的活动规律和特点。根据他们的指点，我会在秋后的清晨或傍晚，爬到高山上去观鸟。在山顶，能看到燕隼在山下盘旋，苍鹰会落在我附近的树枝上，我还分别看到过几十只蜂鹰和上百只鸢在空中集体翱翔的珍奇场景，还记录了长耳鸮和短耳鸮等猛禽活动的资料。

2005 年初冬的一个早晨，我来到辽北砬子山区观察猛禽。那里奇峰险峻，素有“小华山”之称。我背着雨伞和照相机沿着羊肠小道从南坡奋力攀登，于中午时分登上了高差 600 多米的最高峰——砬子峰。

登上峰顶，天风吹拂，周身凉爽，汗气全消。从峰顶可以看到十分壮观的云海，远方突兀险峻的山峰耸立在茫茫云海之上。云像地毯一般无限延展，使人萌生在云端漫步的冲动。

回首俯览，群山蛰伏。云海缭绕群峰，好似白浪滔滔中的一座座岛屿。形状各异的云，真是轻盈极了，它飘荡，它聚散，它变幻莫测，它忽浓忽淡。忽而这座山峰出现了，忽而它又隐没不见了。杜甫的《望岳》诗句油然涌上心头：“岱宗夫如何？齐鲁青未了。造化钟神秀，阴阳割昏晓。荡胸生曾云，决眦入归鸟。会当凌绝顶，一览众山小。”我顿觉疲劳感全无，心情无比舒畅。

可以说，观鸟者从野外获得的收获比其他户外旅行者都要多。他们不仅可以欣赏山野的景色，更多地倾听自然的声音，主观上也更有耐心地享受没有人类噪声的寂静，体验自然界的原始，观看野生生命的呈现。

我坐在一棵独立的黑松树下休息，抬头看到空中有只猛禽在孤独地翱翔。我端起相机从长镜头里看去，那是一只黑耳鸢，感觉我们相互距离是如此近，有种触摸到它的奇妙感觉。它面容平静、双眼淡定地俯视着大地。它两翅伸展，通体羽色为黑褐，散开的尾羽像舵一样摆动并变换着方向。

黑耳鸢是护卫自然环境的益鸟。它外貌平凡，却显现威猛之态，整体给人以强健英武的感觉。它翼大善飞，那宽阔的翅膀，会借助较多的上升力，并且在振翅的过程中消耗很小的能量，所以在风中能够从容地飞翔，健壮的扇形尾部还会增强这种效果。

如果在黑耳鸢的繁殖期里能看到雄雌鸟儿互相求爱时的飞行，则更加扣人心弦。雄鸟会从一个很高的高度盘旋而下，然后它的翅膀会收拢起来并紧紧地贴着身体，疾速从高空俯冲下来，在离地面十几米处，它再一次张开翅膀，快速昂头急转弯，又冲向高空。雌鸟有时也会飞上天空，一起玩耍。有时雄雌鸟儿甚至会互相扶持，像手拉手一样在空中上下翻飞，追逐嬉戏，交尾也在空中进行。

黑耳鸢对爱情特别忠贞，雄雌一旦结合，便一生为伴。我国古代有一个关于鸢生死与共的爱情传说：有人猎杀了一只鸢，刚刚放进盛满沸水的锅里准备烹食，不料这只鸢的配偶突然从天而降，径直扑到了锅里。

在高山之巅，与鸢做伴，有种别样的心境。黑耳鸢舒张强健的双翅，不受羁绊地任意翱翔。浩瀚的原野，变幻的风云，在它的眼底一览无余。它锐利的目光，审视着万种生灵；它激情的脉搏，催动着千古基因；它飞翔于天地万象之间，在清高与隐忍中外化出傲然的勇气和力量。

幻觉会使人精神升华，会使人心灵默化。仰望万里长空，视野无边开阔，心胸无限宽广。好像自己不是跋涉在山峰间，而是漫步于云天上。

静下神驰，我向空中的黑耳鸢挥挥手，转过身来，想到峰顶四处看看。砬子山的峰顶巨石嶙峋，错落叠加，让人感叹远古时期地壳隆起、抬升、移山填海的魔力。我凝望着巨岩上一层层海水沉积线和一道道浪蚀波痕，从心底升腾起作为生命体，特别是作为人类一员的豪迈情感。

我背上照相机，拄着雨伞，开始贴着身边的巨石向东侧的高处攀登。我沿着一面倾斜的石壁费力地向上攀登了一小段距离后，才发现前方巨石上没有站立点，因为在巨石下面无法看到上面的情况。回头看去，脚下是高悬的岩崖，没有缓冲的地方，后退危险很大。

我再抬头，看见前面巨石的凹处有一道约半米宽的纵向裂缝，再向前看石壁更加光秃陡峭，没有其他选择，只好顺着巨石裂缝向上爬再看看。我谨慎地挪步到巨石的裂缝边，背上雨伞，用一只手护着照相机，另一只手用力抠着崖壁缝隙，脚蹬崖缝凸凹处，一点一点地拼力向上攀登，终于登上了巨石的顶端，这才松了口气。

巨石顶端浑圆光滑，显露花岗岩的斑驳，寸草不生，有网球场四分之一大小。我向周围观察才发现，真可谓“山登绝顶我为峰”。可是，四面全是高崖峭壁，难以下山了。

当时我曾想报警，可又一想即便报了警，茫茫群山，何其难寻，又不知要等到什么时候。我举目仰望天空，太阳已经偏西，空中只有那位孤独的守望者还在执着地翱翔。我望着坚毅的黑耳鸢，心中充满了敬畏。我真希望也有它那样一双翅膀。

接下来，我绕着巨石边缘向四周观察，趴下来反复向下察看了几遍，发现在巨石北侧峭壁上有一条一米多宽略有起伏的崖缝，这个崖缝几乎垂直连接着下面崖壁的石坡。崖缝上下长有几棵小黑松树，树干斑驳老苍，树根外露如龙爪，深深地抓住有棱有角如斧劈刀削的崖石。我心想，可以借助这几棵小松树下山，如果从这条崖缝中滑落，下面崖壁的石坡还可以缓冲，看来只有冒险一试了。

我将相机背在身后，转过身来，趴在巨石边缘，双手使劲抠住石头，两腿向下，一点点地向崖缝中挪动。双脚先蹬住崖缝两侧，然后侧身用一只手拽住崖缝中的松树，身体再下移，将雨伞手柄倒挂在小松树根上作拉杆，再拽住雨伞，前胸贴着崖壁一点一点地向下挪动，双脚轮换着向下蹬住崖缝两侧，待脚下找到支撑点后，便稍作喘息，再把雨伞取下来挂住下一个小松树，再拽着雨伞向下移动。注意力高度集中，一点一点地磨蹭到了崖壁下的石坡上。

再向下，我因保护相机行动不便，遇有崖壁坡度稍缓的地方就只能顺着崖壁的斜面躺下来，崖石光滑，没有把手，冒着随时可能滚下高崖的危险，靠双脚支地，屁股一点点地向下挪蹭，精神紧张到了极点。山崖陡峭，我上山时的勇猛攀登变成了下山时的如履薄冰。我没有练过攀岩，又要保护相机，等艰难地先后爬下几十米峭壁和百十米乱石崖，已用了两个多小时。我顾不上休息，如果天黑后还在山上，将更加艰险。

由于我改变了下山的方向，又没有路径，只能穿越树灌交织、碎石堆积、杂草丛生的荒山野岭。在没有路的山林中行走，其困难程度是常人难以想象的。接下来的几个小时里雨伞成了手杖，让我省了一些气力。

我下山的方向正对着天际的夕霞，残阳如血，远方暮色暗淡，影影绰绰的村庄里冉冉升起袅袅炊烟，笔直地伸向高空，颇有“大漠孤烟直，长河落日圆”（唐 · 王维）的意境和感怀。

站在山坡上，一阵晚风扑面而来，轻拂我满身的汗水。我的一切担忧和疲惫仿佛都被吹散了，身体中每一根紧张的神经也渐渐舒缓。

伴着我下山的步伐，夕阳慢慢地融入晚霞，流景扬辉，随着最后一抹光晕缓缓地消失在地平线下。

我到了山脚，已是伸手不见五指。在农家吃晚饭时，我穿着一身被磨烂的迷彩服和老农谈笑风生、狼吞虎咽。老农说道，从没有听说过有人上过砬子山峰顶的最高巨石上面。我的心里有一种说不出的滋味，脑海里却浮现着山巅上空那只孤独的黑耳鸢。

攀登高峰　困在巨石顶端
精疲力竭地躺在那里　仰望蓝天
我半睁双目　凌空飘来孤独的黑耳鸢
万籁俱寂　只有你还不知疲倦

多么美的黑耳鸢　深褐色的披风如此浪漫
掠过林海　飞越高山　划出天上永不休止的曲线
你的英姿　已凝眸在我脑海很久
我们似曾相识　不期邂逅山巅

黑耳鸢边飞边鸣　声音凄厉抖颤
犹如一阵寒风　刺进我的胸间
你一定有什么心事　否则不会这般伤感
俯视着我良久　铁钩似的喙时隐时现

或许饥饿使你把我当成了猎物　很抱歉
我这把老骨头还要为你奔走呐喊
让你失望　当下不能成为你的盛宴

或许你在等待什么　两只利爪还深藏腹羽里边
黑耳鸢越飞越低　越靠越近
静听飞临我身边时振翅的啸音
甚至看清了你　紧皱的眉头　凄厉的双眼
你为何冷漠　目光坚硬哀怨
仿若一股冰泉　在我的心头蜿蜒
我俩如此奇怪地接近　每一个又是这样孤寂
你若袒露心怀　我愿为你承担

当你的身影和我融合的瞬间
我忽然意识到　你黝黑翅膀的上面
留有一缕阳光　留下一块蓝天
那是属于你的阳光和蓝天
你在用生命保护着我们的生命　翅膀影印的地方
有你世代的传承　终生的奉献和期盼

如果老天把我永远留在了山巅
我宁愿被你撕碎肉身　回归祖先的血缘
拥有你那比人类更自豪的翅膀
更宽广的视野　更坚毅的双肩

天葬是人神圣的归宿　流进灵魂深处的诞生
我愿意　融入大自然的怀里
每天和山崖　森林　小草一起　陪伴你
如果我的死会使你深受感动
我只要证明
我真正来这里　看过你

苍鹰

神勇的代价

SHENYONG DE DAIJIA

空中的水分开始凝结，白霜装点了树叶。秋去冬来的天空成为雄鹰的世界。

冷静而高贵的苍鹰格外喜欢这段漫长、温暖又安静的日子。看上去苍鹰在空中翱翔时总是那么的气定神闲、淡定自若、傲慢优雅、逍遥自在，动作是那么的舒展，那么大的幅度，螺旋状上升，直至在空中变为一个小小的颗粒。

然后，它又会半合翅膀，像一颗炮弹一样几乎垂直划过高空，从天而降，速度快得令人窒息。但当接近地面时，它又会突然展开矫健的翅膀，向上飞起，再一次直冲云霄。苍鹰以它特技飞行的英勇壮举，成就了它在人们心中的崇高地位。

苍鹰分布于北美、欧亚、北非等广大地区。其中部分苍鹰繁殖于我国东北的大小兴安岭及西北的天山，冬季南迁至长江以南至南亚地区越冬。苍鹰在温带亚高山森林比较常见，属肉食性猛禽。在自然界中，苍鹰等猛禽是鸟类生物链中居于顶端的最重要的类群，是一种宝贵的野生动物资源。

苍鹰喜单独在林缘等较为空旷的地带觅食，也常隐身于高大的树顶或密林之中窥视猎物，或等待和偷袭过往的小鸟。

苍鹰视觉敏锐，飞行迅速，叫声响亮，性情机警，善于隐蔽，捕食凶猛。它在空中捕食时疾速而灵活，擅长突然翻身调整飞行速度和方向追捕猎物。它还善于悄然穿行于树林间搜寻猎物，一旦发现老鼠、野兔、山鸡、鸠鸽、草蛇或小型鸟类在有效攻击距离内，就会迅速俯冲过去，用利爪快速捕获猎物。

苍鹰的体重比同类猛禽略轻，它们的速度要比同类猛禽快三倍左右，捕获猎物瞬间的速度能达到 22 米 / 秒，真可谓迅雷不及掩耳。

苍鹰除具有高超的飞行能力外，还有超强的视力。“草枯鹰眼疾”（唐 · 王维），对于小动物来说，被鹰眼跟踪就是一场噩梦。

鹰类动物最优秀的能力之一就是具有非常敏锐的眼睛。鹰类的体重难以与人类体重相比，可它的眼睛却和人的眼睛的重量一样。人类的眼底每平方毫米有 20 万个感光细胞，而鹰类的眼底每平方毫米有 100 万个感光细胞，成像的清晰度是人类的五倍。

鹰眼的视野近似于球形，能看到非常宽广的地域。它的瞳孔很大，分辨率高，目光敏锐得像望远镜一样，能把猎物的影像尺寸放大到人眼

苍鹰

睛所能看到物体的三倍。

同时鹰也和别的鸟类一样，眼内有梳状突起，其功能可减弱眼内的散射光。尤其是苍鹰进化出了第三层眼睑，即瞬膜。虽然所有鸟类都有这个器官，它能保持眼睛湿润，阻止颗粒进入，并避免锐利树枝的伤害，但大部分鸟类的眼膜是不透明的。神奇的是，苍鹰的眼膜却几乎是透明的，所以即使眼膜闭合，苍鹰依然能看清飞行途中的目标和障碍。

苍鹰的优势还表现在其翼展相对较小，平均只有一米左右，长度是其短处，宽度却是其长处。因其翅短可以快速扇动，每次扇动都能提供更多的抬升力；翅宽灵活自如，两翅打开后能分别迅速调整翅膀扇动的角度，或瞬间将翅膀贴近躯体，非常适宜在茂密的树林间突然变向疾速飞行。设想如果苍鹰的翅膀在同等面积的情况下，进化得像燕子翅膀般细长，那它绝不会像今天这样在树林中飞得游刃有余。

苍鹰的长尾如同方向舵一般，能在飞行中随时变换角度，使身体从杂乱的树空间急速转向。在密林中，没有其他动物能像苍鹰类猛禽那样高速准确地避开迎面的障碍物，迅猛地扑向猎物。

尽管苍鹰有许多优于其他鸟类的生存技能，但是它的种类和数量在鸟类中相对还是比较稀少的。一方面是因为苍鹰等猛禽性成熟的年龄较晚，繁殖力比较低；另一方面是因为无节制的乱捕滥猎。苍鹰在树林中疾速飞行往往容易撞上偷猎人设下的捕鸟网，甚至遭遇偷猎人用诱饵设下的捕鸟圈套。多年以来，我上高山或进森林时必带一把剪刀，遇见有在偷猎人的捕鸟网上挣扎的鸟儿，便用剪刀剪开粘网，将鸟儿放飞。

十几年来，我们也不知费力解救过多少只不同种类的鸟儿，其中我亲手解救放飞的苍鹰也有 20 多只了，还包括一只带标志环的苍鹰。

我们在解救被粘在捕鸟网上的鸟类时，不仅要防止被鸟类啄伤和抓伤，更要与偷猎人斗智斗勇。长期以来，我和同伴曾数次冒险剪碎非法捕鸟网，勇敢地制止了偷猎人的不法行为。

我相信，大部分动物的喜怒哀乐能够从它们的眼神中表现出来。每当我解救那些被捕鸟网粘住的苍鹰时，先用手轻轻按住困在捕鸟网中奄奄一息的苍鹰，它们会突然拼力地发起“最后”的强烈反击，翅膀猛烈地扑打，嘴和爪子挣扎着发起攻击，它们的眼神是极度仇恨和凶险的。

当我从捕鸟网上将联结苍鹰周围的网线剪断，把苍鹰取下来时，苍鹰面对捕鸟网上露出的一个大窟窿，它们的眼神会变得柔和许多，挣扎的强度也明显减弱了许多。它们可能会想，虽然没有从人的手中挣扎出去，毕竟离开了捕鸟网，因为缠裹在捕鸟网中，已经挣扎不出去了，只有等待死亡。苍鹰可能在坦然地面对人类对它所作出的安排的同时，也有了“勉从虎穴暂栖身”的想法和争取逃生的机会。

当我用剪刀一点一点地剪断缠绕在苍鹰身上的网线时，还需要特别的细心和耐心。因为苍鹰被捕鸟网挂住后，它会拼力地挣扎，苍鹰越挣扎、跳动，被套进的网眼就越多，就越难逃脱。所以在解救时，每只苍鹰身上都需要数十次甚至上百次地剪断、摘掉网线，这时手法一定要轻，剪刀千万不能碰破苍鹰的羽毛和皮肤。如果马虎粗糙，剪刀伤到苍鹰的羽毛和皮肤，或在羽毛中留下网线，都会给苍鹰的生存带来严重后患。

当我给苍鹰一点一点地松绑时，苍鹰似乎预感到了什么，它肯定能感觉到身上紧缠的网线发生了变化。它是非常安静的，双眼直瞪瞪地看着我，眨都不眨，流露出一种疑惑和恐惧。当苍鹰身上的网线被我全部剪开、摘净之后，苍鹰会变得全身发热，血管膨胀，浑身会轻微地颤抖起来，我握着它身体的手都能明显感觉到它的心脏在“怦怦”地急剧跳动。

当我握着苍鹰的双手慢慢地高举、放松，作出准备放飞动作的那个瞬间，苍鹰的眼睛总会睁得大大的，闪烁出明亮、激动的眼神。苍鹰在生理上没有眼泪，那肯定是一种死里逃生的目光，一种饱含深情的目光，让我感觉到有一种不可言状的心灵沟通。

我解救过许多鸟儿，鸟儿被放飞前的那种眼神常常会浮现在我的眼前，令我难以忘怀。每当我松开双手，看到放飞后急切腾空的鸟儿，心中总会有一种牵挂。

红胁绣眼鸟

集群的智慧

JIQUN DE ZHIHUI

我喜欢独处　尚不舍离开群体
我喜欢静谧　又不能缺少信息
我不善张扬　也要给伙伴捧场
我不善观察　宁愿让自己受伤

为了生活聚在一起　把独处留在心底
为了安全聚在一起　把静谧调为频率
为了欢乐聚在一起　忘却性别和年纪
为了友情聚在一起　笑看伤口的血迹

你能看出树上有多少只绣眼鸟儿吗？绣眼鸟儿喜集群活动，却很少能在一棵树上停留几分钟。成群的绣眼鸟儿喜欢在树林中不断地穿梭变换觅食或休息的地方，常会集群鸣叫着贴近山脊或树林顶端疾速飞行。有时突然间变换行进方向迅速降落在树林里，树林里顿时响起鸟儿叫声一片，瞬间又会鸦雀无声。

绣眼鸟儿为什么要集群活动？为什么会在树林中不断穿梭？为什么会群体鸣叫？为什么会贴近山林飞行？为什么会在飞行中急速变向？为什么会突然静音？这些，都是绣眼鸟儿为了觅食和防范天敌伤害所采取的集群生活策略，总能引发人们永不枯竭的好奇心。

很多看似弱小的鸟类却有着非凡的智慧，它们能巧妙地运用自身的特点，利用周围的自然环境，充分发挥群体的作用。比如，小型鸟类组成觅食团体，集中在林中采食，多些眼睛一起寻找，相比单只鸟儿会明显提高觅食概率。鸟儿忙着寻找食物或享受美食时，注意力容易放松，此时最容易遭到跟踪的天敌突袭，而大家集群活动，可以大大降低被捕食的概率，有利于与强敌进行周旋和反抗。

每种鸟类都有自己的声音范围和特点，但鸟类还有共同的语言，就像人类曾经以“SOS”和“MAYDAY”等信号作为全球通用的紧急求救信号一样，鸟类也有所有鸟种都能听懂的鸣叫声音。其中准确地理解警报性质的叫声是鸟类抵御天敌入侵的共同需要。

鸟类警报性质的叫声往往是短促的，通常只有一个音符。听起来是简单的、重复的，有时是不同强度的快速重复。这种危险信号不只是触发了单一的应急反应，而且与同类之间能跨越种属，传递情报、交换信息，履行着多种职能，既有细微差别又灵活可变。

很多鸣禽所发出的报警鸣叫声是很相似的，这种特殊的叫声多出现在预警危险、叱责入侵者、威吓对手、呼朋引伴，或者表示恐惧和激动等情况。尤其是在鸟类集体鸣叫报警时，鸟类强烈的反应程度能示意危险的程度，甚至原因。

如果有猛禽来袭,最先发现危险的鸟儿会发出尖而急促的惊叫报警,鸟类的报警声极其相似，报警的叫声还会不断升级。那些集群生活的小型鸟类接到报警会立刻躲藏起来，显然这对同样身处险境的其他弱小个体鸟种来讲也至关重要。多数鸟类是靠倾听其他鸟类的报警鸣叫来逃脱食雀鹰的利爪的。

如果鸟群在林中遭遇猛禽，鸟群中的个体会在树丛中保持不动并集体发出尖声鸣叫。猛禽对这种特殊的群体鸣叫很难定位，会迷惑和分散其对鸟群中任一个体的注意力，很难选中一个攻击对象。而且注意力越是分散，捕食失败的可能性就越大。一个具有激怒反应的鸟类群体常常能够成功地驱逐和击退捕食者的进攻，从而减少它们自身面临的风险而获得安全。如果鸟群在空中遭遇猛禽，鸟群的集体惊叫会使猛禽受到迷惑，以至于眼花心乱。捕食者哪怕只是瞬间犹豫，都对猎物的逃生有利。

如果出现的危险来自地面野兽，最先发现危险的鸟儿不是以短促而难以定位的声音报警,而是会持续发出一种夹杂着怒气和重复的尖叫声,这种尖叫声当然也具有警告的意味。不过，接到报警的鸟类出人意料地不是飞离避险，而是成群地飞向敌人，停在靠近敌人的树枝上或在空中穿梭飞行，一起怒气冲冲地叫嚷，这种叫声响亮，而且非常集中。如入侵的狐狸或猫想偷偷摸摸地潜近鸟类捕食，被识破行踪，不仅偷猎的行动失败了，还会遭到多个鸟群粪便的攻击，只有打消偷猎悻然离去。

大自然赋予每种鸟类生存的权利，就一定会赋予它们生存的本领。生态系统中处于食物链低端的物种所保护的利益，都是为了维持它们在生物链中的秩序。所幸的是，进化还没有终结，小型鸟类要获得生活的保障，就必须更聪明些，创造更有利的条件，让自己不断强壮起来。

在山野里，常常会遇到鸟儿密密麻麻地聚在一起，这不仅是它们相互依靠的生存策略，也体现了它们在体力和智力上的相互竞争。有研究证明，群居的鸟儿会比单只的鸟儿长得更快、更壮，心理障碍更少、更勇敢。

难觅太平鸟

NANMI TAIPINGNIAO

“太平鸟”这个名字还是2003年深秋我在辽北从一位80多岁老画家的工笔画上得知的。当时老画家告诉我，他年幼的时候，在他家房前屋后常常能见到太平鸟。他很喜欢这种体态优美、鸣声清脆的鸟儿和它的名字，就想方设法把它画出来，久而久之就走上了绘画这条人生路。

一辈子画鸟，他不知画了多少太平鸟，也寄托了对人间许多美好事物的向往。20世纪80年代初，他还在花豹冲见过几只太平鸟，兴奋了好几天，这些年就再也没有见到过了。他说，现在是太平盛世，更要画太平鸟啊！但他教的学生多年来都是按照他儿时的记忆画的，而学生们画的太平鸟越来越缺少神韵了。

那天夜里老画家和我聊到很晚，他希望在有生之年还能再看到太平鸟，最好能有太平鸟的照片，好让学生们画得更加真实生动。

前些年，我参加地理勘察、扑火救灾、抗洪抢险等行动，几乎走遍了辽北地区的山山水水，没有见过也没有听说过太平鸟。老画家的一席话，让我默默形成了一个想法，寻找太平鸟。

太平鸟

据记载，太平鸟在我国有两种，分别为太平鸟和小太平鸟。太平鸟体形略大于小太平鸟，均为粉褐色体羽，头具冠羽，有黑色的贯眼纹，嘴宽，翅膀带有白色的翼斑，腿短而健，尾翼打开时，花折扇一样漂亮。它俩不同之处主要在于尾端颜色，太平鸟的尾端为鲜艳的黄色，小太平鸟的尾端为显眼的绯红色。太平鸟主要分布于欧亚大陆北部及北美洲西北部，在东北亚地区则为冬候鸟和旅鸟。太平鸟习惯在林间活动，爱食野果和昆虫，喜爱清洁，可谓一个地区林业生态质量的分析师和评判员。

辽北山区过去有那么多太平鸟，真的绝迹了吗？近些年，辽北山区的林业保护力度不断加大，生态环境逐年改善，鸟的种类也不断增加，可能是以往活动人多影响了鸟儿出现。我决定单独前往山区寻找答案。

随后的秋末冬初，我几乎利用了全部休息日，起早贪黑、风餐露宿、翻山越岭，差不多走遍了辽北七个县（市）的山区，寻访了几十个村庄，连续四年下来，仍然没有找到太平鸟的踪迹。

2008 年的一个周末，下了这年冬天的第一场雪，我冒雪再次来到铁岭东部山区的花豹冲。走在熟悉的山间小路上，迎着又一年的雪花拂面，忽然有一种不知“今夕是何年”的感觉，心中不免有些惆怅和疑问：我是否太单纯了，还能有太平鸟吗？还需要坚持多久呢？

彷徨间，寂静的山林中传出一阵轻微的响动使我停下了脚步。在前方距我五六十米远的密林边露出两只形似黄羊般的动物，站在那里向路对面观望。它们身材略小于梅花鹿，有浅棕色的皮毛，梅花鹿般的长相，两只椭圆形的大耳朵尤为明显。它们可能是想路过到山坡下的河边去，似乎察觉到意外的情况，扭头又消失在密林中。它们转身时，臀部有明显的白色块斑。狍子！还是雌性狍子，它的头上没有角。太少见了。

过去，狍子曾是东北林区比较常见的野生动物之一，近些年来逐渐淡出了人们的视线，已经被列入《国家保护的有益的或者有重要经济、科学研究价值的陆地野生动物名录》。能在长白山脉西南的低山丘陵边缘地带见到如此可爱的“东北神兽”——野生狍子，真是意外收获，让我又兴奋起来。

狍子，也被北方人俗称为“傻狍子”，缘由是狍子的好奇心很重。当狍子遇到惊吓时，不是立即逃跑，而是先站立看个究竟后再作决定。假如你看到一只狍子，只要大喊一声，它就会停下来瞅瞅。如果猎人一枪没有打中狍子也不着急，因为它跑走以后，过一阵儿还会颠颠地跑回来看看刚才发生了什么事。如果成群的狍子被猎人打倒一只，那么其他狍子会在不远的地方围观，甚至走近。当狍子在夜间遇到汽车时，它会顺着车灯跑，有时还会迎着车灯跑，根本不知道自己会被汽车撞死，它觉得借着亮光正好赶路。

不过，傻狍子也有“愚者千虑，亦有一得”的时候。记得我上中学时，曾听过一位年长的学友讲过他和狍子之间的一段离奇经历。有一年，他过年回山里老家。当他冒着小雪路过一个冰封的水库时，看到被小雪覆盖的水库冰面上有两只站立不稳、迈步打滑的狍子。狍子可能是想通过平整的水库冰面到对面山岭上去，没有想到小雪覆盖的冰面非常打滑，狍子的坚硬蹄子在光溜溜的冰面上很难立足，行走在冰面上不是劈腿就是跪倒，更无法跑起来。

当时他感觉喜从天降，立刻小跑上水库冰面，先后将两只狍子摁住，兴奋不已。他心想，这回在老家过年可有好年货了。他一个胳膊夹着一只狍子的脖子在冰面上很难行走，忽然想起来自己的裤腰带。那个年月，当地农村人很少有扎皮带的条件，传统习惯都是用一条长布作为裤腰带缠棉裤。他迅速解下缠棉裤的长布条，将裤腰带的两端分别牢牢地系在两只狍子的脖子上。他一只手拽住系着两只狍子的裤腰带，另一只手提着腰间的棉裤向岸边走去。他心想两只狍子拴在一起，哪只也跑不掉，脑海里憧憬着见到家人时的骄傲。

这时雪越下越大，狍子四足站立在冰面上，被他用长布条拽着向前滑行，他就像拉冰爬犁般轻松快捷。两只狍子不仅没有挣扎逃脱，反而乖乖地跟着他顺利地滑向岸边。到了岸上，两只狍子跟着他走了几步后停了下来，站立对视，突然一道跃起，向两头拼命发力，弹起的裤腰带把他捌了个跟头，瞬间他的手从裤腰带上撒开。只听“嘶”的一声，裤腰带被扯断成两截，两只狍子各带着一截布条，跑得无影无踪。懊悔中，他只好手提着棉裤在鹅毛大雪中回家了。

看来，愚钝的“傻狍子”的故事也折射着事物的两重性。我望着眼前又归于寂静的山林，感叹大自然滋养着无数的生灵，也蕴含着无数鲜为人知的神秘故事。刚才两只狍子的意外出现，似乎带来一个信息：这里的自然生态环境在国家“退耕还林”等相关政策的推动和人们的保护下已经有了良性的发展。

我心中追寻着太平鸟，抓紧时间向山里走去。转过几道山弯，前方忽然传来连续不断的鸟鸣，是一群鸟儿的鸣叫，在寂静的山岭间交集响亮。我立刻躲到树后仔细观察，前方 200 米左右的一片白杨林上落着一群鸟儿，在裸露的树枝上呈现簇簇剪影，大概有几百只。鸟儿的体形比伯劳稍大些，但不是伯劳粗哑似喘息般的叫声，况且这个季节伯劳也早已迁徙。由于逆光看不清鸟儿的细节，我必须绕到顺光的方向去。

我看了一下周围的地形，如果从左侧山坡向下绕行省力便捷，但山坡空旷极易惊飞鸟群，也不能沿路向前直行。右侧山坡向上斜陡难爬，树灌交织却利于隐蔽。我只好扛着沉重的摄影器材离开小路向右侧山坡上攀爬，因担心鸟儿飞走，我加快攀爬的速度，也顾不得脚下的泥土湿滑和坡上树灌的阻拦。爬上陡坎，前面是斜上坡，我奋力地快跑起来。

我肩扛十多斤重的摄影器材向山顶快跑，衣服被灌木中的荆棘挂住了，来不及摘刺，索性硬把衣服拽开口子；腿被细野藤缠住了，就硬向前走拼力拉断细野藤；气憋到嗓子眼儿也不停下。我担心鸟儿飞走，必须抓紧时间，心中反复念叨着“快！快！”我几乎是负重向山顶百米冲刺，身体的承受力已经到了极限，心脏跳得快要蹦出喉咙，呼吸短促，嗓子发干，浑身抽动，两腿都快瘫软了，但硬是咬牙坚持冲到了山顶。

太平鸟

居高临下，终于看到左侧山间白杨树上的鸟群了。鸟群距我不到百米，光线正好侧逆，我立刻跪在了山顶上。

我在呼吸急促、浑身乏力、大脑缺氧、双眼模糊的状态下吃力地打开三脚架，放好相机和镜头，控制抖动的双手揉清眼睛，设定相机参数，调整镜头焦距，安好快门线，憋住气，透过相机和镜头仔细望去，看清楚了！我脑海里不知回放过多少遍的影像——太平鸟！还有小太平鸟！

几百只太平鸟和小太平鸟在树冠上傲然群立，它们体态健美、英姿飒爽、精神饱满，头顶上簇状的羽冠迎风潇洒，全体在仰天共鸣，好像齐声高喊着："我们来了！我们来了！"那种鸣叫如同一群挚友在呼唤着我的名字，让我听后生发感动。

我在极度兴奋中不知拍摄了多少张照片，也不知什么时候泪水流到了嘴边，苦涩涩的……

灰脸鵟鹰

傍晚时分，我在山顶累得急促喘息时，一只灰脸鵟鹰悄然无声地飞来，落在附近 10 米左右距离的柞树尖上。这只鵟鹰好奇地望着我，似有疑问：在它领地中最高的峰峦上，怎么会有另类踏足？ 它注视了一会儿，见我并没有侵犯的恶意，又仔细地看看我手中的照相机，似乎明白了我的来意，干脆当起了“模特儿”。

瑰丽的夕阳将熔金的霞光从山侧投射到鵟鹰的身上，鵟鹰的轮廓宛如镶嵌了一圈金红色的光环。它橘黄色的大眼圈套着圆圆的黑眼睛闪着神秘莫测的晶光；黑灰色带着尖钩的利喙凸显雄霸天下的威猛；棕褐色的羽毛在侧逆光下是那般质感细柔、松软华丽；胸前褐色的纵纹如画笔描绘得条块清晰、排列有序；厚厚的细羽丝遮护的双腿下，隐约露出一双粗壮强健的利爪。

鵟鹰有意识地昂头、挺胸，慢慢地转动着身姿，端着肩膀，有节奏地抖动一下双翅，做一个造型，确是气质高雅、仪态婵媛。

鵟鹰不时地回头注视着我的反应，随后又开始重复前面的动作。这种鹰繁殖于东北的针叶林，迁徙季节途经长江流域及台湾地区，越冬于东南亚包括菲律宾及印度尼西亚，栖息于高可至海拔 1500 米的山林区，属世界稀有鸟类。与这样罕见的雄鹰近在咫尺的相遇，竟使我放下了手中的照相机。

远山上墨绿色的黑松林海朦朦胧胧，连绵的峰岭传出声如风雨的万壑松涛。近处，古柏润滑的树皮披着白霜，倔强的松枝高举青黑色的针叶，触摸着湛蓝天空中淡淡的白云。茫茫海面上水云雾霭凝结着深幽的蓝绿与浅黄，远方缥缈的山色正消隐在紫红色的天边。

我心中不由浮现出刘禹锡的诗作《秋词》：“自古逢秋悲寂寥，我言秋日胜春朝。晴空一鹤排云上，便引诗情到碧霄。”感受古人的情怀，心如不系之舟，悠旷致远，宠辱皆无，任一碧万顷的秋水，沿着荆棘丛生的海岸，升华或沉沦。不知鵟鹰能否与我相约此时的感怀？

树上的鸶鹰回头看见我在石头上无声地坐着，便转过身来与我四目相对。我们相距很近，双方都沉默着，眼神却在沟通着对方的心灵。老子曾说，石块无言，苍老的松树也无言，它只是静静地沉着地立在那里俯视世界，好似已经阅历过多少的人事沧桑，它像智慧的老人一般无所不懂，不过从不说话。

沉默，是一道风景，是一种力量，因为深藏，因为思索，才有真正的跨越；它是一种隐忍，因为善良，因为豁达，才得生命之境界。沉默是最好的诉说。不言不语让伤痛一笑而过，不声不响让心灵安然自若。沉默不是忧郁，不是放弃，更不是怯懦。它可以是最适度的告白，可以是最有力的自信，也可以是最深度的追求。沉默是风景，有无数种颜色。寡言，却心有一片海。

面对静立的雄鹰，我想起梭罗在《瓦尔登湖》一书中这样写道："有时，我会凝视一对在空中盘旋的鹞鹰，它们远近皆宜，上下相对，如此精美，仿佛是我灵魂和思想的化身。"

我喜欢雄鹰的原因，一直不可言状。许是因其高翔，与我们的距离、阅历以及生活无法通接。与其说它太神秘，不如说正是我们读不懂它而生发了莫名的敬畏。我们是需要如此的敬畏的。不如此，心灵就缺乏厚度，或者说心灵深处就空落，一点积累和隐秘都没有。这正如我们崇拜英雄，而成不了英雄，因为我们崇拜而没有做好充当英雄的准备。面对沉默的雄鹰，我得到了平静的理由。

无语的鸶鹰犹如一尊雕像寂然不动，好像在倾听沉默，倾听大自然的灵魂之音。它的眼睛在晚霞的映射下却是那样清澈，瞳孔中似乎有滴泪水反射出暮色苍茫的云天和阅经世间的感悟。

鸶鹰起飞了！它从降落到离开，没有发出任何的声响，就这样轻轻地来，又悄悄地走了。望着它渐行渐远的背影，它眼中那滴泪水始终在我的心头挥之不去。我想起诗人艾青的名句："为什么我的眼里常含着泪水？因为我对这片土地爱得深沉……"

翼隐天际音容淡
风高雕影落寒烟
那些被人们敬畏的雄鹰
顽强生活在充满神秘的地方

无论是浩瀚的林海　辽阔的荒原
无论是深险的峡谷　垂悬的高岩
要么清幽宁静　林气浓重而缥缈
要么川流不息　风声灵动而摄魂
多少年来　当人们渐渐地接近它们的视野
最终　被它们的光芒慑服
雄鹰　成就了人们心间的神灵

你若在苍茫原野
会因高天上的雄鹰
自由搏击长空时的英姿而心生豪迈
你若在崇山峻岭
会因峭壁上的雄鹰
执着守护着森林的长梦而意志坚定

它的崇高　感染着我们每一个人的心
荡起久久不去的涟漪
传说雄鹰往往会有一种暗示
那暗示会带来孩童时的梦想
对故乡的思念

草原雕

第十一章

正冬

宁静之美

雁语初来

YANYU CHULAI

灰雁

高鸟过时寒气动，雁语初来芦花白。北方小雪前后，许多小鸟儿会在人们不经意间悄然集聚离去。天空上，整齐的雁队阵阵鸣叫，带着对季节的畅想，齐心协力地飞在漫长的旅途中。

立冬时节，即将封冻的原野迎来了最大的迁徙队伍。从北极苔原繁殖地飞来的几十万只披着远途寒霜的群雁选择在辽河流域未完全结冰的水域停留数日。群雁中有豆雁、鸿雁、白额雁等，它们白天在水面聚集休息，早上和晚上分散在滩涂、芦苇中觅食。假若寒冷的季节到此结束，这里可能就是它们的越冬地。

豆雁是途经辽河流域的群雁中数量最庞大的种群。豆雁体似家鹅，两性形色相近，头、颈棕褐色，肩、背灰褐色，有黄白色羽缘、橙黄色的脚。在初冬的辽河平原，人们能看到天空中有豆雁一批接着一批飞过。每年，豆雁都能在这个季节集中出现若干批次，通常是几十只排成“人”字队形鸣叫着向南飞行，那也许就是一个家族。

素色质朴的豆雁是忠贞爱情的典范，享有忠贞不渝和白头偕老的美誉。我看过一则感人的故事：曾经有一只雌性豆雁在野外受伤后欲飞不能，被人捡拾到竹筐里，带回家去。一路上，有一只雄性豆雁紧紧相随，一直在竹筐的上空盘旋嘶鸣，不忍离去。

第二天早晨，捡拾者被眼前的景象惊呆了——竹筐的外面又多了一只豆雁，这只豆雁就是昨天一直不忍离去的那只雄雁，它的脖子和竹筐里的雌雁伸到外面的脖子紧紧地缠在一起，两只豆雁都已气绝身亡。不难想象一种情景，雄雁为搭救雌雁付出了自己的生命，它们经历了一场殊死拼搏，为爱谱写了一首生命的颂歌。与子携手，同生共死，这也许就是豆雁的爱情观吧。

我国历史上以雁为题材的爱情诗篇不胜枚举，其中著名文学家元好问的《摸鱼儿 · 雁丘词》为情雁而触动怀古伤今之情，可谓情超生死，爱情永在。“问世间，情为何物，直教生死相许？天南地北双飞客，老翅几回寒暑。欢乐趣，离别苦，就中更有痴儿女。君应有语：渺万里层云，千山暮雪，只影向谁去？横汾路，寂寞当年箫鼓，荒烟依旧平楚。招魂楚些何嗟及，山鬼暗啼风雨。天也妒，未信与，莺儿燕子俱黄土。千秋万古，为留待骚人，狂歌痛饮，来访雁丘处。”作者驰骋丰富的想

豆雁

象，对大雁殉情而死的故事，展开了深入细致的描绘，再加以充满悲剧气氛的环境描写为烘托，谱写了一曲凄婉缠绵、感人至深的爱情悲歌，也深深寄托了词人纯真的爱情理想，为世人讴歌传颂。

“鸿雁天空上，队队排成行。江水长，秋草黄，草原上琴声忧伤。鸿雁向南方，飞过芦苇荡。天苍茫，雁何往，心中是北方家乡……”

内蒙古乌拉特民歌《鸿雁》以其情真意切的歌词和起伏跌宕的旋律常常引起游子思乡怀亲之情。歌曲中寄情的鸿雁，是著名的大型雁，体长 90 厘米左右，展开翼长 2 米以上。鸿雁上体为棕色，下体通白，从头顶到后颈有一长条深褐色宽纹，嘴为黑色，脚为橙黄色。

鸿雁在迁徙时，常常是数十只或上百只汇集在一起列队飞行。高空飞行时，队伍排成“人”字形。这种飞行形态被古今中外的人们探究了多个世纪，至今仍众说纷纭。其中有一种解释认同者比较多，为空气动力说。雁群在作“人”字形飞行时，前面的头雁扇动翅膀会在空中产生一股上升的气流，排在后面的雁就可以依次利用这种上升的气流飞行而节省身体的能量消耗。实际上，鸟儿飞行必须从它的身边驱走大量的空气，驱走的空气对外还会形成风阻。那么其中还有什么奥秘呢？

如果长期观察即可以发现，鸟儿平常的飞行可以比作游泳，翅膀击拍向下的动作是为了向上浮起，而其翅膀收夹的动作则是为了使其前进。鸟儿飞行所需的空气推力主要是上升气流，而上升气流则是来自地面。

在空中“人”字形排列的鸟儿是错位飞行并需要保持等身以上的间隔，虽然鸟儿扇动的翅膀尖会带来一点空气升力，但是飞在侧后的鸟儿借助到前面鸟儿一侧翅膀尖产生的空气升力是极其有限的。同时，鸟儿在空中“人”字形排列的两列间距还是较大的，两列之间更难以借助对方一侧翅膀带来的一点上升气流。

从另一角度看，鸟儿列队在长空迁行，飞在前面的鸟儿可以为后面随行成员减少点飞行中的空气阻力。但鸟儿们随队迁行，并非从空气动力学考虑，而是为了顺利抵达目的地。

雁类的体形、体重和飞行速度，容易使它们在空中遭受猛禽的攻击，因为它们既不像小型鸟类飞行那般快速灵敏，也不具备更大型鸟类那种防御能力。

那么，对于连续几十天长距离疲惫飞行的雁类来说，途中最重要的就是安全，而且防范空中危险不同于在地面时常有隐蔽条件可以利用，飞行在空中暴露无遗，危险又是来自四面八方的。因此，雁群在长途迁徙中作“人”字形的梯形排列，一定是它们在长期的艰苦生活实践中不断适应自然环境而形成的有效生存方式。

如果细心观察，不难发现雁群宿营时警戒的规律和特点，即由个体轮流在群体的边缘担当警戒任务。有意思的是，担当警戒任务的雁如果睡觉的时候会睁开一只眼睛。如果右眼睁开，那么它的大脑右半球在休息（因为右眼接收的信息在大脑左半球中处理，反之亦然）。而睡在群体中央的雁比睡在群体边缘的雁睁开一只眼睛的时间要少得多，睡在群体边缘的雁睁开的眼睛主要都朝着群体外侧可能会出现危险的方向。雁睁开一侧眼睛的益处是，在对外一侧保持警戒的同时，对内的一侧可以放心地休息，不用左顾右盼，借此保存体力。

鸿雁

白额雁

还有一种情况，是鸟类一边飞行一边睡觉，这听起来会感觉非常荒唐，但是鸟类科学家们经过长期的研究已经对此有明确的结论。比如，有些鹬类能连续飞行八个昼夜，行程 11000 余公里；雨燕出生后两年时间飞在天上，只有到繁殖期才落回地面等。

更有说服力的是在第一次世界大战期间，一次法国飞行员夜间特殊飞行的报告："他们在海拔 3000 米的空中关掉引擎，让飞机滑翔穿过敌人的防线，突然发现自己位于一群奇怪的飞鸟中间，这些鸟看起来一动不动，它们就分散在飞机下面几米的地方，在一片白色的云海上面很明显。"值得一提的是，他们抓住了其中两只鸟，返回后鉴定为雨燕。尽管当时没有注意到这些睡觉的雨燕有没有睁着一只眼睛。

由此看来，雁群在长距离的飞行中，也是需要调整体力，适当休息的。尤其是为了防御来自空中的危险，减少过多的体能消耗，飞行在左侧的雁要负责左侧空域的安全，飞行在右侧的雁要负责右侧空域的安全，而"人"字形的梯形排列既有利于雁群向前瞭望，也有利于雁群对周围进行观察，能最有效地发挥整体优势，是共同瞭望、共同警戒、共同防御的最佳飞行组合。

至于飞行中两列大雁靠内侧的眼睛是睁是闭并不重要，重要的是它们可以减少对内侧的担忧，适当地休息，减少体力的消耗。头雁也可以放心身后的安全，就能集中精力地带领全队向前飞行了。

雁群在迁徙时按长幼强弱排列飞翔。头雁由迁徙队伍中年长的雄雁担任，均是有经验和强壮的雄雁飞在队伍前面，随后是轮流领队的雄雁，体弱和未成年的雁排在中间，飞在队伍后面的雌雁会利用叫声鼓励前面的同伴。雁群中鸣叫声音最大的均是长者的声音。

作为头雁，一是在把握方向、天气、憩息地等方面要有丰富的经验；二是要具备健壮的体魄；三是要有良好的行为，被群体所信任。

古往今来，雁的生物节律也在不断与生存环境相适应。傍晚，是栖息的雁群一天中最活跃的时间。日落时分，披着晚霞的雁群会一批批地从湖面上飞起，每批几十只或上百只不等，排成横排，齐声鸣叫，迎着夕阳飞去，很快消失在暮色里。

豆雁

“天寒水鸟自相依，十百为群戏落晖。”（宋·秦观）夜幕降临后，雁群又会一批批地借着天边晚霞的余晖，悄无声息地从远方低空返回，停留在白天活动的湖面或附近苇丛中。

原来，雁群在迁徙途中停歇的警觉性很高，为了防止白天行踪暴露可能在夜间受到伤害，它们会借助夜晚迁徙的习性在日落前主动齐声鸣叫着飞离，像是在告诉天敌：我们飞走了！并在逆光中隐藏自己的身影，如有跟踪的目光，迎着太阳平直的照射是难以持久观望的。

当夜幕徐徐拉开后，雁群再悄悄地返回白天已选好的栖息地隐蔽休息、进食，补充体能。有时或因天气的原因，雁群会用这种方式争取短暂几天的休整，而后再选择气象适宜的黄昏或夜间进行长途迁徙。

雁群在黄昏或夜间赶路，有利方面主要是被猛禽捕食的概率明显降低。同时，黑夜少了白天的噪声，更容易接收到同伴传来的声音讯号。月色下，地面的水系会反射光亮，又能够帮助雁群导航。

雁类是群栖动物，常有豆雁、小白额雁、白额雁、鸿雁、灰雁等在一处湖面集聚栖息。民间统称“大雁”。这些艰辛迁徙的雁类弥足珍贵，我很钦佩这些雁类适应异乡的能力。

雁群中的小白额雁属于世界易危物种，国家重点保护鸟类。据资料记载，小白额雁在全球不足3万只，其中在我国的越冬种群数量为2万余只。小白额雁的外形很美观，体形小于其他雁类，它鲜明的特点是额部和上嘴的基部有一块白色斑。其眼睛有金黄色的眼圈，嘴为肉色，脚为橘黄色，胸至腹部由棕色逐渐向白色过渡，并杂有条纹或不规则的黑斑，喜爱鸣叫，飞行时多为小群，呈“一”字或“人”字队形。

小白额雁的自我保护意识极强，活动极其小心谨慎。它们对自然环境的变化还非常敏感、挑剔。有些国家已将小白额雁作为衡量环境质量优劣的指示物种。

叫声是雁群的黏合剂。每当雁群起飞、着陆，或是有分散的小群和孤雁加入的时候，它们都首先通过激越的鸣叫来进行沟通。它们的鸣叫基本为简洁的单音节发声，总带有鼻音，有点单簧管的音色。但声音中的高低、长短、快慢、强弱却反映着它们的情绪，表达着心中的意愿。它们的内心远比外观看起来更加丰富，更有内涵。

仔细观察会发现，豆雁、小白额雁、白额雁、鸿雁、灰雁等还是习惯分类，各自组合活动、休息，极少混群。而且小群或个体之间，也会发出一些不断变化的更像交谈般的哼鸣。这种听似微弱、简单的交流，却是彼此和睦相处的纽带。

数十万只雁聚在一起的场面是气势恢宏的。由于雁类的群体庞大，集体鸣叫时的声音洪亮，能传出很远，还常常吸引来许多鹤类和野鸭与之相伴憩息。

雁群冬去春来，不失时节，坚韧不拔，尊老爱幼，颇重情义。中国古代就把雁看作义禽。春秋时代，人们在拜见有学问、有修养的人时，会奉送一只大雁以表尊重之意。据说，孔子就曾捧雁向老子拜师。

人们观察大雁　会看到雁群的仁 义 礼 智 信

和谐　忠贞　担当　诚信　统一

头雁自有统领的位置　能力所及

群雁自有跟随的道理　长幼有序

暑往寒来　有福同享　没有贫富的差距

南迁北徙　有难同当　没有强弱的分离

也许是自然天成　也许是生存所依

从未朝令夕改　信不信由你

鸿雁

星鸦的意义

XINGYA DE YIYI

星鸦

每当人们看到高耸的悬崖峭壁上挺拔的青松，无不为青松的顽强生命力所折服。在人们感叹青松与高崖时，很少思考青松为什么会生长在陡峭的崖壁中。难道是大风将松树的种子刮到那里？即便大风能将森林中的松树种子刮起来，松树种子怎会恰巧就落在高山的崖缝中了呢？

这就是奇妙的大自然所作的奇妙安排。北方的许多鸟类都用贮藏各类树种的办法来越冬，其中星鸦贮藏种子的能力可称鸟类之首。科研人员发现，单只鸟单日贮藏种子数量最多的是褐头山雀，超过 1000 颗；单只鸟单季贮藏种子数量最多的则为星鸦，达 10 万颗之多。

星鸦身披棕褐色的羽毛，全身布满了白色的斑点，翅黑具有淡蓝灰或淡绿闪光，举手投足有着艺术家的个性气质。它的羽色在浓密的山林中起到了很好的自我保护作用，是一种典型的针叶林鸦类。

星鸦看起来动作斯文，它的鸣叫听起来又有些特别，嗓音干涩，音调单一，以及间杂模仿的叫声，表达中似乎缺少丰富的情感和内容。也正是星鸦这种听起来不动听，又不常听见的叫声，往往在山林中为其他鸟类起到防范天敌偷袭的报警作用。星鸦这个种群的数量很少，或许这也是特殊的生命在大自然中的特殊意义。

星鸦栖于松林，飞行起伏而有节律。它非常勤劳，繁殖季节捕食害虫，平常主要以松子为食，也偶食其他坚果。星鸦的嘴像一个凿子，能够轻易地凿开果实的外壳。星鸦有储藏松子的专长，其舌头下面有一个舌下囊，它每次能将约 50 颗松子吞入舌下囊中，然后飞到数公里以外已经选好的储粮点。

为了防止被其他动物偷食，星鸦常常把松子分散储藏在它认为便于隐藏的山崖壁缝里或在地面上挖好的小坑中并覆盖上树叶或草根等伪装起来，它还会用小石头作上记号。而且特别留心在它们贮藏食物时谁在附近注意它们，有时甚至重新埋放。

每只星鸦分别有许多个储粮仓库，每年封冻前它们都要以这种方式储藏数万颗各类种子，以备冬天生存和春天缺乏食物时食用，甚至在夏天还利用储藏的种子喂养幼鸟。

据林业人员观察，星鸦还能在大面积山林中重新找回九个月前自己储藏的食物，其持久的辛劳和非凡的记忆力的确令人称奇。

冬季里，星鸦喜欢在它生活的区域里游荡，从这片森林飞到另一片森林，从这座山峰飞到另一座山峰，享用它们储藏的松子。它们习惯在山崖缝中寻找，到树根底下翻捡，把树洞扒拉开看看，刨开树丛下积雪覆盖的杂草。有时，每个星鸦找到的储藏食物不一定是它自己储藏的，自己储藏的食物也可能成为其他星鸦的食物。

星鸦以红松种子为主要越冬食物，不经意间也成为了绿色森林的制造者。每只星鸦能在几百平方公里范围内建立上千个储藏点，每个储藏点至少有 10 颗红松种子。如果来年食物丰盛，星鸦就用不了那么多的储藏种子，幸存下来的种子就会生根发芽长为幼苗。

除星鸦之外，松鸦和交嘴雀等留鸟也有储藏种子的习惯。因此说，天然的红松林也是靠星鸦等鸟类分散埋藏的种子而实现自然扩大的。

红角鸮

卓尔不凡的猫头鹰

ZHUOERBUFAN DE MAOTOUYING

11月中旬，大和尚山森林中一个接近黄昏的下午。森林里还很明亮，刚飘过一点小雨，空气清爽澄澈，看不见身影的鸟儿叽叽喳喳地鸣叫着。山林在雨云的阴濛后沐着日光，散发出自然悦目的光影。

榆树的叶子已经掉光了，剩下稀疏光秃的树枝毅然伸展，硬邦邦的树干傲然挺立。杨树上还残留着几片颓败的黄叶，依恋着迟迟不愿离去。柞树的叶子还耐得住风霜，多数也已枯萎，红艳艳地缀在枝头。只有大片的黑松林，依然苍翠茂盛，却多了些季节的朴素和厚重。

白天，红角鸮总会懒洋洋地窝在松树冠里。它的身长仅有20厘米，但身材娇小并不是红角鸮很难被发现的唯一原因。松枝间，红角鸮身上褐色的羽毛与松树皮的颜色相近得好像早有时令的约定，观察者不会觉得那里有什么特别之处。直到树枝间有细微的变化，才发觉好像是猫头鹰黄色的眼睛在一眨一眨，仔细辨识之后才会发现树杈上蹲着一只褐色的小东西，它是一只猫头鹰家族的红角鸮。红角鸮的正面呈现出斑驳的灰褐色，与树皮和叶影相得益彰。它眼睛闭着，成了一条缝，尖嘴埋在羽毛里，整个一副安静地等待和观察的态度。

我在离它十几米远的地方站立，移动时脚踩在落叶和干树枝上发出的轻微响声它能够听得清楚，但是它看不清我。当我拍一下树干，发出较大声响时，它会立刻伸出脖子，竖起头上的短小耳羽，圆睁双眼。显然这种声响对于它没有诱惑和威胁，眼皮很快就闭上了，开始打起盹来，或半睁着眼睛睡着了。而后，由于再次的声响或者我离它更近些了，它会变得烦躁，好像因休息被搅而感到恼火，在栖息的树枝上慢吞吞地转过身去，懒洋洋地展开翅膀，朝着响动相反的方向飞走了。

它在松林里挥动翅膀，却几乎没有一点儿声音。就这样，靠着对周围环境的极度敏感，它在松林间滑翔，在眼睛线亮的微光中找到一个新的隐秘枝头栖息，它也许能够在那儿不受打扰地等待夜晚的到来。

红角鸮是技艺高超的捕食者。它主要以食用小型动物为生。每到夜晚，这个小小的猎手就会蹲坐在树的最高处，眼耳并用，不放过任何一个能享用的猎物。一旦发现中意的猎物，比如蜥蜴、昆虫等，红角鸮会立刻从高处俯冲而下，飞向目标，用锋利的爪子一把抓住猎物。

当黎明来临时，红角鸮又回到树杈间休息的地方。只有当猎物不够吃或者必须要照顾孩子的时候，它才迫不得已在白天外出觅食。

东方角鸮

东方角鸮

梭罗在《瓦尔登湖》中写道："我为有猫头鹰感到欣喜。这是一个极其适合于沼泽和日光照射不进的阴暗的森林的声音，使人联想到人类尚未认识到的那部分广大而原始的大自然。它象征着人人皆有的全然朦胧的、未能满足的欲念。"猫头鹰，即民间对鸮类鸟的俗称。早在公元前1600年的中国商朝，猫头鹰就备受尊崇。甲骨文考据也认为，"商"字形其实就是猫头鹰的脸。可证明商朝人民对鸮类鸟的喜爱和崇拜。

猫头鹰确是自然界中一种神奇的鸟儿，是对人类生活帮助很大的不可或缺的益鸟。虽然有时它在黑暗的夜空一闪而过，给在夜晚恐惧和对它不甚了解的人们带来像幽灵一样的感觉，甚至人为地臆想了许多无根据的非议，而缺少了真实的自然科学知识。

猫头鹰是大自然生成的夜行性的鸟儿，它的身体构造简直就是一个自然的神话。

猫头鹰在暗夜的光线下仍能视物，这是其他类型的动物根本做不到的。猫头鹰眼睛的视网膜上有极其丰富的圆柱形感光细胞，能够察觉极微弱的光亮。它的视力要比人类强3—10倍。如果把鸟类的眼睛比作照相机镜头的话，那么大多数适于白天活动的鸟的眼睛是小口径的标准镜头，而适于夜间活动的猫头鹰的眼睛就是大口径、长焦距的望远镜头。在月光或者星空下，眼睛越大越能聚集更多光线，视物就能更清晰、更准确，就能够很好地感知三维世界的图像。

猫头鹰的最大特长是它具有极其灵敏的听觉，有助于在没有月光的条件下弥补视力上的缺失。这种夜间猎手没有耳朵，耳孔却很大，呈两条很深的豁口在头的两侧，差不多和脑袋一样高，头上的羽毛总会把豁口遮住。耳孔前后各有一个活盖，可以控制耳孔的大小，调节听觉功能。猫头鹰耳孔周围的羽毛恰好形成一个漏斗的样子，能把声波聚集起来，从而具有增强声波分辨率的效果，并起到定位的作用。正是因为拥有这样的构造，猫头鹰的听觉比人类要敏感5—10倍。特别是对野鼠发出的轻微窸窣声更为敏感。

视觉与听觉上的相辅相成，加之猫头鹰有强壮似铁钩般的尖嘴和锋锐无比的利爪，飞行起来悄然无声，使其成为夜间捕猎的超级能手。

猫头鹰还具有发达的发声系统。为在夜间进行远距离交流，它们比白天捕猎的食肉鸟更会经常鸣叫，所以一年到头总是叫个不停。很多种猫头鹰都喜欢长期占据一个地方。每当繁殖期结束，年轻的猫头鹰都离巢去寻找自己的领地，并且通过发出声音来试探。一旦那块地方已经有了别的猫头鹰，就会引来一阵怒气冲冲的回应。有时候，外来者和原主人的争吵也会牵扯其他家族的猫头鹰拔高声音应和起来。

在山村的夜晚，我就听到过几只猫头鹰一起争论或表达着它们之间的各自意愿，它们最有特色的声音介于发怒的叫嚣和嘶哑般尖叫声之间，有不同的强度和频率，分别用以联络和示警，还会在此基础上给出一些微妙的变调，留下深沉温和的哨音以宣示领地。这也是猫头鹰最聒噪的时候。一旦它们在自己的领地安顿下来，就不只是一整年，而是一辈子都留在那儿了。

猫头鹰习惯以老树为唱歌的舞台，森林和田野是它们的最爱。对于喜欢听鸟儿唱歌的爱好者来说，如果你在清晨或黄昏去乡间散步的时候认出它们，也能给你的生活平添一种逸趣。

猫头鹰的叫声听起来根本不像鸟的叫声，往往会使空旷的野外和幽暗的林间产生让人毛骨悚然的心惊。而原因却是人们自我精神紧张造成的。如果你内心欣赏着大自然中寂静美好的清晨与黄昏，猫头鹰族群之中任何一位演唱家声音的恐怖意味多少会在聆听中逐渐消散，不会产生心理暗示的紧张不安，而会感到由衷的欣喜，你会庆幸这样声貌俱佳的鸟就在你的附近，守护着这里，与你共享一片山野。对鸟的了解也会让你的恐惧变成喜悦。

长耳鸮有着猫头鹰最典型的特征。棕黄色的羽毛，密杂黑褐色的粗羽纹，眼睛为橙红色，眼周的羽毛呈放射状，眼睛和眼眶紧紧地连在一起。如果它要观察另一个方向，就必须转动脑袋。所以长耳鸮的头部要比其他哺乳动物灵活得多，脑袋转动 270° 对长耳鸮来说轻而易举。

长耳鸮头上两个高高的耳羽引人注目，很容易让人误解。这虽是长耳鸮最典型的特征，却不是它的耳朵，而是长耳鸮头部听孔边的两根羽毛。长耳鸮的听力如同其他鸮类，依靠头部两侧的豁口。它头上右边的豁口要比左边的高，可以接受来自不同方向的声音，确定发声体的位置。

每当夜晚降临，长耳鸮便会用像望远镜一样的眼睛极目瞭望，用像雷达般的耳孔搜寻周围的声波。尤其是在寒冷的冬季，它要尽力多捕些猎物来增加脂肪，并储备必要的食物，以抵御漫长的严寒。它把自己的生命和下一代生存的机会全都依赖于寻找猎物的运气，只有动用全部感官和技能，付出最大的努力，才能在艰辛的环境中顽强地生存下去。

在夜暗的条件下，长耳鸮会在狩猎领地的上空仔细巡逻。它们非常熟悉栖息地的环境，这对于它们在捕猎时的疾速飞行至关重要。这也解释了为什么夜行性的鸮类几乎在它们一生都生活在同一领地中。长耳鸮一旦借助犀利的视觉或者敏锐的听觉发现可疑猎物，便会扇动着翅膀悬停在空中近距离观察猎物，有时候它们也会埋伏在较高的位置等候猎物，最终冲击捕获它。

长耳鸮的形象有些奇特古怪，却不乏幽默的灵动。它们在繁殖时期尤爱鸣叫。长耳鸮的叫声一般是由一种持续不断的、舒缓而响亮的声调组成，声调充沛圆润且带有震颤。“睁着圆圆的大眼睛的猫头鹰在夜晚唱起了歌，叫袅、叫袅，那是一种欢愉的声调。”（[英]莎士比亚）不远处常会有另一只鸮对其叫声作出回应。

长耳鸮等鸮类大多在夜间进行求偶炫耀，拍打翅膀以及相互鞠躬，整理羽毛等。它们会将老树的缝隙和树洞作为自己的巢穴，也会把乌鸦和松鼠的旧巢作为自己的巢穴。鸮类一次产蛋2—4枚，刚孵化出的雏鸟是纯白色的，雄雌鸟会共同保护雏鸟。

长耳鸮是鸮类中捕鼠能力最强者之一。一只长耳鸮每年可吃掉上千只老鼠，等于为人类守护了大量的粮食，是自然界控制鼠害的无冕之王。

夏天日出时或黄昏，长耳鸮等鸮类如果发出低沉似泣的声音，预示着天要下雨。许多老农至今还凭着这种经验从事农业活动。长耳鸮等鸮类是具有超凡魅力的鸟类，人类应该守候和呵护它们。

长耳鸮

恪守

KESHOU

白天，强烈的阳光对领角鸮的眼睛刺激得很厉害，使它很不适应。所以它只好躲在阴暗处，常常紧贴于树干上，缩着脖颈，双目半闭，仿佛在打坐冥想。当听到有异样动静的时候，它才睁开一只眼睛，扬起头向四处观察一会儿。

鸟类的睡相不易发现，因为它们通常选择隐蔽且避风之处休息。鸟类的睡眠类型亦依据鸟种、季节、地理条件等因素有所不同。日行性鸟类通常于入夜后有一整夜的完整睡眠，夜行性鸟类则于白天闭目养神。大多数鸟类在睡眠时，会将喙塞进身体羽毛中，将身体缩成团状以羽毛覆盖，以减少睡眠时的热量散失。领角鸮等树栖性鸟类睡眠时，双脚采取蹲坐姿势，趾骨肌腱和韧带会绷紧，趾爪自然弯曲而紧紧攀住树枝，使它们不至于在睡眠时摔落，并有随机应变等作用。

每当黄昏或者黎明前的时候，领角鸮就会悄悄地蹲在树的高处，转动着灵活的脖子，瞪着圆圆的黄黑相间的大眼睛，沉着而又机敏地搜寻猎物。一旦发现有老鼠，它就会迅速飞扑过去，用强有力的爪子牢牢将其抓住，再用锋利的嘴叼起猎物回到树上将其撕扯吞食。大约 10 个小时以后，领角鸮再把不能消化的老鼠骨骼、皮毛等杂物吐出来。

为增强隐蔽性，鸮类的体羽模式通常为各种暗淡的褐斑。由于只在黑暗中活跃，所以领角鸮等鸮类不需要醒目的体羽。领角鸮的羽毛柔软呈波状，表面密布着绒毛，飞羽边缘呈锯齿状并细薄轻盈，羽毛的透气性明显好于其他鸟类。这些特殊的羽毛结构能把强大的空气涡流切分成很小的部分，减弱了空气的摩擦，使其飞行时来去无声。

某飞机设计师就是从鸮类的翅膀结构上得到启示，研制出一种锯齿形的轻型飞机翼片，从而能消除产生噪声的涡流，明显减少了高速飞机的噪声。但至目前，鸮类所拥有的能减弱空气摩擦的羽毛特质还是任何一种高科技机器都无法精确效仿的。

领角鸮还是人类清除鼠害的有力帮手。有一些专家曾对 40 只领角鸮及其幼鸟的食量进行观察记录，发现它们在 100 多天中，共吃掉 44000 多只老鼠。也就是说，一只领角鸮一年内能捕食 4000 多只老鼠，可谓功勋卓著。

一直以来，领角鸮都给人们一种很神秘的感觉。它们总会有规律地挺直身子蹲坐在树杈上，一双圆圆的大眼睛目不转睛地盯着对面，时不时还会像人类一样眨几下眼睛，一副思索和严谨的态度。在夜间，它们从不失约地巡护着山林和草地，全神贯注地履行着义务，恪尽职守地维护着领地的生态平衡。早晨，它们与太阳交班后才开始休息。

如果恪尽职守是猫头鹰的最高智慧，那么这种智慧也来自对自身生存环境和繁衍历程的深度了解，来自一种执着的探求精神。

尽管猫头鹰的作为是那么杰出，但在现实的生活中，猫头鹰的日子也是屡遭磨难的。2016 年黑龙江省抚远市上演了一场现实版“愤怒的小鸟”,一只猫头鹰为了救出自己的两只幼崽,半夜冲进民居与人“搏斗”。

2016 年 6 月 22 日 21 时许，黑龙江省抚远市乌苏镇朝阳村村民王某向当地边防派出所报警，称被猫头鹰袭击。民警立即赶赴现场，看到王某一家人都站在屋外，王某脸上鲜血直流。民警马上拨打了 120。据王某介绍，因天热睡觉前没有关窗户，半夜不知道什么时候飞进来一只猫头鹰，袭击并抓伤了王某的面部，王某一家人吓得跑到屋外，并将猫头鹰关在屋内。

随后，民警穿戴防护装备进屋用渔网将猫头鹰捕获，还发现王某家中还有两只刚出生的小猫头鹰。经询问，王某承认两只小猫头鹰是自己当天在村口树下捡的，想给孩子看着玩，没有想到招来了猫头鹰妈妈。

民警联系了驻地自然保护区的工作人员了解到，猫头鹰是国家二级保护动物，伤人的原因可能是为了保护幼崽，可见猫头鹰的观察力和记忆力。经查验无伤后，工作人员将三只猫头鹰带至自然保护区放生。王某被送至医院治疗，并接受了民警严肃的批评教育。王某表示："以后再也不能随便带小动物回家了！"

鸟儿的种种行为就像一面镜子，从中我们可以看出人类和动物的相似之处，以及人类已经缺失的天生的善良与纯真。我们可以从自然界鲜活的事物中追溯人类行为的本源，反思人类与大自然和谐共生的至关重要性。"人类也是地球上的生命体之一，所以也必然要遵循自然法则。换言之，人类也应与其他生物一样，具有共生共存的本性。所不同的，无非是人类有自觉性，并在此基础上，以主体的自觉行动来实现人类的理想。"（[日]冈田武彦）

领角鸮

天鹅的美学

TIANE DE MEIXUE

天鹅是高雅、圣洁而动人的鸟类。它们洁白的羽毛、典雅的神情、婀娜的体态、忠贞的品质，给自然界增添了无尽的诗情画意。古往今来，人们都把天鹅看作具有美学和人文价值的珍稀鸟类，视其为纯洁、美丽、智慧、勇敢和对爱情忠贞不渝的象征。

天鹅在我国古代被称为鹄，《汉书 · 司马相如传》中注释："鹄，水鸟也。"明朝李时珍所著的《本草纲目 · 禽部》中就有"鹄大于雁，羽毛白泽，其翔较高而善步。一名天鹅……凡物大者皆以天名。天者，大也。则天鹅名义，盖亦同此"的记载等。古今中外以天鹅为题材的文艺作品不胜枚举。俄罗斯柴可夫斯基的著名芭蕾舞剧《天鹅湖》，以其高雅浪漫的旋律、轻盈优美的舞姿而风靡世界，表达了人们一种美好的愿望和对崇高爱情的向往，也体现了人们对天鹅忠于爱情的高尚情操的由衷赞美之情。

事实上，天鹅也始终保持着"一夫一妻"的和美家庭关系，一旦结成配偶，便琴瑟和鸣，终生相伴。如果一方不幸死去，另一方将日夜哀鸣，宁愿孤独一生。与人类相比，天鹅还有温仁、宽宥、尊严的天性。它们从不鹦鹉学舌、搬弄是非，也不主动攻击他人，同时拥有皎洁的外表与纯净的品质，是水禽里缔造和平世界的君主。

天鹅有夫妻共同养育幼雏的优良品行。雌天鹅产卵后，雄天鹅与雌天鹅轮流进行孵化和警戒，总有一只天鹅从不离巢。若有天敌临近，天鹅会用草叶和羽毛将卵隐藏好后短暂离开，待危险过后再回来孵化。

天鹅的孵化期大约 30 天。雏天鹅刚出生时，浑身上下是乳黄色的羽毛，粉红色的嘴，橘红色的脚。出壳的当天就能够跟随父母在巢边的水中游玩，一副非常漂亮乖巧的模样，希冀的只是宁静和自在。

看到天鹅的稳健、平和，会觉得它们一直都这样慢慢悠悠、宠辱不惊。其实不然，面对抵近侵犯之敌，无论是动物还是人类，天鹅会立刻表现出凶狠的样子，不顾自身安危毫不留情地发起迅猛反击。它们用翅膀一击，连狼腿都能打断，展示了其非自卫不用武力的威势和力量。

雏天鹅长到一个月后，羽毛颜色渐渐变成灰色，脚的颜色也慢慢地变浅，体格逐渐强壮起来。三个月后，雏天鹅已经掌握了觅食的本领，它们的父母开始换羽。父母要将飞羽全部脱掉，然后换上新的飞羽。这期间，天鹅父母没有飞行能力，雏天鹅便跟随着父母隐藏在地形复杂的芦荡深处栖息，以避免天敌的伤害。每年10月中旬前后，天鹅父母换好了羽毛，雏天鹅也具备了飞行的能力，它们便开始抓紧时间尽量进食，增强体能。雏天鹅在父母的督促下，起早贪黑练习飞行。

当湖边生成冰凌花的时候，天鹅就陆续踏上漫长的迁徙之路了。最早迁离的是当年不繁殖的亚成鸟，携带幼鸟的天鹅会尽量晚些时候才离开，以利幼鸟健壮。“鸿鹄高飞，一举千里。羽翼已就，横绝四海。”（汉·刘邦）蓝天上，天鹅舒展双翅，飘然若仙，尽显豪迈之情。

天鹅家族组成队伍飞行，多成对结伴，或一家三口形影不离，一路上互相体贴照顾。天鹅是飞行能力最强的鸟类之一，它们能够飞越喜马拉雅山脉，高度超过海拔8000米，令许多鸟类望尘莫及。

鸟类起飞和降落是经过长期适应演化的结果。早在一亿五千万年前，始祖鸟展开初次飞行时就启动了这种演化。天鹅是所有会飞的鸟类中笨重的一个族群。最大的天鹅身长1. 5米以上，体重可达16千克左右。如此的天鹅起飞时必须有助跑过程。最好的跑道就是水面。

天鹅起飞时，会爆发性地快速踩水奔跑，用它那黑色的足作有力的击拍并竭尽全力地猛烈挥动双翼，双翼一旦开始产生浮力，身体就可以提升到水面上，它还是必须快速地奔跑，拼力地挥动双翼，直到浮力能够使它整体离开水面后逐渐升高。此时，天鹅会把双腿收拢在尾下。

降落前，天鹅要先减缓飞行速度，否则重量加速度的后果可想而知。天鹅会在停止拍翅的同时压低尾部和双翼后缘，向前伸出具蹼的脚掌来作刹车制动，由脚掌先贴着水面，产生阻力后，整个身体再落下。即使如此，天鹅的体重还是会使其下降速度相当快，当天鹅的身体接触到水面的一刹那，沉重的冲力会激得水花四溅，瞬间遮掩了天鹅的身影。水花散去，天鹅美丽的身躯露了出来，接着它就以优雅的姿态款款游开。

当冬季白昼刚刚开始变长，也是天鹅的发情初始和求偶炫耀的时候。一对对天鹅面对面地鞠躬、跳跃、翩翩起舞、共浴爱河，为的是结伴迁徙，并能在到达目的地时开始繁殖。天鹅类中有大天鹅、小天鹅和疣鼻天鹅等。

天鹅迁飞多在黄昏后进行，以防止猛禽的偷袭。白天憩息时，天鹅在恬静的湖面上放松心态，以种种柔和、娇态、妍媚的动作，显出它的悠闲。有的将修长的颈蜷缩在松软的羽绒中，缓解身体的疲惫；有的静静地浮游，轻松自在；有的长颈入水，倒立着补充食物；有的结伴嬉戏，翩翩起舞；有的交颈摩挲，温情脉脉；有的梳洗羽毛，整装待发。

远远望去，天鹅成群地在碧波荡漾的湖泊中就像一簇簇盛开的白莲花，美轮美奂。它们自由的音调，像号角般响亮，如同一首有节奏、有曲折的乐曲，在湖面上久久回荡。哲学家维特根斯坦说："神秘的不是世界是怎样的，而是世界是这样的。"

天鹅之美，散布着我们欣赏优雅与妍美时所感受的那种舒畅、那种陶醉，一切都使人觉得它不同凡俗。审美是一种体验，是我们把天地万物看成自我一部分时获得的精神享受，是一种超功利的精神愉悦，也是一种精神境界的提升，能够促进人性的完善，提升个人修养，从而使我们追求更有意义、更有价值、更有情趣的人生。

小天鹅

雉鸡

色彩的寄托

SECAI DE JITUO

中国的古代将小寒分为三候：“一候雁北乡，二候鹊始巢，三候雉始鸲”。古人认为，大雁是顺阴阳而迁徙的，此时阳气已动，大雁便开始向北迁徙；喜鹊此时感到阳气上升，便开始筑巢；雉在接近“四九”时因感阳气生长而开始鸣叫。北方这个时节，最为引人注目的鸟类当属雉鸡。

寒风凛冽的黎明，雪野清幽。四面八方的雉鸡不约而同地汇集到凡河岸边一片略有起伏的滩涂上。雉鸡们来时既不鸣叫，也不从空中飞来，好像突然间从你脚下的雪中蹦出来一样，虽然四处杂草丛生并有稀疏灌木丛，但几乎同时出现五六十只雉鸡也着实让人吃惊不小。

在约有半个足球场大小的滩涂上，雉鸡们或互相点头示意，或相视注目，既不游戏打闹，也不大声喧哗。雉鸡们发出轻柔的叫声，声音是那样微妙，那样意趣，犹如在相互问候，充满友谊和希冀。又好像只是远远地做个姿态便各自活动，也不往一处集中，似乎在用个性的肢体动作传递着相互之间心灵的感应，已经心领神会般地约定俗成。此时，偶有雄雉鸡向雌雉鸡献殷勤，但在大庭广众之下，也都显得彬彬有礼。

隆冬的日子里，雉鸡们每天清晨有如家族开例行早会，集体晨练。冰天雪地里，它们是那么的坚韧耐寒，精神饱满。在纷纷扬扬的雪花中，雉鸡们喜欢把翅膀拍打得更加热情洋溢，为迎接春天蓄势待发。

太阳初升，金红色的阳光洒在雄雉鸡锦缎般的羽毛上。雄雉鸡浑身上下犹如披金挂彩，冠顶黄灰相间的羽毛连接着墨色的耳羽，乌青的头部闪着绿蓝色的光泽，黑亮的眼球带着红眼圈镶嵌在鲜红的眼周裸皮中间，绿色的颈部上套着洁白的宽颈圈，紫红色胸脯上的羽毛似彩笔描绘得叠加有序、深红里透出金黄，两肋如黄花豹皮般的羽毛上点缀着紫斑，两翼飞羽间棕红搭配着乳白，翼下从钛青蓝过渡到橘黄，下腹羽毛从深绿染为紫黑，棕褐色的尖长尾羽上规则排列着黑色横纹。

雉鸡

雄雉鸡斑斓的羽毛在阳光的照射下显得色彩纷呈、饱满艳美，可谓天造地设，神谋化力。

雌雉鸡的体形较雄雉鸡稍小，羽色虽不如雄雉鸡艳丽却有着独特的作用。它上身色彩的主调为砂褐色或浅栗色，杂有红色和紫黑色的花斑及淡橘黄色的羽缘；下背、腰和尾上的羽毛呈棕红色和淡棕色，具有黑色纹和灰白色羽缘；下体余部呈沙黄色。在大自然的精心安排下，雌雉鸡的羽色好像有意填补着雄雉鸡羽毛上遗漏的色彩。

古人有诗曰："播五色之繁缛，被华文而成章，冠列角之盛仪，翘从风而飘扬，履严距之武节，超鸾跱而凤翔。"更是把雉鸡描述得绚丽多彩，英姿勃发。

自古以来，任何一种进化到今天的鸟类，都是历经沧海桑田后的幸运胜出者。雉鸡经过世世代代的努力，用全身的羽毛奉献出阳光下所有的色彩，希望用它们的热血滋养美丽，能够得到人类多一点的友善、多一点的爱。

漫长的岁月中，雉鸡的生活是简单的。它从来都认为，生活是自己的。它的目标就是健康成长，传宗接代，自在生活。

雉鸡的生活是朴素的。它感到最有味的，就是清淡的欢愉。生活简单就可爱，心儿简单就幸福。内心真正富足的时候，从不炫耀拥有的一切。

雉鸡没有自卑感，也不会瞧不起自己。它对父母从不计较、对外界从不攀比、对生活从不懈怠、对打压从不气馁。它用一生的付出，来回报大自然恩泽它的柔弱生命。

忽然，不知从哪里传来一阵雄雉鸡的高声鸣叫。眨眼的工夫，所有的雉鸡全部消失得无影无踪。

偶然俯首，绒绒的雪上，清晰分明地镌着雉鸡们团团簇簇的足印，犹如自然的绣花图案长长串串地连在一起。

白茫茫的大地上，这些长长串串的足印似乎在传递着一个信息：它们源自中国，现在已经遍布全世界……

[illegible]

[illegible]

[illegible]

[illegible]

[illegible]

[illegible]

[illegible]

[illegible]

[illegible]

[illegible]

第十二章

腊冬

傲雪临风

金翅雀

绽放的生命

ZHANFANG DE SHENGMING

冬天　一切归于沉寂
褪去了所有艳丽的色彩
而去不掉的　是伴着雪花肆意绽放的生命
洁无纤尘的来去
最单一　也最丰富　最短暂　也最永恒
归于心灵忘却一切的畅然
归于在没有尘埃的世界里
生命自由呼吸的平淡与安恬

冬天　是雪的世界
凌花清透晶莹　集苍穹之气　万物之水
漫宇琼瑶　携来天地之缘
在雪野里散步　脚下嘎吱嘎吱的声音　是冬天歌者乐享的音符
在雪野中观景　寄情或明或暗的远山　是冬天画师用心的留白
在雪野间听鸟　穿越朔风凛凛的灵动　是冬天诗人意蕴的点睛

我们在雪花飞舞的平仄里　感受冬天的脉搏
在寒风呼啸的意象中　体味冬天的豪情
湿软的雪　舞动裙翼款款地飘来
这时你不要出声　别惊扰了大自然的芭蕾之梦
飞泻的雪　碎玉翻絮狂舞而来
这时你可以礼赞
辽远浩然　平畴沃野　雄浑苍劲　莽莽群山

冬日天空　借给我一双梦想的翅膀
和你去飞翔

银装素裹的世界里，金翅雀在雪淞冰花的映衬中飞舞，纯洁的空气激发它的鸣叫听起来更加细腻、婉转、悠长，富有感染力，会让人不自觉地驻足静听，即景生情，进而心境恬然。我与金翅雀曾有过多次欣喜的相遇，其内涵丰富的鸣叫总会使我回味无穷。

金翅雀鸣叫的细腻，有一种曲折幽深的意境，能带来邈远的思乡之情；金翅雀鸣叫的婉转，有一种柔情似水的高洁，能拨动不朽的人心之弦；金翅雀鸣叫的悠长，有一种胸怀开阔的坚毅，能内化纵横的豪迈之姿。

金翅雀鸣唱时会昂起头，喙大大地张开，向着天空连续发出一长串动听悦耳的声音，演示出一种明媚愉快的自信，似雪野中所有鸟儿的领唱者。只要不打扰金翅雀，它就会不知疲惫地反复鸣唱，有时还会在一片山林中连续鸣唱许多天。它喜欢站在树端的突出位置鸣唱，好像只有这样才能淋漓尽致地表达它的良苦用心。那种毫无保留的样子仿佛三月的阳光已经洒在它的背上。

我沿着一条积雪的山路行走，在穿越一片杂树林后，渐渐走近山边。在我距山边大约百米远时，一阵带有颤音的啼鸣传了过来，那是大山雀在歌唱。它的歌声充满着怡悦，就像刚上幼儿园的小孩子放学一样。

大山雀是分布最广、最为常见的鸟类之一。一年四季，在北方的大部分地区，无论何时，无论什么天气，无论哪片山林，你听到的第一声鸟鸣，很可能就是大山雀的歌声。与大山雀体形相近的鸟类中，鹀类鸟厌烦天热，莺类鸟回避天冷，大山雀却从来不在意这些，从不在意演唱的地点和季节，只是尽情地表达着自我陶醉带来的享受。

说老实话，大山雀的歌声并不是最悠扬，却始终洋溢着欣悦。所有鸟儿的歌声里，都流露出不同的情感。在我听来，柳莺唱着自信的歌，麻雀唱着忠诚的歌，黄鹂唱着缠绵的歌，山鹡鸰唱着骄傲的歌，布谷鸟唱着深情的歌，杜鹃唱着羞涩的歌，大山雀唱着快乐的歌。

在鸟儿的歌声里，含有它对生命的感悟，通过歌声，它和听者之间可以消除一种神秘感，建立起某种理解。

树因鸟而喜，鸟因树而舞。树是鸟的家，鸟是树的花。吴忌先生的散文《鸟是树的花朵》写得生动感人，文中的描写确是一种倬约的情怀。恳请允许摘录其中几段文字：

> 冬天总是如此疏疏朗朗，这是不是我们在冬天缺少快乐的真正缘由呢？树木仿佛都停止了生长，我们总是怀着一种等待的心理度过冬天……正如袖手旁观的我们在一堆堆红红的炭火前，等待闰黑。然而一些鸟落到了树上，大大小小、五颜六色。我们仿佛看到了满树的花朵！
>
> ……冬天的风因为这儿小鸟的跳跃，也就显得细微而富有弹性。它们在树枝上唱着歌，一只鸟的歌唱使树木上的冬天没有了寒冷的凝滞……有时一只鸟独自唱出婉转的歌声，细细地发颤、发亮，犹如一个回味爱情的人在冬天品着春茶……
>
> 树枝上的鸟比真实的花朵还要美丽。你见过一朵花从春天开到冬天吗？你见过树上的花朵在树枝之间飞来飞去吗？你见过会唱歌的花朵吗？这是一只鸟再造了冬天的生机……
>
> 实际上，鸟儿一直都在树上，在春天的树上，在夏天的树上，在秋天的树上。只是由于树上有了真正的花朵，有了枝繁叶茂的摇动，我们看到更多生命的美丽，因此而忽视了树上的小鸟。我说，在一年四季，鸟儿从来就是树上的花朵。它们隐藏在树叶之间，与绿叶一起舞蹈，与春风一起唱歌，夏天的蝉鸣由一只鸟定调，秋天的月夜被一声鸟鸣切开……
>
> 我想，一年四季的树木会感谢一年四季的鸟。人也会的。真细想起来，我记住的人不是很多，而我记住的鸟却不少。因为，我认定鸟是树木的花朵，千姿百态的花朵，常开常新的花朵，跳着舞蹈的花朵，唱着歌曲的花朵……

与树上的鸟儿相比，与四季的鸟儿相比，与鸟儿的心思相比，我们似乎真的缺少了什么。

麻雀

征兆的麻雀

ZHENGZHAO DE MAQUE

雪后的天空被寒霜过滤得清澈湛蓝，又显得格外宁静高远。迁徙的鸟儿远去了，北方的天空寂静下来，大地又进入萧瑟的冬季。少了耳边动听婉转的鸣奏，少了枝头欢快雀跃的舞姿，心中顿觉空旷和冷清，整个世界都沉浸在灰色中。冬季虽然漫长，春天自然会来，却不知还有多少鸟儿能再回到这里。

鸟儿在环球漫游，三维的空间最为广阔。它们的存在，早已超越单纯物种的意义，而转化为大自然中生命界的度量衡。鸟儿用自己生命的标尺来丈量世界，将大自然中的信息展现给人们，带给人们视觉和听觉愉悦的同时，也会用客观的标准评判着世间和人类。它们不愿看到与人类争辩的结果，只有带着哀怨远离不愿再伤心的地方。

我们幼年时期记忆的粉紫色天空、乳白色雪山、湛蓝色湖水、翠绿色森林、灿烂的野花，要去何处寻觅？只有问飞鸟。

鸟类是大自然中最公正的环境裁判员，鉴别自然生态条件优劣的首席专家。迁徙的鸟类需要判断所到之处的自然生态质量，选择满意的地方繁衍、栖息。不迁徙的鸟类要选择适应的自然条件生活。因此，通过鸟类可以判断当地的环境质量情况。

人类最常见的鸟类就是麻雀，雀类的活动区域相对固定，而且麻雀很少远离自己的家园。麻雀从天明到傍晚飞来飞去，还经常落到地面捡拾食物，身上带有乡土的味道。人们只要检测一下麻雀羽毛中的重金属含量，就可以对当地环境的污染程度得出正确的结论。

“百千寒雀下空庭，小集梅梢话晚晴。”(宋·杨万里)麻雀性情活泼，除了睡觉以外很少静下来，总是在树枝上和屋顶上跳着舞自娱自乐，又叽叽喳喳，好像一天到晚总有议论不完的事情。

较之其他鸟儿而言，麻雀具有强大的生命力和繁殖能力，种群遍布世界。它聪明伶俐，筑巢简单，适应环境快，还很少挑食，生存能力强。尽管时常不受人类的待见，但凭借自身的坚韧、聪慧以及强健的身体和家庭美德，麻雀家族一直“人丁兴旺”。尤其雄麻雀具有强烈的家庭责任感，对其配偶和后代忠实尽责，与雌鸟一起分担哺育幼鸟的冗长而繁重的劳动。

麻雀喜欢在人类聚居的地方集群活动，是人类接触最多的鸟儿。由于其啄食稻谷，曾被我国当作“四害”之一围剿捕杀。其实，麻雀属杂食性鸟类，在食物种类中，它最爱吃的食物是各类昆虫。资料记载，一对麻雀每周能给一窝雏鸟吃掉 4300 只毛虫和金龟子，说明麻雀对虫害的控制起着非常重要的作用。麻雀还堪称“晴雨鸟”。谚语讲“雀噪天晴，洗澡有雨”。若群雀叫声清脆，则预示着天气晴朗或转晴。麻雀飞到浅水处洗澡散热，预示近日有雨。

然而，令人遗憾的是，近些年来麻雀的数量在急剧地减少。主要原因是人们在农业生产中使用各种药剂杀死了大批麻雀，同时也因麻雀成为餐桌上的一道美食而遭到大量捕杀。

对于人类而言，大自然的生态链环环相扣，缺一不可。麻雀存在的利远大于弊，我们应该予以保护。麻雀和人类相比较实在是太弱小了，以至于我们能完全忽略它们的存在，甚至会肆意剥夺它们的生命。但麻雀依然靠渺小生命的强大力量，保持着超越其生命的尊严，足以让我们反省自己。

据新华社报道：在过去一个世纪里，受人为活动影响，地球上脊椎动物的灭绝速度比先前加快了100多倍。其中，由于自然环境日益恶化，世界上有300多种鸟类已经灭绝，还有近200种鸟类濒临灭绝。这表明，地球可能正在进入第六次物种大灭绝时期。

物种灭绝，泛指植物或动物的种类不可再生性的消失或破坏。自从六亿年前多细胞生物在地球上诞生以来，物种大灭绝灾变已经发生过五次，每一次都耗费了1000万年才得以部分恢复。2008年，世界自然保护联盟发布了一项来自130个国家和地区的1700多名研究人员耗时五年的共同研究成果，表明全球现存哺乳动物中四分之一已濒临灭绝。

我国是世界生物物种最丰富的国家之一，物种受威胁的情况也是惊人的，面临的物种保护压力也是相当巨大的。据统计，截至2012年5月，已经有1431种动植物处于濒危或接近濒危状态，其中《国家重点保护动物名录》公布的珍稀濒危野生动物已有405种。

专家们共同认为，人口增长、过度开发、环境污染、外来物种入侵、气候变化等因素让越来越多的物种濒临灭绝。而人类如果不采取措施遏制这种情况，或许将成为早期受害者之一。麻雀数量锐减是生态恶化的一面镜子，如果有一天连生命力极强的麻雀都成为濒危动物甚至灭绝，那么人类的生存环境无异于已恶化到了极点。

“鸟儿是一种征兆，总是靠近人，而人总是伤害鸟儿。鸟儿推测得出来，当然也预感到，总有那么一天，人终将走出我们还目睹的野蛮状态。鸟儿承认人是独一无二的创造物，得天厚爱而圣化，应该成为万物的仲裁，应该做一件天大的善事，实现这个星球的命运：所有生命的整合，所有生灵的和解。这种和平的整合，要通过教育和启蒙的伟大艺术，必须长久开展，而人开始依稀望见前景了。”（[法]儒勒·米什莱）

雪雕鸟

XUEDIAO NIAO

大雪节气刚到，暴风雪毫无征兆地席卷了裸露的大地。怒号的狂风裹挟着鹅毛似的雪片肆虐了整个白天，初为疏，继而密，然后是大浪般铺天盖地，十几米外见不到物体的影像，压抑了城市的节奏和声音，遮掩了整个街区的面容。到了傍晚，暴风雪变成纷纷扬扬的雪花，又下了一整夜。天亮了，雪停了，世界变了模样。

这天早晨，可能所有第一眼看到雪景的人们都会惊叹：雪太大了！感性的人可能会说，太美了！而理性的人会说，雪有两尺厚。这场大雪使城市的交通几近瘫痪，电视里滚动播出着市政府紧急动员社会各界参加除雪的通知。百姓们说，这场雪下得太好了，瑞雪兆丰年！

我看着被大雪覆盖的市区，心里想着山林中的鸟儿面临到极其困难的日子。大雪覆盖了山野，鸟儿很难找到食物，它们的生存将越发受到威胁。我希望能早些出城去山里看看被暴风雪袭击后的鸟儿。

交通被暴雪堵塞。清除街区积雪的劳动多一人就多一份力量。我拿把铁锹，志愿加入除雪的队伍中在大街上劳动了一整天。虽然室外气温很低，但是大家有说有笑，还搞起了除雪竞赛。即使我的内衣湿透了，也不觉得很冷。由于街道上的积雪还没有被汽车压得很硬，一天下来，整个市区的交通基本上恢复了。

白天的最高气温零下 17 摄氏度，到了夜里最低气温达到零下 30 摄氏度以下。市区的集中供热取暖比较好，室内温度平均在 23 摄氏度左右。我躺在床上，脑海里不时想象着积雪的群山和寒风中的鸟儿，梦见鸟儿都变成了冰清玉洁的雪雕，惊醒后再也无法入眠。

第二天一早，阳光明媚。我打电话约影友一起去郊外的磐龙山看看，正好影友也很挂念山上的鸟儿。早饭后，我们先到饲料商店买了两大袋玉米粒和谷子，还特地买了 20 斤粟子，虽然我们知道这点饲料对于磐龙山的鸟儿来讲，是杯水车薪，但这已经成为我们冬天进山的习惯，再说既然去了，总不能见死不救，这也是举手之劳。

汽车刚出城，我们便看到了残酷的一幕：公路两侧不时有被抛弃的汽车。被弃的汽车被大雪掩埋，形成一个个孤零零的雪堆，从雪堆的外形大概能看出是什么类型的车辆。有的车辆滑进了路边的沟里，后备厢高高翘起，在大雪的掩盖下像一座歪倒的石碑。这使我想起了昨晚当地电视台的新闻：这场特大暴风雪阻隔了公路上的过往车辆，市政府组织公安、消防、交通、卫生、民政等部门组成救援队连夜冒雪及时抢救并妥善安置了在公路上被大雪围困的人员，幸好未造成人员伤亡。

我们的汽车挂着二挡，在积雪中试探般地沿着改变了模样的公路小心翼翼地行驶到了磐龙山的脚下，平时不到20分钟的路程这次却用了一个多小时，再不敢贸然前行，只好停了下来。去磐龙山上的公路被大雪掩埋，雪地上没有车辙，显然大雪后没有车辆进出磐龙山。雪地上也没有脚印，往日山里游人不断，今天真是安静极了。

这时，有一辆小汽车尾随了过来，停在我们车的后面。车上下来两个年轻的小伙子，好像有些面熟。他俩自我介绍说，他们是市电视台的，想到磐龙山拍点外景，因为无路可走，见到你们的汽车进山，便跟了上来，不知能否帮助他们。我想起来了，前些年我们在护林防火时曾经有过合作，对他们的印象不错。我自我介绍后，大家自然就成了老朋友。

我说，这么大的雪，汽车是不能上山了，但我们可以步行一段，看看情况再说。大家当即达成一致，背上各自的器材，一同出发。出发前，我和影友用食品袋分别装了些喂鸟的饲料带在身上，余下的饲料我们准备回来后再分别撒在附近的山坡上。

天空一碧如洗。我们畅快地深吸着清新的空气，踩着腿肚深的积雪，沿着可辨的公路轮廓兴奋地向山里走去。数日来的愁云不见了，天空变得清澈见底，翳障全无。大家都说，好久没有见过这么透明的天空了。

山里的气温比市内还要低，每人呼出的哈气都有两尺多长，帽子两侧很快便挂满了白霜。大家说笑间，脸颊都被冻得红润起来。

林海雪原的苍茫绮丽壮观。远山层层叠叠的森林让大雪装扮得分外妖娆，气势恢宏。近处的积雪将平日里杂乱的树林排列得井然有序，冷傲威严，松树和槐树等树木上面的积雪量虽然比例不同，但树干上面的积雪几乎都与所依附着的树干体积相等，有多大的载体上面就有多厚的雪，所有的物体表面都承载了最大的降雪量。覆盖在树枝上的雪像是男子眉头染上的冰霜，在钢筋般的肌理上刻画出坚毅和肃然。

暴风雪是从北面刮来的，所有树干上面的雪都在树的北侧一层层地沾住，无论树干大小、树枝粗细都是一半白，一半黑，呈现出难得一见的立体感和质感。雪从千篇一律的角度凝结在千姿百态的树上，形成了黑白相间的千幅画面，万种风姿。

大家的说话声惊飞了路旁林中的两只斑鸫，它们从我们左侧横穿路面向前方飞去，飞行速度缓慢，翅膀动作有些笨拙，落在了不远处的树梢上。它们可能是停下来寻找食物，也可能是带着疑问观望着几位不速之客，眨眼的工夫便又转身从容地飞向远处的山沟了。

我惊奇地望着斑鸫消失在白茫茫的雪野，若有所思。我向大家建议，我们如果沿着大路走，绕弯、费时，而且到了中午的时候，阳光在雪上的反射很强，会影响雪质的拍摄。若离开大路，走小路爬山，既走捷径，又能看到更多的自然景色。如果谁不愿意走小路，可以沿着大路慢慢走。我了解，大路上常年行走车辆和行人，两侧的山林已被人为地改造了许多，缺少了自然景色的原汁原味，平时鸟儿也很少光顾那里，现在大雪覆盖，会更显冷清。这时的鸟儿，应该在山上被暴风刮散积雪裸露地表的草丛里寻找食物，或在山间背风朝阳有野果和树籽的林中觅食、休息。同行的影友赞同我的意见，要一同走小路。两位电视台的年轻人看我们主意已定，又怕迷路或错过良机，也点头同意随行。

既然是我提的建议，我当然要走在队伍的前面，而且我比他们年长，我还相信自己野外生存的经验可能要比他们丰富一些。离开大路走小路，就是选择了困难和危险。暴雪覆盖群山，哪里还有小路？但我心里有数，无论多么复杂的山区，两个下坡交会处就是合水线，雨季是河，旱季是路，不会有树林阻拦。无论大小山岭，沿着山谷向高处行进，都会走到山脊，沿着山脊向上走就能到达最高峰。

我们走的山谷崎岖不平，又看不见积雪下面的起伏情况，只能深一脚浅一脚地向前迈进，许多地方的雪深得没膝，有的地方雪深得到了大腿根。我让大家都踩着我的脚印走，无论深浅，起码大家跟着走能心里有底。因为我们每个人都扛着摄影器材，所以走起山路来又都倍加小心。

几个年轻人可能没有走过雪很深的山路，刚开始还觉得很好玩，走了不一会儿，便都累得气喘吁吁，我们便停下来休息。

阳光从前方山顶上空斜射下来，把山谷里积雪的灌木丛照耀得玲珑剔透。高山的阴影成为大面积灰色背景，映衬着灌木丛上的积雪在侧逆光下的冰清玉洁。积雪把灌木丛密密麻麻的枝条压弯了腰，宛如少女飘逸的长发上镶满了成串的水晶，又仿佛在山谷里盛开了大片团团簇簇的冰花，折射出璀璨的晶莹。冰花在属于自己的季节里，绽放着洋溢的笑脸，在素净的天地间呈现得分外纯净和透明。

我回头看了几个同伴一眼，只见电视台的两个小伙子瞪大眼睛站着愣神，我喊了一声："还不快拍！"两个大口喘气的小伙子马上缓过神来，向我点点头，话都来不及说，立刻打开脚架，安上摄像机，忙活起来。

只听身后"咔嚓、咔嚓"一阵相机快门响，我转身看到影友坐在雪地上，手持相机，用两腿做胳膊的支撑，又不断推拉着变焦镜头，兴奋

赤颈鸫

红胁蓝尾鸲

地边拍边说："可遇不可求，老天的馈赠！"

我惦念着时间赶路，便说："你们慢慢拍，我先在前边走。"影友忙说："别、别，咱们一块走，让他们在这拍。"我即向电视台的两个小伙子喊道："你们慢慢拍，别着急，我们在前面等你们。""好，好，谢谢了！"两个年轻人随即兴奋地答应着，又显得有点忙乱。

我和影友蹚着深雪继续向山上吃力地走去，遇到路陡湿滑的地方，就拽住身旁的树枝，每迈一步都会把一大堆雪震落在我们的头上。有些雪掉进我的衣领里，瞬间化成冰凉的雪水，顺着后背向下淌，渗透了衬衣。我们俩都想快点找到有鸟儿的地方，也顾不及树顶上砸下的积雪和不断遇到的新奇景色。

林间的雪地上，陆续出现了一些动物的小爪印和小蹄印。我们并没有遇见这些动物，脚印可能是它们在夜间或清晨时留下的。同行的影友从小在山里长大，他边走边兴奋地念叨：这里是野鸡的脚印，那里有松鼠、山鼬的脚印，还有獾子、狐狸的脚印。我真没有想到，山林中会有这么多的野生动物。看来这些平日里隐藏的影子在大雪后都会显身，在松软、洁净的雪上留下它们清晰的印记。在动物的足迹中，也透露着它们的个性，与松鼠轻盈的脚印不同，狐狸的脚印显得格外沉重，我甚至能想象出它走路时犹豫、胆怯的模样。

赤朱雀

北朱雀

我走在前头，看见脚前面有一块雪地很平，一大步迈上去竟是一个深雪坑，我顺势滑了下去，双手紧捧着照相机，坐在雪坑里面，全身被雪掩埋，露出脑袋。只听影友在后面惊叫："小心！"转而又大声笑了起来，喊着，"别动，别动！"顺手给我拍了张雪景照片，却让我哭笑不得。

我们俩吃力地走了约半个小时后，穿过一小片白桦林。明亮的阳光穿过树的空隙，白晃晃的。在这片寒冷的雪地里，出现了蓝色树的影子。那些失去了金色叶子的白桦树显得更加挺拔，树皮光滑细腻，树身上的疤结如同一只只洞察世界的"眼睛"，深邃、宁静，留下了岁月的痕迹。

忽然，一阵"叽叽喳喳"的鸟叫声从前边传来，仿佛出现一道灵光，我们立刻停下来观望。前面是一片比较空旷的山坡，视野比较开阔，山坡上有几株光秃的小树点缀其中。看到了，有一小群鸟儿在雪中裸露的荒草丛中上下飞舞，边玩耍，边觅食。看来，这场巨大的暴风雪没有压倒聪慧的鸟儿，我们的担心似乎有些多余了。我们与鸟儿的距离约七八十米，远距离望去，这群小鸟儿似树麻雀，但树麻雀极少出现在远离人烟的深山老林里。我们俩马上准备好相机，蹲下来再细心观察。

普通朱雀

我从长焦镜头中看清楚了，是北朱雀，难得一寻芳容的北朱雀。北朱雀雄鸟的头、后背及胸腹绯红色；雌鸟呈棕色，胸腹是粉色的。它们是一种很好看的鸟儿。由于生命力较强，也被人们作为笼中观赏鸟。

北朱雀小巧机敏，在雪林之中显得俏丽别致。我还注意到，这群北朱雀里面的鸟儿个头大小稍有差异，颜色也有深浅，尤其是有的鸟儿全身颜色红得艳丽，应该还有普通朱雀或赤朱雀，这是一个小家族的聚集。它们是从春到秋深居简出的鸟儿。真应该感谢大自然，留给北国萧瑟的冬季里这些雪中盛开的“红花”，它们给酷寒沉寂的冰天雪地带来了飞舞的热情。只是近年来极少见到，尤其是赤朱雀。

鸟儿们在草丛上撒欢般雀跃，相互之间又显得那样的互助和礼让。它们享受着雪后的幽静与清香的草籽，艳红的羽毛在乳黄色的荒草和满山瑞雪的衬托下是那么的娇妍与醒目。我和影友没有出声，只是目光对视一下，会心地笑了。

我向附近的几株小树转动着相机，镜头中又出现了一只棕眉山岩鹨静静地站在小树枝上，只见它棕红带橘黄的羽色秀美，显得乖巧又神情自若。它体形丰满，似乎没有饥饿和疲惫的迹象，好像在观赏着、羡慕着北朱雀家庭惬意的场面，在冰点的温度里感受着阳光的温柔。

不一会儿，一只飞来的鸟儿映入眼帘，是只白色的鸟儿。雪野中飞来白色的鸟儿，太神美了！我立刻被这只鸟儿吸引住了。这只鸟儿比鸽子体形瘦小些，飞得格外灵敏，一个波浪式起伏，落在了山坡的草丛上。

这回看得真切，鸟儿面向我站着，整个胸腹洁白，头部呈棕黄色，脖子上有一圈美丽的紫红色带。它转晃着脑袋，显得活泼欢快，好像没有把这场大雪放在眼里，黄色的小嘴竟仰天唱起了歌。它的歌声清脆响亮，婉转连贯，像是抒发着它对大雪的情怀，也像在嘲笑着这场暴风雪，提振着鸟儿们抵御严冬的信心。我想起来了，它是赤颈鸫，一种北方稀少却特有的漂亮鸟儿。

大约过了半个小时，电视台的两个年轻人赶了上来，因为在他们前面只有一趟脚印，上不上来就看他们的决心与否。他俩一到，就放下器材躺在雪上，喘着粗气说不出话来。休息过后，我们商议一定坚持到附近的山顶看看。时间已经接近中午，我们不能怠慢，立刻起身出发。

出发前，我们将随身给山鸟携带的几种食料分散撒在了山坡上裸露的荒草丛中。我一边撒食料一边想，每年冬天鸟儿饥寒交迫的时候，我们都要走进山林，在鸟儿习惯光顾的地方撒下鸟儿喜欢吃的食料。我相信鸟儿寻找食物的锐利目光，却不知每次微不足道的口粮能否帮助哪怕是一只鸟儿渡过难关，迎来春暖花开……

一个小时后，当我大口喘着粗气，两腿发软地登上就近山脊的鞍部，内衣已经湿透，黏糊地粘在后背上，棉靴里也被灌进的雪水浸湿，袜子冰凉地贴在脚上。我的嗓子干得有些冒烟，便随手抓了把雪吃进嘴里，顿感浑身透凉和解渴，又提起了精神。大家谁也没有说累，谁也不说话，嘴里都吃着雪。此时大家只有一个共同的目标，向最高的山顶奋力前行。

在山脊上行走少有树木的遮挡，地面的坑洼也比较少，雪深仅有一尺左右，我们走起路来轻松了许多。山脊南侧的不远处，几十只棕头鸦雀在背风的柞树林中蹿上蹿下，圆圆的小脑袋滑稽可爱，棕黄色的羽毛在白雪的映衬下清晰可辨。这些平日里松散的小伙伴现在却显得相互依靠，彼此形影不离，有的成双成对地依偎在树枝上静静地休息。

我停下脚步观看，发现还有煤山雀混迹其中，蹦来跳去，又如饥似渴般地在褶皱的树皮间寻找着可吃的干树籽。看来它已经与树上忙碌的棕头鸦雀组成了抱团的群体。落单的鸟儿会认为，成为其他鸟群的一员总比孤身要暖心得多，也能容易找到食物。棕头鸦雀会欢迎朋友的加入，因为队伍越壮大就越安全，它们或许会负责任地把外来的朋友平安地带向姗姗来迟的春天。却不知这些弱小的生命是如何顽强地渡过这场凛冽大暴雪的。

又有两只银喉长尾山雀出现在我们南侧不远的野山楂树上伫立休息，有一惊便振羽而翔的感觉。银喉长尾山雀长得秀美而小巧蓬松，白

芦鹀

燕雀

蓝点颏

银喉长尾山雀

交嘴雀

红点颏

白腹姬鹟

交嘴雀

色的头部，黑色的羽衣和带着白边的黑色长尾，几乎与棕黑色的树干和积雪的颜色融为一体。它们好像在享受着雪中的安静。

一只银喉长尾山雀瞪着亮晶晶的眼睛，目不斜视地看着天上飘浮的白云，心神似乎已在那白云之上。再看另一只银喉长尾山雀缩着脖子，它是那样凄楚，那样委屈，但它又不甘自弃，用一条腿支撑着身体，另一条腿蜷曲休息，以保存体力，它似乎在告诉冰天雪地：“本鸟还要在这儿多待一会儿。”又似乎表现出另一种倔强、抗争的精神力量：念天地之悠悠，吾将立此枝头。

在这样冷清的环境里，倔强的银喉长尾山雀仍不忘理羽梳妆，它们在整理羽毛时流露出一种执着，丢弃残酷和困顿，摒开有碍重新飞翔的杂念，以新的姿态和容颜去迎接生活的挑战。

我们边走边观察。一长串清脆悦耳的鸟鸣从身旁稀疏的槐树顶枝上倾泻而下。我差点没有辨识出它是只大山雀，若不是熟悉它的鸣叫，我肯定会疑惑它的名字。它的颜色较之以往见过的大山雀明显靓丽，黝黑色的脑袋，黄绿相间的羽毛犹如刚清洗过一样，羽色洁净、艳美。

大山雀的乐句简短而动听，唱起来声情并茂，还有些激动的颤音，好像在用炽热的心温润雪后的寒意，听起来确比往日里刚毅了许多，犹如抑郁的冬日里突然投来一束阳光。这是我听过的最动听的声音之一，让我感到春天已经提前来到它的心中。或许对大山雀来讲，它的鸣叫不仅代表着歌声，也是联络的信号，还是表达团结的口号，更是号召伙伴们自强不息的呐喊。

我从镜头中看到大山雀的眼睛里流露出清澈深邃的坚毅目光，好像在告诉伙伴：对于它们来说，冬天的主题就是坚持住、活下去，熬过漫长缺食的日子。即使遭遇暴风雪，生活也要继续，生命必须继续。

山上的鸟儿好像全部从这场突如其来的特大暴风雪的严酷重压下挺了过来，焕发出新的活力。虽然它们眼前能够充饥的食物会少得可怜，但是它们已经开始为能够渡过这次难关而信心倍增。

我望着逶迤的雪山和茫茫的林海，感叹人的渺小与孤寂。然而仅有感叹是不够的。人生是短暂的，面对流逝的岁月，我们要珍惜时光，珍爱生命，更要珍爱大自然。听着山谷间坚强的鸟鸣，我似乎从头到脚重新接受了一次大自然的洗礼。这一刻，我的内心油然涌动起一股热流，自然界实在是深刻、伟大，我愿化作一滴水，融入到大自然的血脉中。

鸟类是自然生态中的古老成员，它们世代为人类生存作出贡献并与人类友好相伴，应该得到人类的关爱和尊重。回想 2004 年春季，我和野生动物保护协会的同志们在“爱鸟周”期间赴开原市黄旗寨的山林中考察。我们发现了一个鹭鸟的栖息地，有上百个巢。令人痛心的是，其中大部分鸟巢已遭毁坏。林中还散养着各类大牲畜，对鹭鸟反复造成惊扰和侵害，可见到的白鹭和苍鹭加起来仅有几十只。当地一位老人告诉我们，现在正是孵化期，仅存的大鸟常常受到惊吓而离开，鸟蛋凉了就孵不出小鸟了。更令人气愤的是，有盗猎者驯养猴子偷鸟，每年的鸟蛋和幼鸟损失都很多。眼前的景象，加之老人的诉说，使我心情很沉重。

回城后，我立刻联系黄旗寨附近的一位老朋友进行了认真商议，并给他三万元钱，请他尽快购买急需的物资并到黄旗寨进行爱鸟、护鸟的生态教育，组织村民们把有鸟巢的山林用拦网围护起来，再安排两位护林员日夜守护鸟林。

在老朋友的认真努力下，这件事情得到黄旗寨领导的积极帮助，落实得很快。随后在我的患病妻子的鼎力支持、同事们的参与和开原市领导的重视下，我们又协调人力、物力，筹措资金在鸟林边建起一座护鸟（塔）站。我又特地前去拍摄了一些鹭鸟的照片，放大后做了一批宣传牌，放置在林边和公路旁。从那时起，我就志愿走上了保护野生鸟类这条艰辛而漫长的路。

从志愿进行护鸟活动以后，每年我都要利用节假日专程去黄旗寨的鸟林考察几次，经常夜宿护林员家中了解护鸟的情况。又数次购买消毒液、出资雇人对鸟林进行防疫，多次把受伤的鸟儿送到当地动物园治疗。

久而久之，黄旗寨的许多村民都成为我的好朋友，村民经常来电话高兴地告诉我关于鹭鸟的各种讯息。

2008年，《开原日报》发表长篇通讯，报道黄旗寨的各种鹭鸟已达5000多只，自然环境明显好转，全国的观鸟人络绎不绝。在各级机构的帮助下，黄旗寨也成为远近闻名的生态旅游景区，百姓们还兴起了“农家乐”。2011年，我荣幸地受聘为省野生动物保护组织成员。

黄旗寨护鸟的成功经历，提振了我爱护野生鸟类的信心。后来，随着工作单位的变动，我把志愿护鸟的目标扩大到全省。我想把辽宁省的野生鸟类全部拍摄下来，以摄影与文字纪实的形式，向全社会宣传爱护野生鸟类的重要意义。我也不知道自己能否完成这样困难的目标，只想把这件事情默默地做下去。

如果有一天，鸟儿能看到、能知道它们的形象和所栖息环境的影像呈现在家乡父老的面前，它们艰辛生存的故事也许会感动每一位观众和读者的心灵，它们的影像也许会一代代地传下去，它们的生活也许会变得逐渐好起来，那么，我们的所有付出都是值得的。

回想伴随着脚步，我们终于步履蹒跚地登上了山的顶峰。抬头望去，我立刻被眼前的景象震慑了！简直美得让人窒息，我不敢相信自己的眼睛，这是什么地方？是我们生活的地球吗？

宽阔的峰顶上错落分布的树木全部被冰雪包裹得严严实实，有的像高高的雪塔，有的像矗立的“白色火炬”，有的像挺拔的圣诞树，还有的像一簇簇白色的“鹿茸”，千姿百态、形态各异，而且各种雪塑的造型全部朝着东南方向倾斜。荒草全都变了模样，草叶上结满了雪绒花，似白绒绒的雪毯铺满了整座峰顶。这里没有一丝杂尘，午阳又给瑞雪增加了光芒，让眼前的世界白得耀眼，白得瑰丽，白得圣洁，白得疯狂！

暴雪在裹挟峰顶的过程中，不漏下任何树木盘根错节的痕迹，就连细枝都被包裹成了雪棍，所有的树木都装扮得素雅神奇。阳光下，树上的积雪又悄然结出薄薄的一层层冰晶，形成一条条、一片片、一团团、一颗颗晶莹纤细的冰凌和冰花，把往日山峰上裸露的树林打造成一座雄伟辉煌的冰雪宫殿。

微风吹来，纷扬的细碎雪花在半空中潇洒，涓涓漫舞，折射着七彩的光晕。我们犹如身处电影《冰冻星球》的奇幻之旅。这是无比纯洁的粉妆玉砌的雪雕世界，大自然的鬼斧神工！

碧蓝的天空下，冰洁的山峰上，大家欣喜若狂，兴奋地相互击掌庆祝，眼睛里都闪着泪花。大家心里感叹：选择了困难和艰险，也是选择了机遇，才会有天意之缘。

这时候拍摄已经不重要了，因为我们已经收获了光风霁月，收获了奇异壮观，收获了艰辛后的快乐。大家也不着急了，干脆都躺在厚厚的松软的雪上尽情地陶醉，享受心灵独处的那份美感和娴静。同时也想耐心等待着太阳西偏后再进行拍摄。这时如果有人问我，在你的生命中你最想要的是什么？我想引用影片《全民情敌》中的一句台词："生命不在于你能呼吸了多少次，而在于那些能让你停住呼吸的瞬间。"

我钟情地望着银装素裹的世界中静美的雪雕群。那些展现雪雕风骨的，是峰顶的黑松、落叶松和柏树。这些普通的树木，在山巅上顽强生长，饱经风雪，傲然屹立，默默地装点着大自然的豪迈与壮丽，自然律动着生命的洒脱和追求，它们用身躯和年轮与四季的鸟儿相伴，用臂膀镌刻着险境风情的诗篇，不正象征着它们的坚强意志和传递着鸟儿们的不屈精神吗？

凝神注目，银白世界中的满眼景物缓缓变成清绝晶透的光和色，愈发显得神秘深邃。这时的空亦作色，色亦作空，真亦作幻，幻亦作真，似乎时与空都凝止了。在这种境界里，所有的尘忧俗虑涤荡一净，只落下心头的一片空明澄净。

我慢慢地品味着雪雕中那种灵动的内涵，越看越感觉座座雪雕像是一群昂首欲飞的鸟儿，洁白的羽毛，洁白的身躯，洁白的群体，在这洁白的世界里，定格洁白的魂魄。啊，这是我心中神往的雪雕鸟儿！

理性的乌鸦

LIXING DE WUYA

我推测，在人类的所有理智能力中，“理性”会被认可为最高顶点。如今只有少数人反对动物拥有某种推理的能力。人们可能一直看到过，动物会停顿、思考并解决问题。自然学家对任何具体动物的习性研究得越多，就越会认为动物具有理性，而不是仅仅有基于本能的习性，这是一个重要的事实。

——［英］查尔斯·罗伯特·达尔文

大嘴乌鸦

经过科学人员多年的研究发现，鸟类的聪明程度可以乌鸦作为例证。乌鸦方方面面具备了足以与大猩猩相媲美的智力水平。乌鸦足智多谋，也可以说世界上大部分鸦科鸟都是善于利用人类的行家。

乌鸦的智商究竟有多高？这一问题曾令我非常好奇。2010 年岁末的一个早晨，天气晴好，熹微的阳光在地上留下淡淡的影子。这样的天气预示着春天不远了，让人心情不错。我在辽河岸边看见一群大嘴乌鸦正在一处未完全结冰的河湾吃食、玩耍。这时有一个人走近并用冰块砸向大嘴乌鸦，将它们驱散，而后向河中撒下渔网。没想到，刚飞走的大嘴乌鸦们抓着馒头般大小的冰块又飞了回来，飞临到这个人头上时，将冰块纷纷投下，打鱼人惊慌中收起渔网离开了。我拍下了这个偶遇的瞬间，也令我想起有关大嘴乌鸦的趣闻。

在北欧一带，渔民在隆冬季节，常常在冰窟窿中钓鱼。大嘴乌鸦会观察鱼漂，它们利用渔民不在的机会，用嘴叼着钓鱼线拖到离冰窟窿一定距离的地方，一次又一次，直到鱼钩上出现活蹦乱跳的鱼，它们美餐一顿后便飞走了。

无独有偶，在日本仙台附近的大嘴乌鸦，看到公路边核桃树上成熟的核桃常常会掉到公路上，有些被经过的汽车碾碎，触发了它们的灵感。大嘴乌鸦纷纷将成熟落地的核桃叼到汽车行驶的路面上，等汽车碾碎了核桃，再利用红绿灯的规律，坐享美食。其聪明程度实在令人吃惊。

乌鸦的智慧要胜过绝大部分鸟类。这是因为它们寿命长，记性好，有超凡的生存能力和交往能力。它们在飞行中通晓各种复杂的特技动作，它们在生活中对任何事物都感兴趣，都会仔细观察，也敢于尝试，举止风度和行为方式就像在自己的家园一样，理直气壮地拥有土地的所有权。

它们在长期的生活中积累了丰富经验，反应机敏，对世事、时空、猎物和天敌等多有了解，行为复杂，并有感知情感的基本能力。我们的祖先认识自然的能力还很有限时，常常以这种极为勤奋、极为聪明的乌鸦行为作指南。许多国家或民族至今仍崇拜乌鸦，并将之神化。

在生命之树上，人类和鸟类的智力只是在不同的枝干上长出了不同的形状。今天在地球上居统治地位的人类只是一次生物进化的偶然。想象一下，如果在进化的过程中有什么偏离，人类完全有可能生活在一个由乌鸦统治的星球上，而人类或许只是被乌鸦主人关在笼子里的宠物。

入冬至立春时节，铺天盖地的乌鸦在旷野里回旋，又好像打着旋涡的河水向一个方向流去。它们悠然自得的状态总是良好，觉得生活是知足常乐的。它们夜晚在城市高楼顶端群栖，因为那里原是它们的属地。

乌鸦喜集群活动，依恋家庭，尤其依恋伴侣，夫妻间非常忠实。它们之间的互相尊重和善意似乎非常完美。它们的家庭与家庭之间也非常融洽，自然组合成一个特别团结互助并能战斗的群体。乌鸦真正具有让我们汗颜的自由、团结、勇敢、诚信的品质。

视觉美学的观点认为：审美不是对一个个部分的分别欣赏，而首先是对一个对象的整体欣赏。美国早期的环境保护思想先驱、著名的博物学家和作家约翰·巴勒斯著有《飞禽记》一书，曾感动和启发了无数读者，其中有一篇名为《乌鸦》的诗歌，虔诚选录如下：

我全年的朋友和邻居，
自封的守护员……
大自然理智地创造法规，
我未能找出瑕疵。
在你给地球的名录上，
乌鸦都有其注定的价值……
我喜欢你自信满满的气质，
我喜欢你自由自在了无牵挂的方式。
……
天空衬着你飘浮的身形，
当风和日丽、天高云淡……
日出前你深居简出，
日落时你归航的家族……
你不会用色彩隐藏自己，
但羽衣润泽，片片都闪烁着光芒。
你从头到脚如黑钻，
与晶莹的白雪相映衬。
……
黑貂似的翎毛，海盗霸王，
金银财宝深山藏。
自然为四季创造了你，
以充足的理由赋予你智慧。
优秀乌鸦的智慧总是闪闪亮，
一如她的关心恩赐的衣裳。
……
希望你人丁兴旺！
我会陪你直到地老天荒。

冬雪鸮影

DONGXUE XIAOYING

西伯利亚席卷的暴风雪横扫苍茫的蒙古高原和巍峨的大兴安岭后，好像失去了肆虐的目标。暴风雪在越过20余万平方公里的连绵山脉与千米递降后，莅临平均海拔百余米的松辽平原时，已缺少了许多生猛。

朔风凛冽的松辽平原，玉琢银装，雪沃千里。这里的世界仿佛静止了，缺少了多色的婉约与灵动，已经进入沉淀期。白茫茫的天地间，积雪勾勒出树林与村落的轮廓，安宁无比。袅袅的炊烟，飘逸的雪花，却不失纯洁的豪放与轻柔。

阳光照耀下，雪也一粒一粒地放起斑驳的光，七彩缤纷，炫目异常。树林在淡淡的逆光中，悄悄溢出一个神秘的鸟影，静默安然。仔细端详，鸟儿的全身如落满了雪花，与皑皑的白雪是那么的相得益彰。它是一只雪鸮，赶在暴风雪前飞越大兴安岭到松辽平原栖息的神秘猎手。

下雪，是雪鸮永久的企盼。雪鸮一般生活在冻土和苔原地带，有自己的觅食范围。极寒季节，有些雪鸮会向南迁徙到多雪的草原或者村落附近的田野上。

雄性雪鸮全身羽毛洁白，腹部有少量黑纹；雌性雪鸮的身躯有棕褐色的横纹，又被雪白的羽毛包裹着，看上去毛茸茸的，很可爱。

雪鸮站立时全身圆乎乎的，似乎没有脖子。它同其他鸮类一样具有黄色眼圈的大圆眼睛，强光下会眯成一条线聚光观察；铁剪般具尖钩的短喙，有时隐在面羽间不容易看到；强健的腿，锋利弯曲的爪，覆盖在厚厚的羽毛中。雪鸮的白色羽衣提供了很好的保护色，为它们在积雪的环境中捕食和栖息发挥了重要作用。

雪鸮是一种善于在白天活动和觅食的昼行性鸮类，也与冬季夜间严寒、动物极少活动相关。雪鸮的大部分猎物要在露天的地面上捕获。捕猎时，雪鸮通常会静静地蹲坐在视野开阔的地方，目光痴迷，并能以立体声控监视周围，寻找感兴趣的小型哺乳动物。

每当听到有猎物活动的声音，它会迅速转动头部，直至双耳都能听清声音，然后毫不迟疑地向目标直飞过去。它在空中精确锁定声源位置后，会悄无声息地滑翔而下，在最后时刻将双爪突然前置，擒住猎物，通常直接将猎物杀死。

雪鸮升空速度快，俯冲力量强，如果第一次没有成功，它会拍动翅膀在猎物的后面不停地追赶，它那双覆盖着厚羽毛的利爪依靠冲刺的速度很快就能抓住猎物。雪鸮甚至能听到啮齿动物在雪下面活动的声音，能穿透 30 厘米的积雪层捕获老鼠。

雪鸮的食物广泛，但最喜欢的食物是老鼠。尤其是在求偶期，雄性雪鸮会叼着一只老鼠作为给新娘的见面礼。通常来讲，没有这样的能力，雌性雪鸮是不会和雄性雪鸮结对的。

与雪野做伴的雪鸮并不孤单，距它领地的不远处，还生活着一对短耳鸮夫妻。这对短耳鸮夫妻常年在靠近农庄的旷野间生活，它们的家就建在附近河边的杂树林中。

每到傍晚，短耳鸮夫妻便从隐身处悄悄地飞出，它们习惯在高处临风而立，常常身上披满了雪花，却静默得犹如一尊雕塑。

它们猎食期间会分兵把守，有时分别蹲守在村庄两头的房檐上或烟囱顶，它们并不惧怕寒冷，而要居高临下，密切注视着走街串巷的老鼠；有时分别蹲守在旷野间的地头或潜伏于土坎上，看守着附近大片收割后的庄稼地。虽然封冻的大地上常常覆盖着厚厚的积雪，却仍是田鼠活跃的场所。每当看到田鼠活动，都让短耳鸮夫妻嗜此不疲。

在食物匮乏的冬季来临前，短耳鸮的孩子们早已各奔前程。短耳鸮夫妻之间似乎更多了些相互体贴和相互配合。在凛冽的寒风中，由于昼短夜长，短耳鸮夫妻更加坚毅，更加勤奋。它们每天都要互相协作、趋利避害，彼此鼓励、共享收获。

这期间，短耳鸮夫妻守候领地的决心也越发坚韧。哪怕是在白天，有体形大于自己、异常凶猛的各类鸳鹰临空不离，或有企图侵占它们领地的行为出现时，它们都会向来犯者发出极少听到的刺耳般的激昂鸣叫，声音响亮、怪异，带有恐吓和驱赶的意味。倘若不是亲耳听到，我很难想象这种响亮刺耳的声音竟发自体长不足40厘米的小家伙的喉咙。

来犯者如果置若罔闻，短耳鸮会奋不顾身地冲上天空向来犯者发起勇猛进攻，直至驱敌远离。执着的守卫，顽强的精神，勤奋的劳动，彼此的恩爱，在短耳鸮夫妻的身上尽显。

多年来，我曾在春、秋之际的山林中和草甸上几次遇到过短耳鸮，观察到短耳鸮有许多与在寒冬季节里明显不同的表现。温润的季节里，短耳鸮给人一种很闲暇的样子，即便在清晨和傍晚，它们也总是静静地隐身在阴暗处，一副养尊处优和丰衣足食的神态。

由此看来，短耳鸮的活动行为和精神面貌也是随着季节的变化而变化的。爱情与家庭和责任与生存的本能在主客观适应的状态下，内化于情，外化于形，主观利个体，客观益自然。春夏秋冬的轮回，演绎着永恒的主题——爱之生命。

鸟类与人类的感知有太多的相似之处，有些方面鸟类甚至超越人类，启发着人类的意识与自觉。但在当下，我们能见到雪鸮和短耳鸮的概率是很小的。面对漂亮神奇的雪鸮和短耳鸮，我们深知它们为了生存需要付出极其艰辛的努力，同时它们还面临着多种威胁，其中包括各种有害农药的持续使用和栖息地的大面积丧失等。

尽管雪鸮和短耳鸮是一个较小的群体，它们却代表着自然界生物多样性中一个不可或缺的物种，应该得到人类更多的保护和更多的爱。

短耳鸮

回归的承诺

HUIGUI DE CHENGNUO

多年前，网络上曾发布过一则关于鸟的消息，让我记忆犹新：一只带有卫星跟踪器的斑尾塍鹬雌鸟用了 8 天多时间，不吃不喝不休息，连续不停地飞了 11587 公里，斜跨太平洋，从美国阿拉斯加直飞到新西兰，震惊了全世界的生物学家。

这个重不到 500 克的小生命，说来也令人难以置信。它们在出发前，把自己喂胖一倍，是通过压缩自己的内脏器官来给脂肪腾出地方的，这就是它们不间断长途飞行的主要燃料。

科学家们猜测，它们也许让两个大脑半球轮流休息，并像自动驾驶仪一样飞行。它们在利用自身生物钟的同时，白天主要依据太阳的位置来定向，夜间主要依据月亮和辨识星光来定向。无论是在北半球还是在南半球，它们对天空的变化一目了然。同时，地球磁场也是鸟类定向的一个重要条件。

鸟类还能利用地形、季风以及空气中的潮湿度和气味等来识别路线。除此之外，在高空中鸟类会选择在顺风的大气层中飞行来提高飞行效率。这就是它们长途飞行的秘诀。

经过在南半球半年多时间的休养生息，它们还要回到出生和追求爱情的地方。为了给即将到来的繁殖季节储备能量，它们会选择沿着东亚的海岸一路北上，途中会在不同的停歇地休息、补充食物，其中相当长的一段路程是沿着中国的海岸自西南向东北方向飞行。

漫长的旅途中，它们跨越高山，跨越大海，跨越冰川，跨越雪原，顶着炎炎烈日，冒着风雨雷电，迎着万顷波涛，带着交迫饥寒，无数的惊心动魄都在它们的羽翼下显现。

它们就这样在两个相距遥远的地域间一年年来，一年年去，每一个循环的飞行距离都能达到三万公里。也就是说，它们在15—20年的生命当中，艰辛飞行的总里程远超过地球到月球的距离。

好像有一种神奇的力量，使它们一代代像探险家一样不畏艰险，不畏遥远，以坚韧不拔的毅力始终一往无前。它们用翅膀向世界诠释着梦想，诠释着意志，诠释着奉献，诠释着生存。

对鸟儿而言，每一次迁徙，都是一次伟大的飞翔，一次顽强的生命力的礼赞，一次有非凡意义的心灵之旅。它们的迁徙，就是对回归的承诺，它们生命的意义，就是奋力飞向未来。

自然界中，所有的鸟儿都不断地用其特有的生命诉说着自己的故事。斗转星移，它们深植于我们的情感、精神、思想和肉体之中，让我们真切地感受到来自人类以外的爱与勇气以及大自然本身所孕育的恩施与严苛，渴望自己在生命统一体中找到归属感。

法国著名电影导演雅克·贝汉在谈到创作纪录片《迁徙的鸟》时说："我多么期待有一天，我们能像这些鸟儿一样，在这颗美丽的星球上，展开神奇的旅程。我也多么期待有一天，人们能够打破地域国界的阻隔，明白地球是我们共有的家园！"

生命代代更迭，我们终将老去。只有恩泽万物的太阳照常升起，照常落下，它在嘱咐我们：生命苦短，岁月漫长，请善待这片收留并滋养了我们的土地，请善待和我们一起生活在这片土地上的所有生命。

若有来生 我愿为鸟

RUOYOU LAISHENG WOYUAN WEI NIAO

或许，内心早已憧憬自然，所以才如此青睐于每一次与鸟儿相聚的时光。一份清净，一份朴拙，一份精诚，一份包容，让曾经粗糙而坚硬的灵魂，变得日益清澈温软，曾经的忧愁和伤感，也在大气磅礴的原野上，化作片片浮云。每当此时，我都仿佛从鸟儿的身上，看到了自己的影子，甚至会产生奇异之想，幻想自己化作一只鸟儿，生就一双翅膀，在苍茫云海间振羽远行……

我愿化作天空中
一只倔强傲然的鸟，心融大地，魂系蓝天，
在风雨中歌唱，在砥砺中攀升。
我愿化作大海上
一只不懈追求的鸟，迹写五洲，影印山川，
向浩瀚索取伟岸，向苍茫索取星空。
我愿化作万壑间
一只恪守信约的鸟，鞠躬尽瘁，披肝沥胆，
山重水复兑现承诺，尽心竭力桑梓安恬。
我愿化作原野里
一只勤劳诚挚的鸟，用歌声奉上甘霖，
用翅膀传播种子，用爱心滋润硕果，用热血感恩友情。

我愿为一只鸟——
从春天的花蕊间嗅到生命的欲望；
从夏天的绿叶下呵护生命的绽放；
从秋天的果实里咀嚼生命的酸甜；
从冬天的树纹中读懂生命的成长。

生命的意义，
在于传承，更在于奉献。
是什么让鸟儿年年跨越经纬，飞越万水千山？
是百花，是绿荫，是丹枫，是傲雪，
是岁月的坚辛，是基因的执着，
是星辰的啼鸣，是翅膀的渴望。

我愿为一只鸟——
诞于春，长于夏，迁于秋，隐于冬。
一生跋涉，不言苦痛，不图回报，
取一份随意，肩一种担当，多一点仁爱，留一些余香。

在风雨中感恩，在悲伤中善良，
在平凡中知足，在放弃中开朗，
在给予中快乐，在沉默中储藏，
在压抑中真诚，在孤独中自强。

星移斗转、长路漫漫——
鸟儿用虔诚的目光，去看待生命中的取舍与得失，
克己内敛，友善恭敬。
花开花落、云卷云舒——
鸟儿用恬淡的心境，去体悟生命中的风景与风情，
去留无意，清静淡然。

身隐翠叶藏清枝，安待岁月仿若痴。
悲欢离合尘间事，不变初心缘已知。

面对鸟儿栉风沐雨，历尽沧桑，
我们懂得了静观，
融入彻悟的境界，
学会了修为和禅定。

生命，
在岩石上被磨砺成了坚韧。

无论走过多少崎岖，
有懂得的日子，便会有彩虹，有阳光。

世上，任何地方都可成长；任何去处都是归宿。
终会发现，自己的心，才是灵魂的居所。
静观天地与世间，慢慢品味鸟儿的壮观与曲折。

鸟儿，是会飞的人；
人，是站立的鸟儿。
鸟儿与人源于一体，在一个星球上，
同呼吸，共命运。

没有苍穹的深邃，可以有纤云的飘逸，
没有原野的馨香，可以有幼苗的翠绿，
没有大海的壮阔，可以有小溪的优雅，
没有山河的豪迈，可以有沙粒的细腻。

高处，心似飞羽固执翱翔，虽有万千气象，矢志不移；
近处，心似雏音平和谦让，不与百花斗艳，无喜无悲。
把不争沉淀为适应自然的内涵，
将无为铭刻在和谐共生的心底。

憧憬，如一首歌，悠扬而绵长；
承诺，如一道辙，辗转而颠簸；
淡然，如一滴水，透明而素净；
从容，如一棵树，苍翠而婆娑。

鸟与人的春夏秋冬都在同样地轮回，
演绎着亘古不变的季节。
天空中虽没有留下鸟的痕迹，但它们一定曾经飞过。
时光荏苒中人们追名逐利，仅留下岁月的一片滩涂。

人与鸟都会慢慢变老，心态也就愈加平和。
即便是那些很寻常的时光，
也能够品味出生命的丝丝苦涩，
微微的清香。
静里见真境，淡中识本然。

于阳光明媚之间，
于微风拂面之时，
于细雨纷扬之际，
吟一首老歌，走一程小路，
寂默、抱朴，心捧一片蔚蓝的天。

若有来生，我愿为鸟——
与阳光对望，不羁天涯，孜孜以求；
若有来生，我愿为鸟——
依附于大地，与风相伴，用雨洗愁；
若有来生，我愿为鸟——
守一颗慈悲之心，拥一份淡然之美，蓦然回首；
若有来生，我愿为鸟——
冀一份纯真，轻轻地来，悄悄地走……

后记

1987年5月，我参加了扑灭大兴安岭特大森林火灾，那27个昼夜的生死考验带给我深远的思考，自那以后，我反复思考今后为保护自然生态环境能够做点什么，怎样能为人类与环境找到一条共存之路。

15年前，一次偶然的机会，看到野生鸟类生存的环境陷入危机，我下定决心做一名保护野生鸟类的志愿者。在多次救助野生鸟类的过程中，我深感个人能力的微弱，由此产生了记录野生鸟类自然的生命故事，将符合生态美学的鸟类图片和相关的自然科学知识呈现给读者的想法。简单的希望便是读者通过阅读这些资料能更多地了解野生鸟类的生存状况，增加对鸟类生命过程的认识，加强对自然生态环境和野生鸟类的保护。没想到，这却是一条艰难而漫长的路。

这个志愿不仅要占用个人大量的休息时间，而且一切都要从头学起。十几年来，就像面前有一座正在攀登的山峰，始终在召唤着我、激励着我努力前行，为了能够较好地完成这个志愿，我不知去过多少所大学的图书馆和多少家书店，借阅和购买了很多专业书籍。我还委托朋友分别从十几个国家和地区带回来相关图书。这期间，我阅读了国内外有关生态学、生物学、鸟类学、生态美学、哲学、自然文学等方面的一些专著，并作了许多的笔记。从前辈们的著作中，我学习到了宝贵的知识，不断地丰富了我的认知，也极大地开阔了我的视野。

野生鸟类是动态的。每年在同一地区、同一季节观察到的鸟类，包括同一种鸟类都会受到类似气候和栖息地改变等诸多因素的影响而与往年有所不同。在国内外有关的多种专著中，记载并描述中国北方地区的鸟类，大都在370—390种。日积月累，截至2015年我已拍摄到406种，并作了几十万字的野外笔记，基本将我国北方野生鸟类的生态影像资料汇总完成。虽然这里边也有考证，有研究，有学术性和专业性的思辨，但促使我动笔写作本书，更多的还是一种感受、触动与情怀。对于每一种鸟类的图片，我不止百回地欣赏、思索，可谓如数家珍。面对这些鸟类，就像面对我的孩子，我爱它们。

每当我走进大自然，心灵会得到一次净化。我越来越多地感受到，对于每个地区野生鸟类种类的了解和保护尤为重要。但更多的启示是：鸟儿与自然、鸟儿与人类那种在历史的长河中所形成的生生不息的相互依存与进化的联系；人类与生俱来得到鸟类的启蒙、恩施和帮助的发展历程；从鸟类生存看环境退化，反思自然与人的关系；从生态美学思考当代的价值观与可承受发展的意义。

我知道，保护野生鸟类的工作是艰苦而繁重的。保护野生鸟类，探索鸟类奥秘，利用鸟类这一宝贵资源为促进生态环境科学发展服务，是人类一条艰辛、漫长、永无止境的路。为了野生鸟类保护的需要，为了自然生态文明建设的需要，我愿意与所有志同道合者并肩携手。

我深知自己志愿保护野生鸟类的能力和文化知识是非常有限的，唯希望用自己的微薄之力，给爱鸟者一些力量，能为读者朋友们提供一些大自然真实、生动的素材。衷心祈望能有更多的有识之士参与到保护自然生态环境的活动中来。

写到这里，我深切地缅怀国学大师饶宗颐先生，矢志不忘他生前对此书的期望。衷心感谢著名学者余秋雨先生给予此书的厚爱。在此，我还要向所学习的前辈们表达我深深的敬意，尽管由于各种原因书中没有一一列出所有前辈的名字。诚挚感谢为此书出版给予亲切指导和热情帮助的姚恋、高海涛、牛志强、姜辛、杨驰、解卿、石峰等老师和朋友们！

敬请尊敬的读者批评指正！

主要参考文献

[德]菲林、克诺尔著：《鹰与猫头鹰》，严逗译，电子工业出版社2014年版。

[法]儒勒·米什莱著：《鸟》，李玉民、顾微微译，上海人民出版社2011年版。

[美]爱德华·威尔逊著：《缤纷的生命》，金恒镳译，中信出版社2016年版。

[美]巴里·洛佩斯著：《北极梦：对遥远北方的想象与渴望》，张建国译，广西师范大学出版社2017年版。

[美]保罗·斯威特著：《神奇的鸟类》，梁丹译，重庆大学出版社2017年版。

[美]亨利·戴维·梭罗著：《瓦尔登湖》，刘绯译，花山文艺出版社1996年版。

[美]蕾切尔·卡逊著：《寂静的春天》，吕瑞兰等译，上海译文出版社、中国青年出版社2015年版。

[美]乔纳生·威诺著：《鸟喙》，王晓秦译，人民邮电出版社2013年版。

[美]西蒙·巴恩斯著：《聆听：与一只鸟相遇的最好方式》，邢柃森等译，新星出版社2016年版。

[美]约翰·巴勒斯著：《飞禽记》，张白桦译，北京大学出版社2015年版。

[美]约翰·巴勒斯著：《醒来的森林》，周海滨译，天津教育出版社2016年版。

[日]冈田武彦著：《简素的精神——日本文化的根本》，钱明译，西泠印社2000年版。

[英]爱德华·格雷著：《鸟的天空》，耿丽、何艳译，重庆出版社2013年版。

[英]蒂姆·伯克黑德著：《鸟的感官》，沈成译，商务印书馆2017年版。

[英]海伦·麦克唐纳著:《隼》,万迎朗、王萍译,生活·读书·新知三联书店 2010 年版。
[英]约翰·马敬能、卡伦·菲利普斯、何芬奇著:《中国鸟类野外手册》,湖南教育出版社 2000 年版。
[英]约翰·亚瑟·汤姆森著:《动物生活史》,胡学亮译,新星出版社 2015 年版。
常家传等著:《东北鸟类图鉴》,黑龙江科学技术出版社 1995 年版。
陈小红编著:《什么是文学的生态批评》,上海教育出版社 2013 年版。
丁平、陈水华著:《中国湿地水鸟》,中国林业出版社 2008 年版。
贾祖璋著:《鸟类的生活》,中国国际广播出版社 2017 年版。
李桂垣等编著:《中国动物志·鸟类卷》,科学出版社 1979 年版。
李湘涛编著:《飞禽之谜》,黄山书社 2010 年版。
林清玄著:《思想的天鹅》,人民文学出版社 2015 年版。
林语堂:《生活的艺术》,陕西师范大学出版社 2006 年版。
刘慧编著:《130 种美鸟彩图馆》,中国华侨出版社 2015 年版。
吕德恒、陈燕明著:《探索鸟类》,香港野外动向出版社 2012 年版。
南兆旭著:《深圳自然笔记》,深圳报业集团出版社 2013 年版。
尚玉昌编著:《动物行为学》,北京大学出版社 2014 年版。
施泽荣主编:《黄海鸟类》,江西美术出版社 1992 年版。
宋晓杰文,谷洪旺图:《湿地鸟影》,重庆大学出版社 2012 年版。
宋宜璋、萧尊贤著:《飞羽台湾》,台湾天下杂志股份有限公司 2011 年版。
王诺著:《生态批评与生态思想》,人民出版社 2013 年版。
谢大光主编:《禽兽为邻》,百花文艺出版社 2014 年版。
曾繁仁、谭好哲主编:《生态美学与生态批评的空间》,山东大学出版社 2016 年版。
张伯权文字、摄影:《我的野鸟朋友》,台湾远流出版社 2014 年版。
张天来著:《亲历大自然》,江西教育出版社 2010 年版。
张展欣著:《清·朱耷墨笔花鸟赏析》,南方日报出版社 2004 年版。
赵序茅著:《鸟国:动物学者的自然笔记》,科学普及出版社 2016 年版。
郑作新等著:《中国动物图谱·鸟类》,科学出版社 1959 年版。
周国平著:《思想的星空》,人民文学出版社 2009 年版。

图书在版编目（CIP）数据

若有来生 我愿为鸟 / 滴水著 . —北京：东方出版社，2019.6

ISBN 978-7-5060-9031-5

Ⅰ.①若…　Ⅱ.①滴…　Ⅲ.①散文集－中国－当代　Ⅳ.①I267

中国版本图书馆 CIP 数据核字（2018）第 119858 号

若有来生 我愿为鸟

（RUOYOU LAISHENG WOYUAN WEI NIAO）

作　　者：滴 水
责任编辑：杭 超
设　　计：滴 水　刘 宁　孙 阳
出　　版：东方出版社
发　　行：人民东方出版传媒有限公司
地　　址：北京市朝阳区西坝河北里 51 号
邮　　编：100028
印　　刷：辽宁虎驰科技传媒有限公司
版　　次：2019 年 6 月第 1 版
印　　次：2019 年 6 月北京第 1 次印刷
开　　本：700 毫米 ×960 毫米 1/16
印　　张：31
字　　数：465 千字
书　　号：ISBN 978-7-5060-9031-5
定　　价：98.00 元
发行电话：（010）85924663　85924644　85924641